XENOS BÜCHER

JACK LONDON

DAS ALASKA-MÄDCHEN

Roman

von

JACK LONDON

XENOS-Verlagsgesellschaft m.b.H. & Co., Hamburg

Genehmigte Ausgabe

Originaltitel: A DAUGHTER OF THE SNOWS
Aus dem Amerikanischen von LENI SOBEZ
Lektorat: WOLFGANG M. BIEHLER und WILHELM von MORITZ
Titelbild: ANTONIO D'AGOSTINI; Innenillustrationen: MICHAEL RYBA
Umschlaggestaltung: KLINGENBERG WERBEAGENTUR GMBH.
Herausgeber: XENOS-Verlagsgesellschaft m.b.H. & Co.,
Lottbekheide 17, 2000 Hamburg 65
ISBN 3-8212-0025-1

1

»Alles fertig, Miß Welse. Es tut mir aber leid, daß wir kein Boot entbehren können.«

Frona Welse sprang auf und trat zum Ersten Offizier.

»Wir haben unendlich viel zu tun«, erklärte er, »und diese Goldsucher sind eine so leichtverderbliche Fracht...«

»Ich verstehe schon«, unterbrach sie ihn, »und auch ich benehme mich so, als sei ich leicht verderblich. Entschuldigen Sie, daß ich Ihnen soviel Mühe mache, aber...« Sie wandte sich schnell um und deutete zur Küste. »Sehen Sie dort dieses große Blockhaus? Zwischen dem Tannenwald und dem Fluß? Dort bin ich geboren.«

»Da hätt' ich's wohl auch eilig«, murmelte er mitfühlend, als er sie durch die Menge an Deck führte.

Jeder war jedem im Weg. Und alle behaupteten dies, so laut es ihre Lungen zuließen. Tausend Goldsucher wollten unbedingt alle auf einmal mit ihrem ganzen Gerät an Land gebracht werden. Jede Luke gähnte weit offen, und aus den tiefsten Tiefen des Schiffsbauches holten die kreischenden Kräne das abenteuerlichste Zeug heraus. Zu beiden Seiten des Dampfers warteten die Leichter auf diese fliegende Fracht, und auf jedem Boot griffen schwitzende Männer nach den herabschwebenden Ballen und Kisten und suchten nach ihren Habseligkeiten. Andere wedelten mit ihren Schiffspapieren an der Reling, und gelegentlich reklamierten zwei oder drei Männer dasselbe Packstück für sich. Daraus entstand dann jedesmal ein Kleinkrieg. Die Markierungen »Zwei Kreise« und »Kreis und Punkt« schufen endlose Verwirrung, und jede Schrotsäge wurde gleich von einem Dutzend Interessenten beansprucht.

»Der Zahlmeister sagt, daß er jetzt bald verrückt wird«, erklärte der Erste Offizier, als er Frona Welse die Gangway zur Landebrücke hinabhalf. »Und die Ladeschreiber haben ganz einfach die Ladung den Passagieren überlassen und die Arbeit hingeworfen. Aber soviel Pech wie die *Star of Betlehem* haben wir doch nicht.« Er deutete auf den etwa eine Viertelmeile entfernt vor Anker liegenden Dampfer. »Die Hälfte der Passagiere hat Packpferde für Skaguay und White Pass, und die andere Hälfte will nach Chilcoot. Also haben sie gemeutert, und jetzt geht gar nichts mehr voran.«

Er winkte einem zu, der unauffällig am Rand des Trubels geblieben war. »He, du!« schrie er.

Ein winziges Boot, das heldenhaft an einem Schlepper zog, versuchte zwischen ihnen durchzukommen, doch der Bootsmann schoß ihm direkt am Bug vorbei, blieb unglücklicherweise aber dabei hängen. Das Boot wurde herumgedreht und blieb liegen.

»Aufpassen!« schrie ihm der Erste Offizier zu.

Ein paar Kanus von siebzig Fuß Länge* und beladen mit Goldsuchern, Ausrüstungen und Indianern, kamen aus der entgegengesetzten Richtung unter vollen Segeln heran. Eines schoß auf die Landebrücke zu, das andere drückte das kleine Boot an den Schlepper. Der Bootsmann hatte rechtzeitig die Ruder eingezogen, aber sein Schiffchen stöhnte unter dem gewaltigen Druck und drohte zusammenzubrechen. Aber er kam auf die Füße und schickte mit kurzen, lauten Rufen sämtliche Männer in den Kanus und alle Leichterkapitäne in die tiefsten Höllengründe. Ein Mann auf der Barke lehnte sich weit über das Geländer und überschüttete ihn mit recht bildhaften Flüchen, und dazu lachten Weiße und Indianer in den Kanus schallend.

»Ah, was willst du denn?« rief einer. »Lern doch erst mal rudern.«

Die Faust des Bootsmannes landete am Kinn seines Kritikers, so daß dieser auf die hoch aufgetürmte Fracht fiel. Damit war er aber noch nicht zufrieden und wollte mit seiner Faust auch im anderen Kanu aufräumen. Der Goldsucher neben ihm zerrte heftig an einem Revolver, der sich in seinem glänzenden Lederholster verklemmt hatte; dazu lachten seine seefahrenden Brüder und warteten auf das Ergebnis des Kleinkrieges. Doch dann war das Kanu wieder flott, und der indianische Rudergänger stemmte sein Ruder an des Bootsmannes Brust, so daß dieser in die *Whitehall*, das kleine Boot, zurückfiel.

Als das allgemeine Fluchen gerade den schönsten Höhepunkt erreicht hatte und sich eine heftige Rauferei zu entwicklen schien, warf der Erste Offizier dem Mädchen einen raschen Blick aus den Augenwinkeln zu. Er hatte ein schockiertes und entsetztes Mädchengesicht erwartet und war in keiner Weise vorbereitet auf die interessierte und amüsierte Miene.

* 1 Fuß = ca. 30 cm

Frona wandte sich schnell um und deutete zur Küste. »Sehen Sie dort dieses große Blockhaus? Zwischen dem Tannenwald und dem Fluß? Dort bin ich geboren.« (Seite 5)

»Es tut mir leid...«, begann er.

»Nein, nein, absolut nicht«, unterbrach sie ihn. »Ich genieße das. Ich bin nur froh, daß der Revolver klemmte. Wenn nicht, dann ...«

»Dann wären wir wohl nicht so schnell an Land gekommen«, meinte der Erste Offizier lachend und taktvoll. Er deutete auf den Bootsmann, der nun wieder seine Ruder ins Wasser tauchte und längsseits ging. »Der Mann ist ein Räuber. Er hat zwanzig Dollar verlangt, Sie an Land zu bringen. Bei einem Mann hätte er fünfundzwanzig verlangt, sagt er. Denken Sie an mich, er ist ein Pirat, und eines Tages hängt er noch. Zwanzig Dollar für eine halbe Stunde Arbeit? Man stelle sich das einmal vor!«

»Nur ruhig, mein Freund, nur ruhig«, warnte der Bursche, von dem die Rede war, und ließ eines der Ruder über die Seite hängen. »Du hast kein Recht, mit Namen rumzuschmeißen«, fügte er hinzu und wrang seinen Hemdsärmel aus, der tropfnaß geworden war, als er sein Ruder rettete.

»Mensch, du hast aber gute Ohren«, hänselte ihn der Offizier.

»Und eine schnelle Faust«, schnappte der andere.

»Und eine spitze Zunge.«

»Die brauch' ich in meinem Geschäft. Bei diesen Haien kommt man ja anders nicht durch. Ein Pirat bin ich? Und was bist du mit deinen tausend Passagieren, die du wie Sardinen zusammengepackt hast? Von denen verlangst du pro Nase zweimal den Preis für die erste Klasse, gibst ihnen Zwischendecksfutter und bringst sie unter wie Schweine! Ich? Ein Pirat? Ich?«

Über ihm schob sich ein rotes Gesicht über die Reling. »He, ich möcht' meine Sachen an Land haben! Kommen Sie hier rauf, Mr. Thurston! Jetzt sofort! Meine fünfzig Rösser fressen sich gegenseitig die Köpfe ab in dem dreckigen Miststall, und wenn Sie die nicht wie der Blitz an Land haben, dann geht's Ihnen verdammt schlecht, Mister! Ich verliere tausend Dollar am Tag, und das lass' ich mir nicht bieten! Hören Sie? Ich lass' mir das nicht bieten! Sie haben mich links und rechts ausgeplündert, seit ich in Seattle an Bord kam, und jetzt lass' ich mir das nicht mehr gefallen! Ich schick' diese ganze Gesellschaft zum Teufel, so wahr ich Thad Ferguson heiße! Haben Sie gehört? Ich bin Thad Ferguson, und so schnell können Sie gar nicht mehr herkommen, wie's gut ist für Ihre Gesundheit! Haben Sie gehört?«

»Ah, ich und ein Pirat?« fragte der Bootsmann. »Ha, ich?«

Mr. Thurston winkte dem rotgesichtigen Mann beruhigend zu und drehte sich zu dem Mädchen um. »Ich würde gerne mit Ihnen an Land und bis zum Laden gehen, aber Sie sehen ja, wie's hier zugeht. Leben Sie wohl und glückliche Reise! Ich schicke sofort ein paar Männer, die ihr Gepäck herausbringen. Morgen früh ist es im Laden. Bestimmt.«

Sie nahm seine stützende Hand und stieg über. Ihr Gewicht brachte das leckende Boot zum Schaukeln, und das Wasser schwappte über die Bodenbretter und ihre Schuhe. Aber sie regte sich darüber nicht auf, sondern setzte sich auf die Heckbank und zog die Füße unter sich.

»Halt, halt!« schrie der Offizier. »Das geht nicht, Miß Welse. Kommen Sie zurück! Ich mache dann eines von unseren Booten frei, so schnell ich kann.«

»Dich seh' ich ... im Himmel wieder!« schrie der Bootsmann zurück und stieß ab. »Loslassen«, brüllte er.

Mr. Thurston hielt das Dollbord fest und bekam für seinen versuchten Ritterdienst das Ruderblatt auf die Knöchel. Da vergaß er sich und Miß Welse und fluchte auch nicht schlechter als vorher der Bootsmann.

»Ich würde sagen, unser Abschied hätte würdevoller sein können!« rief sie ihm zu, und ihr Lachen schallte noch lange über das Wasser.

»Beim Jupiter, das ist ein *Weib!*« Er legte galant seine Hand zum Gruß an den Mützenrand. Und da packte ihn plötzlich eine übermächtige Sehnsucht, sein Spiegelbild immer in Frona Welses grauen Augen sehen zu dürfen. Ein analytischer Geist war er nicht, also wußte er auch nicht warum; er wußte nur, daß er mit ihr bis ans Ende der Welt hätte reisen mögen. Sein Beruf erschien ihm widerlich, und am liebsten hätte er ihn über Bord geworfen, um mit ihr zum Klondike zu gehen, wohin sie unterwegs war. Dann warf er einen Blick auf die hektische Geschäftigkeit seines Schiffes, sah Thad Fergusons rotes Gesicht und vergaß den Traum, den er sich für einen kurzen Moment erlaubt hatte.

Platsch! Das Wasser vom Ruder klatschte ihr voll ins Gesicht. »Miß, hoffentlich macht's Ihnen nichts aus«, entschuldigte er sich. »Ich mach's so gut, wie ich kann, aber viel ist's halt nicht.«

»Das scheint mir auch so«, gab sie gutmütig zur Antwort.

»Ich mag die See ja gar nicht«, erklärte er voll Bitterkeit. »Aber ich muß ja schließlich ein paar ehrliche Dollars irgendwie verdienen, und so glaub' ich's noch am leichtesten zu können. Eigentlich sollt' ich ja um die Zeit am Klondike sein, wenn ich Glück gehabt hätte. Ich sag' Ihnen, wie's war. Hab' am Windy Arm, ungefähr auf halbem Wege, meine ganze Ausrüstung verloren, nachdem ich alles klar über den Paß gehabt hab'...«

Platsch! Sie wischte sich das Wasser aus den Augen und wand sich ein wenig, weil ihr einiges den Rücken hinablief.

»Sie sind richtig«, ermutigte er sie. »Für dieses Land hier sind Sie genau richtig. Gehn Sie ganz rein?«

Sie nickte heftig.

»Dann schaffen Sie's. Aber was ich sagen wollt', nachdem ich meine ganzen Sachen verloren hatte, bin ich halt wieder an die Küste zurück. Pleite, völlig pleite, um mir wieder neue Sachen zu verdienen. Deshalb verlang' ich ja auch soviel Geld. Ich hoffe, Sie sind nicht stocksauer auf mich, weil Sie soviel zahlen müssen. Ich bin auch nicht schlechter als die anderen, Miß, bestimmt nicht. Für den alten Waschzuber da hab' ich einen Hunderter blechen müssen, und in den Staaten wär' er keinen Zehner wert. Überall die gleichen Preise. Drüben am Skaguay Trail kostet ein Hufnagel schon einen Vierteldollar. Oder da geht einer an die Bar und bestellt sich einen Whiskey. Ein halber Dollar. Na schön, er trinkt seinen Whiskey und legt zwei Hufnägel hin. Ist okay. Damit wird bezahlt.«

»Sie müssen aber sehr tapfer sein, wenn Sie nach solchen Erlebnissen wieder ins Land hinein wollen. Wollen Sie mir nicht Ihren Namen sagen? Vielleicht treffen wir uns drinnen mal.«

»Wer? Ich? Ah, ich bin Del Bishop, ein ganz kleiner Goldgräber. Und wenn wir einander je mal wieder über den Weg laufen, dann vergessen Sie nicht, daß ich Ihnen mein letztes Hemd geb'. Ah, das heißt, mein letztes Stück Brot.«

»Danke«, antwortete sie und lächelte ihn bezaubernd an. Sie war nämlich eine Frau, die das zu schätzen wußte, was direkt aus dem Herzen kam.

Er hörte ein bißchen zu rudern auf und fischte eine leere Konservendose aus dem Wasser. »Ich mein', Sie schöpfen besser ein bißchen Wasser«, befahl er ihr und warf ihr die Dose zu. »Seit dem Zusammenstoß leckt das Boot noch viel mehr.«

Frona lachte, schürzte ihre Röcke und machte sich an die Arbeit. Mit jeder Welle hoben oder senkten sich die eisbedeckten Berge am Horizont wie riesige Kissen. Manchmal streckte sie den Rücken und schaute zur Küste hinüber, die sie anstrebten, und dann wieder zu dem vom Land umschlossenen Arm der See, wo etwa zwanzig große Dampfer vor Anker lagen. Von jedem dieser Schiffe ging ein ständiger Strom aus von Booten, Leichtern, Kanus und allen Arten kleiner Schiffe. Der Mensch, der große Macher, wehrte sich hier gegen eine feindselige Umgebung. Im Geist ging sie zurück zu den Meistern, deren Weisheit sie in Vorlesungen und mitternächtlichen Studien in sich aufgesogen hatte. Sie war ein reifes Kind ihrer Zeit und verstand recht gut die materielle Welt und ihre Arbeitsweise. Und sie liebte und respektierte diese Welt.

Eine ganze Weile hatte Del Bishop das Schweigen nur mit dem Klatschen der Ruder unterbrochen. Ein Gedanke beschäftigte ihn jedoch.

»Sie haben mir Ihren Namen nicht gesagt«, erinnerte er sie höflich.

»Ich heiße Welse«, antwortete sie. »Frona Welse.«

Sein Gesicht drückte plötzlich große, sehr große Ehrfurcht aus. »Was? Sie sind Frona Welse?« Er betonte jedes Wort einzeln. »Dann ist vielleicht Jacob Welse Ihr Alter Herr?«

»Ja. Ich bin die Tochter von Jacob Welse, bitte sehr.«

Er spitzte die Lippen zu einem leisen Pfiff des Verstehens und größter Hochachtung und vergaß sogar das Rudern. »Herrje. Aber dann klettern Sie ganz schnell wieder ins Heck zurück und nehmen Ihre Füße aus dem Wasser, Miß«, befahl er. »Und diese Dose nehm' ich.«

»Warum? Hab' ich nicht richtig geschöpft?« fragte sie gekränkt.

»Nein, nein. Sie machen's schon recht. Aber... Aber Sie sind...«

»Genau noch das, was ich vorher war, bevor Sie's wußten, wer ich bin. Sie rudern jetzt, das ist Ihre Arbeit. Ich mach' die meine.«

»Und das tun Sie auch«, bestätigte er voll Begeisterung. »So, und Jacob Welse ist Ihr Alter Herr? Hätt's ja eigentlich wissen müssen.«

Als sie die mit Waren aller Art bedeckte Sandbank erreichten, blieb sie nur lange genug stehen, um ihrem Bootsmann die Hand zu schütteln. Del Bishop war an eine solche Liebenswürdigkeit weiblicher Fahrgäste nicht gewöhnt und erklärte sie damit, daß sie ja Jacob Welses Tochter war. »Vergessen Sie nicht, mein letztes Stück Brot gehört Ihnen«, versicherte er ihr noch einmal.

»Und vergessen Sie nicht, auch das letzte Hemd.«

»Hm. Ja. Sie sind ja wirklich eine ... eine Wucht!« explodierte er und zerquetschte ihr fast die Hand.

Ihr kurzer Rock behinderte ihre Bewegungen nicht, und die Entdeckung, daß der städtische Pflasterschritt vergessen zu sein schien, erfüllte sie mit freudigem Staunen. Mit den großen, geschmeidigen Schritten, die man sich in langer, mühseliger Arbeit auf dem Trail erwirbt, machte sie sich auf den Weg. Mehr als ein Goldsucher schaute ihr nach und musterte wohlgefällig die schlanken Fesseln in den grauen Gamaschen, und mehr als einer ließ den Blick weiterwandern zu ihrem Gesicht. Der ihre war frei in der Offenheit der Kameradschaft, und in ihren Augen funkelte immer ein Licht des Lächelns. Wurde sie angelächelt, so lächelte sie zurück, fröhlich, mitfühlend, fragend, je nach dem Licht in den anderen Augen. Manchmal strahlte ihr ganzes Gesicht in einem Lachen freundlicher Kameradschaft.

Sie hatte oft Grund zum Lächeln, als sie zwischen den Männern durch zu dem Blockhaus eilte, das sie Mr. Thurston gezeigt hatte. Hier hatte sich das Rad der Zeit rückwärts gedreht, und Fortbewegungs- und Transportmittel waren so primitiv wie nur irgend möglich. Menschen, die ihr Leben lang nichts anderes als kleine Paketchen getragen hatten, schleppten nun schwere Lasten. Sie gingen nicht mehr aufrecht, sondern beugten den Kopf der Erde entgegen. Jeder Rücken war ein Packsattel geworden, und die Achselriemen gruben allmählich tiefe Rinnen. Oft taumelten sie unter der ungewohnten Anstrengung, und die Beine stolperten wie trunken vor Müdigkeit, bis die Sonne blasser wurde und der Lastträger erschöpft neben dem Weg liegenblieb. Andere Männer freuten sich insgeheim darüber, daß sie ihre Ausrüstung auf zweirädrige Karren hatten packen können, aber auch die blieben hängen vor den ersten Findlingsblöcken, die den Trail versperrten. Daraufhin ließen sie den Karren stehen und schwangen, wie es in Alaska üblich war, ihren Packen auf den Rücken, oder sie kehrten damit zur Sandbank zurück und verkauften ihn teuer an den zuletzt gelandeten Mann. Neulinge mit zehn Pfund schweren Colts, Munition und Hirschfängern wanderten stolz den Trail entlang, kehrten aber oft sehr bald wieder um und warfen nacheinander Messer, Munition und Colt ab. Auf diese Art schwitzten und litten diese Söhne Adams für Adams Sünden.

Frona fühlte sich etwas unbehaglich, denn die alte Szene schien von diesen Goldsuchermengen, diesen Fremden, völlig ausgelöscht zu sein. Selbst die alten Orientierungspunkte wirkten anders. Hier, auf diesen grasigen Ebenen, hatte sie als Kind gespielt, und nun trampelten zehntausend Männer auf und ab, stampften das zaghafte Grün in den Boden und löschten mit ihren lauten Stimmen die Stille aus. Und auf dem Trail waren weitere zehntausend und noch mal zehntausend über dem Chilcoot. Und dahinter, auf den vielen Inselchen der Alaska-Küste bis zum Horn waren weitere zehntausend, die aus allen Ecken der Welt vom Wind hierher verweht wurden. Der River Dyea röhrte noch immer der See entgegen, doch die Ufer waren von unzähligen Stiefeln zertrampelt, die ihre schwerbeladenen Boote an tropfenden Seilen flußaufwärts schleppten. Der Wille des Menschen lag im Streit mit dem des Wassers, und die Männer lachten den Fluß aus und stampften den Treidelpfad noch fester für die nachfolgenden Männer.

An der Tür des Ladens, durch die sie ein und aus gelaufen war und ehrfürchtig den Jägern oder Pelzhändlern entgegengeschaut hatte, lehnten nun laute Männer. Damals war ein Brief eine Sensation gewesen, viel bestaunt, bis der Empfänger ihn abholte; heute war schon durch das Fenster zu erkennen, daß sich die Briefe vom Boden bis zur Decke stapelten. Und wegen dieser Post machten die Männer soviel Lärm. An den Waagen hatte sich eine andere Menge angesammelt. Ein Indianer warf seinen Packen auf die Waage, und der weiße Besitzer schrieb das Gewicht in sein Notizbuch, dann kam der nächste Pack daran. Jeder war schon mit Riemen versehen und bereit für den Rücken des Trägers zur beschwerlichen Reise über den Chilcoot. Frona ging näher heran, denn die Frachten interessierten sie. Früher hatte ein einsamer Jäger oder Händler für durchschnittlich sechs Cent transportieren lassen können, zu einem Tonnenpreis von einhundertzwanzig Dollar.

»Acht Cent«, sagte der Neuling, der wog und in seinem Führer nachlas, zu dem Indianer, doch der lachte nur verächtlich. »Vierzig Cent«, meldete ein ganzer Chor, und der Neuling sah gepeinigt drein. Da fing er Fronas mitleidigen Blick auf, und er staunte sie offen an. Aber dabei rechnete er seine Ausrüstung von drei Tonnen Gewicht in Geld um und kam auf zweitausendvierhundert Dollar für dreißig Meilen. Er stöhnte entsetzt. »Was kann ich da nur tun?« fragte er.

Frona hob die Schultern. »Sie bezahlen besser die vierzig Cent, sonst nehmen sie sofort die Riemen ab.«

Der Mann bedankte sich, feilschte aber weiter. Einer der Indianer nahm tatsächlich seine Riemen ab. Der Neuling zögerte, und als er gerade den Preis akzeptieren wollte, verlangten die Träger plötzlich fünfundvierzig Cent. Er lächelte ratlos und ergab sich in sein Schicksal. Aber ein anderer Indianer kam nun dazu und wisperte mit seinen Kameraden. Die Männer taten Freudenschreie, und ehe sich's der Neuling versah, hatten sie die Riemen abgenommen und gingen, denn sie hatten erfahren, daß die Fracht nach Lake Linderman nun fünfzig Cent brachte.

Die Menge vor dem Laden war nun sehr erregt. Alle redeten durcheinander und schauten denen entgegen, die vom Trail herkamen. Es waren drei ganz gewöhnlich aussehende Männer, fast zerlumpt. In einer ordentlichen Gemeinde hätte der Konstabler sie sofort wegen Landstreicherei festgenommen. »Der Franzosenlouis«, flüsterte der Neuling, und der Name machte schnell die Runde. »Hat drei Goldclaims in einem Block«, sagte Fronas Nebenmann. »Mindestens zehn Millionen wert.«

Der Franzosenlouis, der ein paar Schritte seinen Kameraden voraus war, sah nicht danach aus. Seinen Hut hatte er irgendwo unterwegs verloren, und deshalb hatte er ein ausgefranstes Seidentuch um den Kopf gebunden. Trotz seiner zehn Millionen trug er seinen eigenen Pack auf den breiten Schultern.

»Und der eine, der mit dem Bart, das ist der Wildwasserbill, auch ein Eldorado-König.«

»Woher kennen Sie den?« fragte Frona zweifelnd.

»Kennen!« rief der Mann. »Kennen! Sein Foto ist doch seit sechs Wochen in allen Zeitungen. Da, schauen Sie nur her.« Er faltete eine Zeitung auf. »Und sieht ihm auch ähnlich. Den hab' ich mir so oft angeschaut, bis ich ihn unter Tausenden rauskennen würde.«

»Und wer ist der dritte Mann?«

Der Informant stellte sich auf die Zehen. »Das weiß ich nicht«, gab er zu. Er tippte seinem Nachbarn auf die Schulter. »Kennst du den mit dem mageren, glatten Gesicht? Der das blaue Hemd anhat und mit dem Flicken auf dem Knie?«

Und da tat Frona einen kleinen Schrei und rannte los. »Matt!« schrie sie. »Matt McCarthy!«

Der Mann mit dem Flicken am Knie schüttelte ihr herzhaft die Hand, wenn er sie auch nicht kannte, und in seinen Augen war Mißtrauen zu lesen.

»Oh, du kennst mich nicht mehr?« rief sie. »Wag es ja nicht zu sagen, daß du mich nicht mehr kennst. Wenn da nicht so viele zuschauen würden, dann könnte ich dir direkt um den Hals fallen, du alter Bär!

Und so kam der große Bär heim zu den kleinen Bären«, zitierte sie ernsthaft. »Und die kleinen Bären waren sehr hungrig. Der große Bär sagte: ‚Ratet mal, was ich habe, meine Kinder.' Der eine kleine Bär riet Beeren, der andere einen Lachs und noch einer ein Stachelschwein. Da lachte der große Bär: ‚Wuff, Wuff', und sagte: ‚Einen schönen, dicken, fetten Menschen!'«

Als er ihr zuhörte, erhellte sich sein Gesicht, denn er erinnerte sich jetzt. Viele Lachfalten erschienen um seine Augen, und dann lachte er auf seltsame Weise lautlos und trotzdem sehr ansteckend.

»Jetzt weiß ich's. Natürlich kenn' ich dich. Aber ich kann nicht ums Leben den Finger auf dich legen.«

Sie deutete zum Laden und beobachtete ihn gespannt.

»Jetzt hab' ich dich!« Er trat einen Schritt zurück und musterte sie vom Kopf bis zu den Füßen. »Kann nicht sein, ich hab' dich verwechselt. Gibt's ja gar nicht, daß du in der Hütte dort aufgewachsen bist.« Er deutete mit dem Daumen zum Laden.

Frona nickte heftig.

»Dann bist du's doch? Das kleine, mutterlose Ding mit dem Goldhaar, das ich so oft ausgekämmt hab'? Die kleine Hexe, die immer barfuß rumgelaufen ist?«

»Ja, ja, ja«, bestätigte sie freudig.

»Der kleine Teufel, der das Hundegespann gestohlen hat und damit im Winter über den Paß gegangen ist, weil sie das Ende der Welt auf der anderen Seite sehen wollte, weil der alte Matt McCarthy ihr Märchen erzählt hat?«

»Oh, Matt, lieber alter Matt! Erinnerst du dich noch daran, als ich mit den Siwash-Mädchen vom Indianerlager schwimmen ging?«

»Und ich dich an den Haaren rausgezogen hab'?«

»Und dabei hast du einen deiner Gummistiefel verloren?«

»Natürlich. Klar, ich erinnere mich. War ja auch eine recht schockierende und unanständige Sache gewesen. Die Stiefel hab' ich bei deinem Vater für zehn Dollar gekauft.«

»Und dann bist du weggegangen, über den Paß, weiter ins Land hinein, und kein Wort haben wir mehr von dir gehört. Alle glaubten, du seist tot.«

»Ja, kann mich gut an den Tag erinnern. Du hast in meinen Armen zum Steinerweichen geheult, und deinem alten Matt wolltest du nicht mal einen Kuß zum Abschied geben. Aber schließlich hast du's doch getan, weil du gesehen hast, daß ich weggeh'. Herrje, warst du ein kleines Ding.«

»Ich war ja erst acht.«

»Und das ist jetzt zwölf Jahre her. Zwölf Jahre war ich drinnen im Land und hab' niemals eine Reise raus gemacht. Du bist also jetzt zwanzig?«

»Und fast so groß wie du«, bestätigte Frona.

»Ein schönes Weib bist du geworden, Frona. Groß, fein zum Anschauen und so.« Er musterte sie ein wenig kritisch. »Ein bißchen mehr Fleisch, mein' ich, könntest du ja schon vertragen.«

»Nein, nein«, wehrte sie ab. »Doch nicht mit zwanzig, Matt. Aber faß mal meinen Arm an, dann wirst du schon sehen.« Sie winkelte den Arm an, bis sich der Bizeps wölbte.

»Das is'n Muskel«, meinte er bewundernd und strich mit der Handfläche über die harte Wölbung. »Grade, als hättest du für deinen Lebensunterhalt hart arbeiten müssen.«

»Oh, ich kann Keulen schwingen, boxen und fechten!« rief sie und ging in die betreffenden Posen. »Und schwimmen kann ich, hoch ins Wasser springen und tauchen, zwanzig Klimmzüge und auf den Händen laufen. Das kann ich alles. Schau!«

»Hast du das getan? Ich hab' geglaubt, du bist zum Bücherlernen weg«, bemerkte er trocken.

»Matt, die lehren jetzt ganz anders. Die stopfen einem nicht nur den Kopf voll ...«

»Aber deine Beine sind so dünn, daß sie doch gar nicht alles tragen können. Na, deine Armmuskeln verzeih' ich dir.«

»Wie ist's mit dir, Matt?« erkundigte sich Frona. »Wie ist die Welt in diesen zwölf Jahren mit dir umgegangen?«

»Halt mal!« Er grätschte die Beine, legte den Kopf zurück und schob die Brust vor. »Jetzt schau dir mal den Mister Matthew McCarthy an, einen König von der edlen Eldorado-Dynastie aus dem Recht seines starken rechten Armes. Ich hab' Besitztümer ohne Grenzen. In einer Minute hol' ich mehr Staub zusammen, als ich je mein ganzes Leben vorher gesehen hab'. Ich will jetzt in die Staaten reisen, um meine Vorfahren zu finden. Ich glaub' fest dran, daß es die mal gegeben hat. Im Klondike findest du die schönsten Nuggets, aber keinen guten Whiskey. Und es ist auch meine Absicht, einmal in meinem ganzen Leben einen richtigen, echten Drink zu schmecken, bevor ich sterb'. Und danach, hab' ich mir geschworen, komm' ich wieder an den Klondike zurück, um meinen Besitz zu überwachen. Wirklich, ich bin ein König vom Eldorado, und wenn du ein kleines Stückchen Land willst, dann leih' ich dir's.«

»Immer noch der gleiche alte Matt, der niemals alt wird«, meinte Frona lachend.

»Und du bist eine richtige Welse, auch wenn du Preiskämpfermuskeln und ein Philosophenhirn hast. Aber wir wollen dem Louis und Swiftwater lieber folgen. Andy ist noch im Laden, wie ich gehört hab'. Jetzt woll'n wir mal sehen, ob ich noch in einer von seinen Gedächtnisfalten da bin.«

»Ich auch.« Frona nahm seine Hand. Es war ihre Gewohnheit, Menschen, die sie liebte, an der Hand zu nehmen. »Zehn Jahre sind's her, daß ich weg bin.«

Der Ire drängte sich wie ein Eseltreiber durch die Menge, und Frona folgte in seinem Kielwasser. Der Neuling schaute ihnen so verehrungsvoll nach, als seien sie Nordlandgötter. Die Unterhaltung der Männer ging in wieder größerer Lautstärke weiter.

»Wer ist das Mädchen?« wollte einer wissen. Als Frona durch die Tür ging, fing sie auch die Antwort eines anderen auf: »Jacob Welses Tochter. Hast du noch nie von Jacob Welse gehört? Ja, sag mal, wo warst du denn die ganze Zeit?«

2

Sie kam heraus aus einem Wäldchen schimmernder Birken und rannte beim ersten Feuerstrahl der Sonne auf ihr offenes Haar leichtfüßig über die taunasse Wiese. Die Erde unter ihren Füßen war weich und naß, die taufeuchten Pflanzen schlugen an ihre Knie, so daß die Tropfen wie flüssige Diamanten davonsprühten. Die Frische des Morgens lag auf ihren Wangen, sein Feuer in ihren Augen, und sie glühte vor Jugend und Liebe. Denn da sie keine Mutter gehabt hatte, war die Natur ihre Amme gewesen, und sie liebte die alten Bäume und die niederen Kriechgewächse mit leidenschaftlicher Liebe; das leise Murmeln wachsenden Lebens war ein Entzücken für ihre Ohren, der Geruch der feuchten Erde Süßigkeit für ihre Nüstern.

Wo der höher gelegene Teil der Wiese in einer dunklen Waldecke verschwand, kam sie zwischen Löwenzahn und vor Üppigkeit fast berstenden Butterblumen zu einem Fleck großer Alaskaveilchen. Sie warf sich in voller Länge in die Blumen und begrub ihr Gesicht in der duftenden Kühle. Mit beiden Händen zog sie die purpurnen Blütenköpfe an ihren eigenen. Und sie schämte sich nicht. Sie hatte die große Welt kennengelernt mit ihren Verwicklungen, den Gerüchen und der welkenden Hitze, und sie war einfach, sauber und unverdorben zurückgekommen. Darüber war sie froh, als sie dalag und in die alten Zeiten zurückschlüpfte, als das Universum begann und endete am Horizont, als sie über den Paß ging und vor dem Abgrund stand.

Das Leben ihrer Kindheit war primitiv gewesen; es gab nur wenige Vorschriften, doch die mußten streng eingehalten werden. Sie konnten, wie sie in späteren Jahren einmal gelesen hatte, zusammengefaßt werden in dem »Glauben an Nahrung und Decke«. Nach diesem Glauben hatte ihr Vater gelebt, und deshalb klang sein Name so gut auf den Lippen der Männer. Sie selbst hatte diesen Glauben mit über den Abgrund genommen, mit hinaus in die Welt, wo sich die Menschen immer mehr von den alten Wahrheiten entfernten und für sich selbstsüchtige und verwickelte Dogmen schufen. Sie selbst hatte den Glauben mit sich zurückgebracht, er war noch frisch, jung und fröhlich und so einfach. Warum konnten die anderen Menschen nicht auch nach dem Glauben an Brot und Decke leben? Nach dem des Trails und der Jagdlager? Nach dem Glauben, der starke, saubere

Männer mit den Gefahren eines plötzlichen Todes durch die Gewalten der Natur fertig werden läßt? Warum nicht? Nach dem Glauben von Jacob Welse oder Matt McCarthy? Oder der Indianerjungen, mit denen sie gespielt hatte? Der Indianermädchen, die sie in einen Amazonenkrieg geführt hatte? Der Wolfshunde, die sich in ihre Geschirre legten und mit ihr über den Schnee rannten? Das war gesund, wirklich und gut, und darüber war sie froh.

Das schöne Lied eines Rotkehlchens grüßte sie aus dem Birkenwald und öffnete ihr die Ohren für den Tag. Ein Rebhuhn baumte auf, ein Eichhörnchen tat einen Sprung über ihrem Kopf und rannte weiter von Ast zu Ast, vergaß aber nicht, dann und wann mißbilligend zu ihr hinabzuäugen. Vom Fluß her kam das Geschrei der aufbrechenden Abenteurer, die in Richtung Pol unterwegs waren.

Frona erhob sich, schüttelte ihr Haar zurück und nahm den alten Pfad zum Lager von Häuptling George und dem Stamm der Dyea. Ein nackter, schmutziger Junge begegnete ihr; er sah wie ein junger Gott aus Kupfer aus. Er sammelte Holz und musterte sie vorsichtig. In der Sprache der Dyea bot sie ihm einen guten Morgen, doch er schüttelte den Kopf, lachte verächtlich und schrie häßliche Worte hinter ihr drein. Die verstand sie nicht und schwieg daher. Vom Waldrand aus sah sie das Lager und war bestürzt. Das waren nicht mehr die etwa zwanzig Zelte, die sich schutzsuchend aneinanderdrängten, sondern es war riesig groß. Es begann am Wald, breitete sich aus zwischen dicht stehenden Bäumen, hinaus über die Wiese, bis hinab zum Flußufer, wo die langen Kanus in Reihen von zehn oder zwölf lagen. Das war eine Zusammenkunft vieler Stämme aus tausend Meilen Küstenlinie; fremde Indianer mit Frauen, Vieh und Hunden. Sie quetschte sich vorbei an Juneau- und Wrangelmännern, wildäugigen Sticks von jenseits des Passes, stolzen Chilcats und Queen-Chalotte-Insulanern. Sie warfen ihr schwarze, unfreundliche Blicke zu, und die fröhlicheren unter ihnen waren mitleidig und überheblich, aber viele sagten Dinge, die sich nicht wiedergeben lassen.

Diese Unverschämtheiten erschreckten sie nicht, machten sie aber zornig; sie fühlte sich verletzt, und ihr Heimkommen wurde bitter. Sie wußte jedoch bald, was dies zu bedeuten hatte: Die patriarchalischen Zeiten ihres Vaters waren vorüber, und die Zivilisation hatte sich innerhalb kürzester Zeit wie ein Feuerbrand über dieses Volk ausgebreitet. Hinter den zurückgeschlagenen Zeltklappen hockten magere Männer in einem Kreis auf dem Boden. Neben dem Eingang verkündete ein Flaschenhaufen die Beschäftigung der Nacht. Ein Weißer von gemeinem Aussehen und übler Schläue im Gesicht teilte Karten aus, und Gold- und Silbermünzen lagen zu Häufchen auf der Decke am Boden. Ein paar Schritte weiter, drehte sich klappernd ein »Glücksrad«; Männer und Frauen setzten ihr sauer verdientes Geld für den Schund der Preise ein, die vielleicht gewonnen werden konnten. Aus einem Tepee kamen die quäkenden Töne einer billigen Musikbox.

Eine alte Squaw hockte unter einer offenen Zeltklappe und schälte einen Weidenstamm. Sie hob den Kopf. »He-He! Tenas He-He!« schrie sie aufgeregt. Sie hatte keinen Zahn mehr im Mund.

Frona war aufgeregt. Tenas He-He! Kleines Lachen ... Der Name, den ihr die Indianer vor langer Zeit gegeben hatten. Sie ging zur alten Frau hinüber.

»Hast du schon so bald vergessen, Tenas He-He?« murmelte diese. »Und doch sind deine Augen so jung und scharf. Nicht so bald vergißt Neepoosa.«

»Du bist es also, Neepoosa?« rief Frona. Es kam ein wenig stockend, denn sie hatte die Sprache lange nicht mehr gesprochen.

»Ay, es ist Neepoosa«, erwiderte die alte Frau und zog sie ins Zelt hinein; einen Jungen drinnen schickte sie mit einem Auftrag weg. Sie saßen nebeneinander auf dem Boden, und liebevoll tätschelte sie Fronas Hand. Mit müden, verschleierten Augen musterte sie ihr Gesicht. »Ay, es ist Neepoosa, schnell alt geworden, nach der Art unserer Frauen. Neepoosa, die dir den Namen Tenas He-He gab. Die um dich mit dem Tod kämpfte, wenn du krank warst; die in den Wäldern Kräuter und Gräser sammelte und daraus Tee bereitete, damit du ihn trinken konntest. Aber du hast dich wenig verändert, denn ich erkannte dich sofort. Es war dein Schatten auf dem Boden, der mich aufschauen ließ. Eine kleine Veränderung vielleicht. Groß bist du geworden und schlank wie eine junge Weide im Gras und ebenso anmutig. Die Sonne hat deine Wangen nicht so oft geküßt, aber da ist das alte Haar, das im Wind fliegt. Es hat noch immer die Farbe des braunen Seetangs, der auf den Wassern schwimmt, und da ist auch noch der Mund, der so oft lachte und so selten weinte. Die Augen sind klar und treu wie in den Tagen, da Neepoosa dich schalt und du keine falschen Worte über deine Lippen brachtest. Ay! Ay! Nicht so bist du wie die anderen Frauen, die in dieses Land kommen!«

»Und warum ist die weiße Frau bei euch ohne Ehre?« forderte Frona zu wissen. »Eure Männer sagten böse Dinge zu mir im Lager, und sogar die Knaben taten es, als ich aus dem Wald kam. Nicht wie in alten Tagen war es, als ich mit ihnen spielte.«

»Ay! Ay! Es ist so. Aber gib ihnen keine Schuld. Gieße nicht Zorn auf ihre Häupter. Ist es wahr, so ist es die Schuld jener Frauen, die jetzt in dieses Land kommen. Sie können auf keinen Mann deuten und sagen: Dies hier ist mein Mann. Es ist nicht gut, daß Frauen so sind. Sie schauen mit frechen, schamlosen Augen die Männer an, ihre Zungen sind unrein, schlecht ihre Herzen. Deshalb haben die Frauen bei uns keine Ehre. Die Jungen sind ja noch Kinder. Und woher sollten es die Männer besser wissen?«

Die Zeltklappe wurde zur Seite geschoben, ein alter Mann kam herein. Er grunzte etwas zu Frona und setzte sich. Nur eine kaum merkliche eifrige Wachheit zeigte, daß er sich über ihre Anwesenheit freute.

»So ist also Tenas Hee-Hee in dieser schlechten Zeit zurückgekommen«, sagte er mit schriller, zitternder Stimme.

»Und warum sind es schlechte Zeiten, Muskim?« fragte Frona. »Tragen nicht die Frauen hellere Farben? Sind nicht die Bäuche voller mit Mehl, Speck und des weißen Mannes Nahrung? Erzielen die jungen Männer nicht große Reichtümer mit ihren Paddeln und Traggurten? Und erinnert ihr euch nicht der alten Versprechen von Fleisch, Fisch und Decke? Warum schlechte Zeiten, Muskim?«

»Richtig«, erwiderte er auf seine vornehme Art, und ein Blitz seines alten Feuers funkelte in seinen Augen. »Es ist wahr. Die Frauen tragen hellere Farben, aber sie haben die Gunst der weißen Männer gefunden. Sie übersehen die jungen Männer ihres eigenen Blutes. Deshalb vermehrt sich der Stamm nicht, und keine kleinen Kinder spielen mehr zu unseren Füßen. Es ist so. Die Bäuche sind voller mit des weißen Mannes Nahrung, aber auch mit des weißen Mannes schlechtem Whiskey. Die jungen

Männer könnten Reichtümer sammeln, aber sie sitzen bei Nacht über den Karten, sie verspielen ihr Geld und schreien einander böse Worte zu, in ihrem Zorn schlagen sie einander, und es fließt Blut. Dem alten Muskim aber bringt kaum jemand einmal Fleisch, Fisch und Decke. Die jungen Weiber haben sich vom alten Weg abgewandt, und die jungen Männer ehren nicht mehr die alten Totems und die alten Götter. Deshalb sind es schlechte Zeiten, Tenas Hee-Hee, und der alte Muskim wird traurig in sein Grab sinken.«

»Ay! Ay! So ist es!« jammerte Neepoosa.

»Weil dein Volk so verrückt ist, wurde es das meine auch«, fuhr Muskim fort. »Sie kommen über das Salzwasser wie dessen Wellen, und sie gehen - ah, wohin?«

»Ay! Wer weiß wohin?« klagte Neepoosa und wiegte langsam vor- und rückwärts.

»Sie gehen zum Frost und zur Kälte, und immer noch mehr Menschen kommen, Welle auf Welle.«

»Ay! Ay! Es ist ein weiter Weg zur Kälte, und er ist sehr dunkel«, bestätigte Neepoosa und schauerte vor Frösteln. Sie legte eine alte Hand auf Fronas Arm. »Und wohin gehst du?«

Frona nickte nur.

»Und Tenas Hee-Hee geht auch dorthin! Ay! Ay! Ay!«

Die Zeltklappe wurde aufgehoben, und Matt McCarthy lugte herein. »Ah, Frona, da bist du. Frühstück wartet auf dich, und der alte Andy raucht wie nasses Holz. Guten Morgen, Neepoosa, und dir auch, Muskim, wenn du mich auch wahrscheinlich nicht mehr kennst.«

Das alte Paar murmelte einen Gruß und schwieg beharrlich.

»Mädchen, du, beeil dich, Frona«, mahnte Matt. »Mein Dampfer geht am Mittag, und da hab' ich nimmer viel von dir. Und Andy hält das Frühstück heiß, jawohl.«

3

Frona winkte Andy noch einmal zu und bog auf den Trail ein. Auf den Rücken geschnallt, trug sie ihre Kamera und eine kleine Reisetasche. Als Bergstock hatte sie das Weidenstämmchen von Neepoosa. Ihre Kleidung war derb, für Trail und Berge geschaffen - kurzer, weiter Rock, der sie ungehindert ausschreiten ließ, alles grau und sehr einfach.

Ihre Ausrüstung war auf dem Rücken von einem Dutzend Indianern, die sich unter Führung von Del Bishop schon vor Stunden auf den Weg gemacht hatten. Am Tag vorher hatte sie bei ihrer Rückkehr vom Siwash-Lager Del Bishop beim Laden gefunden, wo er auf sie wartete. Sein Geschäft war schnell abgeschlossen, denn seine Vorschläge waren zweckmäßig und gründlich. Sie ging ins Land hinein, er hatte auch die Absicht; sie brauchte Begleitung, und hatte sie noch keine, dann war er für sie der richtige Mann. Er erzählte ihr auch, daß er vor Jahren im Land gewesen sei und sich auskenne. Richtig, er haßte das Wasser, und ein guter Teil des Weges ging über Wasser, doch Angst hatte er nicht; genauer gesagt, vor nichts. Und er würde für sie kämpfen, so dies notwendig wäre. Wegen der Bezahlung verlangte er nichts als ein gutes Wort für ihn bei Jacob Welse, sobald sie nach Dawson kämen, und Ausrüstung für ein Jahr. Nein, Nein! Für die Ausrüstung würde er schon bezahlen, aber erst später, wenn seine Taschen voll Goldstaub waren. Was meinte sie dazu? Frona dachte darüber nach, und als sie mit dem Frühstück fertig waren, machte er sich daran, die Trägerlasten zusammenzustellen.

Sie stellte fest, daß sie viel schneller vorankam als die Mehrheit ihrer Mitwanderer, die schwer beladen waren und alle paar hundert Yards* rasten mußten. Aber es fiel ihr doch schwer, mit einer Gruppe Skandinavier Schritt zu halten, die vor ihr waren. Das waren blonde Riesen, von denen jeder seine hundert Pfund auf dem Rücken trug, und alle hatten sich vor einen Go-Kart geschirrt, auf dem noch weitere sechshundert aufgetürmt waren. Ihre Gesichter waren lachende Sonnen und voll Lebensfreunde. Die Plage schien für sie ein Kinderspiel zu sein, denn sie scherzten miteinander und den anderen Wanderern, und aus ihren

* 1 Yard = ca. 0,91 Meter

großen Brustkästen kam gutmütig rumpelndes Lachen. Männer traten vom Trail herab und schauten ihnen dann neidvoll nach, denn sie nahmen die Steigungen mit Schwung, das Gefälle im Rennen, und die mit Eisenbändern beschlagenen Räder ratterten auf den Steinen. Nach einem Stück dunklen Waldes kamen sie am Fluß heraus, direkt an der Furt. Am sandigen Ufer lag ein Ertrunkener und starrte mit toten Augen zur Sonne hinauf. Ein Mann fragte gereizten Tones immer wieder, wo denn sein Partner sei, er müsse doch einen Partner gehabt haben.

Zwei weitere Männer hatten ihre Lasten abgeworfen und schauten ganz kühl und selbstverständlich die Habseligkeiten des Toten durch. Einer rief laut die einzelnen Stücke auf, der andere hakte sie auf einem Stück schmutzigen Packpapiers ab. Briefe und Quittungen waren gründlich durchweicht auf dem Sand verstreut. Ein paar Goldmünzen lagen auf einem weißen Taschentuch. Andere Männer, die in Kanus und Booten ankamen und wegfuhren, nahmen gar keine Notiz davon.

Die Gesichter der Skandinavier wurden für einen Moment ernst. Auch sie fragte der gereizte Mann nach dem Partner des Toten. Sie schüttelten die Köpfe, denn sie verstanden kein Englisch. Sie liefen einfach in das Wasser hinein und platschten voran. Vom anderen Ufer rief jemand eine Warnung herüber, und sie blieben für einen Augenblick stehen und sprachen miteinander, dann setzten sie den Weg fort. Die beiden Männer, die das Inventar des Toten aufnahmen, schauten ihnen nach. Das Wasser ging ihnen fast bis an die Hüften; es war reißend, und sie stolperten manchmal, oder der Wagen wurde von einer Strömung zur Seite gerissen. Dann war das Schlimmste aber vorbei, und Frona hielt den Atem an. Den beiden vordersten Männern ging das Wasser nur noch bis zu den Knien, als einem der Männer unmittelbar vor dem Wagen ein Gurt riß. Sein Pack schwang zur Seite, so daß er das Gleichgewicht verlor, sein Nachbar rutschte, und beide rissen einander in das Wasser. Die beiden nächsten wurden von den Füßen gerissen, der Wagen kippte um und ins tiefe Wasser. Die beiden Männer, die fast ganz untergegangen waren, zogen sich an den Seilen nach rückwärts. Das war eine heroische Anstrengung, aber wenn sie auch Riesen waren, so war doch die Arbeit zu schwer. Langsam wurden sie nach unten gezogen.

Die Rückenlasten hielten sie unten fest, bis auf den, dessen

Gurt gerissen war. Der holte aus, nicht dem Ufer entgegen, sondern um bei seinen Kameraden zu bleiben; ein paar hundert Fuß weiter unten stürzte der Strom über ein scharfes Felsenriff, und hier tauchten sie auf. Erst kam der noch vollbeladene Wagen zum Vorschein, und die Packstücke waren sogar noch fest angeschnallt; dann folgten die Männer, die gegen die Felsen geschleudert wurden und weiter abtrieben bis auf einen. Ein Dutzend Kanus war ihnen gefolgt, um Hilfe zu leisten, und Frona war in einem davon. Sie sah, daß der Mann mit blutenden Fingern nach einem Felsen griff. Sie sah sein weißes Gesicht und die Erschöpfung der Anstrengung, doch dann wurde er weggerissen, als sein freier, mächtig ausholender Kamerad ihn zu packen versuchte. Sie verschwanden für einen Moment, tauchten an der nächsten Stromschnelle wieder auf und kämpften noch an der auslaufenden seichten Stelle.

Ein Kanu pickte den Schwimmer auf, aber der Rest verschwand in tiefem, reißendem Wasser. Eine Viertelstunde suchten die Kanus fruchtlos herum, und fanden dann die Toten am Grund eines Wirbels. Von einem flußaufwärts kommenden Boot erbat man ein Schleppseil und ein paar Pferde von einem Packzug am Ufer, und dann wurden die Toten an Land gezogen. Frona sah die fünf jungen Riesen im Schlamm liegen; mit gebrochenen Knochen, schlaff und unbeweglich hatten sie ihre Lasten noch auf dem Rücken und waren noch an den Wagen geschirrt. Wie betäubt saß der sechste Mann zwischen ihnen. Nur ein paar Schritte von ihnen entfernt ging das Leben weiter. Und Frona machte sich wieder auf den Weg.

Im Dyea Canyon schoben sich die mit Krüppelfichten bewachsenen Felswände eng zusammen, und die Füße zahlreicher Menschen verwandelten die sonnenlose Erde in Schlamm und Pfützen; war ihnen dies gelungen, so trampelten sie einen neuen Pfad, bis die Pfade immer zahlreicher wurden. Auf einem solchen Weg fand Frona einen im Schmutz liegenden Mann. Er lag auf der Seite, die Beine gespreizt, einen Arm unter dem Körper, dieser festgehalten von einem schweren Packen. Seine Wange ruhte im Schlamm, seine Miene drückte Zufriedenheit aus. Sie leuchtete auf, als er sie erblickte, und seine Augen blinzelten freudig.

»Höchste Zeit, daß du daherkommst«, begrüßte er sie. »Hab' schon eine Stunde auf dich gewartet.«

Frona beugte sich über ihn. »Brauchst nur den Gurt aufzumachen«, sagte er. »Das verteufelte Ding. Konnt's einfach nicht zu fassen kriegen.«

»Bist du verletzt?« fragte sie.

Er schlüpfte aus den Gurten heraus, schüttelte sich und tastete seinen verdreht gewesenen Arm ab. »Nein. Gesund wie ein Dollar, Gott sei Dank.« Er wischte sich die schlammigen Hände an den untersten Zweigen einer Fichte ab. »Pech gehabt. Aber ich hab' ausruhen können, was soll's also? Siehst du, über diese kleine Wurzel da bin ich gestolpert, und, plumps, war ich unten und aus und die verdammte Gurtschnalle nicht in meiner Reichweite. Für eine verdammte Stunde bin ich so dagelegen, weil alle über den unteren Pfad laufen.«

»Hättest du nicht rufen können?«

»Daß sie da den Hang zu mir raufklettern? Die haben selbst genug Arbeit. Nein. War ja auch nicht ernst genug. Wenn ich zu einem raufklettern müßte, weil er ausgerutscht ist, tät' ich ihn schon rausholen aus dem Schlamm, aber dann wär' er auch gleich wieder drin. Und außerdem hab' ich ja gewußt, daß bald jemand kommen muß.«

»Ha, du bist schon richtig!« rief sie. »Du bist richtig für dieses Land hier.«

»Jawoll!« rief er zurück, schulterte seinen Packen und schritt zügig aus. »Hab' wenigstens eine feine Rast gehabt.«

Der Trail ging scharf abwärts durch gefährlichen Morast zum Flußufer. Eine schlanke Fichte beugte sich über den brüllenden Schaum und berührte fast das Wasser. Die ständige Strömung versetzte den Stamm in eine rhythmisch schwingende Bewegung, und die Füße der Träger hatten die vom Wasser überwaschene Oberfläche glattgetreten. Achtzig Fuß weit reichte sie in eine kitzlige Unsicherheit. Frona trat auf den Stamm, fühlte die Bewegung unter ihren Füßen, hörte das brüllende Wasser und sah die schäumende Strömung - und zuckte zurück. Sie verknotete mit großer Sorgfalt ihre Schuhbänder, als eine Gruppe Indianer aus dem Wald über ihr durch den Morast an den Fluß kam. Drei oder vier Männer führten die an, viele Squaws folgten, und alle gingen unter den schweren Lasten sehr gebückt. Dahinter kamen dann die Kinder, die ihrem Alter entsprechend auch alle beladen waren, und den Schluß bildete ein Dutzend Hunde, die hechelnd sehr schwere Lasten zogen.

Die Männer warfen ihr vorsichtige Seitenblicke zu, und einer sagte leise etwas. Frona konnte es nicht verstehen, aber das Lachen, das durch die Reihe ging, sagte ihr mehr als Worte, so daß sie schamrot wurde. Ihr Gesicht war heiß, weil sie ihrer Meinung nach einen so armseligen Anblick bot, aber sonst reagierte sie nicht. Der Führer trat zur Seite, und einer nach dem anderen, niemals mehr als immer nur einer, machte sich auf den gefährlichen Weg. In der Mitte bog ihr Gewicht den Stamm ganz ins Wasser, und so standen sie bis zu den Fußknöcheln im eiskalten, reißenden Wildbach. Selbst die kleinen Kinder machten den Weg ohne Zögern, dann auch die Hunde, die sich jaulend weigerten, aber von dem Mann angetrieben wurden. Als der letzte drüben war, wandte er sich an Frona.

»Da ist Pferdetrail«, sagte er und deutete die Bergflanke hinauf. »Viel besser, du nehmen Pferdetrail. Viel weiter. Viel besser.«

Aber sie schüttelte den Kopf und wartete, bis er das Ufer gegenüber erreicht hatte; denn sie fühlte nicht nur ihren persönlichen Stolz, sondern auch den ihrer Rasse. Da die Rasse größer war als sie, war auch ihre Forderung größer. So stellte sie also den Fuß auf den Stamm und schritt unter den Blicken der fremden Leute in den schäumenden Wirbel hinein.

Sie begegnete einem Mann, der weinend neben dem Trail saß. Sein ungeschickt verpacktes Zeug lag auf dem Boden. Einen Schuh hatte er ausgezogen, und der nackte Fuß war geschwollen und voll Blasen.

»Was ist los?« fragte sie und blieb vor ihm stehen.

Er schaute zu ihr auf, dann hinab in die Tiefe, wo der Dyea die düstere Finsternis wie ein Silberband durchzog. Tränen standen ihm noch in den Augen, und er schnupfte heftig.

»Was ist denn los?« wiederholte sie ihre Frage. »Kann ich helfen?«

»Nein«, erwiderte er. »Wie sollst du helfen können? Meine Füße sind wundgelaufen, mein Rücken ist fast gebrochen, und ich bin hundemüde. Kannst du dagegen etwas tun?«

»Nun ja«, meinte sie abwägend, »ich meine, es könnte noch schlimmer sein. Denk an die Männer, die gerade an der Küste gelandet sind. Sie brauchen mindestens zehn Tage, wenn nicht zwei Wochen, um ihre Ausrüstung dahin zu bringen, wo du sie schon hast.«

»Aber meine Partner haben mich im Stich gelassen und sind weitergegangen«, stöhnte er mit mitleidheischender Stimme. »Und ich bin ganz allein. Nicht einen Schritt kann ich mehr gehen. Und meine Frau und meine kleinen Kinder! Die hab' ich in den Staaten gelassen. Ah, wenn die mich jetzt sehen könnten! Ich kann nicht zu ihnen zurückkehren, aber auch keinen Schritt vorwärts tun. Es ist einfach zuviel für mich. Ich kann nicht immer wie ein Pferd schuften. Ich bin nicht dafür geschaffen, wie ein Pferd zu arbeiten. Und wenn ich's tun muß, dann sterbe ich. Oh, was soll ich nur tun?«

»Warum haben dich deine Kameraden verlassen?«

»Weil ich nicht so stark war wie sie. Weil ich nicht soviel schleppen konnte wie sie und auch nicht so lange. Da haben sie mich ausgelacht und sind weitergegangen.«

»Du siehst doch ganz kräftig aus. Sicher wiegst du hundertfünfundsechzig.«

»Hundersiebzig«, korrigierte er sie.

»Und du siehst nicht aus, als seist du je kränklich gewesen. Warst auch nie invalid?«

»N-nein.«

»Und deine Kameraden? Goldgräber?«

»Die haben ihr Leben lang noch nichts gegraben. Sie haben in der gleichen Firma gearbeitet wie ich. Deshalb ist es ja so schlimm, verstehst du? Seit Jahren haben wir einander gekannt. Und jetzt lassen sie mich hier zurück und gehen weiter, weil ich nicht mithalten konnte.«

»Mein lieber Freund«, sagte Frona und wußte, daß sie nun für die Rasse sprach. »Du bist genauso stark wie sie. Du kannst genauso hart arbeiten wie sie, soviel schleppen wie sie. Aber du bist innerlich schwach. Hier ist kein Platz für die Schwachen des Herzens. Du kannst nur deshalb nicht wie ein Pferd arbeiten, weil du nicht willst. Deshalb hat dieses Land für dich keine Verwendung. Der Norden braucht starke Männer, stark an der Seele, nicht nur am Körper. Der zählt nicht. Geh also zurück in die Staaten. Wir wollen dich hier nicht. Bleibst du hier, so wirst du sterben, und was ist dann mit deiner Frau und den kleinen Kindern? Verkauf deine Ausrüstung und kehr zurück. In drei Wochen bist du zu Hause. Leb wohl.«

Dann kam sie durch das Schafslager. Irgendwo hoch über ihr

war ein mächtiger Gletscher unter dem Druck eines unterirdischen Reservoirs geborsten und hatte viele hunderttausend Tonnen Eis und Wasser hinabgeschleudert in die felsige Schlucht. Noch war der Trail sehr schlüpfrig von den Wassermassen, und viele Männer wühlten trostlos in den Überresten von umgestürzten Zelten und verwüsteten Proviantlagern. Da und dort arbeiteten sie voll nervöser Hast, und die starren Leichen neben dem Trail sprachen eine deutliche Sprache. Ein paar hundert Yards weiter legten die Männer ihre Lasten auf vorspringenden Steinen ab, erzählten von ihrer wunderbaren Rettung und holten Atem. Dann setzten sie ihren Weg stolpernd fort.

Die Mittagssonne brannte herab auf die Stein-»Waagen«. Der Wald hatte den Kampf aufgegeben, und die sirrende Hitze wurde vom nackten Fels zurückgeworfen. Links und rechts erhoben sich die vom Eis durchpflügten Erdrippen, mühsam zu erklimmen wegen ihrer Nacktheit. Über ihnen türmte sich der sturmumblasene Chilcoot auf. Über die felsige, zerklüftete Flanke zog sich eine endlose Kette von Männern. Sie kam aus dem letzten Rand kümmerlichen Busches, beschrieb eine schwarze Linie über das gleißende Eis und zog an Frona vorbei, wo sie am Weg ihr Mittagsmahl einnahm. Und immer höher stieg sie die steile Flanke hoch, wurde kleiner und kleiner, bis sie nur noch wie ein Ameisenzug aussah, der über den Paß verschwand.

Der Chilcoot war in Nebelschwaden und wirbelnde Wolken gehüllt, und auf die kämpfenden Pygmäen tobte ein Sturm mit eisigem Naßschnee herab, der das Licht aus dem Tag wischte, so daß düsteres Zwielicht herrschte. Aber Frona wußte, daß da oben die lange Ameisenreihe unbeirrt weiterkletterte, sich anklammerte und duckte und immer noch dem Himmel entgegenstrebte. Der Gedanke erregte sie, daß der Mensch aus einem uralten Trieb heraus Herr der Natur wurde und aus dem hinter ihm liegenden Sturm herauskam, um im vor ihm liegenden unterzutauchen.

In einem nebligen Wirbelwind kroch sie auf Händen und Füßen durch den Paß und stand dann am kahlen Rand des Kratersees. Er war zornig und hatte hohe weiße Schaumkappen, und wenn auch hundert und mehr Proviantlager auf das Übersetzen warteten, so waren doch keine Boote auf dem Wasser.

Auf den Felsen stand ein wackeliges Skelett aus Stöcken, das mit schmutzigem Segeltuch abgedeckt war. Frona suchte den Besitzer, einen freundlichen jungen Mann mit schwarzen, scharfen Augen und vorspringendem Kinn. Ja, er sei der Fährmann, aber er habe für diesen Tag die Arbeit eingestellt. Das Wasser sei viel zu rauh. Für Passagiere verlange er fünfundzwanzig Dollar, aber heute nehme er keine. Hatte er nicht schon gesagt, das Wasser sei zu rauh? Deshalb.

»Aber mich setzen Sie doch sicher über?« fragte sie.

Er schüttelte den Kopf und schaute über den See. »Drüben ist das Wetter noch viel gröber, als es hier aussieht. Nicht mal die großen Holzschiffe riskieren's heute. Das letzte, das es versuchte, wurde mit einer ganzen Trägergruppe an die Westküste geblasen. Wir konnten sie beobachten, aber dorthin geht von hier aus kein Weg. Sie müssen ein Lager aufschlagen, bis der Sturm vorbei ist.«

»Aber sie sind viel besser dran als ich. Meine Lagerausrüstung ist im Happy Camp, und hier kann ich doch nicht bleiben.« Frona lächelte ihn flehend an, doch sie hatte nichts von weiblicher Hilflosigkeit an sich, die an die Stärke und Ritterlichkeit des Mannes appelliert hätte. »Überlegen Sie sich's noch mal und setzen Sie mich über.«

»Nein.«

»Ich zahle ihnen fünfzig.«

»Nein hab' ich gesagt.«

»Aber ich habe keine Angst.«

Der junge Mann sah zornig drein. Er machte den Mund auf, sagte dann aber doch nicht, was ihm auf der Zunge gelegen hatte. Sie wollte ihm ihre Lage erklären, doch auch sie unterließ das, denn sie las seine Gedanken und wußte, dies wäre die einzige Möglichkeit, ihm ihren Willen aufzuzwingen. Da standen sie da und stemmten sich gegen den Sturm wie Seeleute auf einem schaukelnden Deck. Sein Haar lag in nassen Löckchen auf seiner Stirn, und das ihre wurde ihr vom Sturm um das Gesicht geblasen.

»Na, dann kommen Sie.« Mit einem wütenden Stoß beförderte er das Boot ins Wasser und warf die Ruder an Bord. »Klettern Sie rein! Ich bring' Sie hinüber, aber nicht für ihre fünzig Dollar. Sie bezahlen den normalen Preis, und das ist alles.«

Eine Bö packte das leichte Boot und fegte es ein Stück weg. Der

Gischt stach wie ein ununterbrochener Eisregen auf sie ein, und Frona begann sofort mit dem Schöpfen.

»Ich hoffe, daß wir an das Ufer geblasen werden!« schrie er und bückte sich über die Ruder. »Wär' schlecht - für Sie.« Er schaute sie wütend an.

»Nein«, erwiderte sie, »für uns beide. Eine Nacht ohne Zelt, ohne Decken, ohne Feuer. Aber wir werden nicht an das Ufer geblasen.«

Sie kletterte auf die schlüpfrigen Felsen und half ihm sein Segeltuchboot heraufziehen, um das Wasser auszukippen. Überall stiegen steile, nasse Felsen auf. Ein dichter Schneeregen fiel, durch den ein paar Proviantlager in der aufkommenden Dämmerung zu erkennen waren.

»Sie beeilen sich besser«, riet er ihr und bedankte sich dafür, daß sie beim Schöpfen, Ausleeren und Flottmachen des Bootes geholfen hatte. »Von hier sind es zwei stramme Meilen zum Happy Camp. Kein Wald, bis Sie dorthin kommen, also beeilen Sie sich. Leben Sie wohl.«

Frona griff nach seiner Hand. »Sie sind ein tapferer Mann«, sagte sie.

»Ah, ich weiß nicht.« Aber er erwiderte ihren Händedruck und schaute sie voll Bewunderung an.

Ein Dutzend Zelte klammerte sich verbissen an die stählernen Heringe am äußersten Rand des Waldes von Happy Camp. Frona war müde, ging aber von Zelt zu Zelt. Ihre nassen Röcke klatschten gegen ihre müden Beine, und der Wind fauchte wie irr. Einmal hörte sie durch eine Segeltuchwand eine laute Stimme, und sie meinte, das müsse Del Bishop sein. Er war es nicht, und so mußte sie weiterwandern, bis sie das letzte Zelt des Lagers erreichte. Sie hob die Klappe auf und schaute hinein. Eine flackernde Kerze ließ sie den einzigen Bewohner erkennen, der auf seinen Knien lag und fröhlich in das Feuerloch eines rauchenden Yukon-Öfchens blies.

4

Sie warf die untere Zeltklappenbefestigung ab und trat ein. Der Mann blies immer noch in seinen Ofen und war sich dessen nicht bewußt, daß er Gesellschaft bekommen hatte. Frona hüstelte, und da endlich hob er seine vom Rauch geröteten Augen zu ihr auf.

»Aber gewiß«, sagte er. »Befestigen Sie nur wieder die Klappe, und machen Sie sich's gemütlich.« Damit kehrte er wieder zu seiner Aufgabe zurück.

»Gastfreundlich, ganz bestimmt«, bemerkte sie für sich, gehorchte seiner Anweisung und kam zum Herd.

Ein Haufen kleingehackten Reisigs, noch ziemlich feucht, lag neben ihm. Frona kannte diese Kriechfichten, die sich um die flachen Lager alluvialer Ablagerungen herumwanden und anders als ihre Baumverwandten den Kopf kaum einmal höher als einen Fuß über die Erde hoben. Sie schaute in den Herd, fand ihn leer und füllte ihn mit dem feuchten Holz. Der Mann stand auf, hustete von dem Rauch, der seine Lungen füllte, und nickte zustimmend.

Als er wieder zu Atem gekommen war, sagte er: »Setzen Sie sich und trocknen Sie Ihre Röcke. Ich bereite eine Mahlzeit vor.«

Er stellte einen Kaffeetopf vorne auf den kleinen Herd, leerte den Eimer hinein und ging zum Zelt hinaus, um frisches Wasser zu holen. Frona tauchte, kaum daß er den Rücken gekehrt hatte, nach ihrer Reisetasche, und als er gleich darauf wieder zurückkam, fand er sie in einem trockenen Rock vor. Den nassen wrang sie aus. Während er in der Lebensmittelkiste nach Geschirr und Besteck fischte, hatte sie zwischen den Zeltpfosten ein Stückchen Schnur gespannt und hängte den Rock zum Trocknen auf. Das Geschirr war schmutzig; er wusch es ab, und sie wechselte indessen geschickt und blitzschnell ihre Strümpfe. Ihre Kindheit hatte sie den Wert gut gepflegter Füße für den Trail gelehrt. Die nassen Schuhe stellte sie auf einen Holzhaufen hinter dem Herd und schlüpfte dafür in zierliche, weiche Hausmokassins, wie die Indianer sie trugen. Das Feuer brannte inzwischen recht gut, so daß sie die Unterkleider am Körper trocken werden lassen konnte.

Während der ganzen Zeit hatte keiner ein Wort gesprochen. Der Mann ging auf eine Weise seiner Arbeit nach, daß Frona

»Gastfreundlich, ganz bestimmt«, bemerkte Frona für sich, gehorchte seiner Anweisung und kam zum Herd. (Seite 32)

meinte, er wäre sowieso taub für ihre Erklärung gewesen, die sie gerne gegeben hätte. Sein ganzes Verhalten ließ vermuten, für ihn sei es die allernormalste Sache der Welt, daß eine junge Frau aus dem Sturm in sein Zelt kam und seine Gastfreundschaft beanspruchte. Das gefiel ihr zwar, doch da sie es nicht verstand, machte sie sich Sorgen. Sie hatte das Gefühl, etwas werde für selbstverständlich gehalten, und das verstand sie nicht. Ein paarmal setzte sie zum Sprechen an, aber er nahm so wenig Notiz von ihrer Anwesenheit, daß sie es unterließ.

Erst öffnete er mit einer Axt eine Dose Corned beef, dann briet er ein halbes Dutzend Scheiben Speck, stellte die Bratpfanne weg und kochte den Kaffee. Aus der Lebensmittelkiste grub er ein halbes Dutzend kalter, dicker Pfannkuchen heraus. Zweifelnd schaute er erst die Dinger, dann Frona an. Schließlich warf er die durchweichten Dinger zum Zelt hinaus und schüttelte den Inhalt eines Säckchens Schiffszwieback auf ein Stück Segeltuch. Der Zwieback war ziemlich zerkrümelt und durchweicht, so daß er eine fast breiige weißgraue Masse war.

»Das ist alles, was ich an Brotähnlichem habe«, murmelte er. »Aber setzen Sie sich. Wir müssen das Beste daraus machen.«

»Moment mal . . .« Ehe er noch protestieren konnte, hatte Frona den Schiffszwieback auf Fett und Speck in die Bratpfanne geleert. Sie fügte ein paar Tassen Wasser dazu und rührte alles über dem Feuer. Als es ein paar Minuten lang in der Hitze geblubbert und gesungen hatte, schnitt sie das Corned beef auf und mischte es unter das andere. Sie würzte alles mit Salz und schwarzem Pfeffer, und da stieg dann ein appetitlicher Duft von der Pfanne auf.

»Muß schon sagen, das schmeckt recht gut«, bemerkte er und hielt den Teller auf seinen Knien im Gleichgewicht. »Wie nennen Sie dieses Gericht?«

»Slumgullion«, erwiderte sie kurz, und danach aßen sie schweigend weiter.

Frona goß ihm Kaffee ein und musterte ihn dabei unauffällig. Es war kein unangenehmes Gesicht, aber stark. Stark, berichtigte sie für sich, wenn auch nicht tatsächlich und im Moment, doch es hatte die Fähigkeit zur Stärke. Ein Student, meinte sie für sich, denn sie kannte den Ausdruck der Augen, die um Mitternacht noch beim Schein der Öllampe arbeiteten; diese Augen wirkten so. Braune Augen und auf männliche Art so schön, wie sie sein sollten. Aber beim Nachfüllen seines Tellers stellte sie fest, daß sie nicht auf herkömmliche Art braun waren, sondern haselnußbraun. Bei Tageslicht und bester Gesundheit mochten sie vielleicht grau erscheinen, sogar blaugrau. Die Augen kannte sie. Ihre beste Freundin hatte sie.

Sein Haar war kastanienbraun und schimmerte im Kerzenlicht golden; es sah weich und wellig aus, deshalb hing auch sein löwenfarbener Schnurrbart deutlich nach unten. Sonst war sein Gesicht glatt rasiert und sah auf männliche Art gut aus. Erst mißfielen ihr die ziemlich hohlen Wangen unter den hohen Wangenknochen, doch als sie die tiefe Brust, die breiten Schultern und die muskulöse Schlankheit seiner Figur näher gemustert hatte, fand sie Gefallen an den hohlen Wangen. Sie sprachen jedenfalls nicht von Nahrungsmangel, waren auch ein Beweis dafür, daß er sich nicht überernährte. Auf fünf Fuß und neun Zoll* schätzte sie seine Größe, sein Alter mochte zwischen fünfundzwanzig und dreißig liegen.

»Ich hab' nicht viele Decken«, sagte er unvermittelt, trank seine Tasse leer und stellte sie auf die Lebensmittelkiste. »Meine Indianer werden erst morgen vom Lake Linderman zurückkommen, und die Burschen haben alles verpackt bis auf ein paar Säckchen Mehl und die reine Zeltausrüstung. Aber ich habe ein paar schwere Mäntel, die sicher auch gute Dienste tun.«

Er wandte ihr den Rücken zu, als erwarte er keine Antwort, und rollte die mit Gummituch geschützten Decken aus. Dann nahm er zwei Mäntel aus einer Kleidertasche und warf sie auf das Bett.

»Kabarettkünstlerin wohl?« fragte er ohne sichtliches Interesse, nur so, als wolle er die Unterhaltung nicht einschlafen lassen, wisse aber die Antwort schon im voraus. Für Frona dagegen war die Frage wie ein Schlag ins Gesicht. Sie erinnerte sich Neepoosas Philippika gegen die weißen Frauen, die jetzt ins Land kamen, und wußte, daß ihre Lage ziemlich zwielichtig sein mußte, so man sie nicht kannte.

Aber er sprach schon weiter, ehe sie etwas sagen konnte. »Letzte Nacht hatte ich zwei Kabarettköniginnen, drei die Nacht vorher. Da gab es allerdings mehr Bettzeug. Sie scheinen ein besonderes Talent zu haben, ihre Ausrüstung zu verlieren. Ich

---

* ca. 1,78 Meter

habe jedoch bisher keine solche verlorene Ausrüstung gefunden, leider. Und alle, scheint mir, sind Königinnen. Keine Anfängerinnen unter ihnen, keine kleinen Leute, nein, nein. Und ich nehme an, auch Sie sind eine Königin.«

Sie wurde viel zu schnell rot, und sie ärgerte sich viel mehr darüber als er; sie wußte, daß sie sich selbst sicher im Griff hatte. Doch die Röte schien eine Verwirrung zu beweisen, die sie gar nicht empfand.

»Nein«, erwiderte sie kühl. »Ich bin keine Kabarettkünstlerin.«

Er warf etliche Mehlsäcke neben den Herd und benützte sie als Bettunterlage, sagte aber nichts. Mit den noch verbliebenen Säckchen bereitete er eine zweite Schlafstelle vor, natürlich auf der anderen Herdseite.

»Aber irgendeine Künstlerin sind Sie doch«, fuhr er fort mit einer nachdrücklich verächtlichen Betonung des Wortes »Künstlerin«.

»Leider bin ich ganz und gar keine Künstlerin.«

Er ließ die Decken fallen, die er gerade ausbreitete, und richtete sich auf. Bisher hatte er sie kaum angesehen, doch jetzt musterte er sie gründlich, jeden Zoll von ihr, vom Kopf bis zu den Füßen und wieder zurück, den Schnitt ihrer Kleider und ihre Frisur, und ließ sich damit auch noch Zeit.

»Oh, Verzeihung!« lautete sein Urteil, und dann schaute er sie noch einmal an. »Sie müssen wohl eine ziemlich närrische Frau sein, die von einem Vermögen träumt und die Augen verschließt vor den Gefahren dieser Pilgerfahrt. Nur zwei Sorten Frauen trifft man in diesem Land, die respektablen Frauen und Töchter und die anderen, die nicht respektablen. Um anständig zu erscheinen, nennen sich die einen Kabarettstars und Künstlerinnen, und aus Höflichkeit akzeptieren wir das. Ja, ja, ich weiß. Aber vergessen Sie nicht, die Frauen, die über einen Trail kommen, müssen die eine oder andere Sorte sein. Dazwischen gibt's nichts, und jene, die es versuchen, scheitern damit. Sie sind also ein sehr närrisches Mädchen, und Sie würden besser umkehren, solange noch eine Möglichkeit dazu besteht. Wenn Sie von einem Fremden ein Darlehen annehmen wollen, helfe ich Ihnen mit der Passage in die Vereinigten Staaten und schicke einen Indianer morgen mit Ihnen auf den Rückweg nach Dyea.«

Ein paarmal hatte Frona ihn zu unterbrechen versucht, doch er winkte jedesmal befehlend ab.

»Ich danke Ihnen«, begann sie, doch wieder unterbrach er sie.

»Oh, nichts zu danken, absolut nichts.«

»Ich danke Ihnen«, wiederholte sie, »aber ... Sie irren. Ich komme eben aus Dyea und erwartete meine Ausrüstung in Happy Camp vorzufinden. Sie sind Stunden vor mir aufgebrochen, und ich verstehe nicht, wie ich sie überholen konnte. Oh, doch, ich verstehe. Am Kratersee gab es diesen Nachmittag einen ziemlich schweren Sturm, und in den müssen sie wohl geraten sein. Deshalb verfehlte ich sie wohl. Ich weiß Ihr Motiv, mir zur Umkehr zu verhelfen, sehr zu schätzen, aber mein Vater ist in Dawson, und ich habe ihn seit drei Jahren nicht mehr gesehen. Und jetzt bin ich müde, weil ich heute von Dyea kam, und ich würde gerne ausruhen. Wenn Sie mir also Ihre Gastfreundschaft weiterhin gewähren wollen, gehe ich jetzt zu Bett.«

»Unmöglich!« Er stieß die Decken auf eine Seite, setzte sich auf die nackten Mehlsäcke und schaute sie verständnislos an.

»Sind etwa in den anderen Zelten Frauen?« fragte sie zögernd. »Ich sah keine, doch ich könnte sie übersehen haben.«

»Ein Mann und seine Frau waren da, aber die haben heute früh das Zelt abgebaut. Nein, es sind hier keine anderen Frauen bis auf ... zwei oder drei in einem Zelt, das für Sie aber unmöglich ist.«

»Glauben Sie, ich hätte Angst vor ihrer Gastfreundschaft?« fragte sie hitzig. »Schließlich sind es doch Frauen, wie Sie sagen.«

»Aber ich erklärte, die sind nichts für Sie.« Er musterte die Zeltwände, gegen die der Sturm drückte. »Ein Mann würde draußen in diesem Unwetter zugrunde gehen. Und die anderen Zelte sind zum Platzen voll. Zufällig weiß ich das. Sie haben des Wassers wegen ihre ganzen Lebensmittel mit hineingenommen und können sich nicht mal umdrehen. Auch sind mindestens ein Dutzend Fremder bei ihnen untergeschlüpft. Zwei oder drei haben mich vorher gebeten, ihr Lager hier aufschlagen zu dürfen, wenn sie anderswo nicht unterkommen, doch anscheinend bekamen sie irgendwo Platz. Das heißt aber nicht, daß noch irgendwo ein Fleckchen frei wäre und überhaupt ...«

Hilflos brach er ab. Es war eine schwierige Situation.

»Kann ich heute noch bis zum Deep Lake kommen?« fragte Frona, die nicht an sein Mitleid appellieren wollte, doch dann lachte sie hellauf, als ihr zu Bewußtsein kam, was sie tat.

»Sie können in der Dunkelheit nicht über den Fluß«, erwiderte er streng. »Und dazwischen ist kein Lager mehr.«

»Haben Sie etwa Angst?« fragte sie ein bißchen höhnisch.

»Nicht für mich.«

»Nun, dann gehe ich wohl zu Bett.«

»Ich bleibe auf und halte das Feuer am Brennen«, schlug er nach einer Pause vor.

»Ach, Unsinn!« rief sie. »Als ließe sich damit Ihr närrischer Kode einhalten! Wir sind nicht in der Zivilisation, sondern auf dem Trail zum Pol. Gehen Sie schlafen.«

Er hob die Schultern und gab sich geschlagen. »Gut. Und was soll ich tun?«

»Sie helfen mir natürlich, mein Lager vorzubereiten. Die Säcke kreuzweise legen. Danke, Sir. Aber ich habe Muskeln und Knochen, die sonst rebellieren. Hier ... Ziehen Sie sie so herum.«

Unter ihrer Anleitung legte er die Säcke der Länge nach in einer Doppelreihe aus. Damit blieb eine ungemütliche Leere in der Mitte zwischen den harten Sackkanten. Die klopfte sie mit dem Rücken einer Axt glatt, dann faltete sie eine Decke dreifach und breitete sie über den langen Spalt.

»Hm«, machte er. »Jetzt verstehe ich, warum ich so schlecht geschlafen habe. Also los!« Schnell baute er sein eigenes Lager nach ihrem Muster um.

»Sie scheinen also wenig Erfahrung auf dem Trail zu haben«, bemerkte sie, breitete die oberste Decke aus und setzte sich.

»Vielleicht«, antwortete er. »Aber was wissen Sie über dieses Leben am Trail?« knurrte er ein wenig später.

»Genug, um zurechtzukommen«, erklärte sie gleichmütig, schob das trockene Holz vom Herd weg und das feuchte daneben.

»Hören Sie doch, wie das stürmt!« rief er. »Es wird immer noch schlimmer.«

Das Zelt zitterte unter den heftigen Windstößen, und dichter Schneeregen prasselte wie ein Trommelfeuer darauf herab. In den kurzen, seltenen Windpausen hörten sie das Wasser über die Seiten laufen, und das klang wie das Rauschen eines Wasserfalls. Vorsichtig berührte er das nasse Dach, worauf sofort ein Wasserguß herabfegte, direkt in die Lebensmittelkiste hinein.

»Das sollen Sie doch nicht tun!« rief Frona und sprang auf. Sie legte den Finger an die Stelle und strich damit vorsichtig die Seitenwand hinab. Es hörte zu lecken auf. »Wissen Sie, so etwas dürfen Sie nicht machen«, wiederholte sie.

»Du lieber Gott«, sagte er. »Und Sie kamen heute von Dyea her? Sind Sie denn nicht steif vor Müdigkeit?«

»Ein bißchen schon«, gab sie freimütig zu, »und schläfrig.«

Ein paar Minuten später rief sie ihm »Gute Nacht!« zu und streckte genießerisch ihren müden Körper in den warmen Decken. »Oh, herrje«, meldete sie sich nach einer Viertelstunde. »Sind Sie wach?«

»Ja. Was ist?«

»Haben Sie das Anfeuerholz für den Morgen geschnitten?«

»Nein. Warum?«

»Nun ja, Sie wollen doch Feuer. Dann stehen Sie auf und tun Sie's.«

Wortlos gehorchte er, doch sie hörte nicht mehr, daß er es tat.

Der Geruch von bratendem Speck hing in der Luft, als sie die Augen aufmachte. Der Tag war angebrochen, der Sturm hatte wieder aufgehört. Eine nasse Sonne versuchte fröhlich auf die durchweichte Landschaft zu scheinen, sogar in die Zelte mit den weit offenen Klappen. Die Arbeit hatte begonnen. Gruppen von Männern kamen mit ihren Traglasten vorüber. Frühstück wurde gekocht, doch Frona drehte sich noch einmal um. Ihr Gastgeber hatte eben den gebratenen Speck und die gerösteten Kartoffeln in den Ofen geschoben und bemühte sich gerade, mit zwei Stöcken Feuerholz die Zeltklappe offenzuhalten.

»Guten Morgen«, sagte sie.

»Guten Morgen«, antwortete er, stand auf und griff nach dem Wassereimer. »Ich brauche gar nicht zu hoffen, daß sie gut geschlafen haben, denn Sie taten es.«

Frona lachte.

»Und ich hole jetzt Wasser. Wenn ich zurückkomme, werden Sie wohl für das Frühstück bereit sein.«

Nach dem Frühstück setzte sie sich in die Sonne, und da erblickte Frona eine bekannte Gruppe von Männern, die gerade am Rand der Gletscherzunge beim Kratersee zogen. Sie klatschte in die Hände.

»Da kommt meine Ausrüstung, und Del Bishop schämt sich entsetzlich, daß er nach mir ankommt.« Sie drehte sich zu dem Mann um und schlang Kamera und Reisetasche über ihre Schulter. »Ich muß Ihnen jetzt Lebewohl sagen und mich für Ihre Freundlichkeit bedanken.«

»Oh, absolut nicht nötig. Ich würde das für jede ...«

»Kabarettkünstlerin ...«

Er schaute einen Moment schuldbewußt drein, dann fuhr er fort: »Ihren Namen kenne ich nicht, will ihn auch nicht wissen.«

»So streng will ich nicht sein, denn ich weiß, wer Sie sind, Mister Vance Corliss! Das sah ich an Ihren Gepäckanhängern. Und wenn Sie nach Dawson kommen, müssen Sie mich besuchen. Ich heiße Frona Welse. Leben Sie wohl.«

»Ihr Vater ist doch nicht Jacob Welse?« rief er ihr nach.

Sie schaute zurück und nickte.

Aber Del Bishop schämte sich nicht. »Eine Welse landet immer an einer weichen Stelle auf den Füßen«, hatte er sich am Abend vorher getröstet. Aber er war sehr zornig gewesen.

»Guten Morgen«, begrüßte er sie. »Und es ist ja klar, daß du's bequem gehabt hast, wenn ich auch nichts dafür kann.«

»Du hast dir doch hoffentlich keine Sorgen gemacht?«

»Ich mir Sorgen? Um eine Welse? Wer? Ich? Nicht ums Leben. Hab' zuviel damit zu tun gehabt, dem Kratersee zu sagen, was ich von ihm halte. Ich mag das Wasser nicht, das hab' ich dir ja gesagt. Nein, Angst hab ich trotzdem keine davor.«

Er wandte sich an die Indianer. »He, du, Pete! Los geht's! Bis Mittag müssen wir am Linderman sein.«

»Frona Welse?« wiederholte Vance Corliss für sich selbst. Das erschien ihm wie ein Traum, und angestrengt schaute er der sich entfernenden Gestalt nach. Del Bishop und die Indianer waren schon um eine Felsbiegung verschwunden, und Frona näherte sich ihr. Die Sonne schien voll auf sie, und vor dem dunklen Fels war sie ein strahlendes Bild. Sie winkte mit ihrem Stock, er legte die Hand an die Mütze, und sie verschwand.

5

Die Stellung, die Jacob Welse einnahm, war sicher recht ungewöhnlich. Er war ein Händlerriese in einem Land ohne Handel, ein reifes Produkt des neunzehnten Jahrhunderts, das in einer Gesellschaft gedieh, die so primitiv war wie jene der Vandalen des Mittelmeerraumes. Er war ein Industriekapitän und ein großartiger Monopolist und herrschte über die unabhängigste Ansammlung von Menschen, die sich von allen Ecken der Welt hier zusammengefunden hatten. Er war ein Missionar der Wirtschaftlichkeit, ein St. Paul des Handels und predigte Tüchtigkeit und Kraft. Er glaubte an die Naturrechte des Menschen, machte sich, selbst ein Kind der Demokratie, aber alle Menschen untertan. Regierung durch Jacob Welse für Jacob Welse und das Volk, vertreten von Jacob Welse, das war sein ungeschriebenes Evangelium. Ganz allein hatte er sein Dominium abgesteckt, bis es die Größe von einem Dutzend römischer Provinzen hatte. Auf seinen Befehl hin setzte sich die Bevölkerung über ein Gebiet von hunderttausend Meilen in Bewegung, und Städte sprangen aus dem Boden oder verschwanden wieder.

Und doch war er ein ganz gewöhnlicher Mann. Die Luft der Welt füllte seine Lungen zum erstenmal auf der offenen Prärie beim River Platte mit dem blauen Himmel über sich und unter sich das üppige grüne Gras, das sich sanft an seine Nacktheit schmiegte. Auf den Pferden öffneten sich ihm zum erstenmal die Augen, die fortan immer etwas erstaunt die Wunder der Welt musterten. Sein Vater, der Trapper, hatte sich vom Trail abgewandt, damit seine Frau Ruhe habe für die Geburt seines Sohnes. Eine Stunde etwa, dann saßen sie, die nun zu dritt waren, wieder im Sattel und holten ihre Kameraden, die anderen Trapper, ein. Sie waren nicht aufgehalten worden, keine Zeit ging verloren. Am Morgen kochte seine Mutter über dem Lagerfeuer das Frühstück wie gewöhnlich, und dann folgte ein Ritt von fünfzig Meilen bis Sonnenuntergang.

Der Trappervater kam aus dem derben Stamm der Walliser, die schon frühzeitig aus dem Osten nach Ontario zogen, und die Mutter war eine Nomadentochter der irischen Emigrantensiedler dieses Staates. Von beiden Seiten her hatte er die Wanderlust im Blut, das Fieber der Bewegung, den Drang, bis zu den Rändern der Dinge vorzustoßen. Im ersten Lebensjahr, noch bevor er selbst laufen lernte, hatte er auf einem Pferderücken schon mehr als tausend Meilen Wildnis hinter sich gebracht und in einer Jagdhütte am Oberlauf des Red River, ziemlich weit im Norden, überwintert. Seine ersten Schuhe waren Mokassins, sein erstes Spielzeug aus Elchtalg. Sein erster bewußter Eindruck war der, daß die Welt aus großen Brachlanden und weißen Weiten bestand und bevölkert war mit Indianern und weißen Jägern, wie sein Vater einer war. Eine Stadt war ein zusammengedrängter Haufen von Wohnzelten aus Tierhäuten, ein Handelsposten Sitz der Zivilisation, ein Agent oder Kommissionär Gott der Allmächtige persönlich. Flüsse und Seen dienten der Fortbewegung des Menschen. In diesem Licht gesehen, waren die Berge für ihn ein Rätsel. Aber er stellte sie ganz einfach in die Ecke für Unerklärliches und machte sich weiter darüber keine Gedanken. Manchmal starben Menschen. Aber deren Fleisch war nicht gut zu essen, und ihre Häute waren wertlos, vielleicht deshalb, weil sie kein Fell hatten. Pelze waren wertvoll, und mit ein paar Ballen konnte sich einer die ganze Welt kaufen. Tiere waren erschaffen worden, damit der Mensch sie fange und abhäute. Er wußte nicht, wofür die Menschen da waren, wenn nicht vielleicht für den Agenten.

Als er älter wurde, änderte er diese Ansichten etwas, aber dieser Prozeß war eine ständige Quelle kindlichen Verwunderns. Erst als er schon ein Mann geworden war und die Hälfte der Städte in den Staaten durchwandert hatte, verlor sich der Ausdruck kindlichen Staunens aus seinen Augen, die nun scharf und wachsam wurden. Als Junge hatte er den ersten Kontakt mit Städten, und da orientierte er sich neu. Leute, die in Städten lebten, waren verweichlicht. Sie hatten nicht die Kompaßpunkte im Kopf und verirrten sich leicht. Deshalb blieben sie ja auch lieber in den Städten. Und weil sie sich leicht erkälteten und vor der Dunkelheit fürchteten, schliefen sie immer unter einem Dach und versperrten des Abends ihre Türen. Die Frauen waren weich und hübsch, aber mit den Schneeschuhen kamen sie nicht voran. Alle redeten zuviel. Deshalb logen sie auch und konnten kaum mit ihren Händen arbeiten. Und schließlich gab es auch die menschliche Fähigkeit, die man »Bluff« nannte. Ein Mann, der bluffte, mußte sich seiner Sache sicher sein, oder er hatte dafür geradezustehen. Bluff war gut, solange man ihn mit Verstand einsetzte.

Später verbrachte er zwar sein ganzes Leben hauptsächlich in Wäldern und Bergen, aber er machte die Erfahrung, daß Städte nicht unbedingt schlecht sein mußten; ein Mann konnte in einer Stadt leben und doch ein Mann sein. Da er daran gewöhnt war, mit den Kräften der Natur zu kämpfen, zogen ihn auch der Handelskampf und und der mit gesellschaftlichen Kräften an. Die Herren der Märkte und Börsen erschienen ihm strahlend, doch sie blendeten ihn nicht. Er studierte sie und bemühte sich, die Geheimnisse ihrer Stärke zu erfassen. Und da er es für gegeben hielt, daß etwas Gutes aus Nazareth kam, nahm er sich in der Blüte seiner Mannesjahre eine Frau aus der Stadt. Trotzdem sehnte er sich immer nach dem Rand der Dinge, und sein Blut ließ ihm keine Ruhe, bis sie weggingen. Über der Dyea-Bucht, direkt am Waldrand, baute er das große Blockhaus, den Handelsposten. Und hier bekam er allmählich die Dinge so in den Brennpunkt, wie es richtig war, und definierte das Problem der Gesellschaft so genau, wie er dies mit dem der Natur getan hatte. In dem einen war nichts, was man nicht in den Begriffen des anderen hätte ausdrücken können. Die gleichen Grundsätze galten für beide. Konkurrenz war das Geheimnis der Schöpfung. Kampf war das Gesetz und der Weg des Fortschrittes. Die Welt war für die Starken geschaffen, und nur die Starken konnten sie erben, und durch all dies lief eine ewige Gerechtigkeit. Ehrlichsein hieß Stärke, Sündigen war Schwäche. Einen ehrlichen Mann bluffen war unehrlich. Einen Bluffer bluffen, das war ein Stich mit dem Stahl der Gerechtigkeit. Die primitive Kraft lag im Arm, die moderne im Gehirn. Der Boden hatte sich verändert, doch der Kampf, der darauf stattfand, war derselbe geblieben. In alten Zeiten kämpften die Menschen um die Beherrschung der Erde und die Köstlichkeiten, die sie daraus zogen. Aber das Schwert hatte dem Hauptbuch Platz gemacht, der Landherr im Kettenhemd dem Industriemagnaten in weichen Kleidern, das Zentrum der kaiserlichen politischen Macht dem Sitz in den Handelsbörsen. Der moderne Wille hatte den Wilden der alten Zeit ersetzt. Die sture Erde ergab sich nur der Kraft. Gehirn war größer als Körper; der Mann mit dem besseren Gehirn konnte leichter die Primitiven beherrschen.

Sehr viel Bildung herkömmlicher Art hatte er nicht. Am Lagerfeuer und bei Kerzenlicht hatte er von seiner Mutter einiges gelernt, und dazu konnte er sich etwas Buchwissen aneignen.

Aber das, was er so gesammelt hatte, war ihm keine Last. Er verstand jedoch die Tatsachen des Lebens, er hatte die Nüchternheit, die aus dem Boden kommt, und die klare Erdsicht.

So kam es, daß Jacob Welse in noch jungen Jahren über den Chilcoot ging und in den unbekannten Weiten verschwand. Ein Jahr später tauchte er bei den russischen Missionen auf, die sich um die Mündung des Yukon in die Beringsee drängten. Er hatte den dreitausend Meilen langen Fluß bereist, viel gesehen und einen großen Traum geträumt. Aber er schwieg darüber und ging an die Arbeit, und eines Tages schrillte die Pfeife eines verrückten Raddampferchens beim Foss o' Yukon die Mitternachtssonne an. Das war ein großartiges Abenteuer. Wie das gelang, kann nur Jacob Welse selbst erzählen. Aber nun hatte er mit dem Unmöglichen begonnen und machte damit weiter; ein Dampfer kam zum anderen, ein Unternehmen zum anderen. An vielen tausend Flußmeilen baute er Handelsposten und Lagerhäuser auf. Er zwang des weißen Mannes Axt in die Hände der Eingeborenen, und in jedem Dorf zwischen den Städtchen gab es die riesigen Stapel des vier Fuß langen Feuerholzes für seine Kessel. Auf einer Insel in der Beringsee, wo Fluß und Ozean einander begegneten, gründete er eine große Verteilerstation, und auf dem Nordpazifik schwammen seine ansehnlichen Ozeandampfer. In seinen Büros in Seattle und San Francisco arbeiteten viele Schreiber, um sein Geschäft mit Ordnung und System zu führen.

Männer kamen in das Land. Bis jetzt hatte der Hunger sie hinausgetrieben, aber jetzt war ja Jacob Welse da mit seinen Lebensmittelläden; deshalb konnten sie in der Kälte überwintern und im gefrorenen Schlamm nach Gold suchen. Er ermutigte sie, streckte ihnen Lebensmittel vor, führte sie in den Büchern seiner Firma. Seine Schiffe schleppten sie in den alten Tagen bis hinauf nach Koyokuk. Wo immer es sich auszahlte, baute er ein Lagerhaus und einen Laden. Die Stadt folgte dann von selbst. Er forschte, spekulierte, entwickelte; unermüdlich, unbeugsam, immer mit dem stählernen Glitzern in seinen dunklen Augen. Überall war er gleichzeitig alles. Wurde irgendwo ein neuer Fluß erschlossen, so war er da, aber fast gleichzeitig auch an seinem Oberlauf, wohin er Lebensmittel lieferte. Nach außen hin bekämpfte er Handelskombinationen, schloß Allianzen mit den Landeignern und erzwang von den großen Transportgesellschaften niedrige Tarife. Nach innen verkaufte er Mehl, Decken und Tabak, baute Sägemühlen, versorgte ganze Stadtneubauten, erwarb Besitz an Kupfer, Eisen und Kohle. Und damit die Minenarbeiter gut ausgerüstet werden konnten, suchte er in der ganzen Arktis bis nach Sibirien nach Eingeborenen-Schneeschuhen, nach Parkas und Stiefeln aus Seehundleder.

Er trug das Land auf seinen Schultern, kümmerte sich um seine Bedürfnisse, tat seine Arbeit. Jede Unze Goldstaub ging durch seine Hände, jede Postkarte, jeder Kreditbrief ebenso. Er war Bankier und Börse und Post. Auf die Konkurrenz schaute er finster herab und verängstigte das Kapital der Räuber; militante Syndikate bluffte er; und fielen sie nicht darauf herein, so hielt er sich an seinen Bluff und zerbrach sie. Und bei all dem fand er immer noch Zeit und einen Ort, um sich seines mutterlosen Mädchens zu erinnern, seine Tochter zu lieben und sie für die Position zu erziehen, die er für sie geschaffen hatte.

6

»So denke ich also, Captain, Sie sind meiner Meinung, daß wir den Ernst der Situation übertreiben müssen.« Jacob Welse half seinem Besucher in seinen Pelzmantel. »Nicht daß die Lage nicht ernst wäre, aber sie soll ja nicht noch ernster werden. Sie und ich, wir beide haben schon früher Notzeiten erlebt. Wir dürfen sie erschrecken, jetzt, ehe es zu spät ist. Nehmen Sie fünftausend Mann aus Dawson heraus, dann reichen die Lebensmittel. Sollen diese fünftausend doch ihre Hungergeschichte nach Dyea und Skaguay tragen, dann werden sie verhindern, daß weitere fünftausend über das Eis kommen.«

»Sehr richtig! Und Sie können auf die tatkräftige Mithilfe der Polizei rechnen, Mr. Welse.« Der Sprecher, ein ergrauter Mann mit kräftigem Gesicht, stämmig und von militärischer Haltung, schlug seinen Kragen in die Höhe und legte seine Hand auf die Türklinge. »Ich sehe schon, und Ihnen sei Dank dafür, daß die Neuen ihre Ausrüstung verkaufen und dafür Hunde kaufen werden. Guter Gott! Wenn es da nicht ein Wettrennen über das Eis gibt, sobald der Fluß zugefroren ist! Und jeder, der tausend Pfund Lebensmittel verkauft und geht, erleichtert den Druck eines leeren Magens und füllt einen anderen, der bleibt. Wann legt die *Laura* ab?«

»Diesen Morgen, mit dreihundert Männern ohne Lebensmittel an Bord. Ich wollte, es wären dreitausend!«

»Amen! Übrigens, wann kommt Ihre Tochter an?«

»Sie kann jetzt jeden Tag kommen.« Jacob Welses Augen wurden ganz warm. »Und wenn sie kommt, möchte ich Sie beim Dinner hier haben. Bringen Sie eine Auswahl Ihrer jungen Männer aus der Kaserne mit. Ich kenne ihre Namen nicht, aber laden Sie die Leute in meinem Namen und ganz persönlich ein. Die gesellschaftliche Seite habe ich recht wenig kultiviert; keine Zeit, wissen Sie. Aber das Mädchen soll doch ihr Vergnügen haben. Frisch aus den Staaten und aus London, also wird sie sich vermutlich ein bißchen einsam fühlen, verstehen Sie?«

Jacob Welse schloß die Tür, kippte den Stuhl nach rückwärts und stemmte die Füße auf das Schutzgitter des Ofens. Eine halbe Minute lang geisterte ein Mädchenbild in den Hitzewellen über dem Ofen und wurde zu einer Frau des blonden Angelsachsentyps.

Die Tür ging auf. »Mr. Welse, Mr. Foster schickt mich her; er will wissen, ob er unterzeichnete Lagerhausaufträge ausführen soll.«

»Sicher, Mr. Smith. Aber sagen Sie ihm, er soll nur die Hälfte abgeben. Lautet ein Auftrag für tausend Pfund, soll er fünfhundert bekommen.« Er zündete eine Zigarre an und kippte den Stuhl wieder.

»Captain McGregor möchte Sie sehen, Sir.«

»Schicken Sie ihn herein.«

Captain McGregor kam und blieb vor seinem Arbeitgeber stehen. Die rauhe Hand der Neuen Welt hatte auf dem Schotten von Kindheit an gelegen; aber seine Ehrlichkeit war unübersehbar in sein Gesicht geschrieben, und der kräftige Unterkiefer meldete dem Beschauer, daß Ehrlichkeit ihm gegenüber auch immer die einzig richtige Politik war, falls dieses Gegenüber mit dem Besitzer dieses Kinns Geschäfte machen wollte. Diese Warnung wurde von seiner Nase unterstrichen, die gebrochen und ein wenig seitlich verrutscht war und überdies eine lange Narbe aufwies, die von da über die Stirn ins graumelierte Haar verlief.

»Wir legen in einer Stunde ab, Sir. Ich bin also zu einem letzten Wort gekommen.«

»Gut.« Jacob Welse drehte seinen Stuhl herum. »Captain McGregor, ich hatte eigentlich eine andere Arbeit diesen Winter für Sie vor, doch ich habe meine Absicht geändert und Sie ausgewählt, mit der *Laura* nach unten zu gehen. Ahnen Sie den Grund?«

Captain McGregor verlegte sein Gewicht von einem Bein auf das andere, er lachte leise, und das Lachen vertiefte die Fältchen um seine Augen. »Wird Ärger geben«, brummte er.

»Und ich hätte keinen besseren Mann aussuchen können. Mr. Bally wird Ihnen genaue Anweisungen geben. Aber eines will ich sagen: Wenn wir nicht genug Männer aus dem Land hinausängstigen können, brauchen wir im Fort Yukon jedes Pfund Lebensmittel. Verstanden?«

»Jawohl.«

»Also keine Verschwendung. Sie nehmen dreihundert Männer mit. Wahrscheinlich gehen doppelt soviel hinab, sobald der Fluß zugefroren ist. Sie haben also tausend Leute durch den Winter zu füttern. Setzen Sie sie auf Ration, auf Arbeitsrationen, sehen Sie aber zu, daß sie auch arbeiten. Klafterholz, sechs

Dollar per Klafter, am Ufer dort aufgeschichtet, wo Dampfer landen können. Keine Arbeit, keine Rationen. Verstanden?«

»Jawohl.«

»Tausend Männer können ganz schön eklig werden, wenn sie faul sind. Sie können überhaupt eklig werden. Passen Sie auf, daß sie nicht an die Lager herankommen. Und wenn — dann tun Sie Ihre Pflicht.«

Der andere nickte grimmig. Unbewußt machte er Fäuste, und die Narbe auf seiner Stirn wurde tiefrot.

»Im Eis sind fünf Dampfer. Die sichern Sie ab gegen den Frühlingseisbruch. Aber zuvor bringen sie alle Ladungen in ein großes Lager. Da können Sie sie besser verteidigen. Und machen Sie es absolut sicher. Schicken Sie einen Boten nach Fort Burr, und bitten Sie Mr. Carter um drei seiner Männer. Er braucht sie nicht, aber Sie müssen sie haben. Sie werden es mit genügend Schießwütigen zu tun bekommen. Seien Sie unnachsichtig. Behalten Sie alles von Anfang an im Auge. Vergessen Sie nicht, der Mann, der zuerst schießt, bekommt die ganze Haut. Und lassen Sie nie die Lebensmittellager aus den Augen.«

»Und die Fünfundvierzig-Neunzig«, murmelte Captain McGregor, als er zur Tür hinausging.

»John Melton - Mr. Melton, Sir. Kann er Sie sehen?«

John Melton war dem Schreiber auf dem Fuß gefolgt. »Schauen Sie hier, Welse, was soll das heißen?« Aufgebracht schob er dem Firmenchef ein Papier unter die Nase. »Lesen Sie das! Was steht da?«

Jacob Welse warf einen Blick darauf. »Eintausend Pfund Lebensmittel«, sagte er kühl.

»Genau das sag' ich auch, aber dieser Bursche in Ihrem Lagerhaus, der sagt nein, da gibt's nur fünfhundert drauf.«

»Er sagt die Wahrheit.«

»Aber . . .«

»Da steht wohl tausend Pfund, aber im Lagerhaus ist dieser Schein nur für fünfhundert gut.«

»Aber das ist doch Ihre Unterschrift?« Er schob Welse den Schein wieder zu.

»Ja.«

»Und was wollen Sie da tun?«

»Ihnen fünfhundert geben. Und was werden Sie tun?«

»Nicht annehmen.«

»Sehr schön. Dann gibt es darüber keine weitere Diskussion.«

»Jawohl, da gibt's schon eine. Ich werde keine Geschäfte mehr mit Ihnen machen. Ich bin reich genug, mein eigenes Zeug über die Pässe zu schaffen, und das werde ich nächstes Jahr auch tun. Unser Geschäft ist jetzt und für alle Zeiten zu Ende.«

»Da kann ich nichts ändern. Sie haben dreihunderttausend Dollar in Goldstaub bei mir deponiert. Gehen Sie zu Mr. Atsheler und holen Sie sich den sofort ab.«

Wütend lief der Mann hin und her. »Kann ich denn die anderen fünfhundert nicht haben? Großer Gott, Mann! Ich hab' doch dafür bezahlt. Sie wollen mich doch nicht aushungern?«

»Schauen Sie, Melton.« Jacob Welse klopfte die Asche von seiner Zigarre. »Was arbeiten Sie jetzt im Moment? Was wollen Sie kriegen?«

»Tausend Pfund Lebensmittel.«

»Für Ihren eigenen Magen?«

Der Minenkönig nickte.

»Ah. Nur so.« Auf Jacob Welses Stirn vertieften sich die Falten. »Sie arbeiten also nur für Ihren eigenen Magen. Aber ich arbeite für die Mägen von zwanzigtausend.«

»Gestern haben Sie aber dem Tim McReady noch seine tausend Pfund gegeben.«

»Diese Halbierung trat erst heute in Kraft.«

»Warum muß ausgerechnet ich der Leidtragende sein?«

»Warum sind Sie nicht gestern gekommen und Tim McReady heute?«

Meltons Gesicht wurde ausdruckslos, und Jacob Welse beantwortete seine eigene Frage mit einem Achselzucken.

»Sehen Sie, Melton, so steht es. Favoriten gibt es nicht. Wenn Sie mich für Tim McReady verantwortlich machen, dann muß ich eben Sie dafür verantwortlich machen, daß Sie nicht gestern kamen. Wir beide überlassen das wohl besser der Vorsehung. Sie haben doch den Hunger von Forty Mile mitgemacht. Sie sind ein Weißer. Ein Bonanzabesitz oder auch ein Block von Bonanzaliegenschaften gibt Ihnen kein Recht auf ein Pfund mehr, als der älteste, abgerissenste Sauertopf bekommt oder auch das neueste, eben geborene Baby. Vertrauen Sie mir. Solange ich ein Pfund Lebensmittel habe, verhungern Sie nicht. Kopf hoch! Und geben Sie mir Ihre Hand. Lächeln Sie, machen Sie das Beste draus.«

Der Bonanzakönig kochte zwar innerlich noch, beruhigte sich

jedoch, schüttelte Welse die Hand und verließ den Raum. Bevor er aber noch die Tür schließen konnte, kam ein schlacksiger Yankee hereingeschlendert, holte mit einem Fuß im Mokassin einen Stuhl herbei und setzte sich.

»Sagen Sie«, begann er selbstsicher, »die Leute kriegen Angst wegen der Lebensmittel. Mindestens etliche.«

»Hallo, Dave. Sie sind's?«

»Glaub' schon. Aber was ich sagen wollte, sobald der Fluß zugefroren ist, wird alles nach draußen drängen.«

»Meinen Sie?«

»Hm. Ja.«

»Dann bin ich froh, es zu hören. Das Land braucht das. Gehen Sie mit?«

»Nicht in tausend Jahren.« Dave Harney legte den Kopf zurück. »Hab' gestern meinen Lastzug zu den Minen geschickt. War kein Tag zu früh. Aber sagen Sie, mit dem Zucker ist doch was passiert. Den hatte ich auf dem letzten Schlitten, und da, wo der Trail vom Klondike abzweigt ins Bonanza, was tut da der Schlitten? Er bricht durchs Eis. Nie hab' ich so was je gesehen. Der letzte Schlitten, und auf dem war der ganze Zucker. Deshalb dacht' ich mir, ich komm' mal heute vorbei um hundert Pfund Zucker oder so. Weiß oder braun, da bin ich nicht heikel.«

Jacob Welse schüttelte lächelnd den Kopf, aber Harney zog seinen Stuhl näher heran.

»Ihr Schreiber hat gesagt, er weiß nicht, und ich wollt' ihn ja nicht drängen, deshalb hab' ich ihm gesagt, ich käm' nur mal schnell hier bei Ihnen vorbei. Mir ist's egal, was es ist. Genau hundert — das reicht mir dann schon.«

Welse schüttelte den Kopf, doch davon ließ sich Harney nicht beirren. »Wissen Sie, ich mag gern Süßes. Wirklich. Wissen Sie noch, wie ich drüben am Preacher Creek die Karamellen gemacht hab'? Nein, wie die Zeit vergeht! Ist auch schon wieder sechs Jahre her. Oder mehr. Ja, eher sieben. Genau. Aber was hab' ich gesagt? Lieber rauch' und trink' ich nichts, aber meinen Zucker muß ich haben. Was ist also damit? Hab' meine Hunde draußen. Wär' eine gute Idee, gleich im Lager Anweisung zu geben, daß ich die hundert Pfund schon hab'.«

Aber er sah, wie Jacob Welses Lippen ein »Nein« formten, und redete sofort weiter: »Den will ich natürlich nicht hamstern. Nicht um die Welt. Wenn Sie knapp sind mit Zucker, dann tun's auch fünfundsiebzig ... oder vielleicht gar fünfzig. Ich kenn' Ihre Lage, und ich bin ja kein kleiner Hungerleider, der immer nur ...«

»Dave, was hat das für einen Sinn, so viele Worte zu machen? Wir haben kein Pfund Zucker übrig ...«

»Ich hab' ja gesagt, Welse, ich bin kein Hamsterer. Und weil's Sie sind, Welse, kann ich vielleicht auch mit fünfundzwanzig auskommen.«

»Nicht ein einziges Pfund, keine Unze!«

»Gar nichts? Nicht mal ein klitzekleines bißchen Zucker? Na, na, nur nicht aufregen. Wir vergessen's für jetzt, und ich komm' dann zu einer besseren Zeit wieder. Also bis später.« Er legte den Kopf schief und spitzte die Ohren. »Da pfeift doch die *Laura*. Die fährt aber bald ab. Gehen Sie runter zum Verabschieden? Kommen Sie mit.«

Jacob Welse zog seinen Bärenfellmantel und Handschuhe an, und sie gingen durch die vorderen Büros in den Laden. Der war so groß, daß die paar Dutzend Käufer vor den Theken noch lange kein Gedränge verursachten. Viele schauten ernst drein, und manch einer schickte dem Firmenchef im Vorbeigehen einen finsteren Blick zu. Die Angestellten verkauften außer Lebensmitteln alles, und ausgerechnet Lebensmittel waren gefragt. »Ah, die haltet ihr nur zurück«, sagte einer mit rotem Backenbart und grinste unverschämt dazu. »Für Hungerpreise.« Jacob Welse hörte es, nahm aber keine Notiz davon. Er rechnete damit, daß er dies noch sehr oft hören würde und auf noch viel unangenehmere Art, bis die Knappheit vorüber war.

Auf dem Gehsteig blieb er stehen, um die öffentlichen Anschläge zu lesen, die an der Mauer befestigt waren. Hunde verloren oder gefunden, dies und das zu kaufen gesucht oder zu verkaufen, aber den größten Raum nahmen die Verkaufsangebote von Ausrüstungen ein. Die Schwachen wurden schon ängstlich. Ausrüstungen, deren Wert sehr viel höher war, wurden zu einem Dollar je Pfund — bei fünfhundert Pfund Durchschnitt — ohne Mehl, zu eineinhalb Dollar mit Mehl angeboten. Jacob Welse sah Melton mit einem sehr besorgt dreinschauenden Neuankömmling sprechen, und das zufriedene Gesicht des Bonanzakönigs ließ darauf schließen, daß er seinen Wintervorrat günstig aufgefüllt hatte.

»Dave, warum suchen Sie sich nicht die Zuckerangebote aus?« Welse deutete auf die vielen Angebote.

Dave Harney sah gekränkt drein. »Vielleicht meinen Sie, ich hätt' nichts gewittert. Ich hab' meine Hunde von Klondike City zum Hospital gehetzt. Nichts zu machen für Geld oder Liebe.«

Sie gingen die Straße entlang, vorbei am Tor zum Lagerhaus und an den Gespannen der wartenden Huskies, die sich in wölfischem Behagen im Schnee zusammengeringelt hatten. Es war der erste Schnee dieses Herbstes, der liegenblieb, und auf ihn hatten die Goldsucher und Minenarbeiter oben am Fluß gewartet, um dann mit ihren Transporten zu beginnen.

»Komisch, was?« meinte Dave nach einer Weile, als sie die Hauptstraße überquerten, um zum Flußufer zu gelangen. »Furchtbar komisch. Da hab' ich fünfhundert Fuß Eldorado-Claims, die fünf Millionen wert sind, und für meinen Kaffee brauch' ich nicht zu schwitzen. Verdammt noch mal, das ganze Land kann mir doch gestohlen werden. Ich verkauf'. Alles. Ich geh' zurück in die Staaten.«

»Ah, das werden Sie nicht tun«, antwortete Jacob Welse. »Das haben Sie früher auch schon immer gesagt. Oben am Stuart River haben Sie ein Jahr lang ganz von Fleisch gelebt. Ich hab's nicht vergessen. Und oben am Tanana, da haben Sie Salmbäuche und Hunde gegessen, ganz davon zu schweigen, daß sie zwei Hungerzeiten mitgemacht haben. Und damals sind Sie auch nicht in die Staaten zurückgegangen. Das werden Sie auch nie tun. Und Sie sterben hier, so sicher die *Laura* jetzt dann ablegt. Ah, ich freu' mich schon auf den Tag, da ich Sie in einem Bleisarg nach San Francisco verschiffe, aber mir bleibt dann der ganze Ärger mit Ihrem Besitz, den ich dann auflösen muß. Sie wissen genau, daß Sie lebend hier nicht weggehen. Sie sind eine feste Einrichtung hier.«

Während er sprach, erwiderte er Grüße von den Passanten. Es waren in erster Linie Oldtimer, die er alle mit Namen kannte, aber die Neuankömmlinge waren ihm auch vom Gesicht her vertraut.

»Und ich wette eher, ich bin 1900 in Paris«, widersprach der Eldorado-König nicht sehr überzeugend.

Aber Jacob Welse hörte das nicht. Gongs und Glocken schlugen an, als ihn McGregor vom Ruderhaus aus sah, und die *Laura* löste sich vom Ufer. Die Männer am Landesteg schrien ihre Glückwünsche für eine gute Fahrt und einen letzten Rat hinüber, aber die dreihundert lebensmittellosen Männer wandten dem goldenen Traum den Rücken, waren bedrückt und entmutigt und gaben kaum Antwort. Die *Laura* schob sich rückwärts durch einen Kanal hinaus, der ins Ufereis geschnitten worden war, schwang sich in die Strömung und zog mit einem letzten Heulen der Dampfpfeife davon.

Die Menge verzog sich allmählich, jeder ging seinen Geschäften nach, und Jacob Welse stand schließlich mitten in einer Gruppe von zehn oder zwölf Männern. Selbst Dave Harney vergaß, das Land wegen der Zuckerknappheit zu verfluchen, denn man sprach unter Männern natürlich vom Hunger. Dave beschäftigte sich hauptsächlich mit den Neuankömmlingen, den *Chechaquos*, wie er sie nannte, da er die Sprache der Siwashs einigermaßen beherrschte. Mitten in seiner Rede leuchteten seine dunklen Augen auf, weil ein schwarzer Fleck mit dem halbgefrorenen Eis den Fluß hinabschwamm. »Schaut euch das mal an!« schrie er. »Ein Petersburger Kanu auf dem Eis!«

Es drehte sich da- und dorthin, einmal wurde gepaddelt, dann von einem Klotz Treibeis abgestoßen; so arbeiteten sich zwei Männer im Kanu in das Randeis, um eine offene Stelle zum Ufer zu suchen. Gegenüber dem vom Dampfer ausgeschnittenen Kanal tauchten sie ihre Paddel tief ein und schossen in das ruhige tote Wasser. Die wartende Gruppe empfing sie mit offenen Armen, halfen ihnen die Uferböschung herauf und trugen ihnen ihr Kanu nach. Auf dessen Boden lagen zwei lederne Postsäcke, ein paar Decken, ein Kaffeetopf, eine Bratpfanne und ein kleiner Lebensmittelsack. Die Männer waren von der Kälte so steif und gefühllos, daß sie kaum stehen konnten. Dave Harney schlug Whiskey vor und wollte sie sofort damit vollaufen lassen; aber einer der beiden tauschte erst noch mit Jacob Welse ein steifes Händeschütteln.

»Sie kommt«, kündigte er an. »Vor einer Stunde sind wir an ihrem Boot vorbeigekommen. Muß jeden Moment um die letzte Biegung kommen. Ich hab' etliche Depeschen für Sie, aber ich komme später. Erst muß ich was in mich hineinkriegen.« Er wandte sich zu Harney um, blieb aber plötzlich stehen und deutete flußaufwärts. »Da ist sie ja. Kommt jetzt gerade hinter dem Buschzeug heraus.«

»Lauft, Jungens, und holt euren Whiskey«, mahnte ihn Harney. »Sagt ihm, der geht auf meine Rechnung, doppelte Dosis.

Und entschuldigt, daß ich nicht mit euch trinke, ich muß dableiben.«

Der Klondike schwemmte eine dicke Eisschicht heran, zum Teil noch recht naß und musig, zum Teil aber auch schon fest, und trieb das Boot zur Mitte des Yukon. Vom Ufer aus sahen sie deutlich, wie die Leute im Boot kämpften. Vier Mann standen und pullten einen Weg durch die sich ineinanderschiebenden Eisschollen. Ein Yukon-Ofen an Bord schickte eine blaue Rauchwolke nach oben, und als das Boot sich näherte, war auch eine Frau im Heck zu erkennen, die das lange Steuer bediente. Als Jacob Welse dies sah, funkelten seine Augen. Er hielt das für ein gutes Omen. Sie war noch immer eine Welse, eine richtige, standfeste Kämpferin. Die Jahre der Kultur hatten sie nicht verweichlicht. Sie hatte die Früchte einer anderen Erde geschmeckt, hatte jedoch keine Angst vor dieser. Sie konnte guten Mutes und ganz natürlich zurückkehren.

So dachte er, bis endlich das recht mitgenommene und vereiste Boot an den Eisrand gelangte. Der eine weiße Mann an Bord sprang heraus, die Fangleine in der Hand, um das Boot langsam in den Kanal zu bugsieren. Aber das Randeis hatte sich nachts gebildet und trieb mit ihm hinaus in die Strömung. Die Bootsnase drehte unter dem Druck einer schweren Eisscholle ab, so daß er nach dem Heck griff. Die Frau holte mit dem Arm aus, packte seinen Kragen, und zu gleicher Zeit befahl ihre scharfe, autoritative Stimme, der Indianer am Paddel solle zurückstoßen. Noch immer hielt sie den Kopf des Mannes im Wasser hoch, geleitete aber gleichzeitig das Boot mit dem Heck voran in die Öffnung im Eis. Noch ein paar Ruderschläge, und der Kiel erreichte das Ufer. Den Kragen des vor Kälte schlotternden Mannes gab sie an Dave Harney weiter, der ihn herauszog und mit ihm eiligst der Spur der Postboten folgte.

Frona stand auf. Ihre Wangen glühten von der anstrengenden Arbeit. Jacob Welse zögerte. Er stand zwar in Reichweite des Dollbords, aber zwischen ihnen lag ein Golf von drei Jahren. Sie war nicht mehr das siebzehnjährige Mädchen, sondern eine junge Frau von zwanzig, und diese Zahl wog viel schwerer, als er je geglaubt hatte. Er wußte nicht, sollte er dieses junge, strahlende Wesen wie ein Bär ganz einfach an seine Brust drücken oder sollte er ihr höflich die Hand reichen und ihr ans Ufer helfen. Sie half seinen Zweifeln ab, denn mit einem Sprung war sie bei ihm und warf sich in seine Arme. Die oben schauten höflich ein wenig weg, bis die beiden Hand in Hand die Uferböschung heraufkamen.

»Gentlemen, meine Tochter.« Sein Gesicht war unbeschreiblich stolz.

Frona umarmte sie alle mit einem kameradschaftlichen Lächeln, und jeder Mann war der Meinung, sie habe ihm, ihm ganz besonders, für einen Moment fest in die Augen geblickt.

7

Daß Vance Corliss mehr von dem Mädchen zu sehen wünschte, mit dem er seine Decken geteilt hatte, versteht sich von selbst. Er war nicht klug genug gewesen, eine Kamera in dieses Land mitzunehmen, doch in seinem Gehirn hatte sich in einem sehr subtilen Prozeß ein Sonnenbild von ihr eingeprägt. Das war ganz schnell geschehen. Es war nur eine Licht- und Farbwelle, eine Belebung der Moleküle, eine Umschichtung im Gehirn, eine Fortpflanzung der Licht- und Farbwelle in eine ganz bestimmte Gehirnwindung — und das Bild war komplett vorhanden! Das grelle Sonnenlicht vor dem dunklen Hintergrund; eine schlanke, graue Gestalt, aus sich heraus strahlend, an der Grenze von Licht und Schatten stehend, ein junges Morgenlächeln in einer Flamme brennenden Goldes.

Dieses Bild besah er oft genug, und je öfter er es beschaute, desto sehnlicher wünschte er sich, Frona Welse wiederzusehen. Erregung packte ihn, wenn er daran dachte, der Überschwang allen Lebens. Sie war neu, frisch, ganz anders als alle anderen Frauen, denen er je begegnet war. Aus dem faszinierenden Unbekannten lachten ihn haselnußbraune Augen an, und eine Hand, weich in der Berührung und stark im Griff, winkte ihn heran. Das war eine Versuchung, die so zwingend war wie die der Sünde.

Nicht daß Vance Corliss ein Narr gewesen wäre, irgendeines Menschen Narr, und ein Einsiedlerleben hatte er ganz gewiß nicht geführt, doch seine Erziehung hatte seinem Leben einen gewissen puritanischen Anstrich gegeben. Die erwachende Intelligenz und ein breiteres Wissen hatten den Einfluß seiner strengen Mutter etwas gemildert, aber nie ganz ausgelöscht. Er war da, tief in ihm, ein wenig schattenhaft, aber er war und blieb ein Teil von ihm. Er verzerrte sogar, wenn auch nur leicht, seine Ansicht vom Leben. Seine Wahrnehmung blinzelte sozusagen, und wenn es um das weibliche Geschlecht ging, bestimmte dies seine Beurteilung. Er war stolz darauf, daß er von drei Arten Frauen sprechen konnte, denn seine Mutter hatte nur zwei zugelassen. Er war jedoch über sie hinausgewachsen. Er ging nicht davon ab, daß es drei Arten gab, die Guten, die Schlechten und die anderen, die teils gut, teils schlecht waren. Daß die letzteren meistens schlecht wurden, glaubte er fest. Seiner Meinung nach konnte ein Zustand halb/halb nicht von Dauer sein. Es war nur ein Zwischenzustand, der von oben nach unten, von Gut zu Bös' führte.

Das alles mochte wahr sein so, wie er es sah, doch solche Schlüsse können niemals anders als dogmatisch sein. Was war *Gut* und was *Böse?* Hier flüsterte ihm seine tote Mutter immer zu; nicht nur seine Mutter, sondern verschiedene konventionelle Generationen bis zurück zu dem primitiven Urahnen, der sich auf die Füße gestellt hatte, um nach unten, auf den Boden zu schauen. Vance Corliss hatte sich oft von der Erde trennen müssen; er wußte es zwar nicht, doch in ihm war eine unbeschreibliche Sehnsucht nach ihr, denn ohne seine Rückkehr zum Boden mußte er verderben.

Er hatte es nicht gewagt, Frona in eines seiner Fächer zu stopfen, entsprechend seiner ererbten Definitionen. Er klassifizierte sie überhaupt nicht. Ein Urteil wollte er sich erst dann bilden, wenn er mehr über sie wußte. Doch gerade dieses Datensammeln war eine große Versuchung, der kritische Punkt, wo die Reinheit mit träumerischen Händen in die Grube greift und sich weigert, sie Grube zu nennen, bis sie beschmutzt ist. Nein, Vance Corliss war kein Prolet. Und da Reinheit auch nur ein relativer Begriff ist, war er nicht rein. Daß er unter den Nägeln nicht den Schmutz einer Grube hatte, kam teils daher, daß er sie fleißig pflegte, vorwiegend jedoch daher, daß er noch in keine Grube gefallen war. Er war nicht deshalb gut, weil er gut sein wollte, weil ihn das Böse abstieß, sondern weil er noch keine Gelegenheit gehabt hatte, böse zu werden. Daraus kann aber nicht unbedingt geschlossen werden, daß er auch dann gut geblieben wäre, hätte er eine Gelegenheit zum Bösen gehabt.

Er war das Produkt eines behüteten Lebens. Immer hatte er in einer »sanitären« Wohnung gelebt, und die Klempnerei war ausgezeichnet. Die Luft, die er geatmet hatte, war größtenteils künstlich hergestelltes Ozon gewesen. Bei lindem Wetter hatte er Sonnenbäder genommen, und hatte es geregnet, war er ins Haus geholt worden. Als er ein Alter erreichte, da er selbst wählen konnte, war er voll damit beschäftigt gewesen, da und dort vom geraden Pfad, den seine Mutter ihn gelehrt hatte, ein wenig abzuweichen, doch im allgemeinen war er ihm immer gefolgt, den Blick geradeaus gerichtet, immer aufrecht ausschreitend, ohne viel Gedanken an das, was links und rechts liegen mochte.

Vitalität läßt sich nicht immer wieder neu verbrauchen. Wurde sie auf ein Ding verströmt, so war nichts übrig für ein anderes. So ging es jedenfalls Vance Corliss. Emsige Studien und gesunde körperliche Übungen während seiner Collegezeit hatten jene Energie verbraucht, die eine normale Verdauung aus einer bekömmlichen, abwechslungsreichen Ernährung bezieht. Wenn er gelegentlich ein wenig überschüssige Energie bemerkte, setzte er sie in der Gesellschaft seiner Mutter ein und bei den konventionellen Geistern und strengen Teegesellschaften, mit denen sie sich umgab. Das Ergebnis war ein sehr netter junger Mann, vor dem keine Mutter eines Mädchens je zu zittern brauchte, dessen Substanz nicht in einem ausschweifenden Leben aufgebraucht worden war. Er war ein gescheiter junger Mann mit einem Diplom für Mineningenieure und einem akademischen Grad mit Auszeichnung von Yale; und damit war er ein ichbezogener, selbstbeherrschter junger Mann.

Seine größte Tugend war die: Er war nicht hart geworden im Backtrog, den seine Vorfahren für ihn gebaut, in den seiner Mutter Hände ihn gepreßt hatten. Irgendwie schien er zu dem Urahnen zurückgekehrt zu sein, der sich einst auf die Füße gestellt und den Kopf erhoben hatte. Bis jetzt hatte dieses Erbteil jedoch geschlafen. Er hatte sich an seine stabile Umgebung angepaßt. Das Schicksal hatte ihn und seine Anpassungsfähigkeit noch nicht aufgerufen, doch wenn der Ruf kam, er müsse sich nun anpassen, sich neuen Bedingungen stellen, so würde er ihn hören und befolgen. Der Grundsatz vom rollenden Stein mag stimmen, aber im wirklichen Leben ist es so, daß die Fähigkeit, sich nicht festnageln zu lassen, die größte und wichtigste ist. Er wußte es nicht, aber die Wandlungs- und Bewegungsfähigkeit, die große Anpassung waren Vance Corliss' großartigste Eigenschaft.

Aber wieder zurück in seine Gegenwart. Er freute sich auf nüchterne, wenn auch strahlende Art auf ein Wiedersehen mit Frona Welse, und er benützte viel Zeit dafür, ihr Sonnenglanzbild in seinem Gehirn zu bewundern. Die Londoner Syndikate sind in Gelddingen niemals kleinlich, und so ging er über die Pässe, vorbei an den Seen und die Flüsse entlang mit genug Geld im Rücken, und trotzdem war Frona zwei Wochen vor ihm in Dawson. Er überwand mit Geld Hindernisse, für sie war der Name Welse der größte Schatz und Talisman. Nach seiner Ankunft verbrachte er ein paar Wochen damit, daß er eine Hütte kaufte, seine Einführungsbriefe vorlegte und sich seßhaft machte. Aber jedes Ding hat seine Zeit, und so nahmen eines Abends, nachdem der Fluß zugefroren war, seine Mokassins die Richtung zu Jacob Welses Haus. Mrs. Schoville, die Frau des Goldkommissionärs, erwies ihm die Ehre ihrer Begleitung.

Corliss hätte sich am liebsten die Augen gerieben. Eine Dampfheizung im Klondike! Aber im nächsten Moment war er von der Halle aus durch schwere Portieren in ein Wohnzimmer gekommen; nein, es war ein Salon. Seine Mokassins aus Elchleder sanken in einen luxuriösen dicken Teppich, und ein Sonnenaufgang von Turner an der Wand gegenüber ließ seinen Blick nicht mehr los. Es gab auch noch andere Bilder und etliche Bronzen. Zwei holländische Kamine waren vollgepackt mit langen Scheiten und gaben röhrende Wärme. Ein Klavier war da; jemand sang. Frona sprang vom Hocker auf, lief auf ihn zu und begrüßte ihn mit beiden Händen. Er hatte geglaubt, sein Sonnenbild sei perfekt, doch dieses Kaminfeuerbild der jungen Frau mit den rosigen Wangen lebendiger Wärme überdeckte das ältere völlig. Als er ihre Hände hielt, überkam ihn ein Wirbel der Seligkeit, der ihm das Blut schneller durch die Adern trieb und sein Gehirn vernebelte. Erst Mrs. Schovilles Stimme brachte ihn in die Wirklichkeit zurück, wenn er auch ihre ersten Worte nur undeutlich wahrnahm.

»Oh!« rief sie. »Sie kennen ihn!«

»Ja, wir sind einander am Dyea Trail begegnet, und wen man dort kennenlernt, den vergißt man nie«, sagte Frona.

»Oh, wie romantisch!« Die Frau des Goldkommissionärs klatschte in die Hände. Sie war fett, vierzig und pflegmatisch, aber zwischen Ausruf und Händeklatschen war sie recht lebendig. Ihr Mann dachte immer insgeheim, wenn Gott persönlich sich herablassen würde, ihr von Angesicht zu Angesicht zu begegnen, so würde sie mit Sicherheit in ihre runden Patschhändchen klatschen und rufen: »Oh, wie romantisch!«

Sie sprudelte heraus: »Wie ist das geschehen? Hat er Sie etwa über eine Klippe gerettet oder etwas dergleichen? Sagen Sie, daß er das getan hat. Und Sie haben kein Wort davon verraten, Mr. Corliss. Bitte, erzählen sie. Ich sterbe vor Neugier!«

»Oh, nichts dergleichen«, beeilte er sich zu antworten. »Nicht viel. Es ist so, daß ich ... daß wir ...«

Frona unterbrach ihn. Ihm sank das Herz in die Schuhe. Er hatte keine Ahnung, was dieses bemerkenswerte Mädchen sagen konnte.

»Er erwies mir Gastfreundschaft, das ist alles«, erklärte sie. »Und auf seine Röstkartoffeln kann ich schwören, während sein Kaffee dann ganz ausgezeichnet ist, wenn man sehr viel Hunger hat.«

»Undankbare!« konnte er gerade noch stottern und erntete dafür ein Lächeln, ehe er mit einem gutgebauten Leutnant der Mounted Police, der berühmten berittenen Polizei, bekannt gemacht wurde, der mit einem kleinen, peinlich ordentlich gekleideten Mann am Kamin stand und über die Versorgung mit Lebensmitteln sprach. Der kleine Mann sah mit weißem Hemd und steifem Kragen etwas fremdartig hier aus.

Da Corliss in einer sicheren Nische der Gesellschaft geboren war, gelang es ihm leicht, von einer Gruppe zur anderen zu wandern, und er wurde dafür sehr von Del Bishop beneidet, der immer noch steif auf dem ersten Stuhl hockte, auf den er gefallen war, und geduldig darauf wartete, daß sich einer verabschiedete, damit er wußte, wie er dieses Manöver hinter sich bringen konnte. Er hatte sich zwar das meiste davon schon vorgestellt, wußte auch ungefähr, mit wie vielen Schritten er zur Tür kam, er hätte auch Frona auf Wiedersehen sagen können, doch er wußte nicht, ob er allen reihum die Hand schütteln mußte oder nicht. Er war nur gerade vorbeigekommen, um Frona zu fragen: »Na, wie geht's?«, wie er sich ausdrückte, und da hatte er sich plötzlich in der Gesellschaft befunden.

Corliss hatte sich gerade mit Miß Mortimer über die Dekadenz französischer Symbolisten unterhalten und sah nun Del Bishop. Dieser erinnerte sich sofort des Mannes, den er in Happy Camp unter der Zelttür hatte stehen sehen. Er fühlte sich ihm sehr verpflichtet für die Miß Frona gewährte Gastfreundschaft, denn jede ihr erwiesene Freundlichkeit erwies man auch ihm. Und er würde sich daran erinnern, solange er noch eine Deckenecke hatte, die er über sich ziehen konnte. Miß Frona hatte zwar gesagt, das Lager sei dürftig gewesen, aber die Nacht war eher windig als kalt, also meinte er, Miß Frona habe nicht sonderlich gefroren. Corliss schien dies ein sehr gefährlicher Boden zu sein; bei erster Gelegenheit ließ er also den kleinen Goldsucher zurück, der sich fortan noch inniger nach der Tür sehnte.

Dave Harney, der nicht irrtümlich gekommen war, machte nicht den Fehler, am ersten Stuhl zu kleben. Als Eldorado-König hatte er das Recht auf eine Stellung in der Gesellschaft, die ihm seine zahlreichen Millionen garantierte. Obwohl er nicht an gesellschaftliche Gepflogenheiten gewöhnt war oder nur an eine Strickschlinge als Türschloß und einen Eintopf, von dem alle aßen, lernte er die Befriedigung kennen, sich als Ritter vom Teppich bewährt zu haben. Er faßte schnell auf und machte seine eindrucksvollen Runden, unterstrichen von seiner ungewöhnlichen Kleidung und seinem weit ausholenden, leicht schlurfenden Schritt. Mit allen, die ihm unter die Augen kamen, wechselte er ein paar gehaltvolle und unzusammenhängende Worte. Miß Mortimer, die ein pariserisches Französisch sprach, brachte ihn allerdings ein wenig mit ihren Symbolisten in Verlegenheit; er glich das wiederum aus mit dem Bastarddialekt der kanadischen Reisenden und ließ sie vollends sprachlos und sehr nachdenklich zurück, als er ihr vorschlug, ihm doch fünfundzwanzig Pfund Zucker zu verkaufen, egal ob braunen oder weißen. Das war aber kein besonderer Gunstbeweis, da alle von Lebensmitteln redeten und sich praktisch jeder mit Daves Vorschlag konfrontiert sah: »Zucker oder abhauen.« Und damit machte er allmählich die Runde.

Er setzte allem die Krone auf, als er, ermuntert von seinem gesellschaftlichen Erfolg, Frona bat, den schmalzigen Gassenhauer *I left my Happy Home for You** zu singen. Das war etwas, was ihr absolut nicht lag, aber sie ließ ihn die ersten paar Töne summen, so daß sie die Begleitung dazu fand. Seine Stimme war eher laut als süß, und Del Bishop, der plötzlich seine Fähigkeiten entdeckte, stimmte herzhaft mit ein. Dadurch fühlte er sich so wohl, daß er sich von seinem Stuhl löste, und als er dann endlich nach Hause fand, weckte er seinen verschlafenen Zeltgenossen auf, um dem zu erzählen, welch wundervolle Zeit er bei den Welses verbracht hatte.

Mrs. Schoville kicherte und fand es einmalig; noch einmaliger, als wenig später der Leutnant der Mounted Police und ein paar Landsleute *Rule Britannia*** und *God Save the Queen* sangen. Die

* Mein glücklich Heim verließ ich nur für dich

** Dieses Lied und die nachfolgenden sind Nationalhymnen oder bekannte patriotische Lieder

Amerikaner revanchierten sich mit *My Country, 'Tis of Thee* und *John Brown*. Dann forderte Big Alec Beaubien, der König von Circle City, die *Marseillaise*, und schließlich brach die Gesellschaft unter gemeinsamer Darbietung der *Wacht am Rhein* auf in die frostige Nacht.

»Kommen Sie nicht wieder zu solchen Gesellschaften«, flüsterte Frona Corliss zu, als er ging. »Wir haben keine drei Worte miteinander gesprochen, und ich weiß, daß wir gute Freunde sein werden. Hat Dave Harney Erfolg gehabt und Ihnen Zucker entlockt?«

Sie lachten zusammen, und Corliss ging unter der Aurora borealis nach Hause, im Bemühen, ein wenig Ordnung in seine Eindrücke zu bringen.

8

»Und warum sollte ich nicht stolz auf meine Rasse sein?«

Fronas Wangen waren gerötet, ihre Augen blitzten. Beide hatten in ihrer Kindheit gegraben, und sie hatte Corliss von ihrer Mutter erzählt, an die sie sich vage erinnerte. Sie war hellhäutig und flachshaarig, typisch angelsächsisch, und das Aussehen hatte sie von ihr geerbt, während ihr Vater und der alte Andy vom Posten Dyea sie mit Wissen anfüllten. Die Diskussion war dann auf die Rasse an sich abgeschweift, und Frona hatte im Eifer ihrer Begeisterung Dinge gesagt, die dem konservativeren Corliss als gefährlich, weil ohne Tatsachengrundlage erschienen. Er hielt sich erhaben über Rassenegoismus und insulare Vorurteile und hatte über ihre unreifen Überzeugungen gelacht.

»Das ist doch eine allgemeine Charakteristik aller Menschen und Völker«, führte er aus, »sich selbst als überlegene Rasse zu sehen — ein naiver, natürlicher Egoismus, sehr gesund und sehr nützlich, doch nichtsdestoweniger absolut wahr. Die Juden hielten sich selbst für das auserwählte Volk Gottes, und noch immer halten sie sich dafür ...«

»Und gerade deshalb hinterließen sie auf den Blättern der Geschichte sehr starke Eindrücke«, unterbrach sie ihn.

»Aber die Zeit hat die Stabilität ihrer Überzeugung nicht bewiesen. Sie müssen auch die andere Seite sehen. Ein überlegenes Volk muß notwendigerweise alle anderen Völker als minderwertig betrachten. Nicht wahr, das verstehen Sie doch? Ein Römer zu sein, das war viel mehr, als ein König genannt zu werden, und als die Römer auf ihre wilden Vorfahren in den germanischen Wäldern stießen, hoben sie die Brauen und sagten: ‚Ein minderwertiges Volk, diese Barbaren.'«

»Aber wir sind jetzt hier. Und wo sind die Römer? Die Zeit ist der Test. Bis jetzt haben wir dem Test standgehalten, und die Anzeichen dafür, daß wir auch weiterhin durchhalten, sind durchaus günstig. Wir sind wirklich die am besten für das Überleben Geeigneten.«

»Das ist Egoismus.«

»Moment mal. Testen Sie das erst einmal.« Impulsiv streckte sie die Hand aus. Als sie ihn berührte, ging sofort sein Puls viel schneller, das Blut strömte in seinen Kopf, und er spürte eine Enge an den Schläfen. Lächerlich, aber dennoch köstlich, dachte er. Auf diese Art könnte er die ganze Nacht hindurch mit ihr diskutieren.

»Der Test«, wiederholte sie und zog ganz ohne Verlegenheit ihre Hand zurück. »Wir sind eine Rasse von Tatmenschen und Kämpfern, von Erdumrundern und Zoneneroberern. Wir mühen uns und kämpfen und tun dies auch dann, wenn es aussichtslos erscheint. Da wir widerstandsfähig und ausdauernd sind, passen wir uns auch den unterschiedlichsten Bedingungen an. Werden die Indianer, die Neger oder die Mongolen je die Teutonen unterjochen? Sicher nicht! Die Indianer waren ausdauernd und sind es noch heute, wenn auch ohne Wandlungsfähigkeit. Paßt er sich nicht an, so stirbt er, versucht er, sich anzupassen, stirbt er auch. Der Neger kann sich anpassen, aber er ist unterwürfig und muß geleitet werden. Die Chinesen sind ungemein ausdauernd. Die anderen Rassen sind es nicht, die Angelsachsen oder, wenn Ihnen dies lieber ist, die Teutonen sind es. Das, was den anderen Rassen fehlt, haben die Teutonen. Welche Rasse soll also aufstehen und uns überwinden?«

»Ah, Sie vergessen die Slawen«, bemerkte Corliss geschickt.

»Die Slawen!« Sie sah nachdenklich drein. »Ja, die Slawen! Die einzigen Grünschnäbel in dieser Welt junger Männer und Graubärte. Aber sie sind Zukunft, und die Entscheidung liegt in der Zukunft. Inzwischen bereiten wir uns vor. Vielleicht haben wir einen solchen Vorsprung, daß wir deren Wachstum verhindern können. Wissen Sie, der Slawe ist geschickter in Chemie, weiß, Schießpulver herzustellen, mit dem die Spaniarden die Azteken vernichteten. Wir besitzen uns und unsere Fähigkeiten, und wenn wir unser Wissen zusammenlegen, könnten wir dann nicht die Slawen vernichten, ehe sie einen Flaum auf der Oberlippe bekommen?«

Vance Corliss schüttelte den Kopf und lachte.

»Oh, ich weiß, ich werde absurd und erhitze mich«, rief sie. »Aber ein Grund dafür, daß wir das Salz der Erde sind, ist doch der, daß wir den Mut haben, das zu sagen.«

»Und ich bin sicher, Ihre Wärme breitet sich aus«, erwiderte er. »Sehen Sie, ich beginne ja schon zu glühen. Wir sind nicht Gottes, sondern der Natur auserwähltes Volk, wir Angelsachsen, wir Normannen und Wikinger, und die Erde ist unser Erbe. Erheben wir uns also und drängen wir vorwärts!«

»Jetzt lachen Sie mich aber aus, und übrigens sind wir ja schon vorwärtsgegangen. Warum sind Sie in den Norden gezogen, wenn Sie nicht die Hand legen wollen auf das Erbe unserer Rasse?«

Als sie die Schritte hörte, wandte sie den Kopf. »Captain Alexander, ich wende mich an Sie«, rief sie, »mir als Zeuge zu dienen!«

Der Captain der Polizei lächelte auf seine strenge und doch freundliche Art und schüttelte Frona und Corliss die Hand. »Zeuge?« fragte er. »Ah, natürlich!

Seid Zeuge, meine Kameraden, wie hart wir waren,
Die Diener zwar des Besens, jedoch die Herrn der See!«

Seine tiefe Stimme ließ den Vers wild und düster klingen. Frona ließ sich davon hinreißen, und im nächsten Moment lagen ihre Hände in den seinen. Corliss spürte dabei ein innerliches Zusammenzucken. Er fühlte sich überaus unbehaglich. Er mochte es ganz und gar nicht, wenn ein anderer ihre warmen, starken Hände hielt. Zeichnete sie damit alle Männer aus, die sie durch Wort oder Tat erfreuten? Es machte ihm ganz und gar nichts aus, wenn sich ihre Finger um die seinen schlossen, aber er hatte einiges dagegen, daß sie das auch beim nächsten tat, der ankam. Als er so weit gedacht hatte, war Frona schon mit ihrer Erklärung der Lage fertig, und Captain Alexander hielt mit seiner Antwort nicht zurück.

»Ich weiß nicht viel von Ihren Slawen und anderen Völkern, nur daß sie gute und kräftige Arbeiter sind. Ich weiß jedoch, daß der weiße Mann der größte und beste der ganzen Welt ist, die feinste Rasse. Nehmen Sie zum Beispiel die Indianer. Der weiße Mann kommt daher und schlägt den Indianer bei all seinen Spielen, arbeitet härter als er, kann sein rauheres Leben ertragen, fischt besser, jagt besser. Soweit die alaskischen Indianermythen zurückgehen, die Indianer haben immer alle Lasten auf dem Rücken getragen. Aber die Goldsucher schleppten viel größere Lasten und viel weiter als die Indianer. Im letzten Mai zum Beispiel, am Geburtstag der Königin, hielten wir Wettkämpfe auf dem Fluß ab. In den Rennen mit Kanus für einen Mann bis zu fünf Mann schlugen wir alle Indianer links und rechts. Und doch sind sie mit dem Paddel sozusagen geboren. Die meisten von uns dagegen hatten als erwachsene Männer zum erstenmal ein Kanu gesehen.«

»Aber warum ist das so?« wollte Corliss wissen.

»Das weiß ich nicht. Ich weiß nur, daß es so ist. Ich gebe nur davon Zeugnis. Ich weiß, daß sie vieles von dem, was wir tun, nicht können, und was sie können, tun wir besser.«

Frona nickte triumphierend. »Kommen Sie, Corliss, und gestehen Sie Ihre Niederlage ein, damit wir zum Dinner gehen können. Niederlage für den Moment wenigstens. Die konkreten Tatsachen von Paddeln und Packgurten wiegen schwerer als Ihre Dogmen. Ah, das hatte ich mir schon so gedacht. Mehr Zeit? Alle Zeit der Welt. Aber gehen wir jetzt hinein. Wir werden ja sehen, wie mein Vater darüber denkt — und Mr. Kellar. Ein Gastmahl mit dem Thema angelsächsischer Überlegenheit!«

Kälte und Übermüdung sind beide sehr unangenehm. Das Nordland bringt dem Blut natürliche Klugheit und Eifer, und beides ist in einem wärmeren Klima nicht so leicht zu erlangen. Das ist auch ganz natürlich, und so war auch die Freundschaft zwischen Corliss und Frona alles andere als langweilig. Oft trafen sie einander unter dem Dach ihres Vaters, und oft gingen sie auch gemeinsam aus. Jeder fand den anderen auf angenehme Art anziehend, und auch die Dinge, in denen sie nicht übereinstimmten, konnte ihre Zufriedenheit nicht stören.

Frona mochte den Mann, weil er ein Mann war. Selbst in ihren kühnsten Träumen konnte sie sich nicht vorstellen, daß sie sich mit irgendeinem Mann verband, egal wie hochgeistig er auch war, der nicht auch körperlich ein richtiger Mann war. Für sie war es eine Freude und sogar ein großes Entzücken, kräftige Männer von ihrer eigenen Art anzusehen, deren Körper auch im Angesicht Gottes schön waren, mit Muskeln, die Taten und Arbeit verhießen. Für sie war der Mann in erster Linie ein Kämpfer. Sie glaubte an die Auswahl der Natur und des Sex und war überzeugt, wenn ein Mann hier fähig und funktionstüchtig war, dann mußte er seine Gaben auch zu seinem Besten einsetzen. Ebenso war es mit den Instinkten. Fühlte sie sich zu einem Ding oder einer Person hingezogen, so war das gut für sie; und wenn sie sich freute an einer guten Gestalt und kräftigen Muskeln, warum sollte sie ihre Freude für sich behalten? Warum sollte sie den Körper nicht lieben, ohne Scham darüber zu empfinden? Die Geschichte ihrer Rasse und aller anderen ebenso bewies die Richtigkeit ihrer Überzeugung. Immer waren die ganze Geschichte der Menschheit hindurch die verweichlichten und schwachen Männer von der Weltbühne verschwunden. Nur die starken konnten die Erde beherrschen und sie erben. Sie selbst war von starken Menschen geboren worden, und so war sie fest entschlossen, auch immer zu den starken zu gehören.

Trotz all dem war sie für Dinge des Geistes nicht blind oder taub. Aber auch hier verlangte sie Stärke. Kein scheues Zurückhalten, kein Stottern, kein zitterndes Warten, kein Jammern! Geist und Seele mußten so schnell und entschlossen sein wie der Leib. Auch war der Geist nicht nur für unsterbliche Träume gemacht. Genau wie das Fleisch mußte auch er sterben und hart arbeiten. Er mußte seinen Arbeitstag und seine Freizeit haben. Sie konnte verstehen, daß ein Schwächling süß und vielleicht sogar großartig sang, und die Süße und Großartigkeit konnte sie lieben; wäre es jedoch kein Schwächling, der süß und großartig sänge, sondern ein Mann von starkem Leib, so wäre ihre Bewunderung oder sogar Liebe noch sehr viel größer. Sie glaubte, daß dies gerecht sei. Sie gab dem Fleisch, was des Fleisches, und dem Geist, was des Geistes war. Aber sie hatte die Freiheit der Wahl und ihr persönliches Ideal. Diese beiden sollten Hand in Hand gehen. Prophetie und Verdauungsschwäche waren für sie keine glückliche Mischung. Ein großartiger Wilder und ein Poet mit weichen Knien! Den einen konnte sie für seine Kraft bewundern, den anderen für seine Lieder, doch sie hätte es vorgezogen, wenn die beiden von Anfang an zu einer Person hätten zusammengelegt werden können.

Und nun zu Vance Corliss. Erstens, und das war sehr wichtig, gab es zwischen ihnen eine körperliche Anziehung, und die Berührung seiner Hand empfand sie sehr angenehm. Die Seelen können einander entgegenstürmen, doch wenn der eine Körper den anderen Körper nicht erträgt, so ist alles Glück auf Sand gebaut, und das ganze Gebäude wird von Anfang an unsicher und wackelig sein. Und zweitens hatte Corliss die körperliche Anlage zum Helden, wenn auch ohne die brutale Kraft des Primitiven. Seine Muskelkraft war eher qualitativ als quantitativ einzuschätzen, und gerade die Qualität schafft die Schönheit der Form. Ein Riese muß durchaus nicht gutproportioniert, ein Muskel nicht symmetrisch, um massiv zu sein.

Und schließlich, das war ebenfalls sehr nötig, war Vance Corliss weder geistig tot noch dekadent. Er war frisch, gesund und stark, als sei er erdverbunden aufgewachsen, ohne die Erde geringzuschätzen. Natürlich bekam sie das nur durch einen Prozeß des Unterbewußtseins heraus. Ihre Schlüsse waren Gefühle, keine Gedanken.

Sie stritten und waren sich in tausend Dingen nicht einig, doch ganz tief innen und als Grundlage von allem herrschte eine dauernde Einigkeit. Sie mochte ihn wegen seiner strengen Nüchternheit und der sparsamen Anmut seines Humors. Ernst und Neckerei brauchten einander nicht auszuschließen. Sie mochte ihn auch seiner Galanterie wegen, die zu seinem Wesen gehörte und nicht der Zurschaustellung diente. Sie mochte auch die Absicht hinter seinem Angebot in Happy Camp, ihr einen Indianer als Führer und das Geld für die Rückreise in die Staaten zur Verfügung zu stellen. Er konnte so gut handeln wie reden. Seine allgemeine Einstellung gefiel ihr, seine Liberalität, deren Vorhandensein sie eher ahnte, als daß sie durch die Sparsamkeit seines Ausdrucks bewiesen wurde. Sie mochte ihn seines Geistes wegen. Er tat ein wenig akademisch, ein wenig zu gelehrt, doch einzustufen war er unter allen Umständen als »intellektuell«. Er konnte Gefühl in jeder Form und Stärke genau von der Vernunft trennen. Kannte er alle Tatsachen, so konnte er nicht irren. Doch gerade hier entdeckte sie an ihm einen Mangel: eine gewisse Beschränktheit, wo sie doch wußte, wie breit sein Geist angelegt war. Aber sie wußte auch, daß dieser Mangel nicht unwiderruflich war, und sein neues Leben erschien ihr durchaus geeignet, hier sehr bald eine Änderung herbeizuführen. Er hatte Kultur. Was er brauchte, das waren noch ein paar Tatsachen des Lebens.

Sie mochte ihn um seiner selbst willen, und das war ganz anders, als wenn sie nur die Eigenschaften geliebt hätte, aus denen er zusammengesetzt war. Es ist kein Geheimnis, daß zwei zusammengefügte Dinge nicht nur die Summe beider Dinge ergeben, sondern ein eigenständiges drittes, das in seiner Gänze weder im einen noch im anderen zu finden ist. So war es bei ihm. Sie mochte ihn seiner selbst wegen, nicht weil er eine Summe von Teilen war, sondern weil er etwas hatte, das ein Eckstein des Glaubens ist und Philosophie und Wissenschaften seit Urzeiten beschäftigte. Und außerdem hieß es für Frona Welse noch lange nicht *Liebe*, wenn sie einen Mann *mochte*.

Vance Corliss fühlte sich zu Frona Welse vor allem deshalb hingezogen, weil er selbst den Drang verspürte, zum Boden zurückzukehren. In ihm mischten sich die Elemente so sehr, daß es kaum einer Frau je gelungen war, Gnade vor seinen Augen zu finden. Natürlich waren ihm viele Frauen begegnet, doch noch keine von allen hatte ihm einen zusätzlichen Herzschlag entlockt. Instinktiv hatte er gewußt, daß seinem Leben eine Einheit fehlte, die immer der Liebe zwischen Mann und Frau vorangehen muß. Keiner der Evastöchter, die er kennengelernt hatte, war es je gelungen, diese Lücke zu füllen. Die Wahl der Anziehung oder der Sexualität oder was immer man mit Liebe in Verbindung bringen will, hatte sich nie bemerkbar gemacht. Als er Frona begegnete, war sie plötzlich da und in voller Blüte. Doch er legte dies falsch aus und hielt es für ein Hingezogensein zum Neuen und Ungewohnten.

Viele Männer von guter Abkunft und Bildung haben ihrer Sehnsucht nach dem Boden nachgegeben. Viele dieser Männer stellten ihre eigene Vernunft und moralische Stabilität in den Augen anderer in Frage, als sie Bauernmädchen oder Bardamen heirateten. Eine große Anzahl von ihnen hat selbst dem Impuls, dem sie folgten, mißtraut, da sie vergaßen, daß die Natur den einzelnen auf einen Typ festlegt, ob der am Ende nun vorteilhaft oder nachteilig für ihn sein mag. Der Impuls war gesund, nur Zeit und Raum und vor allem Nähe und Gelegenheit bestimmten, ob das Objekt der Wahl nun ein Bauern- oder ein Barmädchen war.

Zum Glück für Vance Corliss waren Zeit und Raum für ihn von Vorteil, und in Frona fand er die Kultur, ohne die er nicht leben wollte, aber auch den klaren, sauberen Geruch der Erde, den er brauchte. Soweit es um ihre Bildung und Kultur ging, war sie eine Überraschung für ihn. Wissenschaftlich angeleckte Frauen hatte er auch früher schon gekannt, doch Frona war viel mehr als nur angeleckt. Außerdem erfüllte sie alte Tatsachen mit neuem Leben, und ihre Auslegung ganz gewöhnlicher Dinge war verständig, nachdrücklich und neu. Wenn auch seine ihm anerzogene konservative Haltung erschrak und Gefahr witterte, so konnte er sich doch dem Charme ihrer Philosophie nicht entziehen, da eine gewisse Lehrhaftigkeit von ihrer Begeisterung völlig überspielt wurde. Er konnte ihr in vielen Dingen, die sie leidenschaftlich vertrat, nicht recht geben, und doch erkannte er in ihrer Leidenschaft volle Aufrichtigkeit, und das war gut.

In seinen Augen war ihr Hauptfehler der, unkonventionell zu sein. Frauen waren für ihn etwas so unbeschreiblich Heiliges, daß er es nicht ertragen konnte, eine Frau auf trügerischem Grund zu wissen. Überschritt eine gute Frau die ihr von der Gesellschaft gesetzten Grenzen von Sex und Status, so schrieb er das ihrer Oberflächlichkeit zu. Und eine solche Oberflächlichkeit lag nahe an ... Nun, den Gedanken wollte er im Zusammenhang mit Frona nicht weiterführen, obwohl sie ihn manchmal durch unkluge Handlungen kränkte. Diese Kränkungen fühlte er jedoch nur, wenn er fern von ihr war. In ihrer Gesellschaft brauchte er nur in ihre Augen zu schauen, die seinem Blick immer standhielten, oder ihr beim Kommen oder Gehen die Hand zu drücken — sie erwiderte den Händedruck in aller Ehrlichkeit und kräftig —, so war er sicher, daß sie in sich nur Güte und Wahrheit hatte.

Und dann mochte er sie auf die verschiedenste Art wegen der verschiedensten Dinge. Ihrer Impulsivität und der Leidenschaftlichkeit wegen, die niemals niedriger Natur waren. Und da er die Nordlandluft atmete, liebte er sie wegen ihrer Kameradschaftlichkeit, die ihn erst so bestürzt hatte. Sie war absolut nicht prüde, um nur ein Beispiel zu nennen; früher hätte er gerade dies als Mangel an Schamhaftigkeit bezeichnet. Einmal diskutierten sie über Sarah Bernhardt, die sie in »Camille« gesehen hatte; sie war begeistert. Er ging nach Hause, und ein Schmerz nagte an seinem Herzen, weil seine Mutter ihm eingeprägt hatte, Unwissen sei gleichbedeutend mit Unschuld, und auf diese Art entspräche Frona nicht seinem Ideal. Aber am nächsten Tag hatte er alles gründlich durchdacht und sich wieder ein wenig vom mütterlichen Griff freigemacht.

Er liebte die Flamme ihres Haares im Sonnenschein, sein goldenes Schimmern am Kaminfeuer, seine Widerspenstigkeit, seine Glorie. Er liebte ihre Füße in den hübschen, ordentlichen Schuhen und ihre schlanken Fesseln in den grauen Gamaschen, die jetzt nur allzusehr unter den langen Röcken verschwanden. Er liebte ihre kräftige, biegsame Schlankheit und ihren ausgreifenden, schwingenden Schritt, mit dem sie neben ihm ging. Köstlich fand er es, sie durch den Raum oder über die Straße gehen zu sehen. Leben und Lebensfreude wärmten ihr Blut, rundeten unwiderstehlich jeden hübschen, kräftigen Muskel, vergoldeten jede sanfte Rundung. Ihm gefiel dies alles. Besonders schön empfand er die Rundung ihres Unterarms, der fest und stark und quälend viel zu schnell im locker fließenden Ärmel Schutz suchte.

Der Zusammenklang von körperlicher und geistiger Schönheit wirkt auf jeden normalen Mann überaus stark, also auch auf Vance Corliss. Daß er das eine liebte, hinderte ihn nicht daran, das andere zu bewundern. Er mochte Frona aus beiden Gründen und ihrer selbst wegen. Er wußte es nicht, aber bei ihm hieß *Gernhaben* auch *Liebe.*

9

Vance Corliss gelang es, sich ziemlich rasch an das Nordlandleben zu gewöhnen, und er fand sogar, daß ihm dies und jenes leichtfiel. Seine eigene Zunge hatte nichts vom Gift des Schwefels, doch er gewöhnte sich schnell an die kräftige Sprache der anderen Männer selbst in der freundschaftlichsten Unterhaltung. Carthey, ein kleiner Texaner, der eine Weile für ihn arbeitete, begann und schloß jeden zweiten Satz unweigerlich mit dem vergleichsweise sehr milden Fluch »verdammt noch mal«, und auf die Art drückte er auch Erstaunen, Enttäuschung, Verärgerung oder jede andere Art plötzlicher Gefühle aus. Je nach Lautstärke, Betonung und Nachdruck übernahm dieser einfache und doch so vielgestaltige Fluch jede Funktion der gewöhnlichen Sprache. Anfangs fühlte sich Corliss angewidert davon und gereizt, doch bald tolerierte er ihn, und es dauerte nicht lange, da wartete er darauf und freute sich darüber. Einmal verlor Cartheys Leithund ein Ohr in einer sehr dringenden Auseinandersetzung mit einem Hund der »Hudson Bay«, und als sich der junge Mann über das Tier beugte und den Verlust entdeckte, flocht er so viele »Verdammt noch mal« in sein Mitleid, daß dies für Corliss nahezu eine Offenbarung war. Nicht alles, meinte er oft, sei schlecht, was aus Nazareth komme, und genau wie der frühe Jacob Welse paßte er seine Lebensphilosophie geschickt an.

In Dawson hatte das gesellschaftliche Leben zwei Seiten. In den Kasernen, bei den Welses und ein paar anderen Leuten waren alle Männer von Stand willkommen, und die Frauen ähnlichen Standes machten es ihnen behaglich. Es gab Tees, Dinners und Tanzabende, auch Wohltätigkeitsveranstaltungen zu allem, was sonst an Geselligkeit üblich war. Die Männer waren damit noch nicht recht zufrieden. In der Stadt gab es eine ganz andere Gesellschaft, die aber auch sehr beliebt war. Das Land war für ein Klubleben zu jung, und so brachte die männliche Bevölkerung ihre Männlichkeit damit zum Ausdruck, daß sie sich in den Saloons zusammendrängte. Die Geistlichen und Missionare waren die einzigen, die sich davon ausschlossen. Geschäftliche Verabredungen und Handelschaften fanden in den Saloons statt, man plante neue Unternehmen, konnte auch fachsimpeln und die letzten Neuigkeiten be- und zerreden, und man war alles in allem gut Freund mit allen. Da lief das Leben eng nebeneinander her; Minenkönige und Hundeschlittenführer, Oldtimer und Neulinge galten hier gleich viel. Da Sägemühlen und deshalb auch Häuser knapp waren, gab es in den Saloons Spieltische und die polierten Böden der Tanzhäuser. Und hier, denn die Bedürfnisse mußten sich den Gebräuchen anpassen, machte Corliss' Anpassung rasche Fortschritte. Carthey, der ihn mochte, formulierte das so: »Und das beste daran ist, verdammt noch mal, daß es ihm, verdammt noch mal, verdammt gut bekommt.«

Jede Anpassung kennt auch schmerzliche Zeiten; während Corliss' Veränderung glatt vonstatten ging, war es bei Frona ein wenig anders. Sie hatte einen ganz persönlichen Kode, der sich von dem ihrer Gesellschaftsschicht unterschied; sie glaubte vermutlich, eine Frau könne auch Dinge tun, die ein männlicher Saloonbesucher schockierend finden mochte. Deshalb hatten sie und Corliss auch die erste unangenehme Auseinandersetzung.

Frona liebte es, mit den Hunden durch die beißende Kälte zu rennen. Ihre Wangen brannten vor Kälte, ihr Blut strömte schneller in ihren Adern, sie stemmte den Körper in den Wind, und ihre Gliedmaßen waren in ständiger Bewegung im Rhythmus ihrer Schritte. An einem Novembertag, der die erste wirklich klirrende Kälte brachte und 65 Grad Fahrenheit unter Null* anzeigte, holte sie den Schlitten heraus, schirrte ihr Gespann von Huskies an und flog den Flußpfad entlang. Kaum hatte sie die Stadt hinter sich, sprang sie ab und rannte. Abwechslungsweise fuhr sie dann wieder auf dem Schlitten, und so raste sie durch das Indianerdorf unter den Wäldchen, beschrieb einen Achtmeilenkreis um den Moosehide Creek und zurück, überquerte den Fluß auf dem Eis und kam einige Stunden später am Westufer des Yukon genau der Stadt gegenüber an. Dort wollte sie dann umkehren und auf dem Holzziehweg, der hier irgendwo verlief, zurückkehren, doch eine Meile vorher kam sie in lockeren Schnee, so daß die müden Hunde nur noch langsam vorankamen.

Am Fluß und unter den zum Teil überhängenden Felsen mußte sie spuren. Da und dort hatte sie vorspringende Felsen zu umgehen, und manchmal mußte sie auf das Eis ausweichen und den scharfen Biegungen der Felsen folgen. Und so kam sie vor ihren Huskies plötzlich zu einer Frau, die im Schnee saß und über den

* = ca. 57 Grad Celsius unter Null

Fluß zum rauchverhangenen Dawson schaute. Sie hatte geweint, und das genügte, um Frona zur Aufgabe ihres weiteren Weges zu veranlassen. Eine Träne, zu einem Eistropfen gefroren, hing noch an ihrer Wange, und ihre Augen waren trüb vom Weinen. Ihr Gesicht sprach von Hoffnungslosigkeit und abgrundtiefem Schmerz.

»Oh!« rief Frona, hielt die Hunde an und trat zu ihr. »Sind Sie verletzt? Kann ich Ihnen helfen?« Die Fremde schüttelte den Kopf. »Aber Sie dürfen hier nicht sitzen. Es hat fast 70 Grad unter Null, und in ein paar Minuten sind Sie erfroren. Ihre Wangen sind schon von der Kälte angegriffen.« Sie rieb die befallenen Stellen heftig mit ihrem in Schnee getauchten Handschuh und freute sich, als die glühende Wärme wiederkehrte.

»Verzeihung.« Die Frau stand etwas steif auf. »Ich danke Ihnen, aber ich habe es ganz warm, sehen Sie.« Sie schmiegte sich anscheinend sehr behaglich in einen Pelzumhang. »Und ich habe mich auch nur für einen Moment hingesetzt.«

Frona bemerkte, daß die Frau sehr schön war, und mit geübtem Blick sah sie die Kostbarkeit der Pelze, den Schnitt des Kleides, die Perlstickerei der Mokassins, die unter dem Kleid hervorschauten. Das Gesicht war ihr unbekannt, und so hatte sie den instinktiven Wunsch, sich zurückzuziehen.

»Und ich bin auch nicht verletzt«, fuhr die Frau fort. »Es war nur eine Stimmung, als ich so über diese trübselige, endlose weiße Weite schaute.«

»Ja«, erwiderte Frona und faßte sich wieder. »Das verstehe ich. In einer solchen Landschaft liegt viel Traurigkeit, wenn es mir auch niemals so erscheint. Die düstere Strenge gefällt mir, die Traurigkeit dagegen nicht.«

»Und das ist deshalb so, weil unsere Lebenslinien an verschiedenen Stellen begonnen haben«, meinte die andere nachdenklich. »Es geht nicht darum, was die Landschaft ist, sondern was wir sind. Wären wir nicht, so würde die Landschaft trotzdem weiterbestehen, wenn auch ohne die Einwirkung der Menschen. Wir vergiften sie damit.

‚Die Wahrheit ist in uns, sie richtet sich nicht auf
An Dingen, die von außen kommen,
Egal was du auch glaubst.'«

Fronas Auge leuchtete auf, und sie fuhr fort:

»‚In allen von uns ist ein Kern, das Innerste,

Wo nur die Wahrheit gilt in ihrer runden Fülle...'
Wie geht es weiter? Ich habe es vergessen.«
»,Wo Stein auf Stein sich türmt, das grobe Fleisch...'«

Plötzlich schwieg die Frau, und dann brach sie in ein silbernes Gelächter aus. Es hatte jedoch einen bitteren Unterton, der Frona frösteln ließ. Sie schickte sich an, zu ihren Hunden zurückzugehen, doch die Hand der Frau streckte sich ihr entgegen mit einer Geste, die Frona ans Herz rührte.

»Bleiben Sie noch einen Augenblick«, sagte sie mit einem leisen Flehen in der Stimme, »und sprechen Sie mit mir. Es ist lange her, seit ich zuletzt einer Frau begegnet bin, die ... Paracelsus zitieren konnte. Sie sind — wissen Sie, ich kenne Sie — Jacob Welses Tochter, Frona Welse heißen Sie, glaube ich.«

Frona nickte, zögerte und musterte die Frau eindringlich. Sie war sich einer großen, verzeihlichen Neugier bewußt, eines Ausgreifens nach mehr Wissen. Dieses Wesen, so ähnlich, so ganz anders! Alt wie die älteste Rasse und jung wie das rosige, neugeborene Baby. Hinausgeschleudert wie die fernsten Feuer der Menschheit und ewig wie die Menschlichkeit an sich. Wie waren sie einander ähnlich und unähnlich, diese Frau und sie? Ihre fünf Sinne sagten ihr, nach jedem Gesetz des Lebens seien sie einander ähnlich; nur die eng gezogenen Linien der gesellschaftlichen Kaste und Weisheit machten sie unähnlich. Das dachte sie, während sie das Gesicht der Fremden studierte. Und da erlebte sie einen Schrecken, der einen überkommt, wenn ein Schleier weggezogen wird und man in das Antlitz einer Gottheit schaut. Ihr fiel ein: Ihre Füße krallten sich ein in der Hölle, ihr Haus ist der Weg zum Grab und geht hinab in die Kammer des Todes ... Im gleichen Moment sah sie wieder die Geste vor sich, mit der die Frau flehend ihre Hand ausstreckte. Sie schaute weg, hinaus über die trübseligen, endlos weißen Weiten, und auch für sie füllte sich der Tag nun mit Traurigkeit.

Unwillkürlich und ein wenig nervös fröstelte sie und schlug dann fast ganz natürlich vor: »Kommen Sie, wir gehen, damit das Blut wieder in Bewegung gerät. Ich hatte keine Ahnung, daß es so kalt ist, bis ich still stand.« Sie wandte sich zu den Hunden um. »Los, King, Sandy! Lauft los!« Und dann schaute sie wieder zur Frau zurück. »Ich bin ganz durchgefroren, und Sie müssen ja ...«

»Oh, mir ist natürlich ganz warm. Sie sind gerannt, und da kleben Ihnen die Kleider feucht an der Haut, während ich nur die

Zirkulation in Gang hielt und nicht mehr. Ich sah Sie, als Sie unter dem Hospital vom Schlitten sprangen und wie eine Diana im Schnee unten am Fluß verschwanden. Wie ich Sie beneidete! Sie müssen das genießen.«

»Oh, das tue ich«, erwiderte Frona einfach. »Ich bin mit den Hunden aufgewachsen.«

»Es erinnert an die alten Griechen.«

Darauf gab Frona keine Antwort, und schweigend gingen sie weiter. Und doch wünschte sich Frona, obwohl sie das eigentlich nicht wagen durfte, so zu reden, wie ihr zumute war, wie es für ihre eigene Seele und Vernunft gut erschien, um die menschlichen Verallgemeinerungen kennenzulernen. Eine Welle von Mitleid und Trauer spülte über sie hin. Sie fühlte sich unbehaglich, weil sie nicht wußte, was sie sagen, wie sie ihrem Herzen Ausdruck verleihen sollte. Sie war sehr erleichtert, als die andere Frau das Schweigen brach.

»Erzählen Sie mir von sich selbst«, bat die Frau eifrig mit einem angedeuteten Befehl in der Stimme. »Sie sind neu hier. Wo waren Sie, ehe Sie herkamen? Sagen Sie's mir.«

Diese Schwierigkeit war also irgendwie überwunden, und Frona berichtete über sich selbst mit einer erfolgreich gespielten mädchenhaften Unschuld, als könne sie die nur schlecht verborgene Sehnsucht der anderen nicht verstehen nach Dingen, die sie sich wünschte, die Frona aber hatte.

»Hier ist der Pfad, den Sie suchten.« Sie waren um den letzten großen Felsen gebogen, und Fronas Begleiterin deutete nach vorne, wo die Felswände zurückwichen und wie zerknittert eine Schlucht formten, aus der die Schlitten das Feuerholz quer über den Fluß zur Stadt brachten. »Hier werde ich Sie verlassen.«

»Aber gehen Sie nicht zurück nach Dawson?« fragte Frona. »Es wird schon spät, und Sie sollten es besser nicht versäumen . . .«

»Nein . . . Ich . . .«

Das peinliche Zögern der Frau brachte Frona ihre Gedankenlosigkeit zu Bewußtsein. Aber sie hatte den Schritt getan, und sie wußte, jetzt konnte sie ihn nicht mehr zurücknehmen.

»Wir gehen miteinander zurück«, schlug sie tapfer vor, und sie fügte offen und herzlich aus ihrer Kenntnis der anderen heraus hinzu: »Mir macht es nichts aus.«

Und da stieg der anderen Frau das Blut ins kalte Gesicht, und ihre Hand streckte sich in der alten Geste ihr entgegen.

»Nein, nein, ich bitte Sie...«, stotterte sie. »Ich bitte Sie... Ich... Nein, ich möchte noch ein Stück weiterlaufen. Jemand kommt jetzt.«

Sie hatten nun den Holzschlittenweg erreicht, und Fronas Gesicht flammte so, wie vorher das Gesicht der anderen. Ein leichter Schlitten mit rennenden Hunden davor schwang direkt vor ihnen aus der Schlucht heraus. Ein Mann rannte neben dem Gespann her und winkte den beiden Frauen entgegen.

»Vance!« rief Frona, als er seine Leithunde in den Schnee warf und so den Schlitten zum Stehen brachte. »Was tun Sie hier? Soll etwas das Syndikat auch das Feuerholz rationieren?«

»Nein. So schlimm sind wir nicht.« Sein Gesicht leuchtete vor lächelnder Freude, als sie ihm die Hand schüttelte. »Nein. Aber Carthey verläßt mich. Er will irgendwo um den Nordpol herum schürfen, glaube ich, und ich kam her, um Del Bishop zu fragen, ob er einspringen kann.«

Er wandte den Kopf und schaute erwartungsvoll ihre Begleiterin an; da bemerkte sie, wie das Lächeln aus seinem Gesicht schwand und einem Zorn Platz machte. Frona war sich schmerzlich bewußt, daß sie die Lage nicht im Griff hatte, und sie konnte nur zusehen, wie die kleine Tragödie schnell einem Höhepunkt entgegentrieb, wenn sie auch tief innen die Ungerechtigkeit und Grausamkeit darüber schwelen fühlte. Die Frau erwiderte seinen Blick, schien aber in sich hineinzuschrumpfen, als wolle sie einem Schlag ausweichen und ihm mit einer Miene, die Mitleid erregte, zuvorzukommen.

Er musterte sie nur lange und kalt und wandte ihr dann den Rücken. Als er dies tat, bemerkte Frona, wie das Gesicht der Frau müde und grau wurde, sie lachte voll bitterer Härte, und ein höhnischer Teufel grinste aus ihren Augen. Es war klar, daß dieser Teufel sich auf ihre Zunge drängte, doch da warf sie Frona einen Blick zu, und nun war ihr Gesicht nur noch unendlich müde. Sehnsüchtig lächelte sie das Mädchen an, und ohne ein weiteres Wort wandte sie sich um und folgte dem Weg.

Ebenso wortlos sprang Frona auf ihren Schlitten und war weg. Der Weg war hier breit, und Corliss schwang seine Hunde vor die ihren. Die schwelende Rebellion flammte auf, und sie schien etwas von der Härte der Frau in sich zu haben.

»Sie brutaler Kerl!«

Scharf und klar wie ein Peitschenknall klangen diese Worte in die tiefe Stille. Sie kamen unerwartet, und ihre Wildheit erschreckten Corliss. Er wußte nicht, was er sagen oder tun sollte.

»Sie Feigling, Sie Feigling!«

»Frona, hören Sie mir zu ...«

»Nein. Kein Wort will ich hören. Sie haben mir nichts zu sagen. Sie haben sich ungeheuerlich benommen. Ich bin sehr enttäuscht von Ihnen. Das ist ja entsetzlich! Entsetzlich!«

»Ja, es war entsetzlich, daß sie mit Ihnen ging, mit Ihnen sprach, mit Ihnen gesehen wurde.«

»‚Ich schließe Sie nicht aus, bis es die Sonne tut!'« zitierte sie.

»Aber da gibt es Dinge, die passen ...«

»Passen!« schrie sie ihn an und ließ nun ihrem Zorn richtig die Zügel schießen. »Passen Sie, wenn diese Frau nicht paßt? Wollen Sie mit Ihrer scheinheiligen Miene den ersten Stein auf sie werfen?«

»Sie werden nicht so mit mir sprechen. Das erlaube ich Ihnen nicht.«

Er klammerte sich an ihren Schlitten, und selbst in ihrem Zorn bemerkte sie das mit einer kleinen Freude im Herzen.

»Nein? Das werde ich nicht? Sie Feigling!«

Er griff aus, als wollte er Hand an sie legen, und sie hob ihre Peitsche zum Schlag. Aber er zuckte nicht mit der Wimper. Sein weißes Gesicht blieb ruhig und wartete auf den Schlag. Dann lenkte sie ihn selbst ab, so daß die lange Schnur zwischen die Hunde zischte. Geschickt schwang sie nun die Peitsche, erhob sich auf ihrem Schlitten auf die Knie und rief den Tieren zu. Ihr Gespann war besser, und so schoß sie schnell von Corliss weg. Sie wollte von ihm wegkommen; nicht so sehr von ihm, sondern von sich selbst, und sie trieb ihre Hunde zu immer noch größerem Tempo an. Die steile Uferböschung nahm sie in vollem Lauf, und wie ein Wirbelwind jagte sie durch die Stadt nach Hause.

Nie im Leben noch war sie in einer solchen Verfassung gewesen. Nie hatte sie einen solchen Zorn gefühlt. Und nun schämte sie sich nicht nur, sie hatte Angst vor sich selbst.

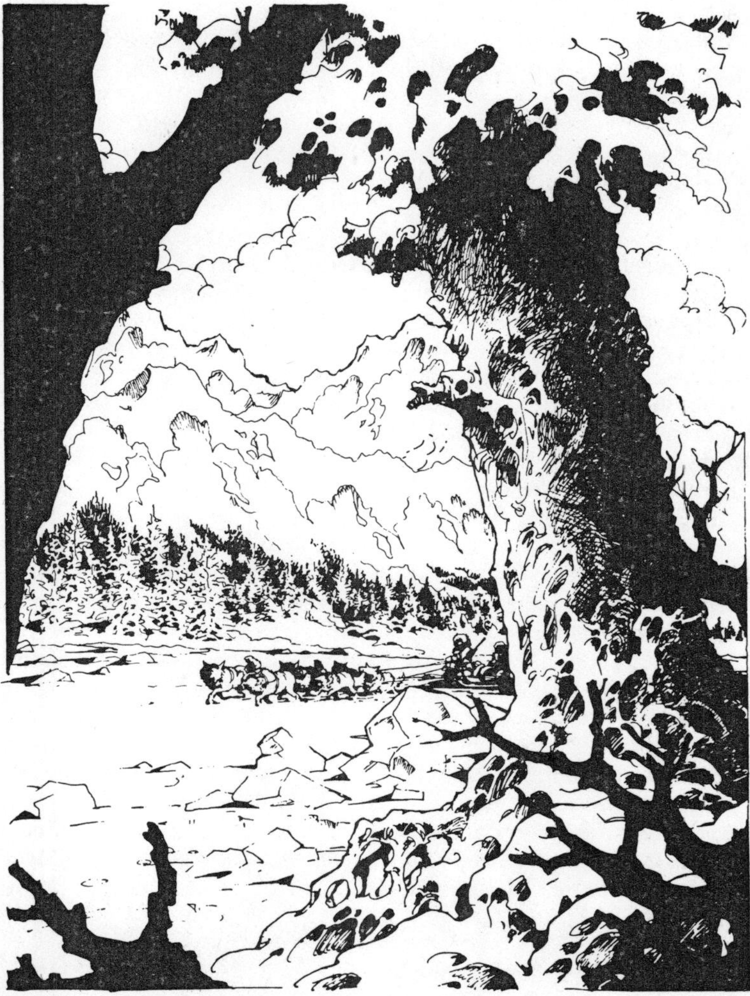

Fronas Gespann war besser, und so schoß sie schnell von Corliss weg. (Seite 78)

10

Am nächsten Morgen wurde Corliss, nachdem er am Abend sehr spät schlafen gegangen war, von Bash, einem von Jacob Welses Indianern, aus dem Bett geholt. Er brachte eine kurze Mitteilung von Frona, die den Ingenieur aufforderte, so schnell wie möglich zu ihr zu kommen. Mehr stand nicht drinnen, und er dachte angestrengt darüber nach. Was wollte sie ihm sagen? Sie war noch immer die große Unbekannte, jetzt noch mehr als vor dem Zwischenfall am Tag vorher, so daß er nichts vermuten konnte. Wollte sie ihn endgültig und auf Grund dieses Vorfalles in die Wüste schicken? Oder ihm etwa in kühlen, wohlüberlegten Worten sagen, was sie von ihm hielt? Oder wollte sie reuig ihre unverdiente Härte gutmachen? Die Mitteilung ließ weder auf Reue noch auf Zorn schließen, sie war nur der in Worte gefaßte Wunsch, ihn zu sehen.

Seine Gemütsverfassung war also ziemlich labil und verworren, als er erst kurz vor Mittag zu ihrem Haus kam. Er versteifte sich nicht auf seine Würde, noch fühlte er sich entwürdigt, und seine Haltung sollte so lange neutral bleiben, bis sich die ihre klar herausstellte. Ihre Art, auf den Busch zu klopfen, hatte er zu bewundern gelernt, doch ganz anders als sonst zeigte sie sofort ihre Farben: Der erste Blick in ihr Gesicht sagte ihm ebenso wie der erste Druck ihrer Hand, daß alles gut sei.

»Ich bin froh, daß Sie gekommen sind«, begann sie. »Ich hätte mit mir selbst keinen Frieden gefunden, ehe ich Sie sah und Ihnen sagte, wie sehr leid mir das von gestern tut und wie furchtbar ich mich schäme ...«

»Na, na, so schlimm ist es doch nicht.« Sie standen noch immer, doch nun trat er ihr einen Schritt näher. »Ich versichere, daß ich Ihren Standpunkt verstehen kann, und theoretisch gesehen, war es das großartigste Verhalten, das alles Lob verdient, jedoch in aller Offenheit, da ist viel zu ... zu ...«

»Ja.«

»... viel zu sagen vom gesellschaftlichen Standpunkt aus. Unglücklicherweise können wir den gesellschaftlichen Standpunkt nicht unberücksichtigt lassen. Aber soweit ich von mir selbst sprechen kann, haben Sie nichts getan, was Ihnen leid tun müßte oder wessen Sie sich zu schämen hätten.«

»Das ist überaus freundlich von Ihnen!« rief sie glücklich. »Nur ist es nicht wahr, und das wissen Sie recht gut. Sie wissen, daß Sie nach bestem Wissen handelten, und Sie wissen, daß ich Sie kränkte und beleidigte. Sie wissen, daß ich mich wie ein Fischweib benahm, und Sie wissen, daß ich Sie abstieß...«

»Nein, nein!« Abwehrend hob er die Hand, als wolle er die Schläge verhüten, die sie sich selbst zuteilte.

»Aber ja, natürlich! Und ich habe allen Grund der Welt, mich zu schämen. Zu meiner Verteidigung kann ich nur eines sagen: Die Frau hat mich so tief gerührt, daß ich dem Weinen nahe war. Dann kamen Sie auf die Szene, und Sie wissen, was Sie taten, und ich steigerte mich aus Sorge um sie und aus Ablehnung gegen Sie in ... nun, in einen nervösen Zustand hinein, wie ich ihn mein ganzes Leben lang noch nicht erlebt habe. Ich nehme an, das war Hysterie. Ich war jedenfalls nicht ich selbst.«

»Wir waren beide nicht wir selbst.«

»Da haben Sie nicht recht. Ich tat nicht recht, doch Sie waren Sie selbst, so wie Sie es jetzt auch sind. Aber setzen Sie sich doch. Wir stehen hier herum, als wollten wir davonrennen, weil wir einen neuen Ausbruch befürchten.«

»Nein, so schrecklich sind Sie ja nun wirklich nicht«, meinte er lachend und zog seinen Stuhl so zurecht, daß das Licht voll auf ihr Gesicht fiel.

»Gestern muß ich mich schrecklich benommen haben. Nein, Sie sind kein Feigling. Und es hätte nicht viel gefehlt, so hätte ich Sie geschlagen. Sie waren zweifellos sehr tapfer, als die Peitsche über Ihnen hing. Sie versuchten nicht einmal die Hand zu heben, um sich zu schützen.«

»Ich bemerke, daß die Hunde, auf die Ihre Peitsche fällt, trotzdem zu Ihnen kommen, um Ihre Hand zu lecken und gestreichelt zu werden.«

»Und?« fragte sie kühn.

»Es kommt immer darauf an«, erwiderte er.

»Und wurde mir verziehen?«

»So wie ich hoffe, daß mir verziehen wird.«

»Dann bin ich froh. Nur haben Sie nichts getan, was Ihnen verziehen werden müßte. Sie handelten nach Ihrer Überzeugung, ich nach der meinen, wenn auch zuzugeben ist, daß die meine aggressiver war. Ah, ich habe es!« Sie klatschte entzückt in die Hände. »Ich war ja gestern gar nicht zornig auf Sie, ich benahm mich auch nicht ungehobelt und bedrohte Sie auch nicht. Das war eine ganz und gar unpersönliche Angelegenheit. Sie vertraten die Gesellschaft der Art, die meinen Zorn und meine Verachtung erregte, und Sie als ihr Vertreter bekamen den Feuerregen ab.«

»Das haben Sie sehr geschickt ausgedrückt. Nur machen Sie sich heute den Vorwurf, mich schlecht behandelt zu haben, nachdem Sie sich dem gestrigen entziehen. Sie stellen mich als beschränkt, verachtenswert und gemein hin, und das ist ungerecht. Erst vor ein paar Minuten sagte ich, daß, theoretisch gesehen, Ihre Einstellung keinen Vorwurf verdient, doch das ist anders, wenn ich die Gesellschaft mit einschließe.«

»Aber Sie haben mich falsch verstanden, Vance. Hören Sie.« Ihre Hand berührte leicht die seine, und er hörte ihr nun gerne zu. »Ich war immer der Meinung, so, wie es ist, so ist es auch gut. Ich gebe zu, daß das Urteil der Gesellschaft in dieser Beziehung gut und klug ist. Sicher, ich bedaure es sehr, denn der Mensch ist nun einmal so geschaffen. Aber das gilt nur vom gesellschaftlichen Standpunkt aus. Ich als Person sehe solche Dinge anders. Und wenn es verschiedene Ansichten gibt, warum sollte man sie nicht berücksichtigen? Verstehen Sie das? Nun finde ich Sie schuldig. Sie sahen das gestern am Fluß, nur zwischen uns beiden, nicht so. Sie benahmen sich so engstirnig wie die Gesellschaft, die Sie vertraten.«

»Dann predigen Sie also zwei Doktrinen?« hielt er ihr vor. »Eine für die Auserwählten, die andere für die Herde? Theoretisch wollen Sie eine Demokratin sein, praktisch jedoch eine Aristokratin? Das ist mehr oder weniger jesuitisch gedacht.«

»Mit dem nächsten Atemzug werden Sie mir wohl verraten, daß alle Menschen frei und gleich geboren sind und ein Bündel natürlicher Rechte nachgeworfen bekommen? Sie wollen, daß Del Bishop für Sie arbeitet. Nach welchem Recht des Frei- und Gleichgeborenen soll er für Sie arbeiten oder sollen Sie seine Arbeit erleiden?«

»Nein«, antwortete er. »Die Frage von Gleichheit und Rechten sollte ich wohl ein wenig abwandeln.«

»Und wenn Sie abwandeln, sind Sie verloren!« rief sie. »Abwandeln können Sie nur in meine Richtung, die weder so jesuitisch noch so hart ist, wie Sie es sagten. Aber wir wollen uns nicht in Dialektik verlieren. Ich möchte verstehen, was ich verstehen kann, also erzählen Sie mir von dieser Frau.«

»Kein sehr geschmackvolles Thema«, wandte Corliss ein.

»Aber ich möchte Bescheid wissen.«
»Sehr bekömmlich ist dieses Wissen jedoch nicht.«
Frona klopfte ungeduldig mit der Fußspitze auf den Boden und musterte ihn. »Sie ist schön, sehr schön sogar. Sind Sie anderer Ansicht?«
»Sie ist schön wie ein Teufel.«
»Aber schön.«
»Ja, wenn Sie so wollen. Und so grausam und hart und hoffnungslos ist sie auch.«
»Ich begegnete ihr ganz allein auf dem Weg, sie hatte geweint, und ihr Gesicht wurde weicher, als sie mich sah. Ich glaube, mit dem instinktiven Wissen der Frau sah ich eine Seite an ihr, für die Sie blind sind. Ich sah das so klar, daß, als Sie erschienen, mein Geist einfach blank war und ich innerlich nur klagte: ‚Oh, welch ein Jammer, welch ein Jammer!' Und sie ist eine Frau wie ich. Ich zweifle nicht daran, daß wir vieles gemeinsam haben. Sie zitierte sogar Browning ...«
»Und letzte Woche«, unterbrach er sie, »verspielte sie in einer einzigen Sitzung dreißigtausend Dollar von Jack Dorseys Goldstaub. Und dabei hat Dorsey schon zwei Hypotheken auf seiner Hütte! Am nächsten Morgen fanden sie ihn im Schnee, und eine Kammer seines Revolvers war leer.«
Frona gab keine Antwort, ging nur zur Kerze und hielt absichtlich ihren Finger in die Flamme. Dann hielt sie Corliss den Finger hin, der ihn sah, wie er war — rot und mit entzündeter Haut.
»Und das ist das Gleichnis. Das Feuer ist sehr gut. Ich mißbrauche es und werde bestraft.«
»Sie vergessen«, wandte er ein, »daß das Feuer blind dem Naturgesetz gehorcht. Lucile ist ein freier Mensch. Sie tut das, was zu tun sie sich ausgesucht hat.«
»Nein. Sie haben offensichtlich vergessen, daß auch Dorsey ein freier Mann war. Sie nannten aber Lucile. Heißt sie so? Ich möchte sie gerne besser kennen.«
Corliss zuckte zusammen. »Nein! Sie kränken mich, wenn Sie so etwas sagen.«
»Und warum, bitte sehr?«
»Weil ... Weil ...«
»Ja?«
»Weil ich Frauen sehr ehre. Frona, Sie sind immer sehr offen,

und das ist jetzt mein Vorteil. Es kränkt mich, weil die Hochachtung, die ich Ihnen entgegenbringe, es nicht ertragen könnte, fiele ein Schatten auf Sie. Als ich Sie bei dieser Frau auf dem Trail sah — oh, Sie verstehen nicht, was ich da gelitten habe!«

»Wieso ein Schatten?« Er bemerkte es nicht, daß sich ihr Mund eine Spur verkniff, daß ein kleines, sieghaftes Licht in ihren Augen aufleuchtete.

»Ja, Schatten. Oder auch Vergiftung, Ansteckung oder wie man sagen will. Es gibt Dinge, die zu verstehen einer guten Frau abträglich sind. Man kann nicht im Schmutz herumspielen und dabei makellos sauber bleiben.«

»Damit erweitert sich ja das Feld.« Sie klatschte eifrig in die Hände. »Sie sagten, sie heiße Lucile, und sie scheinen sie zu kennen. Sie gaben mir Tatsachen über sie; kurz gesagt, wenn man nicht im Schmutz herumspielen und dabei makellos sauber bleiben kann — wie steht es dann mit Ihnen?«

»Aber ich bin doch ...«

»Ein Mann, natürlich. Sehr gut. Und weil Sie ein Mann sind, können Sie die Gefahr der Ansteckung umgehen. Und weil ich eine Frau bin, kann ich das nicht. Eine Ansteckung steckt doch an, nicht wahr? Und was tun Sie dann hier bei mir? Raus mit Ihnen!«

Lachend warf Corliss die Hände hoch. »Ich gebe auf. Sie mit Ihrer Logik sind einfach zuviel für mich. Ich kann mich nur der höheren Logik bedienen, die Sie ja nicht anerkennen.«

»Und die ist ...?«

»Stärke. Der Mann wird die Frau bekommen, die er haben will.«

»Dann stelle ich sie auf Ihrem eigenen Grund. Was ist mit Lucile? Welcher Mann wollte sie so haben? Sie und alle Männer haben seit Anbeginn aller Zeiten die Frau gewollt. Auch der arme Dorsey. Nicht wahr, darauf können Sie mir doch nicht antworten! Dann möchte ich Ihnen zum Thema dieser höheren Logik, die Sie Stärke nennen, etwas sagen. Die ist mir früher auch schon begegnet. Gestern erkannte ich sie in Ihnen.«

»In mir?«

»In Ihnen, als Sie mich zu packen versuchten. Sie konnten diese primitive Leidenschaft nicht unterdrücken, deshalb wußten Sie nicht, daß sie so ganz an der Oberfläche lag. Aber Ihre Miene war die eines Höhlenbewohners, der eine Frau raubt. Ich bin sicher, im nächsten Moment hätten Sie Gewalt gebraucht.«

»Dann erbitte ich Ihre Verzeihung. Es war mir nicht im Traum eingefallen ...«

»Sehen Sie, und jetzt verderben Sie alles! Ich mochte Sie eigentlich dafür. Vergessen Sie nicht, auch ich war eine Höhlenfrau, die eine Peitsche über Ihnen schwang. Aber, mein Herr Doppelgesicht, ich bin noch nicht fertig mit Ihnen, selbst wenn Sie den Kampf aufgegeben haben.« Ihre Augen funkelten vor Mutwillen, und um Ihre Augen vertieften sich die Lachfältchen. »Ich werde Ihnen die Maske vom Gesicht reißen.«

»Ich bin wie Ton in der Hand des Töpfers«, erklärte er matt.

»Dann müssen Sie sich einiger Dinge erinnern. Zuerst, als ich sehr demütig war und um Entschuldigung bat, machten Sie es mir leicht, Ihnen vorzuhalten, Sie könnten mein Verhalten nur als gesellschaftlich unklug bezeichnen. Erinnern Sie sich?«

Corliss nickte.

»Dann bezeichneten Sie mich als jesuitisch, und ich brachte die Unterhaltung auf Lucile und sagte, ich wünschte zu sehen, was ich sehen konnte.«

Wieder nickte er.

»Und wie erwartet sah ich auch. Denn wenig später begannen Sie von Makel und Schatten zu sprechen, von Ansteckung und Schmutzflecken, und alles mit Bezug auf mich. Da sind nun Ihre zwei Vorschläge, mein Herr. Nur zu einem können Sie stehen. Ja, ich habe recht, Sie bekennen sich zu letzterem. Ja. Bekennen Sie, daß Sie es nicht aufrichtig meinten, als Sie mein Benehmen nur vom gesellschaftlichen Standpunkt aus als unklug bezeichneten. Ich will aber Aufrichtigkeit.«

»Ja, ich war unwissentlich unaufrichtig«, gab er zu. »Ich wußte es jedoch nicht bis zur weiteren Analyse, und Sie brachten mich auf den richtigen Weg. Sagen Sie, was Sie wollen, Frona, ich bin der Ansicht, eine Frau sollte sich keiner Besudelung aussetzen.«

»Aber können wir denn nicht sein wie Götter und Gut und Böse auseinanderhalten?«

»Wir sind keine Götter.« Traurig schüttelte er den Kopf.

»Aber die Männer sind es?«

»Das ist neumodisches Weibergeschwätz«, bemerkte er ungehalten und runzelte die Brauen. »Gleiche Rechte, dieser ganze Quatsch und so weiter.«

»Oh, nein, nein!« protestierte sie. »Sie wollen mich nicht verstehen. Sie können es nicht. Ich kämpfe nicht für Frauenrechte. Ich bin keine neumodische Frau, wohl aber bin ich für eine neue Weiblichkeit. Weil ich aufrichtig bin, weil ich natürlich und ehrlich und wahr sein will und weil ich vor mir selbst bestehen will, zogen Sie es vor, alles mißzuverstehen und mir falsche Beweggründe zu unterstellen. Ich versuche wirklich aufrichtig zu sein, und ich glaube, es gelingt mir auch. Aber Sie können in meiner Aufrichtigkeit keine Vernunft sehen. Vielleicht deshalb, weil Sie an Aufrichtigkeit nicht gewöhnt sind, auch nicht an natürliche Frauen; oder, noch wahrscheinlicher, Sie sind nur vertraut mit der Gewächshauszucht — hübsch, hilflos, angenehm gerundet und stallgemästet, lauter kleine Dinger, unschuldig und kriminell unwissend. Sie sind nicht natürlich oder stark; sie können auch niemals natürliche und starke Kinder zur Welt bringen.«

Sie schwieg. Jemand betrat die Halle, und ein schwerer Schritt, gedämpft durch weiche Mokassins, näherte sich.

»Wir sind Freunde«, bemerkte sie noch schnell, und Corliss antwortete ihr mit den Augen.

»Ich platz' doch hoffentlich nicht rein?« Dave Harney grinste breit und andeutungsvoll und schaute sich gründlich um, ehe er sich näherte, um ihnen die Hand zu schütteln.

»Absolut nicht«, antwortete Corliss. »Wir haben uns tödlich gelangweilt und nur darauf gewartet, daß jemand kommen möge. Und wären Sie jetzt nicht aufgekreuzt, dann hätten wir sicher auch noch gestritten, nicht wahr, Miß Welse?«

»Ich glaube nicht, daß er die Lage richtig beschreibt«, lächelte sie. »Wir hatten nämlich schon zu streiten begonnen.«

»Sie schauen auch ein bißchen erhitzt drein«, bemerkte Harney kritisch und ließ seine schlaksige Gestalt in die Kissen der gemütlichen Couch sinken.

»Wie geht's dem Hunger?« wollte Corliss wissen. »Wurde schon eine öffentliche Hilfe gestartet?«

»Brauchen keine öffentliche Hilfe. Miß Fronas Alter Herr ist ihm zuvorgekommen. Ich glaub', er hat den Kritikern das Tageslicht aus dem Leib geängstigt. Dreitausend sind über das Eis zu den hochgelegenen Plätzen, und ungefähr die Hälfte ist nach unten zu den Lagern, und der Markt hat's jetzt ein bißchen leichter. Aber alle meinen, Welse hat spekuliert auf eine Preissteigerung, und deshalb haben alle die ganzen Lebensmittel zurückgehalten, die in ihrer Reichweite sind. Und da haben sie Angst gekriegt und sind zum Salzwasser gerannt, die ganze Bande, und haben alle Hunde mitgenommen. Aber sagen Sie mal ...« Er setzte sich bedächtig auf. »Hunde. Da wird einiges los sein im Frühling, wenn's wieder mit den Frachten angeht. Ich hab' schon hundert im Korral, und ich stell' mir vor, ich krieg' für einen glatte hundert Dollar, direkt auf die Hand.«

»Meinen Sie das wirklich?«

»Ob ich das meine? Na, klar. Im Vertrauen gesagt, so unter sechs Augen, nächste Woche schick' ich ein paar Burschen ins Unterland, damit sie fünfhundert der besten Huskies kaufen, die sie finden können. Ob ich das meine? Herrjeh, ich bin doch lang genug im Land und werd' bestimmt nicht beim Dösen erwischt.«

Frona lachte schallend. »Aber, Dave, mit dem Zucker hatten Sie doch Pech, was?«

»Ah, ich weiß nicht ... Aber da fällt mir ein, ich hab' eine Zeitung gekriegt, die ist erst vier Wochen alt, den *Seattle Post-Intelligencer*.«

»Haben die Vereinigten Staaten und Spanien ...«

»Nicht so schnell!« Der lange Yankee wedelte abwehrend mit den Armen und schnitt damit Fronas Frage ab, die der von Corliss auf dem Fuß folgen wollte.

»Aber Sie haben sie doch gelesen?« fragten beide.

»Ah, klar. Jede Zeile. Sogar die Inserate und so.«

»Dann sagen Sie mir doch«, bat Frona, »hat ...«

»Sie halten jetzt aber den Mund, Miß Frona, bis ich's Ihnen ordentlich erzähl'. Die Zeitung hat mich fünfzig Dollar gekostet. Ich hab' grade den Mann in Klondike City um die Ecke biegen sehen, und da hab' ich ihm die Zeitung gleich abgekauft. Der Idiot wollt einen Hunderter dafür. So was! Und er hätt' sich dran gehalten, bis die ganze Stadt ...«

»Aber steht in der Zeitung, ob ...«

»Was hab' ich jetzt gesagt? Fünfzig Dollar hat mich das Blatt gekostet, weil's das einzige ist, das reingekommen ist. Alle sterben fast vor Neugier. Ich hab' also ein paar ausgewählte Leute hierher in Ihren Salon eingeladen. Für heut abend. Miß Frona, das ist der einzige Platz, der groß genug ist und paßt, und da können sie's laut vorlesen, abwechselnd oder so, solang sie wollen oder bis sie einschlafen. Das heißt natürlich, wenn Sie's erlauben.«

»Ja, natürlich, sie sind willkommen. Und Sie sind sehr freundlich, uns ...«

Er winkte großmütig ihren Dank ab. »Genau, wie ich mir's gedacht hab'. Und wie Sie gesagt haben, mit dem Zucker hab' ich Pech gehabt. Deshalb muß jeder und jede, der heut' einen Blick in die Zeitung werfen will, fünf Tassen Zucker beisteuern. Kapiert? Fünf Tassen. Große Tassen. Weiß, braun oder Würfel ist egal. Ich krieg' alle abgegebenen Visitenkarten, und morgen schick' ich dann einen Jungen herum, der muß überall den Zucker einsammeln.«

Fronas Gesicht wurde erst ausdruckslos, als sie das hörte, dann kehrte aber das Lachen zurück. »Ist das nicht entzückend? Ich werde es tun, und wenn es einen Skandal gibt. Heute, Dave? Ganz bestimmt heute abend?«

»Klar. Und für Sie gibt's eine besondere Dankadresse, weil Sie uns Ihren Salon leihen.«

»Aber Papa muß auch seine fünf Tassen bezahlen. Dave, darauf müssen Sie bestehen.«

Dave blinzelte zustimmen. »Ja, das kriegt er von mir schon heimgezahlt, darauf schwör' ich.«

»Und ich sorge dafür, daß er kommt«, versprach sie. »Im Kielwasser von Dave Harneys Wagen.«

»Zuckerwagen«, meinte Dave. »Und morgen abend nehm' ich die Zeitung mit zum Opernhaus. Ist dann nicht mehr ganz neu, also kriegen's die dann billiger. Eine Tasse ist dann sicher richtig, mein' ich.« Er richtete sich genießerisch zu voller Größe auf und ließ seine Gelenke knacken. »Hab' schon kein Tageslicht mehr gesehen, seit der Fluß zu ist. Und wenn sie die ganze Nacht aufsitzen, dann kriegen sie's immer noch nicht hin, Dave Harney auch nur um eine Nasenlänge zu schlagen. Nicht mal um Zucker.«

11

Vance Corliss lehnte in der Ecke am Klavier und unterhielt sich angelegentlich mit Colonel Trethaway, einem drahtigen, klugen und scharfen Mann, der trotz seiner guten sechzig Jahre und seiner weißen Haare wie ein junger Mann von dreißig wirkte. Er war einer der ältesten Mineningenieure mit einer Leistungsliste, die ihn an die Spitze seines Berufes setzte, und er vertrat eine große amerikanische Interessengruppe, wie Corliss eine britische. Zwischen den beiden hatte sich eine herzliche Freundschaft entwickelt, und geschäftlich hatten sie einander schon große Dienste leisten können. Und es war gut, daß sie zusammenhielten, denn mit beträchtlichem Kapital im Rücken konnten sie das Land unter dem Pol fest im Griff behalten.

Der große Raum quoll fast über vor Menschen, und die Luft war zum Schneiden dick vor Tabakrauch. Mindestens hundert Männer in Pelzen und warmer Wollkleidung lehnten an den Wänden und schauten zu. Das Murmeln ihrer leisen Unterhaltung vernichtete jedoch den spektakulären Zug der Szene und malte ein Bild ganz gewöhnlicher Kameradschaft. Es sah hier bizarr aus, ganz gewiß, aber trotzdem war es doch das Wohnzimmer eines Hauses, in dem die Mitglieder des Haushalts nach getaner Arbeit zusammenkamen. Öllampen und Talgkerzen erhellten kaum den verräucherten Raum, und die großen Kamine röhrten vor Hitze.

Etwa zwanzig Paare drehten sich rhythmisch zur Walzermusik. Gestärkte Hemden und Fräcke gab es nicht. Die Männer hatten ihre Wolfs- und Biberfellmützen auf, und die quastenbesetzten Ohrenklappen flogen lustig auf und ab, während ihre Füße in den Elchmokassins und den Walroßhautstiefeln, die weiter nördlich zu Hause waren, über den Boden glitten. Auch ein paar Frauen in Mokassins waren darunter, aber die meisten Damen tanzten in zierlichen seidenen Tanzschühchen. An einem Ende der Halle öffnete sich eine hohe Tür in einen anderen großen Raum, wo sich noch mehr Leute zusammendrängten. Wenn die Musik Pause machte, hörte man hier Korken knallen und Gläser klirren, und als Begleitmusik kam das Klicken und Klappern der Chips und Roulettekugeln.

Ganz hinten öffnete sich eine kleine Tür, und eine Frau in dicken Pelzen brachte eine Kältewelle mit herein. Diese Kälte schlug sich in der Wärme sofort nieder in einer Nebelwolke über dem Boden, so daß die Füße der Tänzer nicht mehr zu sehen waren, bis sie von der Hitze aufgesogen wurde.

»Eine richtige Frostkönigin, meine Lucile«, sagte Colonel Trethaway zu ihr.

Sie legte den Kopf zurück und lachte, und als sie ihre Pelze und die Straßenmokassins abgelegt hatte, unterhielt sie sich fröhlich mit ihm. Von Corliss, der doch in Reichweite neben ihr stand, nahm sie jedoch keine Notiz. Ein halbes Dutzend Männer, die vorher getanzt hatten, wartete geduldig in einiger Entfernung, bis die Unterhaltung mit dem Colonel zu Ende war. Klavier und Violine spielten die ersten Takte eines Schottischen, und sie wandte sich zum Gehen; da trat Corliss impulsiv an sie heran. Sie hatte damit nicht gerechnet, und er hatte es sich vorher nicht überlegt.

»Es tut mir sehr leid«, sagte er.

Sie wandte sich zu ihm um, und ihre Augen blitzten zornig.

»Ich meine es ernst«, wiederholte er und streckte die Hand aus. »Es tut mir sehr leid. Ich war brutal und ein Feigling. Wollen Sie mir verzeihen?«

Sie zögerte, und aus der Weisheit der Erfahrung heraus forschte sie nach seinem Motiv. Dann wurde ihr Gesicht weicher, und sie nahm seine Hand. Ihre Augen schimmerten feucht.

»Danke sehr«, sagte sie.

Aber die wartenden Männer waren ungeduldig geworden, und ein gutaussehender junger Mann wirbelte mit ihr davon. Er trug eine sehr auffallende Mütze aus gelbem sibirischem Wolf. Corliss kam zu seinem Gefährten zurück, fühlte sich unbeschreiblich wohl und dachte über das nach, was er getan hatte.

»Es ist eine verdammte Schande.« Des Colonels Augen folgten noch immer Lucile, und Vance verstand. »Corliss, ich habe meine sechzig Jahre gut gelebt, aber die Frau ist heute noch ein größeres Mysterium für mich als je zuvor. Schau sie dir doch alle an! Schmetterlinge, ein bißchen Licht und Lied und Lachen und Tanzen, Tanz bis in den hintersten Winkel der Hölle. Nicht nur Lucile, sondern auch der ganze übrige Rest. Schau dir May an mit der Stirn einer Madonna und der Zunge einer Gossenschlampe. Und Myrtle — da scheint eine von Gainsboroughs Altenglisch-Schönheiten aus der Leinwand herabgestiegen zu sein, um in Dawsons Tanzhallen einen Aufruhr zu veranstalten.

Und Laura, wäre die nicht eine wundervolle Mutter, ein Bild von einer Mutter? Du kannst direkt das Kind sehen, das ihr in der Armbeuge liegt. Klar, in einem neuen Land kocht sich immer das Beste zu einer Suppe zusammen. Aber hier ist etwas falsch, ganz falsch, Corliss; die Hitzen des Lebens haben bei mir schon lange nachgelassen, und was ich sehe, das sehe ich ehrlicher, sicherer und wahrer. Mir scheint, ein neuer Messias müßte aufstehen und eine neue Erlösung verkünden — wirtschaftlich oder soziologisch; was es genau ist, spielt keine Rolle, solange gepredigt wird. Die Welt braucht dies.«

Zwischen den Tänzern gab es einen ständigen Menschenaustausch, besonders natürlich in den großen Raum hinüber, wo die Korken knallten und die Gläser klirrten. Colonel Trethaway und Corliss ließen sich von einer Flutwelle zur Bar treiben, wo sich etwa fünfzig Männer und Frauen aufgereiht hatten. Sie fanden sich schließlich neben Lucile und dem Burschen mit der gelben Wolfsmütze. Nicht zu leugnen, er sah sehr gut aus, und dies wurde noch unterstrichen durch die warme Röte seiner Wangen und das gedämpfte Feuer in seinen Augen. Betrunken war er nicht, denn er hatte sich ausgezeichnet unter Kontrolle, doch er war sehr gehobener Stimmung, und diese Wirkung ließ sich auf den vergorenen Traubensaft zurückführen. Seine Stimme war eine Kleinigkeit lauter als nötig und sehr fröhlich, seine Zunge flink und witzig; alles in allem befand er sich also in jenem Zustand zwischen zwei Zuständen, in dem Laster und Tugend gerne nach ungewöhnlichem Ausdruck suchen.

Als er sein Glas hob, stieß ihn sein Nachbar ungewollt an. Er schüttelte den Wein von seinem Ärmel und sagte, was er sich dachte. Ein schönes Wort war es nicht; gewöhnlich diente es dazu, die Kampfeslust anzufachen. Die des anderen ließ sich auch prompt anstacheln, denn seine Faust landete unter der Wolfsmütze mit einer Kraft, die genügte, den Besitzer der Mütze gegen Corliss zu schleudern. Der Beleidigte rächte sich schnell für diesen Angriff. Die Frauen zogen sich eiligst zurück, um das Feld für die Männer freizumachen; etliche Männer drängten sich heran, andere wiederum traten zur Seite, um den Kämpfern Platz zu machen.

Die Wolfsmütze begann nicht zu kämpfen oder auch nur dem Zorn zu begegnen, den er hervorgerufen hatte, sondern schützte mit den Händen nur sein Gesicht und zog sich langsam zurück. Die Menge schrie ihm jedoch zu, er solle sich dem Kampf stellen. Das versuchte er auch, doch als ihm der andere näher auf den Leib rückte, duckte er sich weg.

»Laßt ihn in Ruhe, er verdient es!« rief der Colonel, als Vance Anstalten machte, sich einzumischen. »Er kämpft nicht. Und wenn er's tut, kann ich ihm, glaube ich, verzeihen.«

»Aber ich kann nicht sehen, wie man ihn zusammenschlägt«, wandte Vance ein. »Wenn er sich nur stellen würde, dann sähe es nicht ganz so brutal aus.«

Blut strömte ihm aus der Nase und aus einer Platzwunde über einem Auge, als Corliss dazwischensprang. Er versuchte die beiden Männer auseinanderzuhalten, aber er drückte etwas zu hart gegen den tückischen Burschen, so daß dieser das Gleichgewicht verlor und zu Boden ging. Jeder Mann hat bei einer Wirtshausrauferei seine Freunde, und ehe Vance sich dessen bewußt wurde, was nun vorging, taumelte er von einem Schlag des Mannes, den er zu Boden geschickt hatte. Del Bishop war inzwischen auch dazugekommen und griff den Mann an, der seinen Arbeitgeber geboxt hatte, und da begann nun die allgemeine Schlacht. Sofort ergriff die Menge Partei für die eine oder andere Seite und mischte kräftig mit.

Colonel Trethaway vergaß ganz, daß bei ihm die Hitze des Lebens schon am Verglimmen war, schwang einen dreibeinigen Hocker und tanzte mitten in das Getümmel hinein. Ein paar von der berittenen Polizei, die dienstfrei hatten, taten bei ihm mit, und mit einem halben Dutzend anderer kamen sie dem Mann mit der Wolfsmütze zu Hilfe.

Es war ein sehr lauter und heftiger, wenn auch örtlich begrenzter Kampf. Am anderen Ende der Bar gaben die Barkeeper noch immer Drinks aus, und im Raum nebenan spielte die Tanzmusik, und man tanzte auch eifrig dazu. Die Spieler ließen sich nicht stören, und nur an ein paar Randtischen bewies man mildes Interesse für die Sache.

»Schlagt sie zusammen und schmeißt sie raus!« schrie Del Bishop lachend und kämpfte kurze Zeit Schulter an Schulter mit Corliss.

Corliss lachte zurück, nahm einen ihn angreifenden Hundeführer in den Clinch und kam zwischen stampfenden Füßen über ihm hoch. Sein Kopf wurde nach unten gezogen, und da spürte er seines Gegners Zähne in seiner Ohrmuschel. Blitzartig stellte er sich seine ganze Zukunft mit der angebissenen Ohrmuschel vor, und diese Vorstellung lenkte ebenso blitzartig seine Daumen auf des Gegners Augen. Ein paar Kämpfer stürzten über ihn und trampelten auf ihm herum, doch das nahm er nur ganz am Rand wahr. Er wußte nur, daß er fest drückte und infolgedessen die Zähne seines Gegners den Biß lockerten. Er drückte eine Kleinigkeit fester, denn sehr viel fester durfte er nicht drücken, weil der Mann sonst keine Augen mehr gehabt hätte, und da ließen die Zähne ganz los.

Danach kroch er an den Rand der Keilerei, kam neben der Bar auf die Füße, und da bekam er erst ordentlich Geschmack an der Rauferei, denn er hatte entdeckt, daß er schließlich auch nicht anders war als andere Männer, und der drohende Verlust eines Teiles seiner Anatomie hatte zwanzig Jahre der Kultur von ihm abgestreift. Ein Spiel ohne Einsatz ist eines ohne Würze, und Corliss hatte entdeckt, daß die Beschleunigung der Herztätigkeit auf Grund gymnastischer Übungen und milder Sportarten keinen Vergleich damit aushält, wenn in einem heftigen Kampf Mann gegen Mann und Fleisch gegen Fleisch die eigene Körperlichkeit, wenn schon nicht das Leben, auf dem Spiel steht. Als er sich an der Barstange in die Höhe zog, sah er einen Mann in einer Eichhörnchenparka, der eben einen Bierkrug hob, um ihn gegen Trethaway zu schleudern. Seine Finger, eher an Reagenzröhrchen und Wasserfarben gewöhnt, bogen sich zu einer harten Faust, die den Maßkrugschwinger glatt und voll ans Kinn traf. Der Mann ließ erst den Krug, dann sich selbst auf den Boden fallen. Für einen Moment war Vance leicht betäubt, dann ging ihm auf, daß er einen Mann bewußtlos geschlagen hatte — es war der erste in seinem Leben —, und das fand er unwiderstehlich köstlich.

Colonel Trethaway bedankte sich bei ihm mit einem Blick und brüllte: »Schau, daß du hinauskommst, Corliss! Zur Tür! Zur Tür!«

Es gab noch einige schwere Nahkämpfe, ehe die Sturmtür aufgerissen werden konnte, aber der Colonel, der sich noch immer an seinen dreibeinigen Hocker klammerte, schaltete schnell die ganze Opposition aus, und das Opernhaus entließ den turbulenten Inhalt auf die Straße. Nachdem alle hinausgequollen waren, ließen die Feindseligkeiten schnell nach, die Menge zerstreute sich. Die zwei Polizisten kehrten zurück, um Ordnung zu schaffen, der Rest der Verbündeten folgte, während Corliss und der Colonel mit Wolfsmütze und Del Bishop die Straße entlangstapften.

»Blut und Schweiß!« rief der Colonel begeistert. »Ha! Da wird davon geredet, daß man einem Mumm in die Knochen zaubert. Ich fühl' mich glatte zwanzig Jahre jünger. Corliss, deine Hand. Ich gratuliere dir, jawohl, von ganzem Herzen. In aller Offenheit: Ich dachte nicht, daß du das in dir hast. Du bist eine wirkliche Überraschung, Sir, eine ganz große Überraschung!«

»Ich hab' mich selbst auch überrascht«, antwortete Corliss. Die Reaktion hatte nun eingesetzt, und er fühlte sich schlapp und gar nicht recht wohl. »Und du bist auch eine Überraschung. Wie du diesen Hocker geschwungen hast ...«

»Ja, sicher. Ich schmeichle mir, daß ich das recht gut machte. Hast du gesehen, wie ich ... Aber schau dir das an!« Er hielt die fragliche Waffe in die Höhe und lachte schallend über sich selbst.

»Wem habe ich zu danken, Gentlemen?«

An der Ecke waren sie stehengeblieben, und der Mann, den sie gerettet hatten, streckte die Hand aus.

»Mein Name ist St. Vincent«, fuhr er fort, »und ...«

»Wie heißen Sie?« fragte Del Bishop interessiert.

»St. Vincent. Gregory St. Vincent ...«

Da schoß Del Bishops Faust aus, und Gregory St. Vincent fiel schwer in den Schnee. Instinktiv hob der Colonel den Hocker, dann half er Corliss, den kleinen Goldsucher zurückzuhalten.

»Bist du wahnsinnig, Mensch?« fragte Vance.

»Dieses Stinktier! Ich wollt', den hätt' ich härter getroffen ... Ah, ist schon recht. Ihr könnt mich loslassen. Den schlag' ich nicht mehr. Loslassen. Ich geh' jetzt heim. Gute Nacht.«

Sie halfen St. Vincent auf die Füße, und Vance hätte schwören mögen, er hörte den Colonel übermütig kichern. Später gab er das auch zu, als er erklärte, »es kam so unerwartet und war so furchtbar komisch«. Doch er erbot sich, St. Vincent nach Hause zu bringen.

»Aber warum hast du ihn geschlagen?« fragte Corliss zum viertenmal, nachdem er in sein Haus zurückgekehrt war.

»Diesen gemeinen, elenden Hund, dieses Stinktier«, knurrte Del Bishop in seine Decken. »Warum habt ihr mich aufgehalten? Den hätt' ich viel lieber doppelt so hart getroffen.«

12

»Mr. Harney, freut mich, Sie kennenzulernen. Dave, ich glaube, Dave Harney?« Dave Harney nickte, und Gregory St. Vincent wandte sich an Frona. »Verstehen Sie, Miß Welse, die Welt ist klein. Mr. Harney und ich sind einander nicht fremd.«

Der Eldorado-König musterte des anderen Gesicht, bis Verstehen in ihm dämmerte. »He!« rief er, als St. Vincent schon zum Sprechen ansetzen wollte, »ich hab's! Damals waren Sie glatt rasiert. Mal sehen. '86, Herbst '87, Sommer '88 — jawohl. Damals war's. Sommer '88 komm' ich auf einem Floß aus dem Stewart River, hoch mit Elchvierteln beladen, und versuch' ins Unterland zu kommen, bevor sie schlecht werden. Jawohl. Und sie sind den Yukon runtergekommen, in einem Linderman-Boot. War ein Mittwoch, und mein Partner ... Ich glaub', es war ein Sonntag. Jawohl, ein Sonntag. Vor neun Jahren! Und da haben wir Elchsteaks für Mehl und Backpulver eingetauscht und für ... Zucker! Heiliges Brimborium, freu' ich mich, Sie zu sehen!« Und nun folgte wieder ein großes Händeschütteln.

»Sie müssen mich mal besuchen«, lud er den anderen ein, als sie weggingen. »Hab' eine nette, kleine Hütte oben am Berg und noch eine am Eldorado. Zugemacht nur mit einer Schloßfallenschnur. Kommen Sie nur und bleiben Sie, solang Sie wollen. Tut mir leid, daß ich gleich weiter muß, aber ich muß jetzt zum Opernhaus rennen und mein Eintrittsgeld einziehen, Zucker nämlich. Miß Frona erzählt's Ihnen dann schon.«

»Sie sind wirklich erstaunlich, Mr. St. Vincent.« Frona erwähnte nur kurz Harneys Zuckerschwierigkeiten, dann kehrte sie zum Punkt allgemeinen Interesses zurück. »Das Land muß vor neun Jahren wirklich noch eine unglaubliche Wildnis gewesen sein. Und zu denken, daß Sie die durchreist haben! Erzählen Sie mir doch davon.«

Gregory St. Vincent zuckte die Achseln. »Da gibt es nicht viel zu erzählen. Ich war ein grausamer Versager, angefüllt mit vielen häßlichen und recht wenig hübschen Dingen.«

»Erzählen Sie mir trotzdem. Ich genieße diese Dinge. Sie scheinen echter und lebensnäher zu sein als das, was alltäglich um uns herum passiert. Sie sprechen von einem Versager, also müssen Sie etwas versucht haben. Was versuchten Sie?«

Befriedigt stellte er fest, daß Fronas Interesse ehrlich war.

»Wenn Sie unbedingt wollen, kann ich es Ihnen ja mit ein paar Worten erzählen. Ich hatte mir die irre Idee in den Kopf gesetzt, einen neuen Pfad rund um die Welt zu schaffen, und im Interesse von Wissenschaft und Journalismus, vorwiegend des Journalismus, schlug ich vor, durch Alaska zu reisen, die Beringstraße auf dem Eis zu überqueren und über Nordsibirien nach Europa zu gelangen. Es war ein großartiges Unternehmen, das meiste davon war jungfräulicher Grund, aber ich hatte Pech. Ich kam recht gut über die Beringstraße, aber in Ostsibirien kam ich in Schwierigkeiten, und die Entschuldigung, die ich dafür angebe, ist Tamerlan.«

»Oh! Ein Odysseus!« rief Mrs. Schoville und klatschte in die Patschhändchen. »Ein moderner Odysseus! Wie romantisch!«

»Aber kein Othello«, sagte Frona. »Seine Sprache ist schlampig. An der interessantesten Stelle bezieht er sich auf einen Mann längst vergangener Zeiten. Mr. St. Vincent, Sie nützen uns schamlos aus, und wir werden so lange unglücklich sein, bis Sie uns zeigen, wie Tamerlan Ihre Reise vorzeitig beendete.«

Er lachte und bemühte sich nun, von seinen Reisen zu sprechen. »Als Tamerlan mit Feuer und Schwert über Ostasien hinwegfegte, wurden Staaten vernichtet, Städte in Trümmer gelegt und Völkerstämme wie Sternenstaub zerstreut. Ein riesiges Volk wurde über das ganze Land gewirbelt. Diese Flüchtlinge flohen vor der irren Lust der Eroberer weit nach Sibirien hinein, bogen nach Norden und Osten ab und besiedelten den Rand des polaren Beckens mit Abkömmlingen von Mongolenstämmen. Ermüde ich Sie auch nicht?«

»Oh, nein!« rief Mrs. Schoville. »Das ist faszinierend! Ihre Erzählmethode ist überaus lebendig. Sie erinnert mich an ... an ...«

»An Macaulay«, ergänzte St. Vincent lachend und gutmütig. »Sie wissen, ich bin Journalist, und er hat meinen Stil stark beeinflußt. Aber ich verspreche Ihnen, ich werde mich mäßigen. Aber, um zum Thema zurückzukehren, wären diese Mongolenstämme nicht gewesen, so hätte mich nichts in meiner Reise aufgehalten. Statt gezwungen zu sein, eine fette Prinzessin zu heiraten, hätte ich meine Reise leicht und friedlich nach St. Petersburg fortgesetzt, statt mich mit heimlichen Kriegern und Rentierdiebstählen zu beschäftigen.«

»Oh, diese Helden! Sind sie nicht überwältigend, Frona? Aber was ist mit diesen Rentierdiebstählen und der fetten Prinzessin?«

Die Frau des Goldkommissionärs strahlte ihn an, doch St. Vincent holte sich mit einem Blick Fronas Erlaubnis.

»Die Küstenbevölkerung bestand aus fröhlichen, glücklichen, friedlichen Eskimos. Sie nannten sich selbst die Oukilion, die Seemenschen. Ich kaufte von ihnen Hunde und Lebensmittel, und sie behandelten mich hervorragend. Aber sie wurden beherrscht von den Chow Chuen, den Leuten im Landinnern, die auch als Tiermenschen bekannt sind. Diese Chow Chuen nun waren eine wilde, unzähmbare Rasse, also ganz und gar unzivilisierte Mongolen, nur noch sehr viel wilder. Sobald ich die Küste verließ, überfielen sie mich, beschlagnahmten meine Waren und machten mich zum Sklaven.«

»Aber gab es denn da keine Russen?« fragte Mrs. Schoville.

»Russen? Unter den Chow Chuen?« Er lachte schallend. »Geographisch gehören sie unter die Herrschaft des weißen Zaren, aber politisch — nein! Ich bezweifle, daß sie je von ihm gehört haben. Vergessen Sie nicht, das nordöstliche Sibirien liegt im polaren Halbdunkel, ist eine *Terra incognita,* die nur wenige Menschen bereisten, und keiner ist je zurückgekehrt.«

»Aber Sie ...«

»Zufällig bin ich die einzige Ausnahme. Ich weiß nicht, weshalb mich das Schicksal verschonte. Es geschah nur eben. Zuerst behandelte man mich sehr schlecht, wurde von Frauen und Kindern geschlagen, in schmutzige, mottenzerfressene Pelze gehüllt und mit Abfall ernährt. Man war schrecklich herzlos. Wie ich das zu überleben vermochte, weiß ich selbst nicht. Ich weiß nur, daß ich anfangs sehr oft an Selbstmord dachte. Was mich letzten Endes doch davor bewahrte, ist die Tatsache, daß ich infolge meiner Leiden und Entwürdigung selbst bald tierisch und abgestumpft wurde. Halb erfroren und halb verhungert unterwarf man mich unbeschreiblichem Elend; oft und oft wurde ich bis zur Besinnungslosigkeit geschlagen, und da wurde ich selbst zum Tier.

Wenn ich jetzt so zurückschaue, kommt mir vieles wie ein Traum vor. Es gibt Löcher, die meine Erinnerung einfach nicht ausfüllen kann. Ganz vage weiß ich, daß ich vor einen Schlitten gespannt und so von einem Lager zum anderen, von einem Stamm zum anderen getrieben wurde. Ich nehme an, sie stellten mich aus, so wie man bei uns Löwen, Elefanten und Wilde ausstellt. Ich weiß nicht, wie lange und wie weit ich kreuz und quer diese Region auf die Art bereiste, doch es müssen wohl einige tausend Meilen gewesen sein. Ich weiß auch nicht, wann mein Bewußtsein wieder voll zurückkehrte, wann ich wieder ich selbst wurde. Um diese Zeit war ich volle tausend Meilen westlich von dem Punkt, wo man mich einfing.

Es war Frühling, und es muß wohl eine Erinnerung aus der vergessenen Vergangenheit gewesen sein, die mir die Augen öffnete. Um die Taille hatte ich einen Riemen aus Rentierhaut, mit der ich am Schlitten angeschirrt war. An den klammerte ich mich mit beiden Händen wie das Äffchen eines Drehorgelspielers, denn dort, wo der Riemen in meinen Körper geschnitten hatte, war mein Fleisch roh und voll Schwären.

Da wurde ich schlau, ich gab mich freundlich und unterwürfig. In der Nacht sang und tanzte ich und tat, was ich konnte, um sie zu unterhalten, denn ich war entschlossen, die gemeine Behandlung, die mich in das Unbewußtsein gestürzt hatte, nicht mehr länger zu erdulden. Diese Tiermenschen trieben nun Handel mit den Seemenschen, jene mit den Weißen, vorwiegend den Walfängern. Später entdeckte ich bei einer der Frauen ein Spiel Karten, und da setzte ich nun die Chow Chuen mit ein paar ganz gewöhnlichen Tricks in Erstaunen. Und ich wandte auch das bißchen an Wahrsagerei, das mir bekannt war, auf sie an. Ergebnis: man akzeptierte mich sofort, man ernährte und kleidete mich besser.

Um eine lange Geschichte kurz zu erzählen; ich wurde allmählich ein Mann von Wichtigkeit. Erst kamen die alten Leute und die Frauen zu mir um Rat, dann auch die Häuptlinge. Meine dürftigen, wenn auch praktischen und primitiven medizinischen Kenntnisse halfen mir ganz beträchtlich, und allmählich wurde ich unentbehrlich. Vom Sklaven arbeitete ich mich hoch zu einem Sitz unter den Ältesten und war in Krieg und Frieden, sobald ich ihre Art kannte, eine unbezweifelte Größe. Ihr Handelsartikel waren Rentiere, auch ihre Währung, und fast ständig gab es Kämpfe um die Herden mit den benachbarten Stämmen, und oft ging es natürlich auch darum, die eigenen Herden vor Übergriffen zu schützen. Ich verbesserte ihre Methoden, lehrte sie eine bessere Strategie und Taktik, und allmählich konnte sich kein Nachbarstamm mehr mit ihnen vergleichen oder es mit ihnen aufnehmen.

Meiner Freiheit war ich trotz allem nicht näher. Es war lächerlich, aber ich hatte mich ihnen unentbehrlich gemacht. Sie behandelten mich mit größter Freundlichkeit, gleichzeitig waren sie voll Eifersucht und paßten scharf auf. Ich konnte kommen und gehen und befehlen, wie ich wollte, aber wenn die Handelsleute zur Küste zogen, durfte ich nicht mitgehen. Das war die einzige Einschränkung meiner Bewegungsfreiheit.

In den obersten Rängen sind die Plätze immer ein bißchen wackelig, und als ich die politische Struktur veränderte, kam ich wieder in Schwierigkeiten. Ich versuchte zehn oder zwanzig benachbarte Stämme miteinander zu verbünden, um Rivalitäten auszuschließen, und da machte man mich zum Oberhaupt dieser Föderation. Der alte Pi-Une war nun der größte der Unterhäuptlinge, auf seine Art ein König, und er weigerte sich, auf alle ihm bisher zustehenden Ehren zu verzichten, als es darum ging, den obersten Führer zu bestimmen, der er natürlich werden wollte. Um ihn nun wieder friedlich zu stimmen, mußte ich seine Tochter Ilswunga heiraten. Na ja, er forderte es. Ich bot ihnen an, die Föderation aufzugeben, doch er wollte davon nichts hören, er wollte seine Tochter verheiraten.«

»Und?« rief Mrs. Schoville ekstatisch.

»Und ich heiratete Ilswunga natürlich, und das ist der Name der Chow Chuen für Wildes Reh. Arme Ilswunga! Sie war alles andere als ein Reh, aber ich kam mir wie Tristan vor. Als ich sie zuletzt sah, spielte sie in der Mission von Irkutsk Solitaire und weigerte sich beharrlich, ein Bad zu nehmen.«

»Oh, Barmherzigkeit, es ist schon zehn Uhr!« rief Mrs. Schoville plötzlich, weil ihr Mann endlich von der anderen Raumseite her ihre Aufmerksamkeit gefunden hatte. »Es tut mir so unendlich leid, daß ich mir den Rest nicht mehr anhören kann, Mr. St. Vincent, wie Sie schließlich entkamen und all das. Aber Sie müssen uns einmal besuchen. Ich sterbe vor Neugier!«

»Und ich hielt Sie für einen Anfänger, einen *Chechaquo*«, bemerkte Frona, als St. Vincent seine Ohrklappen festband und seinen Mantelkragen hochschlug.

»Ich mag Possen nicht«, antwortete er, »denn sie riechen immer nach Oberflächlichkeit. Es ist nicht immer wahr, und man schlüpft so leicht in sie hinein. Schauen Sie die Oldtimer an, die *sour-doughs,* diese alten Alaska-Schürfer, wie sie sich ja selbst nennen. Nur weil sie ein paar Jahre in diesem Land verbracht haben, lassen sie sich einen wilden Wollsackbart wachsen und sind furchtbar stolz darauf. Das ist eine Pose, auch wenn sie es vielleicht nicht wissen. Sie kultivieren so auffällige Seltsamkeiten, damit auch eine Falschheit sich selbst gegenüber, und so leben sie mit Lügen.«

»Ich glaube nicht, daß Sie damit ganz recht haben«, schränkte Frona ein, denn das waren ihre gewählten Helden. »Es gefällt mir, was Sie allgemein darüber sagen, ich mag auch das Posieren nicht, aber die Mehrheit der Oldtimer ist in jedem Land ein wenig sonderbar, und unter allen Umständen. Diese Sonderbarkeit gehört zu ihnen, so drücken sie sich aus. Ich bin überzeugt, daß sie das in den neuen Ländern am Laufen hält. Der normale Mann bleibt ja ganz natürlich zu Hause.«

»Oh, da gebe ich Ihnen vollkommen recht, Miß Welse«, erwiderte er sofort. »Ganz so scharf und allgemein meinte ich es ja auch nicht. Ich wollte nur die unter ihnen kennzeichnen, die Poseure sind. Im allgemeinen sind sie, wie Sie betonen, ehrlich, aufrichtig und natürlich.«

»Dann gibt es ja keine Meinungsverschiedenheit zwischen uns. Aber, Mr. St. Vincent, bevor Sie gehen, möchte ich fragen, ob Sie morgen abend kommen wollen? Wir üben ein Theaterstück für Weihnachten ein. Ich weiß, Sie könnten uns da eine große Hilfe sein, und ich denke, es wäre ganz unterhaltend für Sie. Alle jüngeren Leute sind daran interessiert, die Behördenvertreter, die Polizeibeamten, die Mineningenieure, die Pfadfinder-Gentlemen, von den besseren Damen ganz zu schweigen. Alle werden Ihnen sicherlich gut gefallen.«

»Davon bin ich überzeugt.« Er nahm ihre Hand. »Morgen, sagten Sie?«

»Morgen abend. Gute Nacht.« Ein tapferer Mann, sagte sie zu sich selbst, als sie von der Tür zurückkam, und ein prachtvolles Exemplar seiner Rasse.

13

Gregory St. Vincent wurde sehr schnell ein wichtiger Faktor im gesellschaftlichen Leben von Dawson. Als Vertreter der Amalgamated Press Association hatte er die besten Empfehlungsbriefe mitgebracht, die ein mächtiger Einfluß überhaupt erreichen kann, und damit war er auch gesellschaftlich qualifiziert. Seine Ausweise waren über jeden Zweifel erhaben. Auf ruhige Art ließ er wissen, daß er ein Wanderer und Forscher nicht unbedeutender Gebiete war und daß er das Leben nahezu überall auf unserem Globus kennengelernt hatte. Darin war er so zurückhaltend und bescheiden, daß niemand, auch keiner der Männer, sich von dem, was er erreicht hatte, herausgefordert fühlte. Und er stieß auf viele alte Bekannte. Jacob Welse hatte er im Herbst '88 in St. Michaels getroffen, ehe er die Beringstraße auf dem Eis überquerte. Etwa einen Monat später lernte er Vater Barnum kennen, der vom unteren Fluß heraufgekommen war, um das Krankenhaus zu übernehmen; das war ein paar hundert Meilen nördlich von St. Michaels. Captain Alexander von der Polizei war zusammen mit ihm in der britischen Legation in Peking gewesen. Und Bettles, ein Oldtimer von hohem Ansehen, lernte er vor neun Jahren im Fort o'Yukon kennen.

Dawson, das jedem neuen Gesicht am Anfang immer mit Mißtrauen begegnet, nahm ihn also mit offenen Armen auf. Besonders bei den Damen war er außerordentlich beliebt. Immer wußte er irgendein Vergnügen zu organisieren, und es stellte sich recht bald heraus, daß es ohne ihn nirgends mehr recht klappen wollte. Er half beim Theater, und ehe man sich's versah, hatte er die Sache fest in der Hand. Frona litt, wie ihre Freunde sagten, an einem »Ibsen-Anfall«; also wurde *Das Puppenheim* einstudiert, und sie bekam die Rolle der Nora. Corliss war für die Auswahl der Stücke verantwortlich und hatte eigentlich überhaupt das Theaterspiel vorgeschlagen, und er sollte den Torvald spielen. Doch sein Interesse schien geschwunden zu sein, auf jeden Fall zog er sich zurück mit der Begründung, er sei geschäftlich überlastet. So übernahm also St. Vincent ganz selbstverständlich die Rolle des Torvald. Corliss war einmal bei einer Probe. Vielleicht war er sehr müde von einer Vierzigmeilenfahrt mit den Hunden, und vielleicht war es auch nötig, daß Torvald ein paarmal seinen Arm um Noras Schultern legen mußte und auch mit ihrem Ohr zu spielen hatte; wie dem auch sei, Corliss kam nie mehr zu einer Probe.

Sicher, er hatte sehr viel zu tun. Wenn er nicht auf dem Trail sein mußte, hatte er mit Jacob Welse und Colonel Trethaway zu arbeiten. Daß es eine sehr große Angelegenheit sein mußte, ließ sich daraus schließen, daß Welses Minenbeteiligungen allein schon etliche Millionen betrugen. Corliss war in erster Linie ein Arbeiter und ein Tatmensch, und als er entdeckte, daß sein sehr gründliches theoretisches Wissen der praktischen Erfahrung bedurfte, arbeitete er noch viel härter als vorher. Er überlegte sogar, wie töricht doch die Leute gewesen waren, die ihn mit einer solchen Verantwortung betraut hatten, und das sagte er auch einmal zu Trethaway. Der Colonel wußte dies natürlich auch, schätzte aber Corliss' Offenheit ungemein und bewunderte ihn seines Fleißes wegen und weil er so schnell die Dinge auch praktisch in den Griff bekam.

Del Bishop, der sich immer geweigert hatte, für andere Leute zu arbeiten, war nur deshalb zu Corliss gegangen, weil er auf die Art auch seine eigenen Interessen besser verfolgen konnte. Er war praktisch frei, doch die Gelegenheiten, Vorteile für sich zu erringen, hatten sich vervielfacht. Er hatte eine phantastische Ausrüstung und ein großartiges Hundegespann; seine Aufgabe bestand im wesentlichen darin, die verschiedenen Creeks aufzusuchen und Augen und Ohren offenzuhalten. Er war in erster Linie Goldsucher und Schürfer, der *pocket-miner* in Person, denn so wurden diese selbständigen Kleinunternehmer genannt; er war das auch in zweiter und letzter Linie, also war er auch privat ständig auf der Suche nach den richtigen Erztaschen, und diese Beschäftigung beeinträchtigte nicht im geringsten seine Pflichten gegenüber seinem Arbeitgeber. Im Lauf der Zeit verstaute er in seinem Geist die unterschiedlichsten Daten über verschiedene kleine Lager, das umliegende Land und alle anderen wichtigen Umstände. Gegen Sommer, wenn die Erdoberfläche taute und die offenen Wasserläufe ihm das erlaubten, konnte er den Trassen folgen vom Bachbett über die Seitenhänge bis hinauf zur Quelle.

Corliss war ein guter Arbeitgeber, bezahlte ordentlich und hielt es für sein Recht, von seinen Männern soviel Arbeit zu fordern, wie er selbst leistete. Jene, die bei ihm in Dienst traten, wuchsen entweder daran und blieben, oder sie gaben die Arbeit auf und redeten schlecht über ihn. Jacob Welse wußte das zu schätzen, und daher sang er unablässig des Ingenieurs Lob. Frona hörte dies und freute sich darüber, denn sie mochte alles, was ihr Vater liebte; freute sich noch mehr, weil es um Corliss ging. Aber im Drang der Geschäfte sah sie nun weniger von ihm, während St. Vincent immer mehr von ihrer Zeit ausfüllte. Sein gesunder Optimismus gefiel ihr, und er entsprach auch recht gut ihrem idealisierten Naturmenschen und dem von ihr bevorzugten rassischen Typ. Ihre ersten Zweifel daran, ob das alles auch wahr sei, was er sagte, waren verflogen. Leute, die erst seine wundervollen Abenteuer eher als Lügen betrachteten, hörten ihn reden und ließen sich überzeugen. Jene, die die Länder kannten, von denen St. Vincent erzählte, mußten bestätigen, daß er wisse, wovon er spreche. Der junge Soley, der Bannock's News Syndicate vertrat und Holmes von Fairweather erinnerten sich, wie er '91 wieder in die Welt zurückgekehrt war und welches Aufsehen das erregt hatte. Sid Winslow, Journalist der *Pacific Coast*, hatte im Wanderers-Club seine Bekanntschaft gemacht, nachdem ihn ein Zollkutter der United States vom Norden heruntergebracht hatte. Natürlich sah Frona auch, daß seine Erlebnisse seine Ansichten weitgehend geprägt hatten. Das Primitive war stark in ihm, und sein leidenschaftlicher Rassenstolz kam dem ihrem gleich. War Corliss nicht greifbar, verbrachten sie viel Zeit miteinander, gingen oft mit den Hunden aus und lernten einander immer besser kennen.

Für Corliss war dies wenig erfreulich, dies besonders dann, wenn er sich einmal für sie freimachte und dann auf den Korrespondenten traf. Corliss und andere Männer, die an dem Ereignis im Opernhaus beteiligt waren, fühlten sich nicht zu ihm hingezogen, sie akzeptierten ihn nur auf zurückhaltende Art. Trethaway war so indiskret, ein paarmal abfällig von ihm zu sprechen, doch seine Bewunderer verteidigten ihn so glühend, daß der Colonel so klug war, künftig den Mund zu halten. Einmal hörte Corliss eine sehr übertriebene Lobpreisung von Mrs. Schoville an, und erlaubte sich den Luxus eines ungläubigen Lächelns. Frona wurde rot und runzelte die Brauen, und das war eine Warnung für ihn.

Einmal war er so unklug und zornig, daß er sich auf die Rauferei im Opernhaus bezog. Er ließ sich davon hinreißen, und was er über jene Nacht sagte, war weder ein Ruhmesblatt für St. Vincent noch für ihn, aber kaum hatte er begonnen, da machte ihm Frona einen Strich durch die Rechnung.

»Ja«, sagte sie, »Mr. St. Vincent hat mir davon erzählt. Damals sah er Sie, wie ich glaube, zum erstenmal. Sie alle kämpften wie die Ritter für ihn, Sie und Colonel Trethaway. Er sprach voll Bewunderung und aufrichtiger Begeisterung von Ihnen beiden.«

Corliss winkte nur matt ab.

»Nein, nein! Sie müssen sich wundervoll verhalten haben nach dem, was er mir erzählte. Und ich freute mich unendlich, das zu hören. Es muß einfach großartig sein, bei sich selbst einmal die Zügel schießen zu lassen, und gesund ist es obendrein. Großartig für uns, die vom Natürlichen wegstreben und zur verweichlichten Überreife neigen. Ah! Einmal die ganze Zivilisation abschütteln und ordentlich rasen zu dürfen! Und der innere Motor sieht leidenschaftslos und abgeklärt zu und sagt: ‚Dies ist mein anderes Selbst. Aufpassen! Ich bin nun ohne Macht, bin nur die Macht dahinter, doch ich regiere noch. Dieses andere Selbst, mein altes, heftiges, älteres Selbst, hat blind gerast wie ein wildes Tier, aber ich sitze nun ein Stück abseits, kann urteilen und ihm sagen, es solle weiterrasen oder aufhören.' Oh, ein Mann sein zu können!«

Corliss konnte sich ein belustigtes Lächeln nicht verkneifen, und Frona ging sofort in Verteidigungsstellung.

»Sagen Sie mir, Vance, wie haben Sie sich gefühlt? Habe ich es denn nicht richtig beschrieben? Erkennen Sie die Symptome? Hatten Sie nicht genug Abstand, sich selbst zu beobachten, als Sie den Wilden spielten?«

Er erinnerte sich der momentanen Betäubung in dem Moment, als er den Mann mit seiner Faust auf den Boden legte, und nickte.

»Und Stolz?« fragte sie. »Oder Scham?«

»Ein wenig von beidem, vom Stolz mehr als von der Scham«, bekannte er. »Ich glaube, ich ließ mich ganz einfach mitreißen. Danach kam die Scham, und ich warf mich die halbe Nacht schlaflos im Bett herum.«

»Und dann?«

»Stolz, glaube ich. Und ich konnte nicht dagegen an. Am Morgen wachte ich auf mit dem Gefühl, meine Sporen verdient zu haben. Im Unterbewußtsein war ich unglaublich stolz auf mich selbst, weil ich mich so unwahrscheinlich stark fühlte. Dann kam wieder die Scham, und ich versuchte den Stolz auf mich selbst zurückzudrängen. Ja, der Stolz. Der Kampf war fair und offen gewesen, ich hatte ihn nicht gesucht. Die besten Motive hatten mich hineingezwungen. Es tut mir nicht leid, und falls nötig, würde ich den Kampf wiederholen.«

»Und mit Recht.« Fronas Augen funkelten. »Und wie hielt sich Mr. St. Vincent?«

»Er? Oh, ich glaube, ganz ordentlich. Ich hatte alle Hände voll zu tun und war viel zu sehr beschäftigt, als daß ich aufpassen hätte können.«

»Aber er sah Sie.«

»Höchstwahrscheinlich. Es war wohl eine Nachlässigkeit, daß ich nicht auf ihn achtgab. Hätte ich geahnt, daß es von Interesse für Sie wäre, hätte ich natürlich daran gedacht. Verzeihen Sie, vielleicht setzte mein Verstand kurzzeitig aus. Die Wahrheit ist, daß ich als absoluter Neuling in dieser Beziehung übersah, meinem Nachbarn ab und zu einen Blick zuzuwerfen.«

Corliss war also froh, daß er das nicht ausgesprochen hatte, was er dachte, und klugerweise St. Vincents Mut und Kraft würdigte; er hatte es sich versagt, auf seine eigene bescheidene und gleichzeitig selbstbewußte Art zu erzählen, wie es wirklich war.

Zwei Männer und eine Frau! Die schärfste und mächtigste Dreieinigkeit von Faktoren, die menschliches Pathos und Tragödien schuf. Das war schon so, als der Urvater der Menschheit von seinem Baum herabkletterte und aufrecht auf den Hinterbeinen ging, und so war es auch in Dawson. Natürlich spielten hier auch noch andere, vielleicht unbedeutendere Faktoren mit, etwa Del Bishop, der auf seine aggressive Art eingriff und die Dinge erheblich beschleunigte. Das geschah in einem Traillager auf dem Weg zum Miller Creek, wo Corliss entschlossen war, eine große Zahl wenig ertragreicher Claims zusammenzufassen, da sie nur auf breiter Basis mit Profit bearbeitet werden konnten.

»Ich verschwend' nicht eine Kerze, wenn ich ein Streichholz anzünden will, klar?« bemerkte der Goldgräber zornig, als er einen Eisklumpen in den Kaffeetopf warf, damit der Kaffee sich setzte. »Nicht ums Leben«, setzte er bekräftigend hinzu.

»Petroleum?« fragte Corliss, strich mit einer Speckschwarte die Bratpfanne aus und goß den Teig hinein.

»Petroleum, Teufel, noch mal! Auf meiner Spur siehst du keinen Rauch, wenn ich durch Gottes Land marschier' und Geld in der Tasche und Sonne in den Augen hab'. Sag schon, wie tät' dir jetzt gleich ein saftiges Steak gefallen, ein schönes Lendenstück mit grünen Zwiebeln, Bratkartoffeln und allerlei Beilagen? Mir tät's gefallen. Und dann ein allgemeines Wuppla! Für eine Woche — Seattle oder Frisco, mir ist's egal was, und dann ...«

»... hast du kein Geld mehr und keinen Job.«

»Nicht auf deinem Familienbaum!« röhrte Bishop. »Ich tät' meinen Sack schon gut einlagern, bevor ich auf die Reise geh'. Jawohl, Daddy. Und dann erst noch Südkalifornien. Ah, hab' schon lang mit einer Obstplantage dort geliebäugelt. Vierzigtausend tät' ich dafür hinblättern. Jawohl. Und keine Schufterei mehr für gepumpte Schürfausrüstungen und dergleichen. Hab' mir das schon lange überlegt. Arbeiter für die Ranch, einen Manager, der was davon versteht, und ich, ja, ich leb' vom Ertrag und hab' meinen Spaß dran. Und dazu einen Stall mit ein paar feurigen Juckern, immer bereit, um einen Packsattel aufzulegen und davonzureiten, wenn mich die Lust ankommt, mal wieder zu schürfen. Im Osten und am Wüstenrand gibt's große Erztaschen.«

»Und kein Haus auf der Ranch?«

»Natürlich ein Haus. Und daneben wachsen süße Erbsen, und am Zaun gibt's Rosen und Wicken und weiß Gott was noch alles. Hinter dem Haus ist ein Gemüsegarten mit Bohnen und Spinat, Radieschen, Gurken und Spargel, mit Rüben, Karotten und Kohl und lauter so'n Zeug. Und eine Frau drin, die mich wieder zurückholt, wenn ich mit dem Schürfen zu verrückt bin. Sag mal, du verstehst doch eine ganze Menge vom Bergbau. Hast du je schon mal nach Erztaschen rumgeschnüffelt? Nein? Dann fang auch gar nicht damit an. Die sind viel schlimmer als Whiskey, Pferde oder Karten. Frauen sind nicht drin, die kommen erst später dazu. Wenn du je mal dran denken solltest, nach Taschen zu suchen, dann laß die Finger davon und heirat, aber ganz schnell. Nur das kann dich dann noch retten. Aber nicht mal das ist sicher. Ich hätt's vor vielen Jahren tun sollen. Vielleicht hätt' ich dann was aus mir gemacht. O heiliges Jerusalem, die Jobs, die ich alle aufgegeben, die vielen guten Dinge, die ich versäumt hab', und all das nur wegen dieser verdammten Taschen! Sag, Corliss, du willst doch auch mal heiraten. Dann tu's aber gleich! Ich sag' dir's, wie's ist. Laß dich von mir warnen und bleib nicht länger allein, als der liebe Gott von dir verlangt, jawohl!«

Corliss lachte.

»Wirklich, das hab' ich ernst gemeint. Ich bin älter als du, ich weiß, was ich sag'. Ich weiß schon, in Dawson unten ist was, das du gern in die Hand kriegen würdest. Ihr zwei seid doch füreinander gemacht, du und sie.«

Corliss war längst darüber hinaus, daß er Bishops Einmischung als Frechheit empfunden hätte. Auf dem Trail kriechen die Männer unter die gleichen Decken und werden Brüder, und da hatte er die Erfahrung gemacht, daß dieses Land der größte Gleichmacher ist. Er wendete mit einem geschickten Wurf den Pfannkuchen und schwieg dazu.

»Warum kommst du nicht bei ihr angetanzt und stichst den anderen aus?« drängte Del. »Du magst sie doch, das weiß ich, denn wenn du bei ihr warst und zur Hütte zurückkommst, wandelst du wie auf Wolken. Ha! Also, dann hol sie dir doch, solang du noch eine Chance hast. Da war mal die Emmy, ein winziges Weiberdingelchen, aber wir sind sofort aufeinander geflogen, jawoll. Und ich bin immer hinter den Erztaschen drein gewesen, und so hab' ich's Heiraten versäumt. Immer hinausgeschoben. Und dann ist ein großer, dicker, schwarzer Holzfäller aufgekreuzt, und da hab' ich mich dann entschlossen, nach der nächsten gefundenen Tasche den Mund aufzutun. Dann kam ich zurück, und sie war eine Mrs. Sowieso.

Also, drum laß dir's gesagt sein. Der Schreiberling, den ich da vor dem Opernhaus in den Schnee gelegt hab', der kommt daher und tut recht dick mit ihr. Und da bist du, genau wie ich, rennst in der ganzen Schöpfung rum und läßt dir die beste Frau ausspannen. Klar. Als ob's für dich nichts anderes auf der Welt gäb' als Erztaschen suchen!«

Diese Vorstellung war Corliss so unangenehm, daß er sauer wurde und Del Bishop befahl, er solle endlich den Mund halten.

»Wer? Ich?« fragte Del so bekümmert, daß Corliss lachen mußte.

»Und was würdest du also tun?« fragte er.

»Ich? Na, ich sag' dir's in aller Freundlichkeit. Wenn du von hier zurückkommst, gehst du zu ihr und machst endlich deinen Mund auf. Verabrede dich mit ihr, schreib's auf für euch beide, damit's ja keiner vergißt. Und ihre freie Zeit belegst du so gründlich mit Beschlag, daß für den anderen keine mehr übrigbleibt. Vergib dir nichts, das hast du nicht nötig, aber sei auch nicht zu hochmütig und so. Verstehst du? Nur so... so... mittendrin eben. Und wenn du dann siehst, daß alles richtig ist, daß sie dich so anlacht, wie sie's tut, dann mußt du um ihre Hand anhalten. Ich weiß natürlich nicht, was dabei rauskommt, das mußt du selbst rausfinden. Aber wart nicht zu lang damit. Besser früher heiraten als nie. Und wenn ihr dieser Schreiberling zu nah auf den Pelz rückt, dann polier ihm seinen Brotkorb, aber gründlich! Das tut ihm dann gut. Oder noch besser, du nimmst ihn auf die Seite und redest mit ihm. Sag ihm, er sei ein ganz gemeiner Hund und das Claim, in dem er wildert, hast du schon abgesteckt, da war er noch nicht trocken hinter den Ohren, und wenn er weiter um sie rumtanzt, dann schlägst du ihm den Schädel ein.«

Bishop stand auf, streckte sich und ging hinaus, die Hunde zu füttern. »Und vergiß nicht, du schlägst ihm den Schädel ein!« rief er zurück. »Solltest du dafür aber zu zimperlich sein, dann ruf mich. Ich lass' ihn nicht lang drauf warten.«

14

»Ah, das Salzwasser, Miß Welse, dieses kräftige Salzwasser, die riesigen Wellen und die schweren Boote für glatte oder rauhe See — ich weiß. Aber das frische Wasser und die kleinen Kanus, diese Eierschalen und Märchenblasen; ein tiefer Atemzug, ein Seufzer zuviel — und puffff, schon ist man über Bord. Nicht, daß ich das nicht wüßte«, Baron Courbertin lächelte selbstmitleidig, »aber es ist einfach köstlich und großartig. Ich habe das beobachtet und die Leute glühend beneidet. Eines Tages werde ich es selbst lernen.«

»So schwierig ist das wirklich nicht«, bemerkte St. Vincent. »Nicht wahr, Miß Welse? Nur eine sichere und ausgewogene Haltung von Geist und Körper ...«

»Wie beim Seiltänzer?«

»Oh, Sie sind unverbesserlich«, meinte Frona lachend. »Ich bin überzeugt, Sie wissen über Kanus genausoviel wie wir auch.«

»Und Sie wissen etwas darüber? Sie, eine Frau?« Der Franzose war Kosmopolit, aber die Unabhängigkeit und Tatkraft der Yankeefrauen waren für ihn ein ewiges Wunder. »Wie?«

»Als kleines Mädchen am Dyea war ich viel mit den Indianern zusammen. Im nächsten Frühling, sobald das Eis bricht, werden wir Ihnen den ersten Unterricht erteilen, Mr. St. Vincent und ich. Sehen Sie, dann kehren Sie mit einigen neuen Fähigkeiten in die Zivilisation zurück. Es wird Ihnen sehr gefallen.«

»Bei einer so charmanten Lehrmeisterin«, murmelte der Franzose galant. »Aber Sie, Mr. St. Vincent, Sie glauben, daß ich so erfolgreich sein und es lieben werde? Lieben Sie's? Sie stehen immer im Hintergrund, sprechen kaum etwas, sind undurchdringlich, als seien Sie wohl fähig, zu sprechen, aber nicht willens — vielleicht aus einer ewigen Weisheit riesiger Erfahrungen heraus?« Der Baron wandte sich schnell wieder Frona zu. »Wir sind alte Freunde. Habe ich Ihnen das schon erzählt? Ich werde ihn also, wie die Amerikaner sagen, hänseln. Es ist doch so, Mr. St. Vincent?«

Gregory nickte, und Frona sagte: »Ich bin überzeugt, Sie haben einander am Rand von nirgendwo getroffen.«

»In Yokohama«, antwortete St. Vincent kurz. »Vor elf Jahren zur Kirschblütenzeit. Aber Baron Courbertin tut mir schreiendes Unrecht an, und das macht mich unglücklich, denn es ist nicht wahr. Ich fürchte, wenn ich erst einmal anfange, erzähle ich zuviel über mich selbst.«

»Ein Märtyrer für Ihre Freunde«, sagte Frona. »Und er erzählt so gut, daß seine Freunde sich nicht enthalten können, ihn zu drängen.«

»Dann erzählen Sie uns doch eine Kanugeschichte«, bat der Baron. »Eine gute! Eine Geschichte, bei der sich einem, wie ihr es nennt, die Haare aufstellen.«

Sie setzten sich um Mrs. Schovilles dicken Holzofen, und St. Vincent erzählte von dem großen Wirbel im Box Canyon, vom entsetzlichen Korkenzieher am Rand der White Horse Rapids und von seinem feigen Kameraden, der außen herumging, so daß er allein durch diese Stromschnellen und Strudel mußte — vor neun Jahren, als der Yukon noch ein jungfräulicher Fluß war.

Eine halbe Stunde später kam Mrs. Schoville herein, mit Corliss in ihrem Kielwasser.

»Dieser Hügel! Er hat mich mich meinen letzten Atem gekostet!« keuchte sie und zog sich die Handschuhe von den Patschhändchen. »Ein Glück!« fuhr sie gleich darauf fort, »dieses Spiel geht nie durch! Niemals werde ich diese Mrs. Linden spielen. Wie könnte ich auch? Krogstad ist mit einer Herde zum Indian River, und keiner weiß, wann er zurückkommt.« Sie wandte sich an Corliss. »Krogstad, das ist nämlich Mr. Maybrick, wissen Sie. Und Mrs. Alexander hat eine Neuralgie und darf nicht heraus. Also gibt es heute keine Probe, soviel ist sicher.« Dramatisch deklamierte sie: *»Ja, in meiner ersten Angst! Doch ein Tag ist vergangen, und an diesem Tag habe ich in diesem Haus unglaubliche Dinge erlebt! Helmer muß doch alles wissen. Es muß ein Ende für dieses unglückliche Geheimnis geben. O Krogstad, Sie brauchen mich, und ich brauche Sie!* Und er ist drüben jenseits des Indian River und macht Sauerteigbrot, und ich werde ihn niemals wiedersehen!«

Sie klatschten heftig Beifall.

»Meine einzige Belohnung dafür, daß ich ausging und Sie alle hier warten ließ, war meine Zusammenkunft mit diesem lächerlichen Kerl.« Sie schob Corliss vorwärts. »Oh, Sie kennen einander ja noch nicht. Baron Courbertin, Mr. Corliss. Baron, wenn Sie auf eine reiche Ader stoßen, dann rate ich Ihnen, sie an Mr. Corliss zu verkaufen. Er sitzt auf dem Geldsack von Krösus und wird alles kaufen, solange der Titel gut ist. Und finden Sie nichts, dann verkaufen Sie auch. Er ist ein Menschenfreund von Beruf, wissen Sie.

Aber Sie würden es nicht glauben!« wandte sie sich nun wieder an alle. »Dieser lächerliche Kerl bot mir an, mich den Hügel hinauf zu begleiten und — zu reden! Aber er weigerte sich, mit hereinzukommen und der Probe zuzuschauen. Als er jedoch entdeckte, daß es gar keine Probe gab, drehte er sich um wie eine Wetterfahne. Jetzt ist er also da. Er behauptet, er sei am Miller Creek gewesen. Aber unter uns gesagt, er erzählt uns seine dunklen Taten ja nicht ...«

»Dunkle Taten! Schaut doch!« Frona deutete auf die Spitze eines bernsteinfarbenen Mundstückes, das aus der äußeren Brusttasche von Vances Mantel guckte. »Eine Pfeife! Mein Kompliment!« Sie streckte die Hand aus und schüttelte die seine herzlich.

»Das ist Dels Schuld«, erwiderte er lachend. »Wenn ich vor den großen weißen Thron komme, wird er es sein, der vortreten und die Verantwortung dafür übernehmen muß.«

»Ein Fortschritt, ganz bestimmt«, erwiderte sie. »Jetzt brauchen Sie ab und zu nur noch einen handfesten Fluch.«

»Oh, ich kann Ihnen versichern, da bin ich kein absoluter Neuling«, antwortete er. »Hunde kann man auf andere Art gar nicht antreiben. Ich kann, verdammt noch mal, von der Hölle bis zum Frühstück fluchen und wieder zurück, wenn Sie's mir erlauben wollen, bis zum allerletzten Grad der Verdammnis. Bei den alten Knochen des Pharao und dem Blut von Judas zum Beispiel; Huskies verstehen das recht gut. Aber die besten von meinen hundeanfeuernden Sprüchen kann ich Damenohren leider nicht zumuten. Aber ich verspreche Ihnen trotz Hölle, Teufel und Hochwasser ...«

»Oh! Oh!« schrie Mrs. Schoville und stopfte sich die Ohren mit den Fingern zu.

»Madame«, sagte Baron Courbertin mit ernster Miene, »es ist eine sehr beweinenswerte Tatsache, daß die Hunde des Nordens größere Verantwortung tragen für die männliche Seele als viele andere Tatsachen zusammengenommen. Ist es nicht so? Ich frage die Gentlemen.«

Corliss und St. Vincent pflichteten ihm ernsthaft bei und machten sich daran, die Damen mit herzzerreißenden, markerschütternden Hundegeschichten zu bedienen.

St. Vincent und der Baron blieben zum Lunch bei des Goldkommissionärs Frau, so daß Frona und Corliss gemeinsam den Hügel hinabgingen. Als hätten sie es ausgemacht, daß sie den Weg verlängern wollten, bogen sie nach rechts ab und querten die zahllosen Flußpfade und Schlittenspuren, die in die Stadt hinabführten. Es war ein klarer, kalter Tag Mitte Dezember. Die Mittagssonne hatte mühsam und zögernd ihr blasses Gesicht über den südlichen Horizont geschoben, war wie ein armer, kranker Greis zu einem falschen Zenit aufgestiegen und ließ sich nun schamrot wieder hinter die Erde sinken. Die schrägen Strahlen wurden von den Frostpartikeln zurückgeworfen, so daß die Luft erfüllt war mit glitzerndem Juwelenstaub — ein großartiges, strahlendes, mit buntem Feuer erfülltes Schauspiel, aber so kalt wie der Weltenraum.

Durch diesen zauberhaft schillernden Schein stapften sie; ihre Mokassins knirschten im staubfeinen Schnee, und ihr Atem stand wie Opalstaub vor ihren Gesichtern. Sie sprachen nicht, es verlangte sie auch nicht danach, so unvergleichlich schön war es. Zu ihren Füßen kauerte unter dem unendlichen Himmelsgewölbe ein goldener Fleck, die Stadt, die sich gegen diese Unendlichkeit zur Wehr setzte und des Menschen Stärke herausforderte.

Ganz aus der Nähe kamen Männerschreie und ermunternde Zurufe, und sie blieben stehen. Sie hörten eifriges Winseln, ein Scharren von Füßen, und ein Gespann von Wolfshunden mit eisverkrustetem Fell und hechelnden Zungen zog den Hang herauf und bog vor ihnen auf den Pfad ein. Auf dem Schlitten lag eine schmale Kiste aus rohem Nadelholz, so daß die Art der Fracht leicht zu erkennen war. Zwei Hundetreiber, eine Frau, die wie blind daherging, und ein Priester in schwarzer Kleidung waren der Trauerzug. Ein paar Schritte weiter hatten die Hunde wieder eine Steilstelle zu nehmen, und mit Keuchen, gutem Zureden und Geklapper zogen die Tiere ihre Last nach oben in die ins Eis gehauene Grabkammer.

»Ein Zonen-Eroberer«, bemerkte Frona.

Corliss fand, daß seine Gedanken den ihren folgten, und antwortete: »Diese Kämpfer gegen Kälte und Hunger! Ich kann es verstehen, daß die beherrschenden Rassen aus den nördlichen Reihen kamen, um sich die Welt untertan zu machen. Stark im Abenteuer, stark in der Ausdauer, mit einem unendlichen Glauben und einer unendlichen Geduld — muß man sich darüber noch wundern?«

Frona schaute ihn an. »*Wir kämpfen mit dem Schwert*«, zitierte er, »*für mich war es eine Freude, als habe ich neben mir auf dem Lager meine strahlende Braut. Ich bin gegangen mit meinem blutigen Schwert, und die Raben folgten mir. Wütend kämpften wir. Das Feuer fegte über die Wohnstätten der Menschen; wir schliefen im Blut jener, die die Tore bewacht hatten.*«

»Aber fühlen Sie es, Vance?« rief sie, und ihre Hand legte sich auf seinen Arm.

»Ich glaube, ich beginne zu fühlen. Der Norden lehrt mich, er hat mich schon einiges gelehrt. Die alten Dinge kommen zurück mit neuer Bedeutung. Aber ich weiß noch nicht. Es scheint ein ungeheures Ichbewußtsein, ein großartiger Traum zu sein.«

»Aber Sie sind kein Neger oder Mongole, und Sie stammen auch nicht von ihnen ab.«

»Ja, das stimmt«, erwiderte er nachdenklich. »Ich bin meines Vaters Sohn, und die Linie geht zurück bis zu den Seekönigen, die niemals schliefen unter den verräucherten Balken eines Daches oder an einem Herd, der von Menschen bewohnt war, ihr Bierhorn leerten. Es muß einen Grund geben für den Status der Schwarzen, einen Grund dafür, daß die Teutonen sich über die ganze Welt ausbreiteten, wie es noch keine Rasse vor ihnen getan hat. Es muß im Rassenerbe liegen, sonst würde ich nicht dem Ruf folgen.«

»Eine große Rasse, Vance. Die halbe Erde ist ihr Erbe und die ganze See! Und in wie wenigen Generationen hat sie das alles erreicht! Denken Sie nur darüber nach! Und heute greift diese Rasse noch weiter aus als je zuvor. Die Zupackenden und Zerstörenden unter den Nationen, die Erbauer und Gesetzgeber! Oh, Vance, meine Liebe ist sehr leidenschaftlich, aber Gott wird mir verzeihen, denn sie ist gut. Eine große Rasse, groß angelegt; und sollte sie untergehen, so wird sie das in Größe tun. Erinnern Sie sich:

Es zittert Yggdrasils Asche, und doch steht sie da; es stöhnt der uralte Baum, und der Jötun Loki ist frei. Die Schatten stöhnen nach Art der Hel, bis das Feuer des Surt den Baum verzehrt hat. Hrym steuert vom Osten heran, die Wasser steigen, die Erdschlange hat sich in Jötun-Wut zusammengeringelt. Der Wurm schlägt das Wasser, der Adler schreit. Die Spitze des Schnabels zerreißt den Kadaver; das Schiff Naglfar ist frei. Surt kommt vom Süden mit flackernder Flamme; der Schein seines Schwertes ist die Sonne des Val-Gottes.«

Wie eine Walküre im Pelz stand sie da und sprach von Menschen und Göttern; sie rührte an seine Phantasie, und das Blut schoß kräftig durch unbekannte Kanäle, erregend und erhebend.

»Die steinigen Berge erzittern, die Riesinnen taumeln; Menschen zerstampfen den Pfad der Hel, und der Himmel öffnet sich. Die Sonne verdunkelt sich, die Erde versinkt im Ozean, ein heller Stern fällt vom Himmel, Feuers Atem verzehrt den All-Ernährer-Baum, riesige Feuer schlagen zum Himmel hinauf.«

Ihre Brauen und Wimpern waren vom Frost bereift, der Juwelenstaub schimmerte in Haar und Gesicht, und so stand sie in der funkelnden Luft da, beschienen von der roten Mittagssonne; so sah sie der Mann als den Genius der Rasse. Die Tradition des Blutes griff nach ihm und hielt ihn fest. Auf merkwürdige Art fühlte er sich eins mit den weißhäutigen, blondhaarigen Riesen der jüngeren Welt. Und als er sie anschaute, stand die mächtige Vergangenheit vor ihm auf, und die verborgenen Höhlen seines Seins tönten vom Schock und Tumult vergessener Schlachten. Sturmwinde bellten, und Gischt sprühte wie Rauch von den krachenden Wogen des Nordmeeres; er sah die Kriegsschiffe mit dem hohen Schnabelbug, die seegegerbten Nordmänner mit den starken Muskeln und tiefen Brustkörben, die aus den Elementen gesprungen zu sein schienen, Männer des Schwertes und der Eroberung, Plünderer und Geißel des Südens. Zwanzig Jahrhunderte des Kampfes röhrten in seinen Ohren, und es drängte ihn, zu ihrer Art zurückzukehren. Leidenschaftlich ergriff er ihre Hand.

»Seien Sie die strahlende Braut, Frona! Bitte, seien Sie die strahlende Braut neben mir auf dem Lager!«

Sie erschrak und schaute fragend zu ihm hinab. Dann verstand sie, und sie zog sich unwillkürlich ein wenig zurück. Die Sonne schoß ein letztes rotes Flackern über die Erde und verschwand. Das Feuer erlosch in der Luft, der Tag verdunkelte sich. Weit über ihnen heulten die Hunde des Leichenzuges, als trauerten sie.

»Nein«, unterbrach er sie, als sich Worte auf ihren Lippen formten. »Nein, nicht sprechen. Ich kenne meine Antwort, Ihre Antwort ... Nun, ich war ein Narr ... Kommen Sie, wir wollen weitergehen.«

Erst als sie den Berg hinter sich hatten und die Ebene durchquerten, die bei der Sägemühle zum Fluß führte, erst da schienen sie, im Getriebe menschlichen Lebens, wieder sprechen zu können. Corliss hatte auf den Boden geschaut, während sie gingen, und Frona war stolz erhobenen Kopfes dahergegangen, hatte sich umgesehen und auch gelegentlich einen Blick in sein Gesicht geworfen. Dort, wo sich die Straße über den Holzziehweg der Sägemühle erhob, war es sehr glatt, er fing sie auf, damit sie nicht stürzte, und da trafen sich ihre Blicke.

»Ich ... bin sehr bekümmert«, sagte sie und zögerte, als versuche sie sich zu verteidigen. »Es war so ... Ich hatte es nicht erwartet ... noch nicht ...«

»Sonst hätten Sie es wohl verhütet?« fragte er voll Bitterkeit.

»Ja. Ich glaube, das hätte ich tun sollen. Ich wollte Ihnen keinen Schmerz bereiten ...«

»Dann haben Sie es aber doch erwartet? Irgendwann.«

»Und gefürchtet. Aber ich hatte gehofft ... Ich ... Vance, ich kam nicht in den Klondike, um zu heiraten. Ich mochte Sie von Anfang an, und ich gewann Sie immer lieber, bis heute. Aber ...«

»Aber Sie haben in mir nie einen künftigen Ehemann gesehen. Das wollten Sie doch sagen, nicht wahr?«

Während er sprach, beobachtete er sie aus den Augenwinkeln heraus sehr scharf. Dann schauten sie einander wieder voll an, und bei dem Gedanken, sie zu verlieren, wurde er nun fast wahnsinnig.

»Aber das habe ich«, antwortete sie sofort. »Ich habe Sie daraufhin angesehen, aber es war nicht überzeugend. Ich weiß nicht warum. Sie hatten so vieles an sich, das mir gefiel, das ich liebte, aber ...«

Er versuchte sie mit einer abwehrenden Handbewegung zum Schweigen zu bringen, doch sie sprach weiter.

»So vieles zu bewundern hatte ich. Die Wärme der Freundschaft, einer sehr engen Freundschaft, sogar einer ständig wachsenden Kameraderie. Aber nicht mehr. Mehr wünschte ich nicht, aber hätte es sich ergeben, es wäre mir willkommen gewesen.«

»So wie einer einen unwillkommenen Gast willkommen heißt.«

»Warum wollen Sie mir denn nicht helfen, Vance, statt es mir noch schwerer zu machen? Sicher, für Sie ist es hart, aber können Sie sich vorstellen, daß es mir Freude macht? Ich kann mir Ihren Schmerz vorstellen, und ich weiß auch, wenn ich einen lieben Freund als Liebhaber ablehne, so verliere ich den lieben Freund. Ich trenne mich nicht gerne von lieben Freunden.«

»Ich verstehe. Also ein doppelter Bankrott. Als Freund und Liebender. Aber beide lassen sich leicht ersetzen. Ich denke, ich hatte schon halb verloren, ehe ich sprach. Es wäre wohl besser gewesen, ich hätte geschwiegen. Aber die Zeit heilt. Neue Verbindungen, neue Gedanken, neue Gesichter. Männer mit wunderbaren Abenteuern ...«

Sie unterbrach ihn. »Es ist nutzlos, Vance, egal was Sie auch sagen wollen. Ich werde mit Ihnen nicht streiten. Ich verstehe recht gut, wie Sie fühlen ...«

»Wenn ich streitsüchtig bin, dann gehe ich wohl besser.« Er blieb unvermittelt stehen, sie auch. »Hier kommt Dave Harney. Er wird Sie nach Hause begleiten. Es sind nur noch ein paar Schritte.«

»Da tun Sie weder sich noch mir einen Gefallen«, erklärte sie fest. »Ich denke nicht daran, dies als Ende zu betrachten. Wir sind einander zu nahe. Sie müssen mich besuchen, wenn Sie wieder ruhiger geworden sind. Ich weigere mich, so behandelt zu werden. Es ist kindisch von Ihnen.« Sie warf dem sich nähernden Eldorado-König einen raschen Blick zu. »Ich glaube nicht, daß ich das von Ihnen verdient habe. Ich weigere mich, Sie als Freund zu verlieren. Ich bestehe darauf, daß Sie mich besuchen. Es muß alles so bleiben, wie es früher war.«

Er schüttelte den Kopf.

»Hallo!« Dave Harney berührte mit den Fingerspitzen seine Mütze und kam langsamer mit seinen gewohnten schlacksigen Schritten näher. »Leider, Sie haben meinen Tip nicht befolgt, was? Die Hunde sind seit gestern um einen Dollar pro Pfund im Preis hinaufgegangen, und es geht immer noch weiter. Ah, guten Tag, Miß Frona und Mr. Corliss. Haben Sie den gleichen Weg wie ich?«

»Miß Welse schon.« Corliss berührte seinen Mützenrand und wandte sich zum Gehen.

»Wohin woll'n Sie denn?« fragte Dave.

»Hab' eine Verabredung«, log er.

»Vergessen Sie nicht!« rief ihm Frona nach. »Sie müssen mich besuchen!«

»Zuviel zu tun im Moment, fürchte ich. Wiedersehen, Dave, Wiedersehen.«

»Herrjemine!« Dave schaute ihm nach. »Immer hat er's eilig. Immer hat er was Wichtiges vor. Ich überleg' mir nur, warum er nicht ins Hundegeschäft gegangen ist ...«

15

Aber Corliss besuchte sie, ehe noch der Tag um war. Eine bittere Unterhaltung mit sich selbst hatte ihm gezeigt, daß er sich kindisch benahm. Den Verlust spürte er scharf wie einen Stich, aber dann überlegte er, der letzte Eindruck, den sie von ihm hatte, sollte nicht so schlecht sein; daß dies der Fall war, tat vielleicht noch weher. Abgesehen von all dem, schämte er sich. Er hatte geglaubt, er könne eine solche Enttäuschung hinnehmen wie ein Mann, da er seiner Sache doch sowieso nicht recht sicher gewesen war.

Also besuchte er sie, ging mit ihr zu den Kasernen, und unterwegs — natürlich mit ihrer Hilfe — gelang es ihm auch, die Verstimmung des Mittags zu überwinden. Er sprach vernünftig und sehr sanft, und sie benahm sich ebenso; er hätte sich sogar bei ihr entschuldigt, hätte sie das nicht abgebogen.

»Sie sind in keiner Weise tadelnswert«, erklärte sie ihm. »Ich an Ihrer Stelle hätte dasselbe getan, wäre aber vielleicht richtig wütend geworden. Denn wütend waren Sie schon, wissen Sie.«

»Aber wäre ich an Ihrer Stelle und Sie an der meinen gewesen«, antwortete er in einem Anflug von Humor, »hätte sich das wohl kaum als nötig erwiesen.«

Sie lächelte und war froh, daß er so dachte.

»Unglücklicherweise erlaubt unsere gesellschaftliche Weisheit keine solche Umkehrung«, fügte er hinzu, weil er das Gefühl hatte, etwas sagen zu müssen.

»Ah!« meinte sie lachend, »da kommt also der Jesuit herein. Ich kann mich über unsere gesellschaftliche Weisheit erheben.«

»Sie wollen doch nicht sagen, daß ... daß ...

»Schockiert, ganz wie gewöhnlich! So grob werde ich natürlich nicht sein und es rundheraus sagen, aber ich könnte vielleicht eine Andeutung machen, die zum gleichen Ende führt, nur mit etwas mehr Delikatesse. Es wäre genau dasselbe.«

»Könnten Sie das wirklich?« fragte er.

»Ich weiß, daß ich das könnte, falls die Gelegenheit es erfordert. Ich denke nicht daran, mir ein Lebensglück kampflos entgleiten zu lassen. Das kommt nur in Büchern und bei Sentimentalisten vor. Mein Vater sagt immer, ich gehöre zu den Kämpfern. Das, was mir groß und heilig erschiene, hielte ich auch für erkämpfenswert, und wenn der Himmel über mir zusammenstürzte.«

Als sie sich am Tor der Kaserne trennten, sagte sie: »Vance, Sie haben mich sehr glücklich gemacht. Und alles soll so weitergehen wie bisher. Und bitte sehr, ich möchte Sie nicht seltener sehen als früher, eher öfter. Viel öfter.«

Aber nach einigen kurzen und fast flüchtigen Besuchen vergaß Corliss den Weg, der zu Jacob Welses Haus führte, und stürzte sich in die Arbeit. Gelegentlich brachte er sogar die Heuchelei auf, sich zu seinem Entkommen zu beglückwünschen. Er malte sich langweilige Bilder am Kaminfeuer aus und eine farblose Zukunft, der er unweigerlich ausgeliefert gewesen wäre, hätten er und Frona sich zusammengetan und geheiratet. Doch so dachte er nur dann und wann. Meistens weckte der Gedanke an sie einen Hunger in ihm, der fast einem körperlichen Hunger gleichkam; und um diesen zu überwinden, brauchte er Arbeit, viel Arbeit. Aber er konnte ihr Bild nicht aus seinen wachen Stunden verbannen, war es nun am Trail oder am Creek, im Lager oder bei Inspektionsfahrten. Im Schlaf konnte er sich ja auch nicht wehren, und Del Bishop, der häufig bei ihm war, dachte über seine Rastlosigkeit nach und lauschte seinen gemurmelten Worten.

Der erfahrene Mann zählte zwei und zwei zusammen und zog korrekte Schlüsse aus verschiedenen Kleinigkeiten. Sehr schlau brauchte er dazu nicht einmal zu sein. Die einfache Tatsache, daß er Frona nicht mehr besuchte, war ihm Beweis genug für einen abgewiesenen Antrag. Del ging jedoch einen Schritt weiter und kam zu der Überzeugung, daß daran nur St. Vincent schuld sein konnte. Ein paarmal hatte er nämlich den Korrespondenten mit Frona da und dort gesehen, und darüber ärgerte er sich.

»Den mach' ich noch fertig«, murmelte er eines Abends im Lager über dem Gold Bottom.

»Wen?« wollte Corliss wissen.

»Den Zeitungsfritzen, wen denn sonst!«

»Weshalb denn?«

»Ah, nur so und grundsätzlich. Warum hast du mich damals im Opernhaus nicht machen lassen?«

Corliss lachte in der Erinnerung daran. »Warum hast du ihn denn geschlagen, Del?«

»Nur so und grundsätzlich«, schnappte Del und sagte nichts mehr.

Aber Del Bishop, der große Strafer, vernachlässigte seine Chancen nicht, und auf der Rückfahrt hielt er an der Gabelung von Eldorado und Bonanza an.

»Sag mal, Corliss«, begann er, »du weißt doch, was eine Ahnung ist, oder?« Sein Arbeitgeber nickte, denn er ahnte etwas. »Also, ich hab' eine. Ich hab' noch nie einen Gefallen von dir verlangt, aber jetzt will ich, daß du bis morgen hierbleibst. Mir scheint, meine Obstranch ist in Sicht. Ich kann schon, verdammt noch mal, die reifen Orangen riechen.«

»Na, sicher«, antwortete Corliss. »Aber noch besser, wenn ich nach Dawson fahre, und du kannst dann nachkommen, wenn du mit deiner Ahnung soweit bist.«

»Herrje, ich hab' doch gesagt, es ist eine Ahnung. Und ich möchte, daß du auch eine hast, kapiert? Du bist schon in Ordnung, und du hast eine ganze Menge aus Büchern gelernt. Im Labor bist du überhaupt eine Wucht und so. Aber ohne mich kannst du das Antlitz der Natur doch nicht ohne Brille lesen. Ich hab' nämlich eine Theorie ...«

Corliss warf hilfesuchend die Hände hoch, und da wurde der andere nun doch etwas zornig.

»Hast schon recht! Lach nur! Aber das geht zurück auf deine eigene Lieblingstheorie von Erosion und veränderten Flußläufen. Ich hab' nicht umsonst zwei Jahre lang bei den Mexikanern geschürft. Woher, meinst du, kommt das Eldorado-Gold? Die Bücher haben dich kurzsichtig gemacht. Ist ja egal. Taschen sind das nicht, aber ich weiß, was ich suchen muß. Ich schreib' mir's nicht auf, wenn ich Spuren hab'. Ich kann euch supergescheiten Minenstudierten in einer Minute mehr über den Eldorado Creek sagen, als ihr in einem Monat aus lauter Sonntagen rauskriegen könnt. Aber macht nichts, und es ist nicht bös gemeint. Du bleibst bis morgen da, und dann darfst du dir die Nachbarranch bei mir kaufen. Klar?«

»Na, schön. Ich kann ausruhen und meine Notizen nachschauen, während du im alten Flußbett herumschnüffelst.«

»Hab' ich dir nicht gesagt, daß es eine Ahnung ist?« meinte Del vorwurfsvoll.

»Und habe ich dir nicht versprochen, hier zu warten? Was willst du noch?«

»Du sollst auch deine Obstranch haben, das will ich. Du sollst mit mir kommen und mit mir rumschnüffeln.«

»Ich will doch gar keine Obstranch. Ich bin müde und mache mir Sorgen. Kannst du mich denn nicht in Ruhe lassen? Ich denke, es ist mehr als fair, wenn ich dir verspreche hierzubleiben. Du kannst ja deine Zeit mit Herumschnüffeln vergeuden, aber ich bleibe im Lager. Verstanden?«

»Daß dich doch der Schnee verbrennt! Du bist aber dankbar. Beim alten Methusalem, ich schmeiß' dir meinen Job in zwei Minuten hin, wenn du mich nicht feuerst. Da lieg' ich nächtelang wach und denk' über meine Theorie nach, und ich rechne und rechne, nur damit du auch reinkommst, und du schnarchst nur, und Frona hin und Frona her...«

»Das reicht jetzt! Halt den Mund.«

»Zum Teufel halt' ich den Mund! Als wenn ich nicht mehr wüßt' über Goldschürfen als du über Mädchen...«

Da sprang ihn Corliss an, doch Del duckte sich seitlich weg und brachte seine Fäuste in Angriffsstellung. Erst kam eine wilde Rechte, dann folgte ein linker Schwinger, und damit hatte er sich auch einen festeren Stand auf dem harten Trail geschaffen.

»Moment mal!« schrie er, als Corliss ihn wieder anspringen wollte. »Eine Sekunde. Wenn ich dich verdresche, kommst du dann mit mir nach droben?«

»Ja.«

»Und wenn nicht, kannst du mich feuern. Das ist fair. Also los.«

Vance blieb keine Wahl; er wußte es, und Del wußte es auch, daß dieser nicht mit ihm spielte, sondern angriff, zurückwich, herausforderte, dann und wann auf die erstaunlichste und verwirrendste Weise aus seinem Blickfeld verschwand. Vance entdeckte sehr schnell, daß das Zwischenspiel von Körper und Geist nicht besonders gut klappte, und dann wußte er nur noch, daß er im Schnee lag und langsam wieder zu sich kam.

»Wie... hast du das gemacht?« stotterte er; der kleine Schürfer hatte seinen Kopf auf den Knien und rieb ihm die Stirn mit Schnee ab.

»Ah, du wirst ja schon wieder!« rief Del und lachte. Dann half er ihm aufstehen. »Du bist aus dem richtigen Zeug gemacht. Ich zeig dir's mal. Mensch, du hast noch eine ganze Menge zu lernen, was du nicht in Büchern findest. Aber jetzt ist keine Zeit dafür.

Wir müssen unser Lager aufschlagen, und dann kommst du mit mir den Berg hinauf.«

Später lachte er dann schallend, als sie das Rohr des Yukon-Ofens einpaßten. »Kurzsichtig und langsam schauen. Bist nicht mitgekommen, he? Aber ich zeig' dir's mal. Ganz bestimmt... Und jetzt nimm eine Axt und komm mit«, befahl er, als sie mit dem Lager fertig waren.

Er ging voran den Eldorado entlang, borgte sich einen Pickel, eine Schaufel und eine Pfanne bei einer Hütte und stapfte dann zwischen den Felswänden des French Creek bist fast zur Mündung. Vance fühlte sich noch etwas mitgenommen, aber er lachte nun schon über sich selbst und genoß die Situation. Er übertrieb die Demut, mit der er seinem Bezwinger folgte, ganz gewaltig, und diese Unterwürfigkeit brachte wiederum seinen bezahlten Helfer zum Grinsen.

»Du wirst schon sehen. Du hast's in dir.« Del warf sein Werkzeug ab und musterte sorgfältig die Schneeoberfläche. »Hier, nimm mal die Axt, steig ein Stück den Hang hinauf und laß ein paar Stücke zundertrockenes Holz zu mir runter.«

Als Corliss mit der letzten Ladung Holz zurückkam, hatte der andere schon einigen Schnee und sogar das Moos darunter abgeräumt, und das alles formte ungefähr ein grobes Kreuz.

»Da schneiden wir sie von beiden Seiten her an«, erklärte er. »Vielleicht treff' ich hier auf sie oder da oder da oben. Wenn was an meiner Ahnung ist, dann sind wir an der richtigen Stelle. Das Grundgestein kippt da von oben runter. Dort ist's sehr dick und wahrscheinlich auch reicher, aber auch schwerer zu bearbeiten. Und da ist der Rand der Bank. Kann höchstens ein paar Fuß tief sein. Wir brauchen nur ein paar Hinweise. Danach können wir von der Seite her vorstoßen.«

Während er sprach, hatte er auf den freigemachten Stellen da und dort ein kleines Feuer angezündet. »Aber schau her, Corliss, du sollst sehen, daß dies hier kein Schürfen ist, das heißt, keine Tasche. Das ist nicht mehr als reine Lehrbubenarbeit. Aber das Aufsuchen von Taschen«, erklärte er voll Nachdruck und fast Verehrung, »das ist die größte Wissenschaft und die feinste Kunst. Da geht's um Haaresbreite, und Hand und Auge müssen ruhig und echt wie Stahl sein. Wenn du hier zweimal am Tag deine Pfanne blauschwarz brennst und aus einer Schaufel voll Kies ein einziges winziges Goldkorn waschen kannst, dann ist das

Während Del sprach, hatte er auf den freigemachten Stellen da und dort ein kleines Feuer angezündet. (Seite 122)

Waschen, sonst nichts. Und ich sag' dir, ich such' mir lieber eine Tasche, als daß ich was esse.«

»Und lieber würdest du auch noch raufen, was?«

Bishop überlegte genau und schien auch das einzige Körnchen Gold abzuwägen. »Nein, würd' ich nicht. Lieber als alles würd' ich Taschen suchen, Corliss, das ist schon fast eine Sucht, kannst mir's glauben. Hat's dich erst einmal erwischt, dann kannst du's nicht mehr lassen. Schau mich an. Und dann red von Träumen. Träume zünden keine Kerzen an. Niemals.« Er stieß mit dem Fuß eines der Feuer auseinander. Er hob den Pickel, und die Stahlspitze drang mit einem metallischen Klirren in den Stein, blieb dann aber stecken, als sei dies solider Zement.

»Hat noch keine zwei Zoll getaut«, murmelte er, bückte sich und grub die Finger in den nassen Schlamm. Die Halme des vorjährigen Grases waren weggebrannt, aber er konnte eine Handvoll Wurzeln ausreißen.

»Teufel, Teufel!«

»Was ist denn?« fragte Corliss.

»Teufel, Teufel«, wiederholte er auf leidenschaftslose Art und klopfte an der Pfanne die Erde von den Wurzeln.

Corliss trat zu ihm und bückte sich, um die Wurzeln genauer zu besehen. »Weitermachen!« rief er, schlug mit der Picke ein paar Brocken nasser Erde heraus und zerrieb sie zwischen den Fingern. Helles Gelb blitzte darinnen.

»Teufel, Teufel«, sagte Del wieder. »Fängt an den Graswurzeln an und geht bis runter.«

Er legte den Kopf zur Seite, schaute nach oben, schloß die Augen und blähte die Nüstern. Plötzlich sprang er auf und schnupperte in die Luft. Corliss sah ihm verwundert zu.

»Hah!« machte der Goldgräber. Dann holte er tief Atem. »Kannst du die Orangen auch schon riechen?«

16

Das Rennen zum French Hill kam zu Beginn der Weihnachtswoche in Gang. Corliss und Bishop hatten es absolut nicht eilig gehabt, das Claim für sich eintragen zu lassen, denn sie untersuchten den Grund ganz genau, ehe sie ihn absteckten und ein paar enge Freunde in das Geheimnis einweihten; es waren dies Harney. Welse, Trethaway, ein holländischer *Chechaquo,* der beide Füße an den Frost verloren hatte, ein paar Leute von der berittenen Polizei, ein Bursche mit dem Del im Black Hills Country geschürft hatte, die Waschfrau an den Forks und — bemerkenswerterweise — Lucile. Corliss war dafür verantwortlich, daß man sie mit hereinnahm, und er steckte ihre Claims auch persönlich ab, wenn er es auch dem Colonel überließ, ihr die Einladung zum Reichwerden zu überbringen.

Es war Landessitte, daß alle jene, denen die Mitausbeute angeboten wurde, den halben Ertrag an die Entdecker überschrieben. Corliss wollte davon nichts hören. Del war ähnlicher Meinung, jedoch nicht aus ethischen Gründen. So, wie er dastand, hatte er genug. »Meine Obstranch ist bezahlt«, erklärte er, »und in der doppelten Größe, wie ich sie vorgehabt hab'. Und hätt' ich mehr, dann wüßt' ich nicht, was ich damit anfangen sollte. Klar, so ist's.«

Corliss bemühte sich, einen Ersatzmann für ihn zu finden, doch als er einen scharfäugigen Kalifornier ins Lager brachte, wurde Del wütend.

»Nicht um dein Leben!« stürmte er.

»Aber du bist doch jetzt reich«, antwortete Vance, »und du hast es doch gar nicht mehr nötig zu arbeiten.«

»Reich, Teufel noch mal«, fauchte der Goldsucher. »Du kannst mich ja ruhig feuern, und das Recht dazu hast du. Aber ich werde meinen Job behalten, solang' ich will. Kapiert?«

An einem Freitagmorgen erschienen sehr früh alle interessierten Personen vor dem Goldkommissionär, um ihre Claims eintragen zu lassen. Sofort machte die Neuigkeit die Runde. Fünf Minuten später waren die ersten Renner um das Gold auf dem Trail. Am Ende der ersten halben Stunde war die ganze Stadt auf den Beinen. Vance und Del machten sich nach erfolgter Eintragung sofort auf den Rückweg, um irgendwelche und alle Irrtümer bezüglich ihres Eigentums auszuschließen; es war ein zu beliebtes Spiel, abgesteckte Claims und Eintragungen zu verändern oder sich auf den Claims anderer einfach festzusetzen. Aber sie hatten schon das Regierungssiegel auf ihren Titeln und konnten sich Zeit lassen. Die übereifrigen Goldsucher jagten an ihnen in einem ununterbrochenen Strom vorbei. Etwa auf halbem Weg schaute Del einmal zurück. St. Vincent war in Sicht und kam, den üblichen Schürferpack auf den Schultern, beflügelten Schrittes daher. An dieser Stelle beschrieb der Trail eine scharfe Biegung, und außer diesen dreien war sonst niemand in Sicht.

»Sprich jetzt nicht mit mir. Du kennst mich nicht«, zischte Del scharf und knöpfte den Nasengurt über das Gesicht, so daß er kaum zu erkennen war. »Da drüben ist ein Wasserloch. Leg dich auf den Bauch und tu so, als würdest du trinken. Dann gehst du allein weiter zu den Claims. Ich hab' jetzt etwas Geschäftliches zu erledigen. Und bei der Liebe zu deiner Mutter, sag nicht ein Wort zu mir oder zu dem Stinktier. Laß mich dein Gesicht nicht sehen.«

Corliss gehorchte, wenn er sich auch sehr wunderte, trat vom festgestampften Pfad herunter, legte sich in den Schnee und schöpfte mit einer leeren Kondensmilchdose Wasser aus dem Loch. Bishop ging auf die Knie und bückte sich, als wolle er seinen Mokassin befestigen. Als St. Vincent auf gleicher Höhe mit ihm war, hatte er auch seinen Knoten fest und eilte weiter mit der fiebrigen Hast eines Mannes, der verlorene Zeit einholen will.

»He, bleib stehen, Mensch!« rief ihm der Korrespondent zu.

Bishop warf ihm einen raschen Blick zu und lief weiter. St. Vincent begann zu rennen, bis sie wieder Seite an Seite lagen.

»Ist das der Weg ...«

»Zum French Hill?« schnappte Del. »Kannst dein Leben dafür verwetten. Genau dorthin bin ich unterwegs. Bis dann.«

Er rannte in einem ungeheuren Tempo weiter, und der Korrespondent reihte sich rennend hinter ihm ein, offensichtlich in der Absicht, mit ihm Schritt zu halten. Corliss war noch immer am Wasserloch, hob nun den Kopf und sah ihnen nach. Aber dann beobachtete er, wie der Taschensucher plötzlich nach rechts zum Adams Creek abbog; da dämmerte es ihm, und er lachte leise in sich hinein.

Spätnachts kam Del erschöpft, aber strahlend im Eldorado-

Lager an. »Hab' ihm gar nichts getan«, schrie er, ehe er noch die Zeltklappe hinter sich hatte fallen lassen. »Gib mir was zu essen.« Er nahm den Teetopf und schüttete einen heißen Guß in sich hinein. »Mir egal, was du hast, Kochfett, Dreck, alte Mokassins, Kerzenstumpen — ich ess' alles.«

Dann ließ er sich auf die Decken fallen und rieb sich die steifen Beinmuskeln, während Corliss Speck briet und die Bohnen auftrug.

»Was mit ihm ist?« sagte er ziemlich undeutlich mit vollem Mund. »Ha! Du kannst Gift drauf nehmen, daß er nicht zu den Felsen vom French Hill kommt. ‚Wie weit ist es noch, mein lieber Freund!' « Del parodierte wundervoll den gönnerhaften Ton von St. Vincent. Dann weniger gönnerhaft: »‚Wie weit ist es noch zum French Hill?' « Und schließlich ziemlich schwach: »‚Wie weit, glauben Sie, ist es noch zum French Hill?' « Das gab er mit einem Tremolo zum besten, das Tränen verriet. »‚Wie weit ...' « Del brach in schallendes Gelächter aus, verschluckte sich an seiner Teeflut und hustete eine ganze Weile.

»Wo ich ihn gelassen hab'?« fuhr er fort, nachdem er sich wieder erholt hatte. »An der Gabelung zum Indian River. Außer Atem, erschöpft, erledigt. Der konnte nur noch auf allen vieren ins nächste Lager kriechen. Das wär's. Ich selbst hab' fünfzig gute, scharfe Meilen hinter mir, und jetzt bin ich reif fürs Bett. Gute Nacht. Brauchst mich morgen früh nicht aufzuwecken.«

Er wickelte sich in die Decken, und als er eindöste, hörte ihn Vance noch einmal murmeln: »Wie weit ist es noch, mein Freund? Ich sage, wie weit ist es?«

Lucile war für Corliss eine Enttäuschung. »Ich muß zugeben, ich verstehe sie nicht«, sagte er zu Colonel Trethaway. »Ich dachte, ihr Claim würde sie vom Opernhaus unabhängig machen.«

»Einen Abfallhaufen räumt man nicht in einem Tag weg«, antwortete der Colonel.

»Aber sie könnte doch eine Hypothek aufnehmen, wenn sich ein Claim als so aussichtsreich erweist wie der ihre. Das habe ich aber auch schon gedacht und ihr eine Vorauszahlung von einigen tausend Dollar zinslos angeboten, aber sie hat abgelehnt. Sie brauche es nicht, erklärte sie, aber sie war recht dankbar. Sie bedankte sich wiederholt und sagte mir, falls ich je in einer Klemme wäre, solle ich nur zu ihr kommen.«

Trethaway lächelte und spielte mit seiner Uhrkette. »Und was würdest du tun? Sogar hier bedeutet das Leben für dich und für mich ein bißchen mehr als nur ausreichende Lebensmittel, ein Stück Decke und ein Yukon-Ofen. Sie ist genauso genügsam wie wir, vielleicht sogar noch etwas mehr. Angenommen, du schneidest sie ab vom Opernhaus — was dann? Vielleicht geht sie dann in die Kasernen, freundet sich mit der Dame des Captains an, besucht Mrs. Schoville oder sogar Frona? Verstehst du nicht? Willst du am hellen Tag mit ihr zusammen auf einer öffentlichen Straße gesehen werden?«

»Willst du?« war Vance Gegenfrage.

»Ich schon, sogar mit Vergnügen«, versicherte ihm der Colonel, ohne zu zögern.

»Und das werde ich auch tun. Aber ...« Er schaute düster in das Feuer. »Aber sieh sie dir an, wie sie sich mit St. Vincent angefreundet hat. Immer stecken sie beisammen, und sie sind dick Freund wie zwei Komplizen.«

»Das ist mir rätselhaft«, gab Trethaway zu. »St. Vincent kann ich schon verstehen. Er hat viele Eisen im Feuer, und Lucile hat ein feines Claim in der zweiten Reihe des French Hill. Corliss, denk an mich! Wir können unfehlbar den Tag voraussagen, da Frona mit ihm Tisch und Bett teilt — falls sie es überhaupt je tut.«

»Und wann wird das sein?«

»Sobald St. Vincent mit Lucile Schluß macht.«

Corliss dachte nach, und der Colonel fuhr fort: »Lucile verstehe ich jedoch nicht. Was kann sie nur in diesem St. Vincent sehen ...«

»Ihr Geschmack ist auch nicht schlechter als ... der des Restes der Frauen«, fuhr Vance auf. »Ich bin überzeugt, daß ...«

»Frona kann doch keinen schlechten Geschmack entwickeln, eh?«

Corliss drehte sich auf dem Absatz um, ging hinaus und ließ einen grimmig lächelnden Colonel Trethaway zurück.

Vance Corliss erfuhr nie, wie viele Leute direkt oder indirekt sich in dieser Weihnachtswoche mit ihm beschäftigten. Zwei Männer kamen da ganz besonders in Frage, der eine seinetwegen, dem anderen ging es um Frona. Pete Whipple, ein Oldtimer im Land, hatte ein Eldorado-Claim direkt unter dem French Hill und eine Eingeborene aus dem Land als Frau. Sie war von bräunlicher Gesichtsfarbe, nicht besonders hübsch; ihre indianische Mutter hatte sich vor ungefähr dreißig Jahren mit einem russischen Pelzhändler eingelassen. Das war damals am Kutlik drüben am großen Delta. Eines Sonntagmorgens ging Del Bishop zu Whipple, um mit ihm eine Stunde zu verplaudern, fand aber die Frau allein in der Hütte vor. Sie sprach ein sehr primitives, fehlerhaftes Englisch, das schauerlich anzuhören war, und so beschloß der Taschensucher, nur eine Pfeife zu rauchen und dann zu gehen, ohne unhöflich zu sein. Aber sie ließ ihren Mund so eifrig spazierengehen, daß er immer noch eine Pfeife rauchte und sie sogar zum Weiterreden ermunterte. Er brummte und kicherte und fluchte leise dazu, während er zuhörte, flocht gelegentlich ein »Teufel, Teufel!« ein und drückte damit das intensive Interesse aus, daß ihr Geschwätz bei ihm fand.

Mittendrin fischte die Frau einen uralten Lederband irgendwo heraus, der schon recht abgeschunden und zerlesen war, und die Kommode, aus der sie das Buch holte, stand kurz vor dem Zusammenbrechen. Dieses Buch lag nun zwischen ihnen auf dem Tisch. Sie öffnete es nicht, redete aber ständig darüber, deutete und schaute hin, und immer, wenn sie das tat, blitze ein gieriges Licht in Bishops Augen auf. Am Ende, als sie nichts mehr zu sagen wußte und alles schon ein paarmal oder sogar öfter wiederholt hatte, zog er seinen Sack heraus. Mrs. Whipple stellte die Goldwaage auf, setzte die Gewichte, und er wog Goldstaub im Wert von hundert Dollar ab. Dann ging er von der Hütte den Hügel hinauf zum Zelt, drückte seinen Knauf fest an sich und brach über Corliss herein, der in den Decken saß und Mokassins flickte.

»Jetzt mach' ich ihn fertig«, bemerkte Del ganz nebenbei, tätschelte liebevoll das Buch und warf es auf sein Lager.

Corliss sah fragend auf und öffnete es. Das Papier war gelb vom Alter und brüchig von den Unbilden des Trails, und überdies war der Text russisch. »Ich hab' gar nicht gewußt, daß du Russisch kannst, Del«, sagte er. »Ich kann kein Wort davon lesen.«

»Ich auch nicht. Eigentlich jammerschade. Und Whipples Frau kennt die Sprache ebensowenig. Von ihr hab' ich das Buch. Aber ihr Alter Herr, der war ein Vollrusse, weißt du. Und der hat es ihr immer laut vorgelesen. Sie weiß, was ihr Vater wußte, und ich weiß es auch.«

»Und was wißt ihr drei?«

»Oh, das erfährst du schon noch«, meinte Bishop mit einem durchtriebenen Lächeln. »Warte nur und paß auf meinen Rauch auf. Und wenn du ihn aufsteigen siehst, dann weißt du's auch.«

In der Weihnachtswoche kam Matt McCarthy über das Eis, schaute sich die Sache zwischen Frona und St. Vincent an und mochte sie gar nicht. Dave Harney versorgte ihn mit lückenlosen Informationen und fügte das hinzu, was er von Lucile wußte, mit der er sehr gut stand. Vielleicht machte er sich ihr Vorurteil zu eigen, doch egal wie, er stimmte jedenfalls mit jenen überein, die den Korrespondenten nicht ausstehen konnten. Es war irgendwie unmöglich, den genauen Grund dafür festzustellen, doch irgendwie kam St. Vincent mit Männern sowieso nicht gut zurecht. Vielleicht ließ sich dies darauf zurückführen, daß er sich bei allen Frauen so einzuschmeicheln verstand, daß die Männer ganz und gar in seinem Schatten verschwanden. Männern gegenüber benahm er sich so, wie sie es sich nur wünschen konnten. Er hatte ihnen gegenüber nichts Angeberisches oder Herrisches an sich, sondern bemühte sich, gute Kameradschaft zu zeigen.

McCarthy hörte also Lucile und Harney an und verbrachte dann eine Stunde mit St. Vincent bei Jacob Welse, und da kam er dann sehr schnell zu einem Urteil. Das, was er von Lucile wußte, stammte aus ihren intimen Kenntnissen des fraglichen Mannes. Matt war ein guter, treuer Freund, schnell von Hand und Herz und ließ kein Gras unter seinen Füßen wachsen. »Da muß ich wohl selbst was tun«, meinte er, »wie's einem Mitglied der edlen Eldorado-Dynastie zukommt«, und ging hinauf zu Dave Harneys Hütte, um mit ihm eine Partie Whist zu spielen. Für sich selbst fügte er seiner Rede hinzu: »Wenn der Satan seine eigene Brut aus den Augen läßt, dann lenk' ich seine Aufmerksamkeit schon wieder auf sein Junges.«

Ein paarmal an diesem Abend forderte er sein eigenes Urteil heraus, denn Matt war verblüfft. Was St. Vincent erzählte, klang wahr. Matt war unkompliziert, leichtherzig, machte gern gutmütige Scherze und ließ sich auch gelegentlich von den anderen an der Nase herumführen, und so entging Matt der leiseste Ton der Unaufrichtigkeit.

»Soll'n doch die Hunde auf meinem Grab rumlaufen«, murmelte er, als er seine Karten studierte, in denen er absolut keinen Trumpf entdecken konnte. »Hat mir mein Alter Frost in die Adern geschüttet und mein Blut gekühlt? Ein Bursche, der doch gar nicht so unangenehm ist, und den sollte ich falsch beurteilt haben, weil er's mit den Damen so gut kann? Nur weil diese kleinen Dinger den Kerl so süß anlachen und zu flattern anfangen, wenn sie ihn sehen? Helle Augen und tapfere Männer! Das mögen sie. Wenn sie was von den grausamen, blutigen Taten eines Kriegers hören, dann schaudert sie's, aber an wen verlieren sie schneller ihr Herz als an einen tapferen Schlächter? Und warum nicht? Der Bursche war halt tapfer, und dafür lächeln ihn die Mädchen so süß an. Wenig Grund für mich, ihn einen Teufelsbraten zu nennen. Matt McCarthy, du bist ein alter, verhärteter Sauertopf, deine Eingeweide sind gefroren, der Sommer ist aus deinem Herzen verschwunden. Aber Matt, wart ein wenig, nur ein ganz klein wenig«, redete er sich selbst zu. »Wart nur, bis du selbst gesehen hast, was der Kerl für einen Fehler hat.«

Die Gelegenheit kam bald, als St. Vincent, mit Frona gegenüber, seine dreizehn Tricks ausspielte.

»Ein Bock!« schrie Matt. »Vincent, Junge, Junge, ein Bock! Gib mir deine Hand, mein Held!«

Es war ein kräftiger Griff, nicht warm oder feucht, aber Matt schüttelte doch zweifelnd den Kopf. Er stieß die Karten zusammen und mischte sie für das nächste Spiel. »Was soll ich mich reinhängen?« sagte er zu sich selbst. »Du alter Narr! Find erst mal raus, wie die liebe Frona zu ihm steht, dann ist's immer noch Zeit, was zu tun.«

»Oh, McCarthy, der weiß Bescheid«, versicherte ihnen später Dave Harney, als der St. Vincent zu Hilfe kam, der allmählich unter des Iren scharfem Witz zu leiden hatte. Der Abend war vorüber, und die Gesellschaft zog Mantel und Handschuhe an. »Hat er dir was erzählt von seinem Besuch in der Kathedrale, als er draußen war? Mir hat er's so erklärt: Er ist mal während einer Messe in die Kathedrale gegangen und hat die Priester und Meßbuben in ihren Gewändern gesehen. ‚Parkas' hat er die genannt. Da hat er zugesehen, wie sie den heiligen Weihrauch verbrannt haben. ‚Dave', hat er zu mir gesagt, ‚die haben da weiß Gott wie geräuchert, und dabei war nicht ein einziger Moskito zu sehen.'«

»Ja, jedes Wort davon ist wahr«, bestätigte Matt, ohne rot zu werden, Harneys Geschichte. »Und hat dir keiner erzählt, wie Dave und ich uns mit Kondensmilch betrunken haben?«

»Oh, wie entsetzlich!« rief Mrs. Schoville. »Aber wie? Erzählen Sie doch, Matt, erzählen Sie!«

»Das war damals, zur Zeit der Kerzenknappheit am Forty Mile. Da ist's ganz plötzlich kalt geworden, und Dave kommt in meine Hütte, um den Tag totzuschlagen. Da sieht er meine Kiste mit Kondensmilch. ,Willst du einen Schluck von Morans gutem Whiskey haben?' sagt er und läßt die Kondensmilch nicht aus den Augen. Ich geb' ja zu, mir ist das Wasser im Mund zusammengelaufen, wie er das gesagt hat. ,Was nützt's schon, wenn ich einen möcht'?' sag' ich. ,Mein Sack ist ganz leer.' ,Kerzen im Dutzend sind jetzt zehn Dollar wert oder einen Dollar das Stück. Wenn du mir sechs Dosen Milch für eine Flasche vom alten Stoff gibst?' ,Wie willst du das machen?' sag' ich. ,Kannst mir schon vertrauen. Gib mir nur die Dosen. Draußen ist's so kalt, und ich hab' ein paar Kerzenformen.'

Ist die heilige Wahrheit, was ich erzähl'. Und wenn ihr mal den Bill Moran seht, dann bestätigt er Wort für Wort. Was tut Dave Harney? Er luchst mir sechs Dosen ab, gefriert die Milch in seiner Kerzenform und handelt sie bei Bill Moran für eine Flasche Feuerwasser ein.«

Alle lachten schallend, und Harney überschrie sie alle. »Stimmt schon, was McCarthy erzählt hat, aber er hat euch erst die Hälfte gesagt. Matt, kannst du den Rest erraten?«

Matt schüttelte den Kopf.

»Ich hab' selbst kaum mehr Milch und auch nicht mehr viel Zucker gehabt, und deshalb hab' ich drei Dosen mit Wasser verpantscht. Aus denen hab' ich dann Kerzen gegossen. Und ich selbst hab' Milch für meinen Kaffee gehabt, die länger als einen Monat gereicht hat.«

»Ich bin dein Gast«, sagte McCarthy. »Deswegen will ich die Damen nicht mit deinen unwürdigen Streichen schockieren. Komm, schüttle den scheidenden Gästen die Pfoten. Wir müssen auch gehen.«

Dann wollte St. Vincent Frona den Hügel hinab begleiten. »Du nicht, du Bock«, sagte er. »Heut wird sie von ihrem Pflegevater heimgebracht.«

McCarthy lachte lautlos, wie es seine Art war, und bot Frona seinen Arm, während St. Vincent in das Lachen der anderen einstimmte, ein wenig zurückblieb und sich schließlich Miß Mortimer und Baron Courbertin anschloß.

»Was hör' ich da von dir und St. Vincent?« fragte Matt rundheraus, sobald sie weit genug von den anderen entfernt waren.

»Wie soll ich wissen, was du gehört hast?« entgegnete sie.

Er sah sie mit seinen scharfen grauen Augen fest an, doch sie hielt seinem Blick stand.

»Wenn über ein Mädchen und einen Mann geredet wird, sie ist hübsch und er nicht häßlich, beide sind jung und nicht verheiratet, da läßt sich doch nur eines annehmen.«

»Ja?«

»Und das ist die größte Sache in der Welt.«

»Und?« Frona war eine Spur verstimmt und wollte ihm nicht helfen.

»Natürlich die Heirat«, platzte er heraus. »Die Leut' sagen, bei euch sieht's ganz danach aus.«

»Aber es heißt, es sei so, nicht wahr?«

»Reicht dir das noch nicht, wenn's so aussieht?«

»Nein. Und du bist alt genug und solltest es besser wissen. Mr. St. Vincent und ich — wir sind gute Freunde und genießen es. Das ist alles. Und wäre es so, wie du sagst — na und?«

»Es wird ja auch noch anderes Zeug geredet«, fuhr McCarthy fort. »Es heißt, Vincent ist dick befreundet mit einer Hure in der Stadt. Lucile heißt sie.«

»Und das bedeutet?« Sie wartete, und McCarthy beobachtete sie verblüfft. »Ich kenne Lucile und mag sie«, fuhr Frona fort, um ihm weiterzuhelfen. »Kennst du sie? Magst du sie denn nicht?«

Matt setzte zum Sprechen an, räusperte sich aber erst noch ausführlich und blieb stehen. Endlich platzte er in seiner Verzweiflung heraus: »Für zwei Cent, Frona, da würd' ich dich über die Knie legen.«

Sie lachte. »Du, wag das ja nicht! Ich laufe nicht mehr barfuß am Dyea herum.«

»Jetzt willst du nur mit einem Scherz ablenken.«

»Ich scherze nicht. Ehrlich: Magst du Lucile?«

»Was dann, wenn ich sie mag?«

»Nun, was dann?«

»Dann laß dir von einem alten Mann sagen, der dein Vater sein könnt', das ist unanständig, verdammt unanständig für einen Mann, mit einem guten jungen Mädchen Freundschaft zu ...«

»Danke, danke!« unterbrach sie ihn lachend und machte einen tiefen Knicks vor ihm. Doch dann fügte sie bitter hinzu: »Es gab ja auch noch andere, die ...«

»Sag mir den Namen von dem Kerl!« schrie er hitzig.

»Na, na, na! Was wolltest du vorher sagen?«

»Eine Schande für einen Mann, der ständig mit dir zusammensteckt und es gleichzeitig mit einer Frau von ihrer Art hat.«

»Warum?«

»Wenn er aus dem Dreck kommt, damit er deine Sauberkeit beschmutzt! Und du kannst noch fragen warum?«

»Moment mal, Matt. Warte noch ein bißchen. Angenommen, du hast ...«

»Ich nehm' nichts an, ich rede von Tatsachen.«

Frona biß sich auf die Lippen. »Macht nichts. Du kannst es halten, wie du willst. Aber laß mich jetzt weiterreden. Ich spreche auch nur von Tatsachen. Wann hast du Lucile zuletzt gesehen?«

»Warum willst du das wissen?« fragte er mißtrauisch.

»Egal. Die Tatsache.«

»Hm. Also, gestern abend. Auch wenn's dir nichts nützt.«

»Und getanzt hast du auch mit ihr?«

»Einen Virginia Reel, und es hat gar nichts zu sagen, wenn ich mit ihr eine Quadrille tanz'. Das ist ein Gruppentanz, und der gefällt mir.«

Frona ging weiter, schien in tiefes Nachdenken versunken zu sein und schwieg. Es war sehr still, nur der Schnee pfiff unter ihren Mokassins, so kalt war es.

»Na und?« fragte er unbehaglich. »Und was, wenn ich mit ihr getanzt hab'?«

»Ah, nichts«, antwortete sie. »Ich hab' mir nur eben überlegt, wer von euch beiden, du oder St. Vincent, der Mistigste ist. Oder ich, denn ihr beide seid ja mit mir dick befreundet.«

McCarthy war unerfahren, wenn es um gesellschaftliche Weisheiten ging, und wenn er auch fühlte, wie falsch ihre Position war, so konnte er doch den Finger nicht darauf legen. Er steuerte also sehr vorsichtig und sehr klug aus der Gefahrenzone.

»Du springst aber ziemlich bös mit dem alten Matt um«, hielt er ihr vor. »Und dem liegt nur dein Wohl am Herzen. Und außerdem machst du nur einen Narren aus dir selbst.«

»Nein, mach' ich nicht.«

»Natürlich tust du's.«

»Na!« Sie lehnte sich schnell an ihn und küßte ihn. »Wie sollte ich böse sein, wenn ich mich an die alten Dyea-Tage erinnere?«

»Ah, Frona, mein Liebling, gut, daß du das sagst. Ich bin ja Staub unter deinen Füßen, und auf mir kannst du ja rumtrampeln wie du magst. Aber mach mich nicht verrückt. Ich könnt' sterben , nur um dich glücklich zu sehen. Ich könnt' den Kerl umbringen, der dir Sorgen macht, und wär's nur ein Fingerhut voll Sorgen. Ah, den könnt' ich lachend in die Hölle treiben, und mich tät's von ganzem Herzen freuen, wenn ein solcher unten im Feuer schmoren tät'.«

Sie standen nun vor ihrer Tür, und sie drückte dankbar seinen Arm. »Matt, ich bin ja nicht zornig auf dich. Mit Ausnahme meines Vaters bist du die einzige Person, der ich erlaubt hätte, über diese Sache so mit mir zu sprechen. Ich mag dich, Matt, noch viel mehr als früher, aber wenn du noch mal davon sprichst, bin ich zornig mit dir. Du hast kein Recht dazu. Das geht mich ganz allein etwas an. Und es war falsch von dir ...«

»... daß ich dich davor bewahr', blind in die Gefahr zu rennen?«

»Wenn du es so ausdrücken willst — ja.«

Er knurrte ganz tief in der Kehle.

»Was hast du da gesagt?« fragte sie.

»Du kannst mir wohl den Mund verbieten, aber nicht meine Arme binden.«

»Matt, lieber Matt, das darfst du nicht.«

Wieder antwortete er mit einem solchen Knurren.

»Und ich möchte, daß du mir jetzt auf der Stelle versprichst, dich nicht so in mein Leben einzumischen, weder mit Worten noch mit Taten.«

»Das versprech' ich dir nicht.«

»Aber du mußt.«

»Ich mag nicht. Außerdem wird's da ziemlich kalt heraußen. Du erfrierst dir die Zehen, deine kleinen rosa Zehen, aus denen ich in Dyea die Splitter und Dornen rausgezogen hab'. Ja, Fronamädchen, so ist's mit dir. Und jetzt gute Nacht.«

Er schob sie ins Haus hinein und ging. An der Ecke blieb er unvermittelt stehen und besah sich seinen Schatten auf dem Schnee. »Matt McCarthy, du bist ein verdammter Narr! Wer hat je davon gehört, daß eine Welse nicht weiß, was sie will? Hab' doch lang genug zu tun gehabt mit der steifnackigen Brut, du verdammter Unglückswurm, du!«

Er ging weiter, knurrte aber noch immer vor sich hin, und bei jedem Knurren sträubten sich dem neugierigen Wolfshund, der ihm auf den Fersen folgte, die Rückenhaare, und er fletschte die Fänge.

17

»Müde?« Jacob Welse legte Frona beide Hände auf die Schultern, und seine Augen drückten die Liebe aus, von der seine steife Zunge nicht zu sprechen vermochte. Baum, Aufregung und Vergnügen hatten sie hinter sich, und die etwa zwanzig Kinder waren glücklich und frierend durch den Schnee nach Hause gegangen; der letzte Gast hatte sich verabschiedet, und der Weihnachtsabend ging nahtlos über in den Weihnachtstag.

Sie erwiderte seine Zuneigung mit einem liebevollen Blick und ließ sich in einen der behaglichen Sessel am Kamin fallen, wo ein gewaltiger Kloben langsam zu Kohle wurde.

»Und nächstes Jahr um diese Zeit?« Er schien diese Frage an den Kloben zu richten, der hell aufflammte und dann in einem Funkenregen in Stücke barst.

»Es ist wundervoll«, fuhr er fort und schob die Zukunft von sich, als wolle er sich in eine viel erfreulichere Stimmung versetzen. »Die letzten paar Monate, seit du wieder bei mir bist, waren ein einziges Wunder. Wir haben nicht viel voneinander gesehen, wir beide, seit deiner Kinderzeit, und wenn ich nüchtern darüber nachdenke, so kann ich es kaum glauben, daß du mir gehörst, aus mir stammst, Fleisch von meinem Fleisch und Blut von meinem Blut bist. In Dyea warst du ein wirrhaariges kleines Ding, ein gesundes, lebhaftes Tierchen und nichts mehr, und es bedurfte keiner großen Phantasie, dich als eine Welse zu erkennen. Aber als Frona, als Frau, die du heute warst, als die ich dich vor mir sehe, als die du den Yukon herabkamst, ist es nicht leicht, sich vorzustellen ... ich kann es nicht zugeben ... Ich ...« Hilflos hob er die Hände. »Fast wünschte ich mir, ich hätte dir keine Bildung zukommen lassen, sondern dich bei mir behalten, damit du die Abenteuer mit mir bestehst, mit mir Erfolg und Mißerfolg teilst. Ich hätte dich dann immer so gekannt wie jetzt, da wir am Feuer sitzen. Aber ich kenne dich im Grund ja gar nicht. Zu dem, was ich kannte, kam so vieles, eine gewisse Feinheit, eine Kompliziertheit und Subtilität — deine Lieblingsworte —, und die verstehe ich nicht ganz.

Nein ...« Er winkte ab, als sie zum Sprechen ansetzte. Sie kam zu ihm und kniete zu seinen Füßen nieder, den Kopf legte sie auf seine Knie, und seine Hand umfaßte sie mit ihren beiden. »Nein, das ist nicht wahr. Es sind nicht die richtigen Worte. Ich kann sie nicht finden. Ich kann nicht ausdrücken, was ich fühle. Laß es mich noch einmal versuchen. Du trägst bei allem, was du tust, den Stempel der guten Rasse. Ich weiß, ich riskierte, daß du das verlierst, als ich dich wegschickte, doch ich glaubte an die Macht des Blutes und nahm das Risiko auf mich. Als du gegangen warst, da zweifelte ich und hatte Angst um dich. Ich wartete und betete, und oft hoffte ich ohne Hoffnung. Und dann dämmerte der Tag aller Tage! Als sie sagten, dein Boot komme jetzt, da stand der Tod auf und ging neben mir her, auf der anderen Seite das ewige Leben. Verrückt oder ruiniert — so ging es mir immer durch den Kopf, bis ich fast wahnsinnig wurde. War die Welse eine Welse geblieben? Hatte sich das Blut durchgesetzt? Konnte sich der junge Schößling gerade, groß und stark entwickelt haben, grün im Saft und frisch und lebenskräftig? Oder hatte dich die Hitze der Welt verbrannt, damit du schlaff und leblos den Kopf hängen ließest — die Hitze einer Welt, die so ganz anders war als die kleine, einfache und natürliche Welt von Dyea?

Es war der Tag aller Tage, und doch war es eine beobachtende, lauernde, wartende Tragödie. Du weißt, daß ich die ganzen Jahre hier einsam gelebt habe, daß ich meinen Kampf allein kämpfte, und du, die einzige Angehörige, warst weit weg. Wenn ich versagt hätte ... Aber dein Boot schoß hinter den Büschen hervor ins Offene, und ich hatte Angst, zu schauen. Mich hat noch nie ein Mann einen Feigling genannt, aber da war ich nahe daran, einer zu sein. Ja, in diesem Augenblick wäre mir der Tod leichtgefallen. Es war närrisch und absurd. Wie sollte ich wissen, ob es zum Guten oder zum Schlechten führte, als du, ein winziger Punkt auf dem Fluß, dahertriebst? Ich schaute, und da begann das Wunder, denn ich wußte es plötzlich. Du standest am Ruder. Du warst eine Welse. Es scheint so unbedeutend zu sein, doch in Wirklichkeit war es ungeheuer viel. Von einer gewöhnlichen Frau war das nicht zu erwarten, wohl aber von einer Welse. Ja. Und als Bishop herausstieg und sich am Bootsrand festhalten mußte, während du immer wie ein Steuermann am Ruder standest, deine Stimme hallte und die Siwashs sich deinem Willen beugten — ja, das war der Tag aller Tage.«

»Immer versuchte ich, und nie vergaß ich«, flüsterte Frona. Sie erhob sich so weit, daß sie ihm die Arme um den Hals und den Kopf an seine Brust legen konnte. Einen Arm hatte er leicht auf ihrem Körper liegen, und immer wieder strich er über die schimmernden Wellen ihres hellen Haares.

»Der Stempel deiner Abstammung war, wie ich schon sagte, unverdorben. Und doch bestand ein Unterschied, er besteht noch. Ich habe dich beobachtet, studiert, es zu verstehen versucht. Ich saß neben dir am Tisch und war stolz auf dich, doch ich kam mir winzig klein neben dir vor. Sprachst du von Kleinigkeiten, so war ich groß genug, dir zu folgen, doch kam es zu großen Dingen, war ich zu klein. Ich kannte dich, hatte meine Hand auf dir — dann warst du weg, und ich fühlte mich verloren. Der ist ein Narr, der seine eigene Unwissenheit nicht erkennt. Ich war klug genug, die meine zu sehen. Kunst, Poesie, Musik — was weiß ich davon? Und das waren und sind große Dinge für dich, bedeuten dir mehr als die Kleinigkeiten, die ich verstehen kann. Und ich hatte blind und töricht gehofft, wir könnten eines Geistes sein, so wie wir aus einem Fleisch sind. Das war bitter, doch ich habe mich ihm gestellt und auch verstanden. Aber zu sehen, wie sich mein eigenes rotes Blut von mir entfernt, mir entgleitet, sich über mich erhebt! Das tut weh. Gott! Ich habe gehört, wie du deinen Browning zitiert hast. Nein, sprich jetzt nicht. Ich habe dein Mienenspiel dabei beobachtet, ich sah die Leidenschaft darin, die Worte dröhnten, und für mich waren sie nur musikalisch, sinnlos und zum Verrücktwerden. Mrs. Schoville saß da in einer idiotischen Ekstase und verstand noch weniger als ich. Da hätte ich sie erwürgen können.

Ich habe mich weggestohlen mit deinem Browning und mich wie ein verängstigter Dieb eingesperrt. Der Text war sinnlos. Wie ein Wilder schlug ich mir mit den Fäusten an den Kopf, als könne ich so Verständnis hineinschlagen. Mein Leben hatte sich nur entlang einer einzigen tiefen Rinne eingerichtet und abgespielt. Ich war in dieser Rinne. Ich hatte die Dinge getan, die mir unter die Hände kamen, die nötig waren, und ich tat sie gut. Aber die Zeit war vorüber. Ich bin stark und einer, der zu herrschen versteht; ich habe mit dem Schicksal gespielt — und mich konnte ein wenig bedrucktes Papier, das nur ein paar Cents wert war, aus der Fassung bringen!« Er schwieg eine Weile und spielte mit ihrem Haar.

»Ja. Ich hatte das Unmögliche versucht und gegen das Unvermeidliche gespielt. Ich hatte dich von mir weggeschickt, damit du das bekommen solltest, was ich nicht hatte, und dabei träumte ich, daß wir noch immer eins sein könnten. Als ob zwei zusammengelegt werden könnten, um doch zwei zu bleiben. Um es zusammenzufassen: Deine Abkunft hast du dir erhalten, aber du sprichst eine fremde Sprache. Und wenn du redest, bin ich taub. Am bittersten für mich ist zu wissen, daß die neue Sprache größer ist. Ich weiß nicht, warum ich all dies sagte und meine Schwäche bekannte . . .«

»Oh, mein Vater, du bist der größte aller Männer!« Sie hob den Kopf und lachte in seine Augen und strich das eisengraue Haar zurück, das ihm in die Stirn fiel. »Du hast immer um die größten Dinge gerungen, um größere als diese Maler und Dichter. Du kennst das Gesetz des Wechsels, der Veränderung. Würde denn dein Vater, säße er neben dir und schaute dich und dein Werk an, nicht ebenso sprechen wie du?«

»Ja, ja. Ich sagte, daß ich verstehe. Wir wollen nicht mehr darüber sprechen. Es war ein Moment der Schwäche. Mein Vater war ein großer Mann.«

»Der meine ist es auch.«

»Ein Kämpfer bis zum Ende seiner Tage. Er kämpfte einen großen, einsamen Kampf . . .«

»Der meine tut es noch heute.«

»Und er starb kämpfend.«

»Das wird auch der meine tun. Das werden wir Welses alle tun.«

Er schüttelte sie spielerisch, denn seine gute Stimmung kehrte zurück. »Aber ich habe die Absicht, einiges zu verkaufen — Minen, die Firma, alles —, um Browning zu studieren.«

Immer noch der Kampf. »Vater, das Blut kannst du nicht verkaufen.«

»Warum bist du kein Junge geworden?« fragte er plötzlich. »Du wärst ein großartiger Junge geworden. Als Frau bist du geschaffen zur Wonne eines Mannes, und eines Tages wirst du mich verlassen — morgen, übermorgen, nächstes Jahr. Wer weiß wann und wie bald? Ah, jetzt weiß ich, in welche Richtung meine Gedanken liefen. Du weißt es, und ich erkenne nun, wie unvermeidlich und gerecht es ist. Aber der Mann, Frona, der Mann?«

»Nicht . . .«, wehrte sie ab. »Erzähle mir von deines Vaters Kampf, von seinem letzten Kampf, dem großen, einsamen Kampf in Treasure City. Zehn zu eins war es doch, und er hat gut gekämpft. Erzähl mir doch davon.«

»Nein, Frona. Bist du dir klar darüber, daß wir zum erstenmal im Leben ganz ernsthaft wie Vater und Tochter miteinander reden? Du hattest keine Mutter, die dir raten konnte, keinen Vater, denn ich vertraute dem Blut und ließ dich so heranwachsen, wie du wachsen wolltest. Und dann ließ ich dich gehen. Aber es kommt eine Zeit, da der Rat einer Mutter nötig wäre, und du hattest nie eine Mutter...«

Frona kuschelte sich noch näher an ihn und wartete.

»Dieser Mann... St. Vincent... wie stehst du zu ihm?«

»Ich... weiß es nicht. Wie meinst du das?«

»Vergiß niemals, Frona, daß du immer freie Wahl hast. Das letzte Wort hast du zu sprechen. Vielleicht könnte ich... etwas vorschlagen. Aber mehr nicht. Aber ein Vorschlag...«

Es war ein unbeschreiblich heiliger Moment, doch sie konnte nicht sprechen. In ihrem Gehirn flatterte ein Schwarm von Gedanken, und das Entscheidende konnte sie nicht sagen. Konnte er denn verstehen? Bestand zwischen ihnen nicht ein Unterschied, der ihn daran hinderte, ihre zwingenden Motive zu begreifen? Immer hatte er sich auf das Primitive, das Starke stützen müssen, auf ihre Wahrheit und Vernunft; gab ihm nun seine Eingeborenenphilosophie das gleiche Gesetz, das sie aus ihrer erworbenen Philosophie bezog? Dann stand sie gleichsam neben sich selbst und musterte sich und ihre Forderungen — und schob sie von sich weg. Sie rochen nach Täuschung.

»Zwischen uns ist nichts, Vater«, erwiderte sie energisch. »Mr. St. Vincent hat nichts gesagt. Nichts. Wir sind gute Freunde, wir mögen einander, wir sind sehr gute Freunde. Ich denke, das ist alles.«

»Aber ihr habt einander gern. Du hast ihn gern. Ist es so, wie eine Frau einen Mann gernhaben muß, ehe sie ehrlich sein Leben teilen, sich an ihn verlieren kann? Fühlst du so wie Ruth, so daß du, wenn die Zeit kommt, sagen kannst: ‚Dein Volk ist auch mein Volk, und dein Gott ist auch der meine?'«

»Nein... Es könnte vielleicht so sein. Aber ich kann mich dem nicht stellen. Ich wage es nicht. Sagen oder nicht sagen, denken oder nicht denken — nein, nicht jetzt. Es ist ein großes Ja. Wenn es kommt, dann mußt es kommen, und kein Mensch weiß wie oder warum, es kommt in einem großen weißen Blitz wie eine Offenbarung, die nichts mehr verbirgt, die alles enthüllt in einer bestürzenden, blendenden Wahrheit. So stelle ich mir das wenigstens vor.«

Jacob Welse nickte wie einer, der versteht, jedoch zu überlegen aufhört und nur wieder abwägt.

»Aber warum hast du gefragt, Vater? Warum dachtest du an Mr. St. Vincent? Ich bin auch mit anderen Männern befreundet.«

»Ich habe bei anderen Männer nicht das Gefühl wie bei St. Vincent. Wir können aufrichtig zueinander sein, du und ich, und wir können einander auch den Schmerz verzeihen, den wir bereiten. Meine Meinung zählt nicht mehr als die anderer Leute. Fehlbarkeit ist der häufigste aller Flüche. Ich kann auch nicht erklären, weshalb ich ausgerechnet so fühle und nicht anders. Ich glaube, mir geht es ähnlich wie dir mit deinem weißen Blitz, der dir die Augen blendet. Aber mit einem Wort: Ich mag St. Vincent nicht.«

»Das ist das allgemeine Urteil bei den Männern«, bemerkte Frona, die sich nun in die Defensive gedrängt fühlte.

»Eine solche Übereinstimmung der Ansichten stärkt nur meine Position«, entgegnete er, aber nicht um einen Disput zu beginnen. »Ich muß nur daran denken, daß ich ihn so sehe, wie Männer ihn sehen. Seine Beliebtheit bei den Frauen muß wohl daher kommen, daß Frauen ihn anders sehen als die Männer, so wie sich Frauen körperlich und geistig von den Männern unterscheiden. Ich kann es nicht richtig erklären, es ist zu schwierig für mich. Ich folge nur meiner Natur und versuche gerecht zu sein.«

»Aber hast du nichts Entscheidenderes?« fragte sie, denn sie wollte seine Haltung besser verstehen. »Kannst du nicht irgendein Gefühl, eine gewisse und bestimmte Sache näher beschreiben?«

»Das wage ich nicht. Eine Intuition läßt sich kaum in Gedanken und Worten ausdrücken. Aber versuchen will ich es. Wir Welses haben nie einen Feigling gekannt. Wo Feigheit ist, kann nichts von Dauer sein. Es ist so, als baue man auf Sand, oder es ist wie eine üble Krankheit, die den Menschen von innen heraus verrottet, und niemand weiß, wann sie nach außen durchbricht.«

»Mir scheint aber, daß Mr. St. Vincent der letzte Mann auf der Welt ist, den man einen Feigling schelten könnte. Ich kann ihn mir so nicht vorstellen.«

Die Trauer in ihrem Gesicht schmerzte ihn. »Ich weiß nichts, das gegen St. Vincent spräche. Es gibt keinen Beweis dafür, daß er das nicht wäre, was er zu sein scheint. Aber ich kann nicht anders, ich fühle es trotzdem auf meine menschliche Art. Aber ich habe doch etwas gehört, ein Gerücht im Opernhaus. Frona, vergiß nicht, ich sage nichts zu Gerüchten oder Geschwätz. Männer sind nun einmal Männer. Aber man sagt, er habe nicht so gehandelt, wie ein Mann hätte in jener Nacht handeln sollen.«

»Aber Vater, du sagst doch, Männer sind Männer. Vielleicht hätten wir sie gerne anders, als sie sind, und die Welt wäre vielleicht besser. Aber wir müssen sie so nehmen, wie sie sind. Lucile ...«

»Nein, nein, du verstehst mich falsch. Ich meinte nicht sie, sondern diesen Kampf. Er hat nicht ... Er war feige.«

»Aber du sagtest doch, das sei ein Klatsch, man behaupte es. Er erzählte es mir; es war kurz danach, und ich glaube nicht, daß er es gewagt hätte, wäre ...«

»Es soll durchaus kein Vorwurf sein«, unterbrach Jacob Welse eilig. »Man sagt es nur, und das Vorurteil der Männer würde reichen, die Geschichte zu bestätigen. Es ist auch unwichtig. Ich hätte es gar nicht erwähnen sollen, denn ich kannte zu meiner Zeit gute Männer, die schwach wurden. Bockfieber hieß das. Und jetzt wollen wir die ganze Sache aus unseren Köpfen verbannen. Ich wollte nur einen Vorschlag machen, und nun fürchte ich, daß ich recht ungeschickt war. Du solltest nur das verstehen, Frona«, sagte er und drehte ihr Gesicht dem seinen zu, »du bist meine Tochter, in erster und letzter Linie und immer, und ich glaube, daß dein Leben dir und nicht mir gehört, daß du es dir einrichten oder verderben mußt, wie du es für richtig hältst. Es ist dein Leben, und wenn ich Einfluß darauf nehme, hast du nicht dein Leben gelebt, und du bist keine Welse, weil eine Welse niemals eine Einmischung, ein Diktat dulden würde. Lieber würden sie sterben, oder sie gehen als Pioniere bis ans Ende der Welt.

Wenn du das Tanzhaus als wahren Ausdruck deiner Persönlichkeit siehst, so bin ich vielleicht traurig, aber morgen würde ich es doch gutheißen. Es wäre unklug, sollte ich dich aufhalten, und wir haben das nie so gehalten. Die Welses haben immer ihren Mann gestanden, auch wenn der Fall und die Hoffnung verloren waren; sie kämpften trotzdem Schulter an Schulter weiter. Für Menschen, wie wir es sind, gibt es keine Konventionen. Sie sind überflüssig. Die sind nur für die Schweine, die sich tiefer in den Schmutz wühlen würden, gäbe es sie nicht. Der Schwache muß gehorchen, oder er wird erdrückt. Bei den Starken ist es anders. Die Masse ist nichts, die Persönlichkeit alles. Und immer ist es die Persönlichkeit, die eine Masse beherrscht und ihr Gesetze gibt. Was kümmert's uns, was die Welt sagt! Wenn ein Welse heute eine Bastardlinie schafft, und du bist eine Welse-Tochter, so mag Himmel und Hölle und Gott selbst gegen uns stehen, wir würden zusammenhalten, wir, die wir von einem Blut sind, Frona, du und ich.«

»Du bist viel größer als ich«, flüsterte sie und küßte seine Stirn. Die Zärtlichkeit ihrer Lippen erschien ihm wie ein Blatt, das durch die stille Herbstluft schwebt.

Die Wärme im Raum ließ allmählich nach, und er erzählte ihr von ihrer Großmutter und der seinen, von dem unbeirrbaren Welse, der seinen großen, einsamen Kampf gekämpft hatte und in Treasure City einsam kämpfend starb.

18

Ibsens *Puppenheim* wurde ein Erfolg. Mrs. Schoville steigerte sich in eine solche Ekstase hinein, daß Jacob Welse, der neben ihr stand, einen Blick auf ihren runden weißen Hals warf und seine Fäuste öffnete und schloß, als wolle er sie erwürgen. Dave Harney sang einstimmig ein vielstimmig klingendes Lob, wenn er auch meinte, die Philosophie der Dame Nora sei reichlich verschroben, und bei seinen puritanischen Göttern schwor er, Torvald sei der Esel mit den längsten Ohren beider Hemisphären. Sogar Miß Mortimer, eine Gegnerin der ganzen Schule, gab zu, die Spieler hätten das Stück gerettet. Matt McCarthy verkündete, er mache der armen, lieben Nora nicht den leisesten Vorwurf, und beim Goldkommissionär meinte er privat und unter vier Augen, ein verwegener Song und ein heißer Cancan hätten absolut nichts geschadet.

»Natürlich hat das Noramädchen recht gehabt«, erklärte er Harney, mit dem zusammen er hinter Frona und St. Vincent herging. »Ich hätt' gern gesehen . . .«

»Quatsch!«

»Quatsch du deine Großmutter an!« rief Matt zornig.

»Ich hab' vorhin gesagt, Gummistiefel gehn, wenn's taut, himmelhoch rauf. Drei Unzen ein Paar, und du kannst alle deine Chips drauf setzen. Jetzt kriegst du sie das Paar für eine Unze, und verdienen tust du dann dran zwei Unzen. Matt, eine einmalige Gelegenheit. Du hast dein Geschäft schon gemacht.«

»Der Teufel hol dich mit deinen einmaligen Gelegenheiten! Ich bin jetzt erst noch mit der lieben Nora beschäftigt.«

Die beiden verabschiedeten sich von Frona und St. Vincent und lenkten, wie in Gedanken versunken und in eine interessante Unterhaltung vertieft, ihre Schritte zum Opernhaus.

Gregory St. Vincent seufzte erleichtert. »Na, endlich!«

»Na, endlich — was?« fragte Frona uninteressiert.

»Endlich eine Gelegenheit, Ihnen zu sagen, wie großartig Sie waren. Die letzte Szene war ja überhaupt wundervoll, so hervorragend, daß es schien, Sie verschwänden tatsächlich für immer aus meinem Leben.«

»Welch ein Unglück!«

»Es war schrecklich.«

»Nein.«

»Aber natürlich! Ich identifizierte mich völlig damit. Sie waren nicht Nora, sondern Frona. Und ich war nicht mehr Torvald, sondern Gregory. Als Sie mit Mütze, Jacke und Reisetasche von der Bühne abtraten, da schien es mir, ich könnte nicht bleiben und meine Rolle zu Ende sprechen. Dann schlug die Tür zu, Sie waren weg, und mich konnte nun nur noch der Vorhang retten. Er brachte mich wieder zu mir selbst, sonst wäre ich vor allen Zuschauern hinter Ihnen drein gerannt.«

»Eigentlich sonderbar, wie verschieden eine Rolle auf einen wirken kann«, überlegte Frona.

»Wie zum Beispiel?«

Frona gab keine Antwort darauf, und so gingen sie ein Stück schweigend weiter. Sie stand immer noch unter dem Eindruck des Abends. Die gehobene Stimmung der Nora-Rolle hatte sie noch immer im Griff. Außerdem hörte sie zwischen St. Vincents Worten einiges heraus und war bedrückt. Viele Frauen werden sehr zurückhaltend, wenn sie einem Mann gegenüberstehen, der zu größerer Intimität übergehen will.

Es war eine klare, kalte Nacht, nicht übermäßig kalt jedoch, denn es hatte sich nicht mehr als minus vierzig Grad Fahrenheit*, und das Land badete in einem weichen, diffusen Licht, das weder von den Sternen noch vom Mond kam, sondern von irgendwoher auf der anderen Seite der Erde stammte. Vom Südosten zum Nordwesten zog sich über den Horizont ein blaßgrünes Glühen, und von dort ging auch das weiche Licht aus.

Plötzlich brach wie der breite Strahl eines Suchscheinwerfers ein Band weißen Lichtes durch das schimmernde Halbdunkel. Von einem Moment zum anderen wurde die Nacht zu einem geisterhaften Tag, und im nächsten Augenblick war die Nacht viel schwärzer als vorher. Im Südosten gab es am Himmel einen lautlosen Aufruhr. Der grünlich glühende Schleier blubberte, quoll nach oben, fiel hinab und streckte riesige unkörperliche Hände weit hinauf in den Himmel. Dann bahnte sich eine Zyklopenrakete einen feurigen Weg quer über den Himmel, vom Horizont zum Zenit und weiter zum Horizont gegenüber. Aber die Raketenbahn war flüchtig, und ihr folgte wieder schwärzeste Nacht. Dann erschien sie erneut, breiter, heller, tiefer, mit Ausläufern links und rechts, bis der ganze Zenit ein großartiges Flammen

* Entspricht auch etwa minus 40 Grad Celsius

war, das langsam niedersank zum Rand der Welt. Der Himmel hatte eine Brücke gebaut, und sie leuchtete und strahlte noch immer ...

Diese flammende Großartigkeit brach die Stille der Erde, und zehntausend Wolfshunde heulten in langgezogenen Tönen ihren Kummer und Weltschmerz hinaus. Frona erschauerte, und St. Vincent legte einen Arm um ihre Taile. Die Frau in ihr nahm die Berührung des Mannes wahr, und eine köstliche, fast klirrende Erregung lief durch ihren Körper; sie leistete keinen Widerstand. Als die Wolfshunde ihre Trauer zu ihren Füßen hinausweinten und die Aurora über ihnen langsam verglühte, zog er sie an sich.

»Muß ich meine Geschichte erzählen?« flüsterte er.

Müde und zufrieden ließ sie den Kopf auf seine Schulter sinken, und gemeinsam beobachteten sie das brennende Gewölbe, in dem die Sterne erloschen waren. Die Lichter schwächten sich ab, glühten erneut auf, flossen, pulsten und drehten sich in einem ungeheuren Rhythmus, und die Farben des Prismas jagten in einer leuchtenden Flut über das Firmament. Dann wurde der Himmelsbaldachin zu einem kaiserlichen Purpurgewölbe, das sich mit Seegrün verwob, bis ein hauchfeiner Schleier, großartig, erstaunlich und in einer Tiefe schimmernd, die sich nicht ausloten ließ, zierlich und übermütig in das Gesicht der Nacht geschleudert wurde.

Ein schwarzer Arm griff unvermittelt aus. Der Himmelsbogen erlosch in roter Verwirrung. Abgründe von Schwarz gähnten, erweiterten sich, jagten einander entgegen. Verirrte Farben und verblassende Feuer stahlen sich schüchtern zum Horizont. Und schließlich war da wieder die gewaltige Kuppel der Nacht, die Sterne kehrten zurück, und die Wolfshunde begannen wieder zu heulen.

»Ich kann dir nur so wenig bieten«, sagte der Mann mit kaum wahrnehmbarer Bitterkeit in der Stimme. »Nur die zweifelhaften Schätze eines wandernden Zigeuners.«

Die Frau legte seine Hand auf ihr Herz und drückte sie. »Ein Zelt und ein Stück Brot mir dir, Richard«, sagte sie, wie eine andere große Frau vor ihr gesagt hatte.

19

How-Ha war nur eine Indianerin aus einer langen Geschlechterfolge von Fisch- und Fleischessern, und ihre Ethik war so grob und primitiv wie ihr Blut. Aber der lange Kontakt mit den Weißen hatte ihr einen recht guten Einblick in ihre Denkart vermittelt. Innerlich grunzte sie zwar nur verächtlich, aber sie verstand die Leute perfekt. Vor zehn Jahren hatte sie für Jacob Welse gekocht und ihm seither auf diese oder jene Art gedient. Als es an einem trübseligen Januarmorgen an ihrer Tür klopfte und sie aufmachte, war selbst ihre gleichmütige Seele erschüttert, da sie ihren Besucher erkannte. Ein durchschnittlicher Mensch hätte das jedoch nicht erkannt, denn How-Has Fähigkeit, Einzelheiten zu beobachten und sich an sie zu erinnern, stammte aus der harten Schule, wo der Tod seine Schläge an die Laxen austeilte und das Leben dem Wachsamen huldigte.

How-Ha besah sich die Frau, die vor ihr stand, von oben bis unten. Durch den schweren Schleier konnte sie kaum die blitzenden Augen erkennen, und die Kapuze der Parka verbarg ihr Haar und ganz besonders die Umrisse ihres Körpers. Aber How-Ha nahm sich die Zeit, genauer zu schauen. Der Gesamtumriß der Gestalt kam ihr bekannt vor. Sie besah sich noch einmal den verhüllten Kopf und erkannte dessen unmißverständliche Haltung. How-Ha verglich diese Erkenntnisse mit den in ihren Gehirnwindungen gestapelten Erinnerungen. Hier gab es keine Unordnung; alles war am richtigen Ort. Es gab auch keine komplizierten Gefühle, die sich um Theorien wanden, keine erschreckenden Abstraktionen, kein wirres Geflecht von Phantasien und Tatsachen, sondern nur und ausschließlich Tatsachen, sauber abgelegt und zweckmäßig geordnet. Ohne zu zögern, pickte sie aus der Vergangenheit die Einzelheiten heraus, und setzte sie in der Gegenwart zusammen, bis die Frau vor ihr ohne täuschende Hüllen dastand. Die kannte sie nun, Wort und Tat, Aussehen und Geschichte.

»Viel besser, du gehst ganz ganz schnell weg«, sagte How-Ha.

»Miß Welse. Ich möchte Miß Welse sehen.«

Die fremde Frau sprach fest und gleichmütig, aber auch entschlossen. Unglücklicherweise rührte das How-Ha überhaupt nicht.

»Viel besser, du gehst«, wiederholte sie.

»Hier, nimm dies und bringe es Frona Welse. Und ... ah! Willst du gleich!« Sie schob ihr Knie zwischen Tür und Rahmen. »Laß die Tür offen.«

How-Ha runzelte die Brauen, nahm aber den Brief, denn zehn Jahre Dienst an der weißen Rasse ließen sich nicht so ohne weiteres abschütteln.

Kann ich Sie sehen?
Lucile

So lautete das Briefchen. Frona sah der Indianerin erwartungsvoll entgegen.

»Hm. Hab' Zehen nach draußen gestoßen«, erklärte How-Ha. »Ich soll ihr sagen, sie soll schnell-schnell weggehen? Eh? Du denken? Hm. Sie nicht gut. Sie ...«

»Nein, bring sie herein.« Frona überlegte blitzschnell. »Nein. Du bringst sie hier herauf.«

»Viel besser ...«

»Geh!«

How-Ha brummte und gehorchte widerstrebend, weil sie nicht anders konnte. Aber als sie hinabging zur Tür, da überlegte sie, ob es wirklich nur der Zufall der weißen oder bräunlichen Haut sei, der Herr und Knecht bestimmte.

Mit einem einzigen Blick nahm Lucile die lächelnde Frona im Vordergrund auf, dahinter den zierlichen Ankleidetisch, die raffinierte Einfachheit, die tausend mädchenhaften Kleinigkeiten und Beweise. Sie schnupperte in die wohlriechende Luft, und da fiel ihr ihre eigene Mädchenzeit wieder ein; die überfiel sie förmlich, so daß sie Auge und Ohr vor diesen Dingen verschloß.

»Ich bin froh, daß Sie gekommen sind«, sagte Frona. »Ich wollte Sie so gerne wiedersehen und ... Aber bitte, legen Sie doch diesen schweren Parka ab. Oh, wie dick er ist und wie herrlich der Pelz!«

»Ja. Er ist aus Sibirien.« Er war ein Geschenk von St. Vincent, hätte Lucile hinzufügen können, doch das sagte sie nicht. »Die Leute von Sibirien haben es noch nicht gelernt, bei ihrer Arbeit zu pfuschen, wissen Sie.«

Sie ließ sich in einen niederen Schaukelstuhl sinken und tat das mit einer solchen Anmut, daß sie dem schönheitshungrigen Auge des Mädchens nicht entgehen konnte. Sie hielt den Kopf sehr stolz und hörte schweigend Frona zu. Die Minuten vergingen, und Lucile war ein wenig amüsiert, weil sich Frona so sichtlich bemühte, Konversation zu machen.

»Weshalb kann sie nur gekommen sein?« fragte sich Frona, während sie über Pelze, das Wetter und gleichgültige Dinge sprach.

»Wenn Sie nicht bald etwas sagen, Lucile, werde ich nervös«, bemerkte sie schließlich in einem Anflug von Verzweiflung. »Ist etwas geschehen?«

Lucile ging zum Spiegel und nahm eine entzückende Miniatur von Frona in die Hand. »Sind das Sie? Wie alt waren Sie da?«

»Sechzehn.«

»Eine Sylphe, aber eine kalte, nördliche Sylphe.«

»Das Blut wärmt sich bei uns erst spät«, erwiderte Frona. »Aber ist ...«

»Es ist deshalb nicht weniger warm«, erwiderte Lucile lachend. »Wie alt sind Sie jetzt?«

»Zwanzig.«

»Zwanzig«, wiederholte Lucile langsam. Sie setzte sich wieder. »Zwanzig sind Sie. Und ich bin vierundzwanzig.«

»Der Altersunterschied ist nicht groß.«

»Aber unser Blut erhitzt sich früher.« Lucile sprach ihren Vorwurf über einen unauslotbar tiefen Abgrund, den vier Jahre Altersunterschied nicht überspannen konnten.

Frona war verblüfft. Lucile besah sich die Miniatur noch einmal, stellte sie ab und kehrte zu ihrem Stuhl zurück.

»Was halten Sie von der Liebe?« fragte sie unvermittelt, und ihr Gesicht wurde weich in einem Lächeln.

»Liebe?« fragte Frona.

»Ja, Liebe. Was wissen Sie über Liebe? Was halten Sie davon?«

Glühende, rosenrote Definitionen lagen ihr auf der Zunge, doch Frona schluckte sie alle hinab. »Liebe ist ein Opfer«, sagte sie.

»Sehr gut. Ein Opfer. Und ... macht es sich bezahlt?«

»Oh, ja. Es macht sich bezahlt. Natürlich. Wer kann schon daran zweifeln?«

Luciles Augen funkelten amüsiert.

»Warum lächeln Sie?« fragte Frona.

»Schauen Sie mich an, Frona.« Lucile stand auf, und ihre Augen blitzten. »Ich bin vierundzwanzig. Ich bin keine Vogelscheuche und auch kein Dummkopf. Ich habe ein Herz. Ich habe gutes, rotes, warmes Blut in meinen Adern. Und ich habe geliebt. An das, was ich dafür bezahlt habe, erinnere ich mich nicht. Ich weiß nur, daß ich bezahlt habe.«

»Und bezahlt wurden, indem Sie bezahlten«, sagte Frona voll Wärme. »Der Preis war die Belohnung. Vielleicht irrt die Liebe, doch Sie haben geliebt. Sie haben der Liebe gedient. Was könnten Sie sich noch mehr wünschen?«

»Die Liebe der jungen Brut«, höhnte Lucile.

»Oh! Jetzt sind Sie unfair.«

»Nein, ich bin nur gerecht«, erklärte Lucile fest. »Sie würden mir sagen, daß Sie unverschleiert und klaräugig gegangen seien; Sie haben die Lippen nur an den Rand gesetzt und den Geschmack der Hefe kaum genossen. Und dieser Geschmack ist gut. Bah! Die Liebe der jungen Brut! Oh, Frona, ich weiß es; Sie sind eine Frau und großen Herzens. Sie leihen Ihr Ohr nicht den kleinlichen Dingen. Aber ...« Mit einem schlanken Finger tippte sie sich an die Stirn. »Aber es ist alles hier. Es ist ein Gebräu, das einem in den Kopf steigt, und Sie haben die Dünste reichlich in sich aufgenommen. Aber trinken Sie die Hefe, und stellen Sie Ihr Glas ab. Sagen Sie dann auch noch, die Hefe sei gut? Oh, nein, wahrlich nicht!« rief sie leidenschaftlich. »Es gibt eine gute Liebe. Sie müßten eine helle und glänzende finden, keine Maskerade.«

Frona wandte wieder ihren alten Trick an, den sie beide gemeinsam hatten. Ihre Hand glitt an Luciles Arm entlang, bis ihre Hand die andere umfaßte. »Sie sagen Dinge, die ich für unrichtig halte, aber ich will sie nicht beantworten. Ich kann, aber wie dürfte ich? Ich kann nicht nur Gedanken gegen Ihre Tatsachen stellen. Ich habe so wenig gelebt und kann Ihnen keine Lüge der Theorie auftischen, Ihnen nicht, die Sie soviel gelebt und erlebt haben.«

»Denn der, der mehr Leben lebt als eines, muß mehrere Tode sterben.« Das waren schmerzliche Worte, die Lucile sprach, und Frona warf die Arme um sie und weinte an ihrer Brust, weil sie Lucile verstand. Und Luciles gerunzelte Brauen glätteten sich, und sie drückte einen leichten, mütterlichen Kuß auf des Mädchens Haar. Dann wurden ihre Lippen strenger, und sie schob Frona von sich.

»Sie werden Gregory St. Vincent heiraten?«

Frona war bestürzt. Das war doch kaum zwei Wochen alt, und

nicht ein Wort hatte sie verlauten lassen. »Woher wissen Sie das?«

»Sie haben also geantwortet.« Lucile beobachtete Fronas offenes Gesicht und fühlte sich wie ein geschickter Säbelfechter, der einen Anfänger mit schwachen Handgelenken vor sich hat, und er ist in seinem Ungeschick nackt für sie und sehr verletzlich. »Wie ich das weiß?« sie lachte bitter. »Wenn ein Mann plötzlich aus den Armen flieht und seine Lippen noch feucht sind von den Küssen der anderen, wenn sein Mund nach Lügen riecht ...«

»Und ...?«

»... den Weg zurück in diese Arme vergißt.«

»Na und?« Das Welse-Blut rebellierte und trocknete den Tränenschleier von ihren Augen, so daß sie funkelten. »Deshalb also sind Sie gekommen. Ich hätte es vermuten können, hätte ich an den Klatsch von Dawson gedacht.«

»Es ist noch nicht zu spät.« Lucile schürzte verächtlich die Lippen. »Es ist doch Ihre Art.«

»Ich bin sehr aufmerksam. Was ist es? Wollen Sie mir erzählen, was er getan hat, was er Ihnen war? Ich möchte Ihnen sagen, daß dies nutzlos ist. Er ist ein Mann, so wie Sie und ich Frauen sind.«

»Nein«, log Lucile und schluckte ihre Verblüffung herab. »Ich hatte nicht gedacht, daß irgendeine seiner Taten Sie beeindruckt. Ich wußte, dafür dachten Sie zu groß. Aber ... haben Sie auch an mich gedacht?«

Frona hielt für einen Moment den Atem an. Dann streckte sie die Arme aus, als wolle sie den Mann, um den es ging, in Luciles Arme legen.

»Ganz und gar Ihr Vater!« rief Lucile. »Oh, Ihr Welses seid unmöglich! Aber er ist Ihrer nicht wert, Frona Welse. Meiner schon, oh, ja. Er ist kein netter Mann, kein großer und guter Mann. Seine Liebe kann sich mit der Ihren niemals messen. Pah! Er kennt doch keine Liebe. Leidenschaft der einen oder anderen Art ist vielleicht das Beste, was er zu bieten hat. Die wollen Sie doch nicht. Aber mehr hat er nicht zu geben. Und, bitte, was wollen Sie ihm geben? Sich selbst? Eine ungeheuerliche Verschwendung! Aber Ihres Vaters gelber ...«

»Nein, sprechen sie nicht weiter, ich weigere mich zuzuhören. Es ist nicht recht von Ihnen.« So brachte sie Lucile zum Schweigen. Aber Frona fragte kühn: »Und was könnte die Frau Lucile ihm geben?«

»Ein paar wilde Monate«, lautete die prompte Antwort. »Ein sprühendes Feuer des Glückes, und das Bedauern der Hölle. Letzteres verdient er, ich auch. Das Gleichgewicht bleibt also erhalten, und alles ist gut.«

»Aber ... aber ...«

»In ihm steckt ein Teufel, ein verführerischer Teufel, der mich entzückt. Bei meiner Seele, das tut er, und, Frona, bitten Sie Gott, daß Sie das nie kennenlernen. Sie haben keinen Teufel in sich. Der meine paßt zu dem seinen, und sie verschmelzen, die beiden. Ich gebe ohne Umschweife zu, daß dies nur eine Attraktion ist. Er hat nichts Dauerhaftes an sich; ich auch nicht. Und da ist die Schönheit, also bleibt das Gleichgewicht erhalten.«

Frona lehnte sich in ihrem Stuhl zurück und musterte lässig ihre Besucherin. Lucile wartete auf ihre Antwort. Es war sehr still.

»Nun?« sagte Lucile schließlich leise und neugierig, stand auf und schlüpfte in ihre Parka.

»Nichts. Ich habe nur gewartet.«

»Dann bin ich am Ende.«

»Ich möchte Ihnen nur sagen, daß ich Sie nicht verstehe«, faßte Frona kalt zusammen. »Ich sehe Ihr Motiv nicht. Das, was Sie sagten, klingt mir zu ... geistlos, zu platt. Aber dessen bin ich sicher: Aus einem mir unerfindlichen Grund wurden Sie heute sich selbst untreu. Fragen Sie nicht, denn ich sagte schon vorher, ich weiß nicht wo oder wie. Ich bin trotzdem überzeugt. Ich weiß nur das eine: Sie sind nicht die Lucile, die ich damals am Holzweg jenseits des Flusses traf. Das war damals die wahre Lucile, so wenig ich auch von ihr sah. Die Frau, die heute hier bei mir ist, die ist mir fremd. Ich kenne sie nicht. Manchmal schien es mir, sie sei Lucile, aber das waren nur seltene Momente. Diese Frau log mich an — über sich selbst. Und was sie von dem Mann sagte, ist schlimmstenfalls eine Meinung. Vielleicht hat sie auch über ihn gelogen. Es ist sogar wahrscheinlich. Nun, was halten Sie davon?«

»Daß Sie ein sehr kluges Mädchen sind, Frona. Daß Sie manchmal die Wahrheit genauer aussprechen, als Sie wissen, und daß Sie dann wieder blinder sind, als Sie sich vorstellen können.«

»Sie haben etwas an sich, das ich lieben könnte, doch das haben Sie versteckt, und ich kann es nicht finden.«

Luciles Lippen öffneten sich zum Sprechen, aber sie zog die Parka um sich und wandte sich zum Gehen.

Frona brachte sie selbst zur Tür, und How-Ha dachte über die Weißen nach, die das Gesetz machten und doch darüber standen.

Als die Tür geschlossen war, spuckte Lucile auf die Straßen. »Pfui, St. Vincent! Ich habe meinen Mund mit deinem Namen beschmutzt.« Und sie spuckte noch einmal aus.

»Ja, komm rein!«

Matt McCarthy nahm die Schnurschlinge ab, stieß die Tür auf und schloß sie sorgfältig hinter sich.

»Ah, du bist's.« St. Vincent musterte seinen Besucher düster, dann riß er sich zusammen und streckte die Hand aus. »Hallo, Matt, alter Freund. Ich war, als du kamst, mit den Gedanken tausend Meilen weit weg. Nimm dir einen Stuhl und mach dir's gemütlich. Da ist auch Tabak. Versuch ihn mal und sag mir, wie er dir schmeckt.«

»Klar, seine Gedanken sind tausend Meilen weit weg«, dachte Matt, denn er war auf dem Trail einer Frau begegnet, die Lucile verdächtig ähnlich gesehen hatte. »Klar«, sagte er laut, »das sind so Tagträume. Ist ja auch kein Wunder.«

»Wieso?« fragte der Korrespondent munter.

»Weil ich ein Stück weiter drunten am Trail Lucile gesehen hab', und die Absätze ihrer Mokassins gehen zu deiner Hütte her. Manchmal hat das Weib eine bitterböse Zunge.« Matt lachte leise.

»Das ist es ja.« St. Vincent schaute ihn voll an. »Da schaut ein Mann nur mal so von der Seite hin, und sie verlangen, daß der Moment zur Ewigkeit wird.«

»Dann also weg mit der alten Liebe, und das ist ernst gemeint?«

»Das würde ich auch sagen. Du verstehst das ja. Matt, du hast ja selbst in deinem Leben und zu deiner Zeit genug Erfahrungen gesammelt.«

»In meiner Zeit? Na, weißt du, so alt bin ich ja wirklich noch nicht. Ich hab' immer noch Spaß dran.«

»Ja, natürlich. Sicher. Das liest man auch in deinen Augen. Das warme Herz und das herumschweifende Auge, Matt!« Er lachte schallend und schlug seinem Gast auf die Schulter.

»Und von dir, Vincent, hab' ich keine so gute Meinung. Bist ein verrückter Kerl, jawoll. Und wie du's mit den Damen treibst, das sieht man dir an der Nasenspitze an. Du hast viele Küsse ausgeteilt und viele Herzen gebrochen. Aber, Vincent, hast du's einmal wirklich kennengelernt?«

»Was meinst du damit?«

»Eben wirklich. Das heißt ... Warst du jemals ein Vater, Vincent?«

Er schüttelte den Kopf.

»Ich auch nicht. Aber die Liebe von einem Vater hast du doch gefühlt, was?«

»Das weiß ich kaum. Ich glaube nicht.«

»Na, na. Ich schon. Und das ist die echte Sache, die wirkliche. Ich sag' dir's. Wenn je ein Mann ein Kind gesäugt hat, dann war's ich. Jawoll... Oder so was Ähnliches, das fast genauso ist. Ein kleines Mädchen. Und jetzt ist sie eine erwachsene Frau, und wenn das möglich ist, dann lieb' ich sie noch mehr als ihr eigener, ihr leiblicher Vater. Pech für mich, weil ich außer ihr nie eine Frau richtig von Herzen gern gehabt hab', außer einer. Und die hat mir zu früh geheiratet. Nein, keinem Menschen hab' ich ein Wort davon gesagt, auch ihr nicht. Aber sie ist gestorben. Sie möge ruhen in Gottes Liebe.«

Er ließ den Kopf hängen und dachte zurück an eine flachshaarige Angelsächsin, die einen Blockhausladen am Dyea River mit Sonne erfüllt hatte. Dann schaute er auf und sah, daß St. Vincent ausdruckslos auf den Boden starrte, als sei er wieder mit den Gedanken tausend Meilen weit weg.

»Ein Waffenstillstand mit der Narretei, Vincent.«

Der Korrespondent riß sich zusammen und schaute dem Iren in die blauen Augen, die sich in die seinen bohrten.

»Bist du ein tapferer Bursche, Vincent?«

Für einen langen Augenblick erforschte einer des anderen Seele, und da hätte Matt schwören mögen, er habe ein Flackern in des anderen Augen gesehen.

Er schlug mit der Faust auf den Tisch, daß es krachte. »Bei Gott, das bist du nicht!« rief er.

Der Korrespondent zog den Tabakkrug zu sich heran und rollte eine Zigarette; er tat das sehr sorgfältig. Das feine Reispapier zitterte nicht in seiner Hand. Aber unter dem Hemdkragen stieg langsam eine tiefe Röte auf, füllte die hohlen Wangen, verdünnte sich an den Wangenknochen und kroch weiter, bis sein ganzes Gesicht in Flammen stand.

»Ah, das ist gut. Erspart meinen Fingern vielleicht einen dreckigen Job. Vincent, Mensch, das Mädchen, das jetzt zur Frau herangewachsen ist, schläft heut nacht in Dawson. Gott helf' uns, dir und mir, aber wir legen nie mehr unseren Kopf so rein und sauber wie sie auf das Kissen. Vincent, merk dir eines: du wirst nie eine Hand an sie legen — egal, ob heilig oder nicht.«

Der Teufel, von dem Lucile gesprochen hatte, rührte sich, rauchte, schäumte und wütete.

»Ich mag dich nicht. Meine Gründe dafür behalt' ich für mich selbst. Das muß dir reichen. Aber nimm dir's zu Herzen, und das gründlich. Solltest du so wahnsinnig sein, sie zu deiner Frau zu machen, dann soll der Tag verdammt sein. Du wirst sein Ende nicht erleben und nie einen Blick auf das Brautbett werfen. Mensch, ich erschlag' dich mit meinen beiden Fäusten, wenn's nötig ist. Aber ich hoffe, daß ich's nicht so grob packen muß. Das versprech' ich dir.«

»Du irisches Schwein!«

Da kam der Teufel zum Vorschein und McCarthy sah sich plötzlich in Augenhöhe einem Colt gegenüber.

»Ist er geladen?« fragte er. »Glaub' schon. Aber was wartest du noch? Dann heb doch den Hammer.«

Der Triggerfinger des Korrespondenten bewegte sich, und es gab ein warnendes Klicken.

»Und jetzt drück ab. Abdrücken, sag' ich. Tu nicht so. Du kannst es. Ich hab' das Flattern in deinen Augen gesehen.«

St. Vincent versuchte den Kopf zur Seite zu drehen.

»Mensch, schau mich an!« befahl McCarthy. »Deine Augen will ich sehen, wenn du's tust.«

Er wollte es nicht, aber St. Vincent wandte den Kopf wieder zurück, und seine Augen trafen die des Iren.

»Jetzt!«

St. Vincent knirschte mit den Zähnen und zog den Trigger. Er dachte, er tue es, so wie es Menschen im Traum denken. Er wollte es tun und gab seinem Gehirn den Befehl, aber das Flattern seiner Seele ließ ihn nicht durchkommen.

»Ha, dann ist dein Finger also gelähmt?« Matt lachte dem gequälten Mann ins Gesicht. »So. Und jetzt den Lauf zur Seite.

Runter. Langsam. Langsam . . Vorsichtig . . .« Seine Stimme wurde leiser, fast tröstend.

Als der Trigger sicher unten war, ließ St. Vincent den Revolver aus der Hand fallen und sank mit einem deutlichen Seufzer erschöpft auf einen Stuhl. Er versuchte sich aufzurichten, doch er ließ den Kopf in seine Hände fallen, die auf dem Tisch lagen. Matt zog seine Handschuhe an, schaute mitleidig auf ihn hinab und ging hinaus. Die Tür schloß er leise hinter sich.

20

Wo die Natur von rauher Hand ist, wird auch der Menschensohn immer mit ähnlicher Rauhheit antworten. Nur in sanften Landen können die Annehmlichkeiten des Lebens entstehen, nur dort, wo die Sonne warm und die Erde fett ist. Das feuchte, zugige Klima Englands treibt die Menschen zu starken Getränken; der rosige Orient lockt zur träumerischen Schönheit der Lotusblüte. Die weißhäutigen Nordlandbewohner mit ihren großen, starken Körpern sind grob und wild und bellen ihren Zorn auf recht unanständige Art hinaus und schlagen dazu dem Feind mit einer riesigen Faust ins Gesicht. Der zierlich gebaute Südländer hat ein seidiges Lächeln und lässige Bewegungen; er wartet und tut seine Arbeit, wenn niemand hinschaut, anmutig und ohne Kraftaufwand. Menschen sind sie alle. Der Unterschied liegt in ihrer Art, die vom Klima herrührt; die kumulative Wirkung ist der entscheidende Faktor. Alle sind Sünder, wie jeder vom Weib geborene Mensch ein Sünder ist und immer war. Aber der eine tut seine Sünde offen im Angesicht Gottes, der andere — als könne Gott ihn nicht sehen — verschleiert seine Unbotmäßigkeit mit schimmernden Phantasien und versteckt sie, als sei sie ein großartiges Geheimnis, ein Mysterium.

Das sind die Wege der Menschen. Auf beide Arten scheint die Sonne herab, der Wind bläst über sie hin, hier scharf und kalt, dort weich und wonnig, ganz wie es einem zukommt, nach dem Samen seines Vaters und der Milch seiner Mutter. Jeder ist das Ergebnis vieler Kräfte, die ihn in die ihm vorbestimmte Form pressen. Aber er kann davonrennen, so er gesunde Füße hat, um sich einem anderen Druck zu stellen. Er kann weiterrennen, und jeder neue Druck treibt ihn zum nächsten, bis er stirbt, und seine Endform wird vorausbestimmt von dem mannigfachen Druck, dem er doch nicht entrinnen konnte. Es ist im Grund unwichtig, ob das Kind in einer mit Purpur ausgeschlagenen kaiserlichen Wiege oder in einer armen Kiste auf Stroh schläft — man tausche sie aus, und das kaiserliche Baby duckt sich unter der Peitsche wie der niederste Untertan. Ein hungriger Genießer wird genauso über sein Essen herfallen und es verschlingen wie das Schwein im Koben. Ein Epikureer im Erdiglu der Eskimos wird sich an den Waltran gewöhnen müssen — oder er stirbt.

So streiften im jungen Nordland, im grimmigen, drohenden

Frost, Männer die Feinheiten des Südens ab und kämpften. Mit den Feinheiten verloren sie viel von der Lackschicht der Zivilisation, ihre Narreteien, viele ihrer Schwächen, vielleicht auch einige ihrer Tugenden. Vielleicht. Aber sie kehrten zurück zu großen, edlen Traditionen und lebten frei, lachten ehrlich und schauten einander in die Augen.

Für Frauen, die im Süden geboren und sanft erzogen wurden, ist das Nordland nicht gut, wenn sie nicht im Herzen groß sind. Sie dürfen sanft, zärtlich und gefühlvoll sein und Augen haben, die den Glanz des Wunders noch nicht verloren haben, und Ohren, die nur an süße Töne gewöhnt sind. Wenn ihre Philosophie vernünftig und stabil ist, umfassend genug, um zu verstehen und auch zu verzeihen, dann werden sie keinen Schaden erleiden und können auf Verständnis und Mitgefühl rechnen. Wenn nicht, werden sie Dinge sehen und hören, die sie schmerzen, sie werden leiden und den Glauben an den Menschen verlieren; das ist das größte Übel, das ihnen zustoßen kann. Sie müßten mit Nachsicht verwöhnt werden und dem Schutz des Mannsvolkes unterstehen; je näher die Verwandtschaft, um so besser. Dann wäre es gut, eine Hütte am Berg zu finden, die auf Dawson herabschaut, oder, noch besser, jenseits des Yukon am Westufer. Unbeschützt und unbegleitet dürfen sie sich niemals hinauswagen. Der Hügel hinter der Hütte ist gut zum Atemholen und Beinevertreten, ein Platz dafür, daß die Ohren nicht beleidigt werden von groben Worten der Männer, die viel aufs Spiel setzen.

Vance Corliss strich die letzte Konservendose aus und stellte sie zurück auf das Regal, zündete seine Pfeife an und rollte sich auf den Rücken, um das mit Moos abgedichtete Dach seiner Hütte am French Hill zu mustern. Diese Hütte stand in der letzten Senke des Berges, wo er abfiel zum Eldorado Creek, ganz in der Nähe des am meisten begangenen Trails. Das einzige Feuer blinzelte fröhlich denen zu, die nachts noch lange unterwegs waren.

Die Tür wurde aufgestoßen, und Del Bishop taumelte mit einer großen Ladung Feuerholz herein. Sein Atem hatte sich um seinen Mund als weißer Eisrand gelegt, so daß er nicht sprechen konnte. Das war hart für ihn, und er schob sein Gesicht in die flirrende Hitze über dem Herd. In wenigen Augenblicken taute es auf, und das Eis schmolz, um in wild tanzenden Tropfen auf der glühenden Herdplatte zu landen und sofort zu verdampfen. Dann fiel ihm auch das Eis aus dem Bart brockenweise herab, es kochte und verzischte zu Dampfwolken.

»Und so bist du Zeuge eines Phänomens, das drei Materieformen demonstriert«, sagte Vance lachend und in der monoton dozierenden Art eines Lehrers, der ein Experiment vorführt. »Fest, flüssig und Dampf. Im nächsten Moment hast du dann das Gas.«

»D-das ist ja alles ganz schön und gut«, spuckte Bishop und kämpfte mit einem widerspenstigen Stück Eis, das an seiner Oberlippe hing; endlich löste es sich und knallte laut auf die Herdplatte.

»Wie kalt wird's draußen sein, Del? Fünfzig?«

»Fünfzig?« Er wischte sich das Gesicht ab und knurrte dazu. »Fünfzig? Das Quecksilber ist seit Stunden steinhart gefroren, und seitdem wird's noch immer kälter. Fünfzig? Ich wette meine neuen Handschuhe gegen deine alten Mokassins, daß es mindestens siebzig hat.«

»Meinst du?«

»Willst du wetten?«

Vance nickte lachend.

»Celsius oder Fahrenheit?« wollte Bishop wissen, weil er Verdacht schöpfte.

»Hm, wenn du meine alten Mokassins unbedingt haben mußt«, sagte Vance und tat, als sei er durch dieses Mißtrauen schwer gekränkt, »die kannst du auch ohne Wette haben.«

Del schniefte und warf sich auf das andere Lager. »Du meinst wohl, das ist komisch.« Da er keine Antwort erhielt, rollte er sich auf die Seite und studierte die Moosabdichtungen.

Fünfzehn Minuten dieser Zerstreuung genügten ihm. »Willst du noch einen Rubber spielen, bevor wir schlafen gehen?« rief er hinüber.

»Ja, ich geh' schon.« Corliss stand auf, streckte sich und stellte die Petroleumlampe vom Wandbord auf den Tisch. »Meinst du, das reicht noch?« fragte er und musterte den Ölrest im billigen Lampenglas.

Bishop holte Tafel und Karten heraus und besah sich die Lampe. »Hast vergessen, sie aufzufüllen, was? Jetzt ist's zu spät. Tu's morgen. Für den Rubber reicht's noch.«

Corliss nahm die Karten auf und mischte. »Del, wir haben eine

Die Tür wurde aufgestoßen, und Del Bishop taumelte mit einer großen Ladung Feuerholz herein. (Seite 159)

weite Reise vor uns. Wir sind ungefähr einen Monat lang unterwegs, Aufbruch etwa Mitte März, soweit ich vorausplanen kann; den Stuart River hinauf nach McQuestion, den aufwärts und wieder zurück über den Mayo, dann quer durch das Land nach Mazy May, den Henderson Creek entlang . . .«

»Am Indian River?«

»Nein.« Corliss teilte die Karten aus. »Nur unterhalb der Stelle, wo der Stuart zum Yukon kommt. Und dann zurück nach Dawson, bevor das Eis bricht.«

Bishops Augen funkelten. »Das ist eine Reise, ha! Du hältst uns ganz schön im Trab. Ahnung?«

»Die Parker-Gruppe in Mayo hat mir einen Tip gegeben, und McPherson am Henderson schläft auch nicht. Du kennst ihn nicht. Die verhalten sich sehr still, und natürlich kann man nichts sagen, aber . . .«

Bishop nickte heftig, denn er hatte einen Trumpf in der Hand. Ihm schwebte schon eine Vierundzwanzigerhand vor, als sich draußen vor der Tür Stimmen vernehmen ließen und die Tür zitterte, weil daran gepoltert wurde.

»Ja, herein!« bellte er. »Und macht keinen solchen Krach! Schau dir das an, Corliss. Fünfzehn-acht, fünfzehn, sechzehn und acht sind vierundzwanzig. Und jetzt die Störung!«

Corliss sprang auf, und Bishop schaute zur Tür. Zwei Frauen und ein Mann kamen unbeholfen hereingestolpert und blieben an der wieder geschlossenen Tür stehen, weil das Licht sie blendete.

»Bei allen Propheten! Cornell!« Bishop schüttelte des Mannes Hand, als wolle er sie ausreißen. »Corliss, erinnerst du dich an Cornell? Jake Cornell, siebenunddreißig, und halb Eldorado.«

»Wie sollte ich ihn vergessen?« Herzlich schüttelte auch der Ingenieur dem Mann die Hand. »Das war eine elende Nacht im letzten Herbst, als du uns aufnahmst, fast so elend, wie dein Elchsteak gut war, das du uns zum Frühstück vorgesetzt hast.«

Jake Cornell sah struppig und ungeheuer mager aus. Er nickte nachdrücklich und stellte eine dicke Korbflasche auf den Tisch. Wieder nickte er und schaute sich dabei wildäugig um. Sein Blick fiel auf den Ofen. Er ging hinüber, hob einen Ring ab und spuckte eine bräunliche Flüssigkeit ins Feuer. Mit einem Schritt war er wieder zurück.

»Klar«, rumpelte er, »ich erinnere mich dran.« Aus seinem haarigen Gesicht fielen Eisbrocken. »Und ich freu' mich, verdammt noch mal, euch zu sehen ... Wir alle sind verdammt froh, euch zu sehen, was, Mädchen?« fügte er hinzu, als ihm einfiel, daß er nicht allein gekommen war. Er nickte seinen Begleiterinnen zu. »Blanche, meine Liebe, Mr. Corliss, hm, ich hab' das, hm, Vergnügen, euch miteinander bekannt zu machen. Cariboo Blanche, Sir. Cariboo Blanche.«

»Freut mich, Sir.« Cariboo Blanche streckte eine Hand aus und musterte ihn recht freimütig Sie war eine hübsche, blonde Frau; das heißt, ihre Züge waren hübsch, aber jetzt hatten sie sich vertieft und verhärtet wie bei Männern, die sich viel in der Kälte und in grobem Wetter aufhielten.

Jake Cornell war stolz auf seinen gesellschaftlichen Schliff, räusperte sich gründlich und schob die zweite Frau nach vorne. »Mr. Corliss, die Jungfrau. Ich mache euch beide miteinander bekannt. Hemm!« Er las wohl in Vances Augen eine Frage. »Jawohl, die Jungfrau. Das ist alles. Sie heißt nur die Jungfrau. Virgin.«

Sie lächelte und verbeugte sich, aber ans Händeschütteln schien sie nicht zu denken. Ein feiner Pinkel, urteilte sie über den Ingenieur heimlich bei sich, und aus ihrer begrenzten Erfahrung heraus war ihr bekannt, daß feine Pinkel vom Händeschütteln nicht viel hielten.

Corliss wollte es wohl tun, verbeugte sich dann aber nur, als seine Bemühungen nicht anerkannt wurden, und musterte sie neugierig. Sie war ein hübsches Ding mit niederer Stirn, auf eine dunkle Art hübsch und von angenehmer Gestalt, und ihre überschäumende Vitalität konnte ihm nicht entgehen. Jede ihrer schnellen, spontanen Bewegungen schien direkt aus einem Überfluß heißen, roten Blutes und einer übersprudelnden Energie zu entspringen.

»Hübsch gesunder Vorschlag, was?« fragte Jake Cornell, der zustimmend seines Gastgebers Blick folgte.

»Ist aber nicht dein Spiel, Jake«, schnappte die Virgin und verzog — für Vance bestimmt — verächtlich die Lippen. »Ich glaub', du tätest besser daran, dich um die arme Blanche zu kümmern.«

»Tatsache ist, wir sind geschafft«, sagte Jake. »Und Blanche ist unten am Trail durchs Eis gegangen. Jetzt sind ihre Füße angefroren.«

Blanche lächelte, als Corliss sie zu einem Hocker am Feuer führte, doch von den Schmerzen, unter denen sie leiden mußte, ließ sie nichts erkennen. Virgin machte sich daran, das nasse Schuhzeug auszuziehen, während Bishop nach Socken und Mokassins kramte.

»Ist nicht weiter hineingestiegen als bis zu den Knöcheln«, erklärte Cornell, »aber das ist schon viel in einer so eisigen Nacht.«

Corliss nickte dazu.

»Hab' euer Licht gesehen. Hm. Und deshalb sind wir gekommen. Macht euch doch nichts aus, was?«

»Aber nein, ganz gewiß nicht!«

»Wirklich nicht?«

Corliss versicherte ihm das mit einem Händedruck auf seine Schulter, der so kräftig war, daß Cornell unwillkürlich auf einem Hocker landete. Blanche seufzte zufrieden. Ihre nassen Strümpfe waren schon aufgehängt und dampften, und ihre Füße hatten reichlich Platz in den herrlich warmen, trockenen Siwash-Socken Bishops. Vance schob den Tabakkanister über den Tisch, aber Cornell zog eine Handvoll Zigarren aus der Brusttasche und reichte sie herum.

»Das Stück Trail auf dieser Seite ist ungewöhnlich schlecht«, bemerkte er mit lauter, kräftiger Stimme und schielte zur Korbflasche hinüber. »Unter dem Eis arbeiten die Quellen, und man merkt's erst, wenn's zu spät ist.« Er wandte sich zu Blanche um. »Wie geht's dir Blanche?«

»Gut«, erwiderte sie, streckte sich genießerisch und rückte ihre Füße anders zurecht. »Ganz so beweglich sind meine Arme ja noch nicht wie bei unserem Aufbruch.«

Cornell fragte seinen Gastgeber mit einem Blick um Zustimmung, legte die Korbflasche schräg über seinen Arm und füllte vier Zinnbecher und ein leeres Marmeladenglas zur Hälfte.

»Wir wär's mit einem Grog oder Punsch?« schlug Virgin vor. »Hast du einen Zitronensaft?« fragte sie Corliss. »Ja? Ist ja wunderbar.« Ihre schwarzen Augen flogen zu Del. »Du, Koch, hol deinen Topf her und schwenk den Wasserkessel übers Feuer. Komm, komm, alle Mann an die Arbeit! Jake lädt euch ein, und ich zeig's euch, wie's gemacht wird. Habt ihr Zucker, Mr. Corliss? Muskat? Zimt? Okay. Das reicht schon. Los, Koch!«

»Ist sie nicht ein Prachtweib?« fragte Cornell Vance leise und schaute ihr mit verträumten Augen zu, als sie das dampfende Gebräu umrührte.

Aber die Virgin protestierte. »Hören's nicht auf den, Sir. Der ist schon halb weg. Hat alle paar Schritte die Flasche abgesetzt.«

»Aber, meine Liebe ...«, versuchte Jake einzuwenden.

»Du, ich bin nicht deine Liebe«, schniefte sie. »Ich mag dich ja gar nicht.«

»Warum?«

»Weil ...« Sie schöpfte den Punsch in die Becher und überlegte. »Weil du Tabak kaust. Weil du so haarig bist. Ich mag junge Burschen mit glatten Gesichtern viel lieber.«

»Hört nicht auf ihren Unsinn«, warnte der Eldorado-König. »Die tut's nur mir zu Fleiß, die will mich verrückt machen.«

»So, und jetzt«, befahl sie scharf, »hoch die Tassen!«

»Auf was?« rief Blanche vom Herd her.

Die erhobenen Becher schienen in der Luft zu hängen.

»Auf die Königin, Gott segne sie!« rief die Virgin prompt.

»Und Bill«, steuerte Del Bishop bei.

»Bill, wer?« fragte die Virgin mißtrauisch.

»McKinley.«

Da schenkte sie ihm ein Lächeln. »Dank' dir schön, Koch, du bist eine Wolke! Also, jetzt los, die Herren. Den Toast im Stehen. Die Königin, Gott segne sie und Bill McKinley.«

»Ex!« donnerte Jake Cornell, und zum Beweis dafür, daß alle ausgetrunken hatten, stellten sie die Becher geräuschvoll und umgekehrt auf den Tisch.

Vance Corliss war amüsiert und interessiert. Frona hätte gesagt, er lerne jetzt das Leben kennen und komplettiere seinen Vorrat an Verallgemeinerungen. Es waren ihre Worte, und er wälzte sie genießerisch eine Weile in seinem Kopf. Dann fiel ihm wieder ihre Verlobung mit St. Vincent ein, und so forderte er die Jungfrau auf, doch zu singen. Aber sie tat schüchtern und tat erst dann mit, nachdem Bishop die etwa zwanzig Strophen von *Flying Cloud** durchgesungen hatte. Ihre Stimme war klein und umfaßte vielleicht eineinhalb Oktaven; darunter *machte* sie die merkwürdigsten Verwandlungen durch, darüber klang sie unsicher und recht dünn. Aber das Lied *Take back your Gold,* die etwas verfeinerte Aufforderung an einen unerwünschten Liebhaber, mit seinem schnöden Mammon zu verschwinden, sang sie mit

* Scherzverse über das, was »fliegende Wolken« alles anstellen.

viel und echtem Gefühl, so daß Jake Cornell ganz feuchte Augen bekam, weil ihn einschlägige Sehnsüchte plagten.

Der Applaus war sehr großzügig, und Bishop brachte einen Toast aus auf die »Zauberin von Bow Bells«, worauf Jake wieder ein »Ex« vorschlug.

Zwei Stunden später klopfte Frona Welse. Es war ein scharfes, sehr energisches Klopfen, das den Lärm drinnen übertönte und Corliss an die Tür holte.

Sie tat einen glücklichen kleinen Schrei, als sie ihn sah. »Oh, Sie sind's, Vance! Ich wußte nicht, daß Sie hier leben.«

Sie schüttelten einander die Hände, und er versperrte mit seinem Körper die Tür. Hinter ihm lachte die Virgin, und Jake Cornell röhrte:

»Ah, funk diese Botschaft den Trail entlang,
Der Prod ist im Westen, doch bald ist er da,
Viel Fleisch bringt er mit, tralalala!
Trollalala, trullalala, tiralala!«

»Was ist?« fragte Vance. »Etwas los?«

»Ich denke, Sie könnten mich hineinbitten.« Die Spur eines Vorwurfes lag in ihrer Stimme, auch ein wenig Drängen. »Ich bin durch das Eis gebrochen, und meine Füße werden erfrieren.«

»O Gott!« schrie die Virgin, wirbelte herbei, und die Stimmen der anderen lachten zu Cornells heftigen Protesten. Ihm schien, das ganze Blut seines Körpers habe sich in seinem Gesicht angesammelt. »Aber Sie können nicht hereinkommen, Frona. Hören Sie denn nicht?«

»Ich muß aber«, drängte sie. »Meine Füße erfrieren.«

Resigniert trat er zur Seite und schloß hinter ihr die Tür. Sie zögerte einen Moment, weil sie ja von der Dunkelheit hereingekommen war, doch dann nahm sie sofort die Szene in sich auf. Die Luft war vom Tabakrauch zum Schneiden dick, und da nun ein Schwall frischer Luft hereingekommen war, konnte einem von der schlechten schon übel werden. Auf dem Tisch stand ein großer Topf, aus dem eine Dampfsäule aufstieg. Die Jungfrau floh vor Cornell und verteidigte sich mit einem langen Senflöffel. Sie wich ihm sehr geschickt aus, nahm aber jede sich bietende Gelegenheit wahr, ihm einen Klecks Senf auf die Nasenspitze oder in das bärtige Gesicht zu schmieren. Blanche saß so neben dem Herd, daß sie die Szene voll beobachten konnte, und Del Bishop hob mit der einen Hand einen Becher an den Mund, mit der anderen klatschte er auf der Tischplatte Beifall. Alle Gesichter waren hochrot.

Vance lehnte völlig entnervt an der Tür. Die Situation erschien ihm unmöglich und sinnlos. Er hatte das Gefühl, jetzt schallend lachen zu müssen, doch es löste sich in einem Hustenanfall auf. Frona wußte, wie gefährlich die Gefühllosigkeit in ihren Füßen war, und trat einen Schritt vorwärts.

»Hallo, Del!« rief sie.

Als Bishop die Stimme hörte, gefror das Lachen auf seinem Gesicht, und langsam drehte er den Kopf zu ihr um. Sie hatte die Kapuze ihrer Parka abgestreift, und ihr Gesicht schaute rosig von der Kälte aus dem dunklen Pelz. Das war wie ein Sonnenstrahl in einer Trinkhöhle. Alle kannten sie. Wer kannte auch Jacob Welses Tochter nicht? Die Virgin kreischte und ließ den Senflöffel fallen, Cornell strich erschreckt mit der Hand über die gelbe Schmiere in seinem Gesicht und verteilte sie noch ein wenig gründlicher, dann erst brach er auf dem nächsten Hocker zusammen. Cariboo Blanche allein behielt ihre Fassung und lachte leise.

»Hallo«, brachte Bishop endlich heraus, aber die momentane Stille war damit noch lange nicht durchbrochen.

Frona wartete einen Moment. »Guten Abend euch allen«, sagte sie dann schließlich.

»Hierher.« Vance hatte sich erholt und setzte sie gegenüber von Blanche an den Herd. »Ziehen Sie aber besser sofort Ihre nassen Sachen aus und geben Sie auf den Ofen acht. Ich sehe nach, was ich für Sie finden kann.«

»Bitte, etwas kaltes Wasser. Das wird den Frost herausnehmen. Del wird es mir bringen.«

»Ich hoffe, es ist nicht sehr ernst?«

»Nein.« Sie schüttelte den Kopf und lächelte ihn an, nahm aber gleichzeitig ihre eisverkrusteten Mokassins ab. »Für mehr als eine oberflächliche Erfrierung war keine Zeit. Schlimmstenfalls schält sich die Haut.«

In der Hütte herrschte jetzt ein unheimliches Schweigen, unterbrochen nur vom Plätschern des Wassers, als Bishop eine Schüssel aus dem Wasserfaß füllte. Corliss suchte seine kleinsten, hübschesten Hausmokassins und seine wärmsten Socken heraus.

Frona rieb kräftig ihre Füße und schaute auf. »Oh, bitte, laßt euch bei eurer Festlichkeit nicht deshalb stören, weil mir kalt ist«, meinte sie lachend. »Bitte, macht doch weiter.«

Jake Cornell richtete sich auf, räusperte sich ausführlich, und die Jungfrau sah sehr würdevoll drein. Aber Blanche kam zu Frona und nahm ihr das Handtuch aus der Hand.

»Ich habe meine Füße an der gleichen Stelle angefroren«, sagte sie, kniete nieder und brachte die eisigen Füße durch kräftiges Reiben zum Glühen.

»Ich glaube, damit kommen Sie einigermaßen zurecht«, rief Vance und warf ihr die Hausmokassins und die wollenen Socken zu, und die beiden Frauen lachten leise und machten sich daran, sie anzuziehen.

»Aber was in aller Welt hatten Sie in dieser Nachtzeit auf dem Trail zu suchen?« wollte Vance wissen. In seinem Herzen wunderte er sich über die sichere Kühle, mit der sie die Situation meisterte.

»Ich weiß von vornherein, daß Sie mich schelten werden«, erwiderte sie und half Blanche, ihre nassen Sachen über dem Herd aufzuhängen. »Ich war bei Mrs. Stanton. Aber erst müssen Sie wissen, daß Miß Mortimer und ich eine Woche lang bei Pently sind. Ich wollte also vor Einbruch der Dunkelheit bei Mrs. Stanton weggehen, aber ihr Baby kam über das Petroleum, und ihr Mann mußte nach Dawson hinuntergehen. Bis vor einer halben Stunde wußten wir nicht, ob das Kind durchkommt. Sie wollte nichts davon hören, daß ich allein gehen wollte, aber ich hatte doch nichts zu befürchten. Und ganz bestimmt hätte ich bei dieser Kälte nirgends weiches Eis vermutet.«

»Was habt ihr mit dem Kind gemacht?« fragte Del, damit nur ja das Gespräch nicht einschlief, nachdem es in Gang gekommen war.

»Kautabak.« Alle lachten darüber. »Wir hatten keinen Senf, und da war dies das Beste, was mir einfiel. Und Matt McCarthy hatte mir unten in Dyea einmal damit das Leben gerettet, als ich den Krupp hatte. Aber ihr habt gesungen, als ich hereinkam. Macht doch weiter«.

»Dann kommst du dran, Del. Dann sing mal *Flying Cloud* wie damals, als du den Fluß runterkamst.«

»Oh, das hat er!« rief die Jungfrau.

»Dann sing nur. Oder Sie«, forderte sie das Mädchen auf. »Sie können es auch.« Sie lächelte sie an, und diese Dame sang eine Moritat mit mehr Kunstsinn, als sie ahnte. Die kühle Stimmung von Fronas Ankunft war bald verflogen, und die ganze Runde war wieder fröhlich und ausgelassen wie vorher. Frona zierte sich keineswegs, aus dem Marmeladenglas zu trinken, und sie trug zur allgemeinen Fröhlichkeit mit *Annie Laurie* und *Ben Bolt* bei. Nebenbei beobachtete sie genau, wie der ziemlich starke Drink die schon reichlich angefeuchteten Seelen der Jungfrau und Cornells noch völlig durchweichten. Für sie war das ein Erlebnis, und sie freute sich darüber, wenn ihr auch Corliss ein wenig leid tat, der den Gastgeber etwas matt spielte.

Aber Corliss brauchte kein Mitleid, »Jede andere Frau ...«, sagte er wiederholt zu sich selbst, schaute Frona an und versuchte sich eine der Damen nach der anderen, die um seiner Mutter Teekanne gesessen hatten, so vorzustellen wie Frona, als sie geklopft hatte und hereingekommen war. Und dann fiel ihm wieder ein, wie sehr sie ihn gekränkt hatte, als sei es erst gestern gewesen, und Blanche rieb dazu ihre Füße. Daß Frona ihr das erlaubte, begeisterte ihn, und Blanche rechnete er es hoch an, daß sie es tat. Vielleicht war es nur der Alkohol, doch er schien neue Schönheiten in ihrem wettergegerbten Gesicht zu entdecken.

Als die Mokassins trocken waren, zog Frona sie an und stand auf. Geduldig hörte sie Jake Cornell zu, der schließlich einen nicht mehr ganz verständlichen und von vielen »Hicks!« durchbrochenen Toast ausbrachte.

»Auf den — hick — Mann, der ... der ...«, rumpelte er, »der . . hick ... das ...«

»... dieses gesegnete Land erschaffen hat«, half ihm die Jungfrau.

»Richtig. Hick. Meine Liebe, richtig ... Auf den ... hick ... Mann, der dieses gesegnete Land ... hick ... erschaffen hat. Auf ... hick ... Jacob Welse, hick!«

»Und auf Jacob Welses Tochter!« schrie Blanche.

»Alles aufstehen und ex!«

»*Oh, she is a jolly good fellow**«, fing Bishop an, und sein Gesicht war hochrot.

»Ich möcht' Ihnen mal die Hand schütteln, nur einmal«, sagte Blanche leise zur ihr, als alle sangen.

* Wohl das beliebteste Lied, mit dem man in angelsächsischen Ländern Geburtstag feiert oder jemanden hochleben läßt.

Frona zog den Handschuh aus, den sie schon übergestreift hatte, und drückte ihr fest die Hand.

»Nein«, sagte sie zu Corliss, der seine Mütze aufgesetzt hatte und die Ohrenklappen festband. »Blanche sagt mir, die Pentlys wohnen nur eine halbe Meile von hier. Der Weg geht geradeaus. Ich will nicht, daß mich jemand begleitet. Nein!«

Sie sagte das in einem solchen Befehlston, daß er die Mütze wieder abnahm und auf sein Lager warf. »Gute Nacht, alle zusammen!« rief sie und lachte alle an.

Corliss brachte sie zur Tür und ging mit ihr hinaus. Sie schaute zu ihm hoch. Ihre Kapuze hatte sie nur ein Stück übergezogen, und ihr Gesicht leuchtete sehr verlockend im Sternenlicht.

»Ich ... Frona ... ich wollte ...«

»Keine Angst, Vance«, flüsterte sie, »ich verrate Sie nicht, Vance.«

»Ich sollte Ihnen doch nur erklären ...«, begann er, weil er den leichten Spott in ihren Augen sah.

»Nicht nötig. Ich verstehe es. Aber gleichzeitig muß ich sagen, daß ich Ihren Geschmack nicht besonders bewundere.«

»Frona!« Der Schmerz in seiner Stimme drang nun doch zu ihr durch.

»Oh, Sie großer Narr!« meinte sie lachend. »Ob ich das nicht weiß? Blanche hat mir doch erzählt, daß sie im Eis durchgebrochen ist.«

Corliss nickte. »Richtig, Frona. Sie sind die konsequenteste Frau, die mir je begegnet ist.« Er richtete sich hoch auf, und nun lag in seiner Stimme eine große Bestimmtheit. »Und das ist noch nicht das letzte Mal.«

Sie versuchte ihn zu unterbrechen, doch er sprach unbeirrt weiter. »Ich fühle, ich weiß, daß alles anders ausgehen wird. Um es mit Ihren eigenen Worten zu sagen: Es sind nicht alle Faktoren berücksichtigt worden. Und St. Vincent ... Sehen Sie, ich werde Sie noch bekommen. Und es wäre absolut nicht zu früh.«

Er streckte hungrige Arme nach ihr aus, aber sie war flinker als er, entzog sich ihm lachend und lief leichtfüßig den Trail entlang.

»Kommen Sie zurück, Frona!« rief er. »Es tut mir leid ...«

»Nein, es tut Ihnen nicht leid, und mir würde es leid tun, täte es Ihnen wirklich leid. Gute Nacht!«

Er sah ihr nach, bis sie mit den Schatten verschmolz, dann

kehrte er in die Hütte zurück. Er hatte die Szene drinnen ganz vergessen, und im ersten Moment war er sehr verblüfft. Cariboo Blanche weinte leise in sich hinein. Ihre Augen leuchteten wegen der Tränen, und ein Tropfen kullerte über ihre Wange. Bishop war ernst geworden. Die Jungfrau hatte Kopf und Schultern auf den Tisch gelegt, um sie herum standen leere Becher und Pfützen, und Cornell redete ihr unablässig gut zu, machte häufig »hick« und sagte zwischendurch: »Du bist schon in Ordnung, meine Liebe. Du bist schon in Ordnung.«

Aber die Virgin war untröstlich. »O Gott, wenn ich dran denk', was ist und was war... und ist doch gar nicht meine Schuld. Nein, wirklich nicht meine Schuld, das schwör' ich dir!« schrie sie wild. »Ich frag' dich, was war mein Alter Herr? Ein chronischer Säufer, jawohl. Und meine Mutter? Tagesgespräch von Whitechapel! Wer hat so viel für mich gegeben, wie man mich aufgezogen hat?« Sie schnippte mit den Fingern. »So viel? frag' ich. Wer hat sich um mich gekümmert?«

Das widerte Corliss allmählich an. »Halt den Mund!« fuhr er sie an.

Die Jungfrau hob den Kopf, und ihr Haar fiel strähnig über ihr Gesicht, so daß sie wie eine Furie aussah. »He, was ist sie denn?« schniefte sie. »Dein Herzblatt?«

Corliss wirbelte wütend zu ihr herum, sein Gesicht war weiß, seine Stimme zitterte vor Leidenschaft.

Instinktiv duckte sich die Virgin und hob die Hände, um ihr Gesicht zu schützen. »Schlag mich nicht, Sir, bitte, schlag mich nicht!« jammerte sie.

Da bekam er vor sich selbst Angst, und er wartete, bis er sich wieder in der Hand hatte. »Jetzt«, sagte er ruhig, »zieht ihr euch an und geht. Alle. Raus. Verschwindet.«

»Du bist ja gar kein Mann«, schnaubte die Jungfrau, als sie sich darüber klar war, daß sie keine Schläge zur fürchten hatte.

Aber Corliss schob sie zur Tür.

»Damen hinauswerfen!« höhnte sie und stolperte über die Schwelle.

»Keine Beleidigung bitte«, murmelte Jake Cornell beruhigend. »Keine Beleidigung.«

»Gute Nacht. Tut mir sehr leid«, sagte Corliss zu Blanche und lächelte sie andeutungsweise an, als sie hinausging.

»Du Fatzke!« schrie die Virgin zurück, als er die Tür zumachte. »Ja, das bist du, ein Fatzke!«

Er schaute ausdruckslos Del Bishop an und musterte den Tisch in seiner ganzen nassen Unordnung. Dann warf er sich auf sein Lager. Bishop stützte einen Ellbogen auf den Tisch und zog an seiner Pfeife. Die Lampe rauchte, flackerte und ging aus. Aber er blieb am Tisch sitzen, stopfte seine Pfeife frisch und verbrauchte eine Menge Zündhölzer, bis sie richtig brannte.

»Del? Bist du wach?« rief Corliss schließlich. Del grunzte. »Ich war ein Rohling, weil ich sie hinauswarf. Ich schäme mich.«

»Klar«, kam die Bestätigung.

Nach einem langen Schweigen klopfte Del seine Pfeife aus und stand auf. »Schläfst du schon?« rief er.

Er bekam keine Antwort. Leise ging er zum Bunk und zog die Decken über den Ingenieur.

21

»Ja. Was hat das alles zu bedeuten?« Corliss streckte sich genießerisch und stemmte die Füße an den Tisch. Besonders interessiert war er nicht, aber Colonel Trethaway bestand darauf, ernsthaft mit ihm zu reden.

»Das ist es doch! Die richtige Sache. Die uralte und immer neue Forderung, die der Mensch dem Universum ins Gesicht klatscht.« Der Colonel suchte etwas bei den Zetteln in seinem Notizbuch. »Schau mal.« Er hielt ein ziemlich mitgenommenes maschinenbeschriebenes Stück Papier hoch. »Das hab' ich vor Jahren einmal abgeschrieben Hör zu! ‚Welch ein monströses Spektrum ist dieser Mensch, die Krankheit des zusammengebackenen Staubes, der entweder einen Fuß nach dem anderen hebt oder schlaftrunken herumliegt. Er tötet, ißt, wächst, bringt kleine Kopien von sich selbst hervor; wenn sie aufwachsen, haben sie Haar wie Gras und Augen, die ihm ins Gesicht glitzern, etwas, das Kinder zum Kreischen bringt. Arme Seele, für so wenig hier in so viel Schweres hineingeworfen, gefüllt mit Wünschen, die unverständig und unbeständig sind; mit Wildheit umgeben, von Wildheit abstammend, dazu verdammt, das Leben seiner Mitwesen zu belauern. Unendlich kindisch, oft bewundernswert tapfer, oft rührend gütig; setzt sich nieder, um Gut und Böse und die Eigenschaften der Gottheiten zu debattieren; erhebt sich zum Kampf für ein Ei oder stirbt für eine Idee!'

Und wozu das alles?« fragte er hitzig und knallte das Papier auf den Tisch. »Diese Krankheit des zusammengebackenen Staubes?«

Corliss antwortete mit einem Gähnen. Er war den ganzen Tag über auf dem Trail gewesen, und sehnte sich nach seinen Decken.

»Da bin ich nun, Colonel Trethaway, mit den Jahren ganz schön vorangekommen, ziemlich gut erhalten, mit einem angenehmen Platz in der Gemeinde und einem ganz netten Bankkonto und ohne die Notwendigkeit, mich je wieder einmal zu übernehmen; und doch ertrage ich dieses Leben klaglos, arbeite mit einem lächerlichen Eifer, der eines Mannes von der Hälfte meines Alters gut anstünde. Und wozu? Ich kann nur soviel essen, soviel rauchen, soviel schlafen wie möglich, und dieser Abfallhaufen der Menschheit, von ihr Alaska genannt, ist der schlechteste aller menschlichen Plätze, wenn es um Essen, Tabak und Decken geht.«

»Aber es ist ja gerade dieses strapaziöse Leben, das dich so frisch hält«, warf Corliss ein.

»Fronas Philosophie«, schniefte der Colonel.

»Und deine und meine.«

»Und dieser zusammengebackene Staub ...«

»Der ist aufgewertet durch eine Leidenschaft, die du nicht in Rechnung gestellt hast, die Leidenschaft der Pflicht, der Rasse, Gottes Leidenschaft!«

»Und was hab' ich davon?« fragte Trethaway.

»Jeden Atemzug, den du tust. Die Maifliege lebt eine Stunde.«

»Ich verstehe dich nicht.«

»Blut und Schweiß! Das hast du nach diesem Getümmel im Opernhaus geschrien, und jedes Wort davon hat sich erfüllt.«

»Fronas Philosophie.«

»Und die deine und die meine.«

Der Colonel hob die Schultern. »Siehst du«, gab er schließlich zu, »sosehr ich's auch versuche, ich kann keinen Pessimisten aus mir machen. Wir werden alle entschädigt, ich vielleicht besser als die meisten Menschen. Und wofür? Das hab' ich mich gefragt, und die Antwort darauf ist die: Da wir das letzte Ende nicht kennen, muß es eben das Nächstliegende sein. Mehr Entschädigung hier und jetzt!«

»Wie lustbetont!«

»Und vernünftig. Ich komme sofort darauf zurück. Ich kann Lebensmittel und Decken kaufen für zwanzig und mehr, ich kann essen und schlafen nur für mich. Also dann: warum nicht auch für zwei?«

Corliss stellte die Füße auf den Boden und setzte sich auf. »Mit anderen Worten?«

»Ich werde heiraten — und der Gemeinde einen Schock verpassen. Gemeinden mögen Schocks. Die sind eine Entschädigung dafür, daß sie zusammengebackener Staub sind.«

»Da kann ich mir nur eine einzige Frau vorstellen«, sagte Corliss versuchsweise und streckte die Hand aus.

Trethaway schüttelte sie langsam und sehr bedächtig. »Ja, das ist sie.«

Corliss ließ die Hand los und wurde etwas verlegen. »Aber St. Vincent?«

»Das ist dein Problem, nicht das meine.«
»Und Lucile . . .?«
»Gewiß nicht. Sie hat ein kleines, vertracktes Spiel für sich selbst gespielt und es recht ordentlich verpatzt.«
»Das verstehe ich nicht.« Corliss strich sich wie betäubt über die Stirn.
Trethaway lächelte überlegen. »Ist auch gar nicht nötig. Die Frage ist die: Willst du mein Trauzeuge sein?«
»Klar. Aber welche gründlichen Umweg du doch gemacht hast. Das ist doch sonst nicht deine Methode.«
»Die ihre auch nicht«, gab der Colonel zu und zwirbelte stolz seinen Schnurrbart.

Ein Captain der Nord-West Berittenen Polizei kann wenn nicht anders möglich kraft seines Ranges Eheschließungen vornehmen und Übeltäter bestrafen. Captain Alexander empfing also einen Besuch von Colonel Trethaway, und nachdem er ging, notierte er für den nächsten Morgen eine Hochzeit. Dann besuchte der angehende Bräutigam Frona. Lucile hatte nicht darum gebeten, wie er erklärte, aber nun ja, es war nun einmal so, daß sie keine Frauen kannte und er, der Colonel, wußte, wen sie gerne gebeten hätte, falls sie es wagen würde. Er tat diesen Gang also auf eigene Verantwortung, und da es eine Überraschung war, würde es auch eine große Freude für sie sein.

Frona war ehrlich verblüfft, es kam zu plötzlich. Erst vor ein paar Tagen noch hatte diese Lucile sie wegen St. Vincent angefleht, und jetzt war es Colonel Trethaway! Richtig, an der ganzen Sache war etwas falsch gewesen, doch jetzt erschien sie doppelt falsch. War es denn möglich, daß Lucile nur auf Geld aus war? Das schoß ihr alles blitzartig durch den Kopf, und der Colonel beobachtete besorgt ihr Gesicht. Sie wußte, sie mußte ganz schnell antworten, doch sie wurde abgelenkt von ihrer unwillkürlichen Bewunderung seines Mutes. So folgte sie also ihrem Herzen und sagte zu.

Am nächsten Tag kamen alle vier zusammen, und da erschien alles ein wenig gezwungen. Sie waren in Captain Alexanders Privatbüro, und dort lag düsteres Frösteln in der Luft. Lucile schien weinen zu wollen und bemühte sich, eine Verwirrung zu unterdrücken, die niemand erwartet hätte. Frona hingegen versuchte zwar, mit ihrer üblichen Herzlichkeit dieses Frösteln zu vertreiben, das ungreifbar zwischen ihnen hing, doch es gelang ihr nicht recht. Das wirkte nun wieder auf Vance, so daß er selbst dem Colonel gegenüber Abstand wahrte.

Colonel Tretaway schien zwanzig Jahre von seinen straffen Schultern abgeworfen zu haben, und als Frona ihn ansah, kam ihr der Altersunterschied nicht mehr gar so unmöglich vor. Er hat sich sehr gut gehalten, dachte sie und wandte sich, einem geheimnisvollen Gedankengang folgend, zu Corliss um. Aber wenn der Bräutigam zwanzig Jahre abgeworfen hatte, so stand ihm Vance nicht einen Tag nach. Seit dem letzten Zusammentreffen hatte Vance seinen braunen Schnurrbart der Kälte geopfert, und sein glattes, frisches und lebhaftes Gesicht hatte etwas Jungenhaftes an sich. Aber die nackte Oberlippe verriet eine steife Entschlossenheit, die er bisher gut verborgen hatte. Er schien innerlich sehr gewachsen zu sein. Seine Augen, die von sanfter Festigkeit gewesen waren, verrieten nun jene Festigkeit oder sogar Härte, die sich immer dann einstellt, wenn man mit schwierigen Dingen schnell fertig werden muß; es war der Stempel des Leitenden, des Verantwortlichen, der jedem dieser Menschen aufgeprägt wird, ob sie nun über Hunde herrschen, die See meistern oder die Politik eines ganzen Reiches bestimmen.

Als die einfache Zeremonie vorüber war, küßte Frona Lucile, doch Lucile hatte das Gefühl von etwas Ungreifbarem, das fehlte; ihre Augen glänzten daher verräterisch von ungeweinten Tränen. Trethaway hatte von Anfang an eine gewisse Reserviertheit gespürt und griff die Gelegenheit beim Schopf, während Captain Alexander und Corliss sich lebhaft mit Mrs. Trethaway unterhielten.

»Was ist los, Frona?« fragte der Colonel geradeheraus. »Ich hoffe, Sie sind nicht unter Protest gekommen. Es tut mir leid; nicht für Sie, denn ein Mangel an Offenheit verdient es nicht. Es geht um Lucile. Ihr gegenüber ist es nicht fair.«

»Es gab überall einen Mangel an Offenheit.« Ihre Stimme zitterte. »Ich versuchte mein Bestes; ich dachte allerdings, ich könnte es besser machen, doch ich kann kein Gefühl vortäuschen. Es tut mir leid, aber ich bin ... enttäuscht. Nein, erklären kann ich es nicht, wenigstens dir nicht.«

»Frona, wir wollen doch ein wenig über der Sache stehen. Geht es um St. Vincent?«

Sie nickte.

»Ah, dann kann ich den Finger genau auf die Wunde legen.« Er bemerkte, daß Lucile besorgt herüberschaute. »Ich weiß, erst vor wenigen Tagen hat sie Ihnen ein Jammerlied über St. Vincent vorgesungen. Deshalb meinen Sie also, ihr Herz habe mit der gegenwärtigen Lage nichts zu tun, sie habe nichts, absolut nichts für mich übrig. Daß sie mich also kurz gesagt nur heiratete, weil sie gesellschaftlich damit eine Position bekommt und sie finanziell ausgesorgt hat. So ist es doch, oder?«

»Und genügt das etwa nicht? Oh, ich bin enttäuscht, Colonel Trethaway, von Ihnen, von ihr, von mir selbst.«

»Seien Sie keine Närrin! Ich mag Sie viel zu gern, als daß mir das recht sein könnte. Es ging alles etwas zu schnell, darin liegt es doch, nicht wahr? Sie kamen mit dem Schauen nicht ganz mit. Hören Sie. Wir haben darüber geschwiegen, aber sie gehört zu den Auserwählten am French Hill. Ihr Claim erwies sich als einer der reichsten des ganzen Gebietes. Im Moment ist er mindestens eine halbe Million wert. Er ist auf ihren eigenen Namen eingetragen, und nicht die geringsten Lasten liegen darauf. Könnte sie nicht mit diesem Besitz irgendwo auf der Welt eine entsprechende gesellschaftliche Position finden? Sehen Sie, nun könnten Sie etwa meinen, ich heirate sie ihres Besitzes wegen. Frona, sie mag mich, und Ihnen ins Ohr gesagt: sie ist zu gut für mich. Meine Hoffnung geht dahin, daß die Zukunft einiges an ihr gutmacht. Aber das ist jetzt unwichtig, ich habe jetzt nicht die Zeit dafür.

Sie meinen also, sie habe ihre Zuneigung recht plötzlich entdeckt? Ich möchte Ihnen dazu nur sagen, daß wir einander gut leiden mochten vom ersten Tag an, als ich in dieses Land kam, und bei ihr war es nicht anders. Wir hielten beide die Augen offen. St. Vincent? Pahhh! Das wußte ich doch die ganze Zeit. Sie setzte es sich in den Kopf, daß der ganze St. Vincent mit all seiner Zeit nicht mal einen kleinen Finger von Ihnen wert sei, und deshalb versuchte sie, einen Keil zwischen Sie beide zu treiben, um die Sache aufzubrechen. Sie werden es wohl nie erfahren, wie sie ihn zu beeinflussen versuchte. Ich erklärte ihr, sie kenne die Welses nicht, und später sagte sie das auch. Das wär's also. Sie können es glauben — oder sein lassen.«

»Aber was halten Sie von St. Vincent?«

»Was ich denke, ist wohl für Sie beide unwichtig. Aber wenn ich ehrlich bin — ich stütze ihr Urteil. Darum geht es jedoch nicht. Was werden Sie in dieser Richtung tun? Mit ihr? Jetzt?«

Sie gab keine Antwort, sondern kehrte zur wartenden Gruppe zurück. Lucile sah sie kommen und musterte ihr Gesicht.

»Hat er Ihnen gesagt ...?«

»Daß ich eine Närrin bin«, antwortete Frona. »Und ich glaube, das bin ich wirklich.« Und da lächelte sie. »Vermutlich bin ich das sowieso. Im Moment sehe ich noch nicht ganz klar, aber ...«

Captain Alexander grub in diesem Moment einen Hochzeitsnachtwitz aus und begab sich zum Kamin, um ihn dem Colonel aufzutischen. Aus Kameradschaft kam Vance mit, um über die Fairneß zu wachen.

Lucile sagte zu Frona: »Es ist das erste Mal und bedeutet mir so ungeheuer viel, daß ich ... so viel und mehr als den meisten Frauen. Ich habe Angst. Für mich ist das eine schreckliche Sache. Aber ich liebe ihn. Wirklich, ich liebe ihn!« Als dann der Witz erzählt und verdaut war, kamen sie zurück, und sie weinte. »Liebe, liebe Frona, könnten wir nur Freundinnen sein ...«

In diesem Moment kam mit Mütze und Handschuhen Jacob Welse herein. Er hätte den Augenblick nicht besser wählen können.

»Der uneingeladene Gast«, war sein Gruß. »Alles vorbei? So?« Und er zerdrückte Lucile fast in seinem Bärenfellmantel. »Colonel, deine Hand, und verzeih mir, daß ich so hereinplatze. Du wirst es noch bedauern, daß du mir nichts davon verraten hast! Also, heraus damit! Hallo, Corliss. Captain Alexander, einen schönen guten Tag.«

»Was hab' ich getan!« jammerte Frona, wurde ebenfalls an die Bärenbrust gedrückt und preßte seine Hand so, daß sie fast schmerzte.

»Mußte doch das ganze Spiel stützen«, flüsterte er, und diesmal schmerzte sein Händedruck.

»Und jetzt, Colonel, ich kenne ja deine Pläne nicht, und sie sind mir auch herzlich gleichgültig. Alles absagen. Ich hab' im Haus einen kleinen Imbiß vorbereitet, und dazu gehört die einzige ehrliche Kiste Champagner in diesem Land. Natürlich kommen Sie auch, Corliss, und ...« Sein Auge erfaßte Captain Alexander.

»Natürlich«, antwortete dieser sofort, ehe er als Amtsperson noch die Zeit hatte, über das Ergebnis einer so inoffiziellen Handlung nachzudenken. »Haben Sie einen Wagenzug?«

Jacob Welse lachte herzlich und hob einen Fuß im Mokassin.

»Laufen? Unsinn!« Der Captain lief zur Tür. »Ich hab' die

Schlitten fertig, ehe Sie alle soweit sind. Drei Stück und mit Glockengeläut!«

So hatte also Trethaways Voraussage recht behalten, und Dawson bewies das Zusammengebackensein des Staubes, als drei Schlitten durch die Straßen fuhren. Man rieb sich die Augen, denn jeder Schlitten wurde von einem scharlachrot bejackten, peitschenschwingenden Polizisten geführt. Und sie fuhren die Hauptstraße entlang. Ganz Dawson rieb sich noch gründlicher die Augen, als man die Insassen der Schlitten erkannte.

»Wir werden sehr ruhig leben«, erklärte Lucile Frona. »Der Klondike ist nicht die ganze Welt, und das Beste soll erst noch kommen.«

Jacob Welse meinte es anders. »Wir müssen dafür sorgen, daß diese Sache läuft«, sagte er zu Captain Alexander, und dieser antwortete, er sei nicht daran gewöhnt, sich klammheimlich davonzustehlen.

Mrs. Schoville donnerte vorzeitig los, schikanierte die anderen Frauen und wurde chronisch unstabil und bebenträchtig.

Lucile besuchte außer Frona niemanden. Aber Jacob Welse, der selten einmal ausging, war oft am Kamin von Colonel Trethaway zu finden, und meistens brachte er auch noch jemanden mit. »Was los heute?« pflegte er zu fragen. »Nein? Dann kommen Sie nur mit.« Manchmal sagte er das mit der Unschuld eines Lämmchens, manchmal mit einer Herausforderung unter den buschigen Brauen, und selten passierte es ihm, daß er eine Absage erhielt. Diese Männer hatten Frauen, und so wurde der Hefepilz der Auflösung in den Reihen der Opposition ausgesät.

Bei Colonel Trethaway fand man man mehr als schwachen Tee und schwache Sprüche. Die Korrespondenten, Ingenieure und Gentlemen-Schürfer bevölkerten mehr und mehr den Trail in diese Richtung, wenn es auch die Eldorado-Könige waren, die den Bann brachen. Das Haus der Trethaways wurde allmählich ein gesellschaftlicher Mittelpunkt, und da eine kommerzielle, finanzielle und offizielle Stütze da war, mußte es zu seinem gesellschaftlichen Erfolg kommen.

Jacob Welse, der Colonel, Frona und Lucile waren inzwischen sehr gute Freunde geworden, und allein dies beeindruckte Dawson.

Die einzige schlechte Wirkung war die, daß Mrs. Schovilles

Leben und das einiger anderer Damen viel eintöniger wurde; deshalb verloren sie auch den Glauben an gewisse altersgraue und inkonsequente Maximen. Captain Alexander, der ranghöchste Beamte, stellte eine Macht im Land dar; Jacob Welse war DIE FIRMA, und es herrschte sogar ein gewisser Aberglauben in der Richtung, daß es recht unklug wäre, sich mit der Company schlecht zu stellen. Es kam die Zeit, da sich kaum mehr ein halbes Dutzend im Abseits hielt, und die hielt man sowieso für ziemlich verdreht.

22

Im Frühling gab es in Dawson einen Exodus. Die einen gingen, weil sie genug, die anderen, weil sie nichts verdient hatten; sie kauften die verfügbaren Hunde auf und zogen über das letzte Eis nach Dyea. Zufällig wurde entdeckt, daß Dave Harney die meisten dieser Hunde besaß.

»Gehst du auch raus?« fragte ihn Jacob Welse eines Tages, als die Mittagssonne zum erstenmal in diesem Jahr ein wenig warm auf der nackten Haut zu spüren war.

»Na, glaub' nicht. Ich krieg' bei jedem Paar Mokassins, die ich in der Ecke hab', glatte drei Dollar raus, von den Stiefeln ganz zu schweigen. Sag mal, Welse, nicht daß meine Nase nichts mehr taugt, aber du hast mich doch ständig mit dem Zucker beschummelt, was?«

Jacob Welse lächelte.

»Und, beim heiligen Jimcrack, das kriegst du noch aufgerechnet. Hast du Gummistiefel?«

»Nein. Mein Lager war schon im frühen Winter ausverkauft.«

Dave kicherte leise. »Und ich bin der, der sie dir, hokuspokus, weggezaubert hat.«

»Du nicht. Meine Verkäufer hatten ganz bestimmte Weisungen. Sie wurden nur in Einzelpaaren abgegeben.«

»Klar. Ein Paar pro Mann und noch ein Paar pro Mann und ein paar hundert Paare an ein paar hundert Männer, aber die hat alle mein Staub an die Waagen getrieben, sonst nichts. Drink? Mach dir nichts draus. Nimm's leicht, als Rabatt. Ich hab' mir's leisten können. Ob ich rausgeh'? Dieses Jahr nicht. Nein, glaub' nicht. Kommt ein großes Aufwaschen.«

Mitte April gab es am Henderson einen Fund, der sensationell zu werden versprach. Er zog St. Vincent an den Stewart River. Ein wenig später ging Jacob Welse, der Interessen am Gallagher Gulch hatte und die Kupferminen am White River im Auge behalten wollte, in den gleichen Distrikt. Frona kam mit, denn es war eher ein Urlaub als ein Geschäft. Corliss und Bishop, die für einen Monat oder länger auf dem Trail gewesen und über den Mayo und das McQuestion Country gereist waren, nahmen die linke Gabelung des Henderson, wo ein ganzer Block Claims überwacht werden mußte.

Aber im Mai war es so sehr Frühling geworden, daß Reisen in

den Creeks sehr gefährlich waren, und auf dem letzten tauenden Eis reisten viele über die zahlreichen Inselchen hinab zur Stewart-Mündung, wo sie vorübergehend ihr Lager aufschlugen oder sich selbst zu jenen wenigen einluden, die dort Hütten besaßen. Corliss und Bishop hatten sich auf der Split-up-Insel niedergelassen, wo es sich Tommy McPherson recht gemütlich gemacht hatte. Ein paar Tage später kamen Jacob Welse und Frona an, die einen ziemlich gefährlichen Trip aus dem White River heraus hinter sich hatten, und sie bauten sich ihr Zelt auf dem hochgelegenen Grund am oberen Ende von Split-up. Ein paar *Chechaquos,* die ersten vom Frühjahrsaufgebot, erreichten die Insel sehr erschöpft und schlugen hier ihr Lager auf, um den Eisbruch auf dem Fluß abzuwarten. Hier wurden auch etliche Männer von dem mürben Eis festgehalten, die hinauswollten; die gingen an Land, bauten Treidelboote und warteten den Eisbruch ab oder verhandelten mit den Eingeborenen oder Bewohnern um Kanus. Zu denen gehörte Baron Courbertin.

»Ah! Schauderhaft! Großartig! Nicht wahr?«

Schon am folgenden Tag lief ihm Frona über den Weg. »Was?« fragte sie und gab ihm die Hand.

»Sie! Sie!« Er zog seine Mütze. »Es ist köstlich!«

»Ich weiß nicht recht ...«, begann sie.

»Nein, nein!« Heftig schüttelte er seine Lockenmähne. »Nein, nicht Sie!« Er drehte sich zu einem Petersburger um, den ihm McPherson gerade für den dreifachen Wert aufgehängt hatte. »Dieses Kanu! Ist es nicht ein ... ein ... Waschtrog, wie ihr Yankees sagt?«

»Oh, das Kanu«, wiederholte sie ein wenig bekümmert.

»Nein, nein, Pardon!« Zornig stampfte er auf den Boden. »Das ist nicht so. Es sind nicht Sie. Es ist auch nicht das Kanu. Ah! Jetzt habe ich es. Es ist Ihr Versprechen. Erinnern Sie sich, einmal sprachen wir bei Madame Schoville von einem Kanu und meiner Unwissenheit, die sehr betrüblich ist, und Sie versprachen ... Sie sagten ...«

»... ich würde Ihnen Ihre erste Stunde geben?«

»Ist es nicht köstlich? Hören Sie! Hören Sie nicht? Ah, wie es da unten rippelt und rumpelt ... Ganz tief im Herzen der Dinge. Bald wird das Wasser frei fließen. Hier ist das Kanu. Hier sind wir uns begegnet. Die erste Stunde! Köstlich, einfach köstlich! Wunderbar!«

Die nächste Insel unterhalb Split-up war als Roubeau's Island bekannt und von der Nachbarinsel nur durch einen schmalen Kanal getrennt. Hier kam St. Vincent an, der letzte Mann am Wintertrail, der bodenlos geworden war, so daß seine Hunde mehr schwimmen als laufen mußten. Er ging in die Hütte von John Borg, eines sehr schweigsamen, düsteren Mannes, der sich von den anderen fernhielt. Es war das große Mißgeschick in St. Vincents Leben, daß er sich ausgerechnet diese Hütte als Warteplatz bis zum Eisbruch ausgesucht hatte.

»Na, schön«, sagte der Mann, als er gefragt wurde, »wirf deine Decken da in die Ecke. Bella wird das Gerümpel aus dem Reservebunk räumen.«

Erst am Abend sprach er wieder. »Du bist groß genug, für dich selbst zu kochen. Wenn die Frau mit dem Herd fertig ist, kannst du weiterheizen.«

Bella, auch »die Frau« genannt, war ein hübsches Indianermädchen, jung und wirklich das allerhübscheste, das St. Vincent je unter die Augen gekommen war. Ihre Haut war nicht grob, fettig und braun wie die der meisten Indianerinnen, sondern klar und von einem hellen Bronzeton; ihre Züge waren weniger streng oder sogar hart, sondern von einer sanft gerundeten Weichheit.

Nach dem Abendessen saß Borg, beide Ellbogen auf den Tisch gestemmt, den Kopf in die groben, mißförmigen Hände gestützt, da und qualmte stinkenden Siwash-Tabak. Er starrte nur geradeaus vor sich hin. Das hätte nachdenklich oder grüblerisch wirken können, hätte er ab und zu geblinzelt oder wären seine Augen sanfter gewesen. So erschien sein Gesicht wie versteinert und in Trance.

»Bist du schon lang im Land?« fragte St. Vincent, um Konversation zu machen.

Borg wandte ihm seine schwarzen, verdrossenen Augen zu und schien durch ihn hindurch, ja, über ihn hinauszuschauen und alles um sich herum vergessen zu haben. Er mußte wohl eine sehr gewichtige, schwierige Sache überlegen; vielleicht dachte er über seine Sünden nach, überlegte der Korrespondent nervös und rollte sich eine Zigarette. Als die sich in duftenden Kräuselrauch aufgelöst hatte, drehte er sofort eine zweite. Da sprach Borg plötzlich.

»Fünfzehn Jahre«, sagte er und versank wieder in seine Trance.

Daraufhin und für eine gute halbe Stunde studierte der faszinierte St. Vincent dieses undurchdringliche Gesicht. Es war ein recht massiver Kopf, ziemlich kopflastig, und die einzige Entschuldigung dafür, daß es ihn gab, war der massive Hals, der ihn trug, riesig wie der eines Bullen. Ein überaus großzügiger Schöpfer mußte ihn geformt haben, wenn auch alles an ihm die asymmetrische Grobheit der Elemente darstellte. Das dicke, ungepflegte und wirre Haar wies da und dort sonderbare graue Flecken auf, daneben waren Locken von glanzloser Schwärze, die eher dicken, gekrümmten Fingern glichen. Auch der Backenbart sah zerrupft und stellenweise recht kahl aus, während nebenan die reinsten Grasbüschel, reichlich mit Grau durchsetzt, wucherten. Der Backenbart ging in einen ebenso merkwürdigen, buschigen Kinnbart über, der ihm wirr bis auf die Brust hing, aber die hohlen Wangen und den verkniffenen Mund konnte diese Bartwildnis nicht verdecken. Der Mann war dünnlippig und grausam, wenn auch auf leidenschaftslose Art. Aber die Stirn war anomal und rundete das ganze anomale Gesicht ab. Sie war perfekt geformt, breit und hoch und stieg steil zu einem hohen Schädel auf. Hier waren Sitz und Bollwerk einer ungeheuren Intelligenz; eine Art Alleswissen mag hier gehaust haben.

Bella wusch das Geschirr und stellte es ab auf dem Regal hinter Borgs Rücken und ließ dabei eine schwere Zinntasse fallen. Da es in der Hütte still war, kam der Lärm unerwartet. Fast im gleichen Moment sprang Borg auf, so daß der Stuhl umstürzte, seine Augen blitzten, sein Gesicht zuckte krampfhaft. Bella tat einen Angstschrei wie ein Tier und kauerte sich zu seinen Füßen zusammen. St. Vincent stellten sich die Haare auf, ein unheimliches Frösteln überlief ihn wie ein Strom kalter Luft. Dann hob Borg den Stuhl auf und ließ sich wieder in seine alte Position zurückfallen, Kinn auf den Händen und düster brütend. Kein Wort wurde gesprochen, und Bella machte unbekümmert mit dem Geschirr weiter, während St. Vincent mit zitternden Fingern eine Zigarette rollte und sich überlegte, ob das nicht eben ein Traum war.

Jacob Welse lachte, als der Korrespondent es ihm erzählte. »So ist er eben«, sagte er. »Er benimmt sich so, wie er aussieht — ungewöhnlich. Er ist ein ungeselliges Biest. Ist seit mehr Jahren im Land, als er Freunde oder auch nur Bekannte hat. Um die Wahrheit zu sagen, ich glaube, in ganz Alaska hat er nicht einen Freund, nicht einmal bei den Indianern, und gelegentlich tut er unglaublich vertraut mit ihnen. Sie heißen ihn Johnny Sorehead, weil er meistens so unwirsch ist, aber ebenso richtig könnten sie ihn den Schädeleinschläger nennen, weil er ein recht hitziges Temperament und eine grobe Faust hat. Temperament! Zwischen ihm und dem Agenten in Arctic City gab es ein Mißverständnis. Er war zwar im Recht, und der Fehler lag beim Agenten, aber er mied die Company ein volles Jahr lang und lebte ausschließlich von Fleisch. Dann lief er mir zufällig auf der Station Tanana in die Hände, und nachdem alles geklärt war, ließ er sich herbei, wieder von uns zu kaufen.«

»Das Mädchen hat er vom Oberlauf des White«, erzählte ihm Bill Brown. »Welse meint, er schürft vielleicht in dieser Richtung, aber Borg könnte ihm Karten und Spaten übergeben und dran gewinnen. Vor Jahren schon ist er den Grund durchgegangen. Ja, ein recht merkwürdiger Bursche. Ich würd's nicht wagen, mich bei ihm einzuquartieren.«

Aber St. Vincent hatte nichts gegen die Exzentritäten des Mannes, denn er verbrachte die meiste Zeit auf Split-up-Island mit Frona und dem Baron. Eines Tages jedoch, und er war daran sogar unschuldig, wurde die Sache zwischen ihnen richtig faul. Zwei Schweden, die am anderen Ende von Roubeau Eichhörnchen jagten, waren vorbeigekommen und hatten nach Zündhölzern gefragt und wollten ein wenig schwatzen und auf der Lichtung in der Sonne sitzen. St. Vincent und Borg unterhielten sich mit ihnen, letzterer recht einsilbig. Hinter ihnen, direkt an der Kabinentür, wusch Bella Kleider. Der Trog war eine sehr primitive, selbstgebastelte Sache und für eine Frau viel zu schwer, wenn er nur halb voll Wasser war. Der Korrespondent bemerkte, wie sehr sie sich abmühte, und lief schnell hin, ihr zu helfen.

Gemeinsam trugen sie den Trog ein wenig zur Seite, wo der Boden neben der Hütte leicht abfiel. Im tauenden Schnee rutschte Vincent, und das Seifenwasser spritzte herum. Dann rutschte auch Bella, und schließlich saßen beide auf dem Boden. Bella kicherte, und St. Vincent lachte zurück. Der Frühling lag in der Luft und spukte in ihrem Blut, und es war schön zu leben. Nur ein Winterherz konnte ein Lachen an einem solchen Tag übelnehmen. Bella versuchte aufzustehen, rutschte wieder mit dem anderen Fuß und saß unvermittelt wieder auf dem Boden. Beide lachten fröhlich. Der Korrespondent griff nach ihrer Hand, um sie auf die Füße zu ziehen. Mit einem Satz und einem wilden Bellen war Borg über ihnen. Ihre Hände wurden auseinandergerissen, St. Vincent heftig zurückgestoßen. Er taumelte und wäre fast gestürzt. Dann wiederholte sich die Szene von der Hütte; Bella kauerte sich zu seinen Füßen zusammen und duckte sich in den nassen Schnee und Schmutz, und ihr Herr stand wie ein furchterregender Turm über ihr.

Er drehte sich zu St. Vincent um. »Du, paß auf, du schläfst in meiner Hütte und kochst«, sagte er in gutturalen Tönen zu ihm. »Das reicht. Laß die Frau in Ruhe.«

Danach ging alles so weiter, als sei nichts geschehen. St. Vincent machte einen weiten Bogen um Bella und schien vergessen zu haben, daß es sie überhaupt gab. Aber die Schweden kehrten an ihr Inselende zurück und lachten über diese triviale Begebenheit, die einmal so bedeutungsvoll werden sollte.

23

Der Frühling war wie ein Wunder mit samtweichen Händen gekommen und hing nun verträumt herum, ehe er in den kurzen, blühenden Sommer überging. Der Schnee war in den Tälern und Ebenen verschwunden und hielt sich nur noch an den Nordhängen der eisverkrusteten Felsberge. Die Gletscherschmelze ließ sich schon erkennen, und jeder dünne Wasserlauf wurde zu einem röhrenden Wildbach. Jeden Tag ging die Sonne nun etwas früher auf und blieb länger am Himmel. Um drei Uhr morgens war grauer Tag und mildes Zwielicht um neun Uhr abends. Bald würde sich ein goldener Kreis um den Himmel ziehen, und die tiefste Mitternacht war so hell wie der Mittag. Die Weiden und Espen hatten längst schon ihre Knospen geöffnet und standen im schönsten, frischesten Grün, und in den Nadelbäumen stieg der Saft.

Mutter Natur war mit einem tiefen Seufzer erwacht und ging nun ihrem kurzen Geschäft nach. Grillen geigten von Nächten in den Hütten, und die Sonnenscheinmoskitos krochen aus hohlen Balken und den behaglichen Felsspalten, wo sie den ganzen Winter über im Kälteschlaf gelegen hatten; es waren große, lärmende, an sich harmlose Biester, die in ihrer vollen Jugend herumsurrten, um überschnell zu altern und zu sterben. Alle Arten kriechender, krabbelnder, flatternder Lebewesen kamen aus der erwärmten Erde, beeilten sich mit der Reife, der Fortpflanzung — und dem Tod. Nur einmal die Balsamluft atmen, denn danach kam wieder die lange, lange Kälte . . .! Sie wußten es gut und verloren keine Zeit. Uferschwalben trieben ihre alten Tunnels neu in die weichen Lehmufer, und auf den buschbedeckten Inseln schmetterten die Rotkehlchen ihre Lieder der Lebensfreude. Unaufhörlich klopfte der Specht an den Stämmen, und tief in den Wäldern balzte der Rebhahn in seiner ganzen Frühlingspracht.

Aber daran nahm der Yukon nicht teil. Er lag über mehr als tausend Meilen kalt, tot und ohne das leiseste Lächeln da. Wildvögel kamen in Stromlinienkeilen aus dem Süden heran, verhielten, äugten nach offenem Wasser und flogen ohne Pause weiter nach dem Norden. Von einem Ufer zum anderen reichte das Eis. Hier und da war etwas Wasser durchgebrochen, doch in den kalten Nächten gefror es wieder zu solidem Eis. Man erzählte sich von einer Zeit, da der Yukon drei Sommer lang vereist geblieben war, und wenn man ihn so sah, mochte man das gar nicht mehr anzweifeln.

Der Sommer wartete also auf das offene Wasser, und der zähe Yukon ließ sich viele Tage lang Zeit, sich ordentlich zu strecken, so daß es in seinen Gelenken krachte und knirschte. Ein Luftloch fraß sich ins Eis, fraß weiter und hörte nicht mehr auf damit; eine Spalte tat sich auf, wurde breiter und länger und versäumte es, wieder zuzufrieren. Dann löste sich der Eisrand von der Uferböschung und hob sich ein Stück an. Aber noch immer wollte der Fluß seinen Griff nicht lockern. Es war eine langwierige Arbeit, und der kleine Mensch, der sonst Wasserfälle und Stauseen konstruieren kann, konnte gegen die unzähligen Millionen Tonnen Eis nichts ausrichten, die sich weigerten, flußabwärts in die Beringsee zu reisen.

Auf Split-up Island waren alle bereit für den großen Aufbruch. Wasserwege waren von jeher die großen Verkehrsadern gewesen, und der Yukon war die größte Verkehrsader des ganzen Landes. Jene also, die flußaufwärts wollten, machten ihre Treidelboote fertig und belegten ihre Stangen mit Eisen, und jene, die flußabwärts reisen wollten, kalfaterten ihre Boote und Barken und machten mit Axt und Hirschfänger Reserveruder. Jacob Welse faulenzte und freute sich, daß er einmal die Arbeit Arbeit sein ließ, und Frona freute sich mit ihm, weil er es sich wohl sein ließ. Aber Baron Courbertin war ganz fiebrig wegen der Verzögerung. Sein heißes Blut geriet in Aufruhr, nach dem langen Winterschlaf kein Wunder, und die warme Sonne betäubte ihn mit noch wärmeren Phantasien.

»Oh! Oh! Nie wird das Eis brechen, niemals!« Und er starrte säuerlich auf das noch immer solide Eis hinaus und beschimpfte es mit erstaunlich höflichen Worten. »Das ist eine Verschwörung, mein armes Juwelchen, eine Verschwörung!« Er streichelte sein Juwelchen, als sei es ein Pferd, denn Juwelchen hatte er sein Petersburger Kanu getauft.

Frona und St. Vincent lachten und predigten ihm unermüdlich Geduld. Diese Predigten verwahrte er in den tiefsten Abgründen der Hölle, soweit sie ihm erreichbar waren, bis Jacob Welse sie unterbrach.

»Schau mal, Courbertin! Da drüben. Südlich von diesem Wäldchen auf der kleinen Anhöhe. Kannst du da etwas erkennen? Das sich bewegt?«

»Ja, das ist ein Hund.«

»Viel zu langsam für einen Hund. Frona, gib mir mal das Fernglas.«

Courbertin und St. Vincent liefen gleichzeitig, doch St. Vincent kannte seinen Aufbewahrungsort und kehrte im Triumph zurück. Jacob Welse hob das Fernglas vor seine Augen und schaute lange angestrengt über den Fluß. Von der Insel zum anderen Ufer war es eine gute Meile, und die Sonne spiegelte sich so grell im Eis, daß die Augen schmerzten.

»Es ist ein Mann.« Er gab das Fernglas weiter an den Baron, kniff die Augen zusammen und spähte hinüber. »Und da ist etwas los.«

»Er kriecht!« rief der Baron. »Der Mann kriecht auf Händen und Knien! Schauen Sie doch! Schauen Sie!« Er drückte zitternd das Glas in Fronas Hand.

Über die weite Strecke schimmernden Eises war es ungeheuer schwierig, ein so einziges dunkles Objekt auszumachen, das sich vor dem gleichermaßen dunklen Hintergrund von Erde und Buschwerk kaum abhob. Frona erkannte die Umrisse eines Menschen; sie konnte sogar einzelne Bewegungen unterscheiden, besonders gut dann, als er zu einer vom Wind gefällten Tanne kam. Schmerzlich berührt beobachtete sie ihn. Zweimal mißlang es ihm trotz größter Anstrengung, den dicken Stamm zu überklettern, und erst beim drittenmal schaffte er es, fiel aber hilflos vorwärts, direkt auf sein Gesicht und ins dichte Unterholz.

»Bewegt er sich?« fragte Jacob Welse. St. Vincent schüttelte den Kopf. Welse holte seine Büchse aus dem Zelt. In schneller Folge gab er sechs Schüsse in die Luft ab.

»Es ist tatsächlich ein Mann.« Sie reichte das Glas weiter zu St. Vincent. »Und er scheint sehr schwach zu sein. Er kann kaum noch kriechen und fiel auf die andere Seite des Stammes.«

»Er bewegt sich!« Der Korrespondent folgte ihm mit dem Glas. »Er kriecht zum Ufer. Ah! ... Nein ... Moment mal ... Ja! Er liegt auf dem Boden und hebt seinen Hut oder etwas dergleichen an einem Stock in die Höhe; er winkt damit ...« Jacob Welse gab noch einmal sechs Schüsse ab. »Er winkt wieder. Jetzt läßt er den Stock fallen und liegt sehr still da.«

Alle drei sahen Jacob Welse fragend an. Er zuckte die Achseln. »Woher soll ich das wissen? Ein Weißer oder ein Indianer; vermutlich ist er halb verhungert, oder er kann auch verletzt sein.«

»Aber er könnte sterben«,klagte Frona, als könne ihr Vater, der doch so vieles getan hatte, alles tun.

»Da können wir gar nichts tun.«

»Ah, wie schrecklich! Schrecklich!« Der Baron rang die Hände. »Vor unseren Augen, und wir können nichts tun! Nein!« rief er in rascher Entschlossenheit. »Das darf nicht sein. Ich werde über das Eis gehen.«

Er wäre geradewegs auf das morsche Eis hinuntergelaufen, hätte ihn Jacob Welse nicht am Arm festgehalten.

»Baron, nur nicht einfach drauflosrennen. Klaren Kopf behalten.«

»Aber ...«

»Aber nichts. Braucht der Mann Essen, Medikamente oder was sonst? Warten Sie doch. Wir werden es gemeinsam versuchen.«

»Nehmen Sie mich mit«, bot St. Vincent sofort an. Fronas Augen funkelten.

Sie stellte im Zelt ein Bündel mit Lebensmitteln zusammen, und die Männer versorgten sich mit sechzig oder siebzig Fuß eines leichten Seils. Jacob Welse und St. Vincent legten sich die beiden Enden um die Taille, der Baron seilte sich in der Mitte an. Er wollte auch die Lebensmittel tragen und nahm den Pack auf seine breiten Schultern. Frona sah ihnen vom Ufer aus zu. Die ersten hundert Yards waren ein leichtes Gehen, doch sie bemerkte die Veränderung sofort, als sie die Grenze des verhältnismäßig festen Ufereises erreicht hatten. Ihr Vater führte umsichtig an, prüfte mit seinem Stock das Eis vor und neben sich und wechselte ständig die Richtung.

St. Vincent am Ende des Seils,. war der erste, der einbrach, doch er fiel so, daß sein Stock quer über der Spalte lag. Sein Kopf ging nicht unter, wenn auch die Strömung hier ziemlich stark war, und die beiden Männer konnten ihn mit einigem Kraftaufwand herausziehen. Frona sah, wie sich die drei kurz miteinander besprachen, sie deuteten hier- und dorthin, der Baron gestikulierte heftig, und dann band sich St. Vincent los und kehrte zum Ufer zurück.

»Brrr«, machte er, denn ihn fror im nassen Zeug. »Es ist unmöglich.«

»Aber warum sind die anderen nicht mitgekommen?« fragte sie ein wenig unangenehm berührt.

»Er bewegt sich!« Der Korrespondent folgte ihm mit dem Glas. »Er kriecht zum Ufer. Ah! ... Nein ... Moment mal ... Ja! Er liegt auf dem Boden und hebt seinen Hut oder etwas dergleichen an einem Stock in die Höhe; er winkt damit ...« (Seite 189)

»Sie sagten, sie würden vorher noch einen Versuch machen. Weißt du, dieser Courbertin ist ein Hitzkopf.«

»Ja, und mein Vater hat einen Kopf wie ein Bulle«, meinte sie lachend. »Würdest du dich nicht doch besser umziehen? Im Zelt sind Reservekleider.«

»Oh, nein.« Er warf sich neben ihr auf den Boden. »In der Sonne ist es recht schön warm«

Etwa eine Stunde lang beobachteten sie die beiden Männer, die nun selbst zu fernen Punkten geworden waren; es war ihnen gelungen, die Flußmitte zu erreichen, und gleichzeitig hatten sie sich etwa eine Meile stromaufwärts gearbeitet. Frona folgte ihnen mit dem Fernglas, obwohl sie oft hinter den dicken Eisschollen verschwanden.

»Es war unfair von ihnen«, beklagte sich St. Vincent. »Sie sagten, sie würden es nur noch einmal versuchen. Ich wäre ja sonst nicht umgekehrt. Sie schaffen es ja doch nicht. Es ist absolut unmöglich.«

»Ja ... Nein ... Ja! Sie kehren um«, kündigte sie an. »Aber hör mal. Was ist das?«

Es war ein heiseres Rumpeln wie ferner Donner, und es kam aus der Mitte des Eises. Sie sprang auf. »Gregory, der Fluß kann doch nicht aufbrechen!«

»Nein, nein. Ganz bestimmt nicht. Schau mal, es hat aufgehört.« Der Lärm, der erst flußaufwärts zu hören gewesen war, hatte sich ein ganzes Stück weiter nach unten verzogen.

»Aber dort! Dort!«

Wieder rumpelte es, dumpfer und drohender als zuvor; die Eichhörnchen und Rotkehlchen huschten davon. War man auf gleicher Höhe mit dem Lärm, so klang er wie ein Zug auf einer fernen Brücke. Dann kam ein drittes Rumpeln, das zum Röhren wurde und sehr lange anhielt; es begann weit oben und kam erst weit unten zur Ruhe oder verklang.

»Oh, warum beeilen sie sich nicht!«

Die beiden Punkte standen still, wahrscheinlich berieten sie miteinander. Hastig schaute sie den Fluß auf und ab. Obwohl es wieder röhrte, sah sie keine Bewegung. Das Eis lag ruhig da. Die Rotkehlchen nahmen ihren Gesang wieder auf, die Eichhörnchen schwatzten fröhlich und ein bißchen höhnisch.

»Keine Angst, Frona.« St. Vincent legte ihr schützend den Arm um die Schultern. »Wenn Gefahr besteht, dann wissen sie das besser als wir hier, und sie lassen sich Zeit oder kehren um.«

»Ich habe noch nie das Aufbrechen eines so großen Flusses beobachtet«, gab sie zu und machte sich zum Warten bereit.

Das Röhren wurde lauter, ließ nach, nahm wieder zu, aber ein Eisbruch ließ sich nicht erkennen. Die beiden Männer draußen arbeiteten sich langsam und unter gelegentlichem Eintauchen in Spalten zurück ans Ufer. Sie waren tropfnaß und froren erbärmlich.

»Endlich!« Frona hielt beide Hände ihres Vater in den eigenen. »Ich dachte schon, du würdest nie mehr zurückkommen.«

»Na, na. Lauf und bereite das Essen vor«, meinte er lachend. »Es war nicht gefährlich.«

»Was ist denn nun eigentlich?«

»Der Stewart River ist aufgebrochen und schickt nun sein Eis unter dem des Yukon herunter. Wir konnten das Mahlen da draußen ganz genau hören.«

»Ah, es war schrecklich, schrecklich!« rief der Baron. »Und dieser arme Mann! Wir können ihn nicht retten.«

»Doch, wir können. Nach dem Essen machen wir einen Versuch mit den Hunden. Beeil dich, Frona.«

Aber die Hunde waren diesmal Versager; Jacob Welse suchte die Leithunde heraus, weil sie die intelligentesten sind, bepackte sie mit Lebensmitteln und fuhr mit ihnen vom Ufer weg. Sie verstanden nicht, was von ihnen verlangt wurde. Wenn sie zurückkehren wollten, wurden sie mit Stöcken, Eisbrocken und Beschimpfungen weitergetrieben. Das verwirrte sie; immer wieder hoben sie ihre kalten, nassen Pfoten aus dem Wasser auf dem Eis und jammerten dazu erbärmlich.

»Wenn sie es nur einmal tun würden, dann könnten sie's begreifen, und dann würde alles wie ein Uhrwerk ablaufen! Ah! Weiter, weiter! Tschuck, Miriam! Tschuck! Ich muß nur den ersten Hund hinüberbringen.«

Endlich gelang es Jacob Welse, Miriam, die Leithündin von Fronas Gespann, auf die Spur zu bringen, die er und der Baron gelegt hatten. Die Hündin lief tapfer weiter, kletterte hinüber, mußte sogar hin und wieder schwimmen. Aber als sie den weitesten Punkt erreicht hatte, bis zu dem sie gekommen waren, blieb sie hilflos sitzen. Später schnitt sie den Bogen ab, kam zum Ufer zurück und landete auf der verlassenen Insel ein Stückchen flußaufwärts. Eine Stunde später trottete sie ohne den Lebensmittelpacken ins Lager. Dann entschlossen sich die zwei Hunde, die noch außer Rufweite waren, den Lebensmittelpack des anderen aufzufressen, so daß sie keine Lasten mehr zu tragen hatten. Nun wurde der Versuch aufgegeben, die Hunde wurden zurückgerufen.

Im Lauf des Nachmittags wiederholte und verstärkte sich der Lärm häufig, gegen Abend dröhnte es pausenlos, aber am Morgen hatte er fast ganz aufgehört. Der Fluß war um acht Fuß gestiegen, und an manchen Stellen trat er über die Ufer. Es krachte und splitterte, viele Risse und Spalten wurden sichtbar und verbreiterten sich nach allen Seiten.

»Das unten herangetriebene Eis hat sich unter und zwischen den Inseln gestaut«, erklärte Jacob Welse. »Deshalb ist der Wasserstand so gestiegen. Und auch an der Mündung des Stewart hat es sich gestaut. Bricht es dort durch, bleibt es unter der oberen Eisschicht und stößt zur unteren Sperre.«

»Und dann? Und dann?« rief der Baron.

»Dann wird das *Juwelchen* wieder schwimmen.«

Als das Licht wieder zunahm, suchten sie weiter nach dem Mann jenseits des Flusses. Er hatte sich nicht bewegt, machte aber als Antwort auf die Gewehrschüsse schwache Bewegungen und winkte.

»Wir müssen warten, bis der Fluß aufbricht, Baron, und dann machen wir mit *Juwelchen* einen Ausbruch. St. Vincent, Sie bringen besser Ihre Decken her und schlafen heute nacht hier. Wir brauchen drei Paddel, und ich denke, wir können McPherson bekommen.«

»Nicht nötig«, versicherte der Korrespondent eiligst. »Der hintere Kanal ist steinhart, und ich bin bei Tagesanbruch auf.«

»Aber ich? Warum nicht?« beklagte sich Baron Courbertin.

Frona lachte. »Vergessen Sie nicht, Baron, Sie haben Ihren ersten Unterricht noch nicht gehabt.«

»Und morgen haben wir dazu ganz bestimmt keine Zeit«, fügte Jacob Welse hinzu. »Bricht das Eis auf, dann geht es rasend schnell. St. Vincent, McPherson und ich werden die ganze Crew sein, fürchte ich. Tut mir leid, Baron. Bleib noch ein Jahr bei uns, dann bist du richtig.«

Aber Baron Courbertin war untröstlich, und das eine halbe Stunde lang.

Nun wurde der Versuch aufgegeben, die Hunde wurden zurückgerufen. (Seite 194)

24

»Aufwachen, ihr Schlafmützen! Aufwachen!«

Frona war bei Del Bishops erstem Anruf aus ihrem Fellsack gekrochen. Aber bevor sie noch einen Rock angezogen und die Füße in Mokassins gesteckt hatte, war ihr Vater schon durch die Zeltklappe gestolpert.

Der Fluß war im Aufbruch. Im kalten grauen Licht erkannte sie, daß sich das Eis bis zur Krone der Uferböschung türmte, an einigen Stellen sogar darüber hinausragte und riesige Schollen sich ein Stück aufs Land geschoben hatten. Kaum hundert Yards weit ging das weiße Feld in den grauen Dämmermorgen und den ebenso grauen Himmel über. Aus dem Halbdunkel heraus war immer wieder ein Krachen und Platschen zu vernehmen, oder es mahlten Eisschollen aneinander.

»Wann wird das Eis gehen?« wollte sie von Del wissen.

»Uns könnt's gar nicht schnell genug gehen. Schau mal.« Mit seiner große Zehe deutete er auf das Wasser, das unter dem Eis herausschwappte und ihnen gierig entgegenleckte. »Alle zehn Minuten ein Fuß höher.«

Er sah ihre Miene. »Gefahr?« spöttelte er. »Nicht um dein Leben. Das geht schon weiter. Diese Inseln dort« — er winkte irgendwohin flußabwärts — »können gar nicht standhalten, wenn sich der Druck verstärkt. Wenn die das Eis nicht durchlassen, dann werden sie von den Schollen aus dem Bett des Yukon geschabt. Klar. Aber ich muß wieder zurück. Unser Grund liegt tiefer. Mehr als ein Fuß auf dem Hüttenboden, und McPherson und Corliss stapeln die ganzen Vorräte auf den Bunks.«

»Sag McPherson, er soll sich bereitmachen«, schrie ihm Jacob Welse nach. Dann sagte er zu Frona: »Jetzt ist's Zeit für St. Vincent, den hinteren Kanal zu queren.«

Der Baron war barfuß und fror. Er zog seine Uhr heraus. »Zehn vor drei«, schnatterte er.

»Gehen Sie nicht besser wieder hinein, um Mokassins anzuziehen?« fragte Frona. »Es ist noch Zeit.«

»Und ich soll vielleicht die großartigsten Momente versäumen? Nicht um die Welt!«

Von irgend- und nirgendwoher oder auch von allen Seiten gleichzeitig kam ein scharfes Knistern, ein leises Krachen, dann war wieder alles still. Das Eis war nun in Bewegung. Langsam, sehr langsam schob es sich stromabwärts. Es gab keinen Aufruhr, keinen trommelfellzerreißenden Donner, kein eindrucksvolles Spiel der Kräfte. Es war ganz einfach eine leise, weiße Flut, eine richtige Prozession dickgepackten Eises, so dicht gepackt, daß kein Tropfen Wasser sichtbar war; es war nur da, irgendwo unter dem Eis, und man mußte es eben glauben. Ein dumpfes Summen oder Brummen war zu hören, ein gedämpftes Knirschen, aber so leise, daß das Ohr Mühe hatte, es aufzufangen.

»Ah, und wo ist jetzt die ganze Großartigkeit? Das ist eine Fälschung!« Zornig schwang der Baron seine Fäuste, weil der Fluß ihm den Gefallen nicht tat, und Jacob Welse zog die dichten Brauen zusammen, um das grimmige Lächeln in seinen Augen zu verbergen.

»Ha, ha! Ich lache! Ich schnippe mit den Fingern! Seht nur! Das ist verachtenswert!«

Kaum hatte Baron Courbertin dies gesagt, trat er auf eine Eisscholle, die sich zu seinen Füßen hinschob. Das kam so unerwartet, daß er schon verschwunden war, als Jacob Welse nach ihm griff.

Das Eis schob kräftiger, das Brummen wurde lauter und drohender. Der Franzose tänzelte wie ein Zirkusakrobat anmutig auf dem Eis und wirbelte am Uferstreifen entlang. Fünfzig gefährliche Fuß weit trieb er, und seine Reitscholle wurde mit jedem Moment unsicherer. Endlich gelang es ihm, mit einem Satz ans Ufer zu kommen. Lachend kehrte er zu ihnen zurück und bekam von Jacob Welse einige der ausgesuchtesten Phrasen aus seinem männlichen Wortschatz zu hören.

»Und weshalb?« fragte Courbertin leicht gekränkt.

»Weshalb?« parodierte ihn Jacob Welse zornig und deutete auf die Eisströmung.

Eine große Scholle hatte etwa dreißig Fuß weiter unten ihre Nase in den Flußboden gerammt und war dabei, sich aufzustellen. Die nachkommenden Schollen stauten sich daran. Dann drehte sich die Scholle völlig um und reckte ihre Schlammnase in den Himmel. An ihrem Rücken krochen andere Schollen hoch, und dann wurde eine Strecke von fünfzig Fuß Länge, nichts als Schlamm und Eisschollen, unvermittelt in die Luft geschleudert. Die Masse krachte zurück, und kleinere Eisbrocken flogen den Zuschauern vor die Füße. Die Scholle geriet in eine Breitseite chaotischen Druckes, zerbrach in unzählige Trümmer und verschwand.

»Guter Gott!« flüsterte der Baron in ehrfurchtsvollem Staunen.

Frona nahm die eine Hand, ihr Vater die andere. Das Eis jagte nun an ihnen vorbei, als müsse es sich furchtbar beeilen. Irgendwo weiter unten donnerte eine Scholle in die Uferböschung, so daß der Boden unter ihren Füßen zitterte. Eine andere folgte näher der Wasseroberfläche; gerade noch rechtzeitig sprangen sie zurück, denn sie richtete sich auf und stürzte dann mit etwa einer Tonne Schlamm auf dem Rücken vorwärts. Eine andere griff weit auf das trockene Land aus, riß drei unvorsichtige Fichten mit den Wurzeln aus und schwemmte sie davon.

Inzwischen war es Tag geworden, und das Treibeis reichte von einem Ufer des Yukon zum anderen. Von den ungeheuren nachdrängenden Eis- und Wassermassen hatte die Strömung ein betäubendes Tempo angenommen. Überall krachten die Eisschollen ans Ufer, und die Inseln bebten bis auf den Grund.

»Großartig! Großartig!« rief Frona und sprang wie ein Gummiball auf und ab. »Wo ist jetzt Ihr ganzer Schwindel, Baron?«

»Ah!« Er schüttelte den Kopf. »Ah, das war ein Irrtum. Ich fühle mich ganz elend. Aber wie großartig! Schauen Sie nur!«

Er deutete ein Stück hinab zu einer Ansammlung von Inselchen, hinter denen sich eine Flußbiegung versteckte. Hier teilte sich der meilenbreite Strom, teilte sich wieder, was für das Wasser sehr gut war, für das Eis dagegen nicht. Die Inseln trieben die Eisschollen erst tief in den Schlamm, dann schleuderten sie die Riesenbrocken hoch in die Luft. Aber eine Scholle drückte auf die untere, sie schoben sich aus dem Wasser heraus, höher aufs Land hinauf, wurden von dem nachfolgenden Packeis noch höher geschoben, bis ganze Eisberge sich auftürmten und krachend zwischen den Bäumen landeten.

»Ein wahrscheinlicher Platz für einen Stau«, sagte Jacob Welse. »Frona, hol das Fernglas.« Er schaute lange durch. »Es wird immer mehr, breitet sich aus. Eine Scholle zur rechten Zeit am rechten Ort . . .«

»Aber das Wasser fällt!« rief Frona.

Das Eis rutschte und stürzte sechs Fuß unter die Uferhöhe, und Baron Courbertin markierte den Wasserstand mit einem Stock.

»Unser Mann ist noch dort, doch er bewegt sich nicht.«

Jetzt war es heller Tag, und im Nordosten ging die Sonne auf. Abwechslungsweise beobachteten sie die andere Uferseite.

»Schauen Sie, Frona, ist es nicht wundervoll?« Courbertin deutete auf seine Markierung. Das Wasser war noch einen Fuß gefallen. »Ah, wie schade, wie schade! Es wird keinen Stau geben.«

Jacob Welse musterte ihn ernst.

»Ah! Wird es doch einen geben?« fragte er hoffnungsvoll.

Frona sah ihren Vater fragend an.

»Ein Stau ist nicht immer eine schöne Sache«, sagte er und lachte kurz. »Das hängt ganz davon ab, wo er stattfindet und wo man selbst ist.«

»Aber der Fluß! Schau doch, Jacob, er fällt! Das sehe ich vor meinen eigenen Augen.«

»Es ist nicht zu spät.« Er musterte die Inselchen an der Flußbiegung und sah, wie die Eisberge immer höher wurden und nacheinander ausgriffen. »Courbertin, geh ins Zelt und zieh die Mokassins an, die du neben dem Herd findest. Schnell. Du versäumst nichts. Und du, Frona, machst Feuer und setzte das Kaffeewasser auf.«

Eine halbe Stunde später war das Wasser um zwanzig Fuß gefallen, aber das Packeis trieb noch immer heran.

»Es beginnt jetzt. Ja, der Spaß beginnt. Hier, du Hitzkopf, schau mal. Mensch, doch den linken Kanal. Jetzt schau!«

Courbertin sah, wie sich der linke Kanal schloß, dann schob sich eine große weiße Barriere zusammen, wurde immer höher, reichte von einer Insel zur anderen. Das Eis dafür trieb langsamer und blieb stehen. Dann folgte ein rasches Ansteigen des Stromes. Eine so hohe, wuchtige Welle kam heran, als könne nur der Himmel selbst sie aufhalten. Die Eisschollen schienen jetzt erst zu erwachen. Sie rieben sich aneinander, türmten sich am Ufer, wurden über die Böschung geschoben, türmten sich dort auf, und ihnen voran lief ein breiter Bach schlammigen Wassers.

»Mon Dieu! Das ist aber gar nicht hübsch!«

»Aber großartig, Baron, großartig«, neckte ihn Frona. »Und jetzt kriegen Sie nasse Füße.«

Er zog sich schnellstens aus dem Wasser zurück, gerade noch rechtzeitig, weil eine Lawine von großen Eisbrocken sich auf den Platz ergoß, an dem er vor ein paar Sekunden noch gestanden hatte. Das steigende Wasser hatte das Eis so weit in die Höhe getrieben, bis es brusthoch über der Insel stand, wie eine Mauer aus Eis.

»Aber es geht sofort wieder zurück, wenn der Stau bricht. Schauen Sie, jetzt kommt es nicht mehr so schnell herein. Der Stau ist gebrochen!«

Frona beobachtete die Barriere. »Nein, er ist nicht gebrochen.«

»Aber das Wasser steigt nicht mehr wie ein Rennpferd.«

»Aber es steigt noch immer.«

Der Baron war verwirrt. Dann erhellte sich seine Miene. »Ah, jetzt weiß ich. Irgendwo weit oben ist auch ein Stau. Ausgezeichnet, nicht wahr?«

Sie nahm seine Hand, um ihn zu beruhigen. »Hören Sie. Angenommen, der obere Stau bricht, aber der untere hält?«

Er sah sie lange an, bis er begriff. Da wurde er rot, holte tief Atem, richtete sich hoch auf und warf den Kopf zurück. Mit einer weiten Handbewegung umfaßte er die ganze Insel. »Dann Sie, ich, das Zelt, die Boote, die Hütten, die Bäume, alles — und *Juwelchen* auch! Puff! Weg! Und alles ist beim Teufel!«

Frona schüttelte den Kopf. »Jammerschade.«

»Jammerschade? Verzeihung. Großartig!«

»Nein, nein, Baron. Bestimmt nicht. Aber Sie sind kein Angelsachse. Die Rasse könnte stolz auf Sie sein.«

»Und Sie, Frona, wären Sie nicht eine Zierde für die Franzosen?«

»Ah, schon wieder. Ihr schmeißt euch wohl gegenseitig wieder Blumen nach«, stellte Del Bishop lachend fest und verschwand so schnell, wie er gekommen war. »In der Hütte unten sind ein paar Kranke. Die muß ich rausholen. Und ihr werdet auch gebraucht. Aber jammert jetzt nicht den ganzen Tag dem Stau nach!« rief er, als er schon zwischen den Bäumen verschwand.

Der Fluß stieg jetzt langsamer, und als sie den höher gelegenen Grund verließen, wateten sie schon knöcheltief im Wasser. Sie wanden sich zwischen den Bäumen durch ud kamen zu einem Boot, das im vorigen Herbst an Land gezogen worden war. Drei *Chechaquos*, denen es gelungen war, bis hierher über das Eis zu kommen, hatten sich mit Zelt, Schlitten und Hunden hineingequetscht. Aber das Boot war überladen, und das Eis reichte bis an den Rand; nur ein paar Yards davon entfernt schoben sich die Schollen in die Höhe und waren nahe am Kippen.

»Raus mit euch, ihr Narren!« schrie ihnen Jacob Welse zu, als er vorbeiging.

Schon Del Bishop hatte ihnen geraten, »so schnell, als sei der Leibhaftige hinter euch drein« von hier und aus dem Boot zu verschwinden, als er vorbeirannte, aber sie verstanden ihn nicht. Einer von ihnen schaute sie nur entsetzt und verängstigt an, ein anderer lag offensichtlich völlig erschöpft auf der Ruderbank, und der dritte, der das Gesicht eines Schreibers hatte, wiegte sich nur immer vor- und rückwärts und rief: »Mein Gott, mein Gott, mein Gott!«

Der Baron blieb stehen und schüttelte ihn. »Verdammt noch mal!« schrie er ihn an. »Mensch, steh auf! Gott hilft dir nicht, wenn du dich nicht rührst. Auf! Auf! Ah! Ja, hupp! Und jetzt weiter. Schnell, weg vom Ufer, in den Wald, auf die Bäume, irgendwohin!«

Er versuchte den Mann wegzuschleppen, doch der schlug nach ihm und stemmte sich ein.

»Oh, allmählich lernt man schon Schimpfworte«, vertraute er Frona stolz an, als sie weiterliefen. »Hupp! Das ist ein starkes Wort und sehr geeignet.«

»Baron, Sie sollten mehr mit Del zusammen sein«, riet sie ihm. »Er würde Ihnen sehr bald das geeignetste Vokabular beibringen.«

»Aber Sie sprechen nicht so wie Del.«

»Oh, doch!«

»Ah, natürlich, Dialekt. Den werde ich nie lernen.« Verzweifelt schüttelte er den Kopf, zuckte die Achseln und hob die Hände.

Sie kamen zur Lichtung, wo eine Hütte nahe am Fluß stand. Auf dem flachen Dach aus Lehm und Moos lagen zwei kranke in Decken gewickelte Männer, während Bishop, Corliss und Jacob Welse innen in der Hütte im Wasser wateten und die Kleidersäcke und sonstige Ausrüstungsgegenstände zusammensuchten. Die mittlere Tiefe der Flut betrug ein paar Fuß, aber der Hüttenboden war der Wärme wegen in die Erde gegraben worden, und daher ging ihnen das Wasser bis zu den Hüften.

»Seht zu, daß der Tabak trocken bleibt«, bat einer der kranken Männer mit schwacher Stimme.

»Tabak, Teufel noch mal«, widersprach ihm sein Kamerad. »Besser, rettet das Mehl und den Zucker«, fügte er noch hinzu.

»Es ist nur so, daß Bill nicht raucht, Miß«, erklärte der erste. »Aber wär'n Sie so nett, danach Ausschau zu halten?« flehte er.

»Hier. Und halt' jetzt die Schnauze.« Del warf einen Kanister neben ihn, und der Mann klammerte sich daran fest, als sei es ein Sack mit Goldklümpchen.

»Kann ich helfen?« fragte Frona die beiden.

»Nein. Verschwinde«, antwortete ihr Bishop. »Die brauchen nichts als Land und rohe Kartoffeln ... Übrigens, was hast du hier zu suchen? Geh sofort zurück auf höheren Grund.«

Aber da tat es einen Krach, die Eiswand unten stürzte ein, eine Scholle von etwa fünfzig Tonnen Gewicht kippte über, so daß sie von einem Schwall schlammigen Wassers übergossen wurden, dann blieb das Eis vor der Tür liegen. Eine kleinere Scholle trieb an die Eckbalken der Hütte, so daß sie taumelte. Courbertin und Jacob Welse waren noch drinnen.

»Nach dir«, hörte Frona den Baron sagen, und daraufhin lachte ihr Vater amüsiert. Wirklich, der galante Franzose kam zuletzt heraus und mußte sich durch einen schmalen Spalt zwischen Balken und Eis quetschen.

»Bill, wenn der untere Stau hält, dann sind wir erledigt«, rief der Mann mit dem Tabakkanister seinem Kameraden zu.

»Jawohl, ist doch klar«, kam die Antwort. »Unter Nulato hab' ich gesehen, wie die Insel Bixbie wegrasiert worden ist. War dann so sauber wie der Küchenboden meiner Mutter.«

Die Männer versammelten sich eiligst um Frona. »Wir können sie nicht dalassen. Wir müssen sie zu deiner Hütte rüberbringen, Corliss.« Jacob Welse kletterte, während er sprach, auf die Hütte hinauf und schaute zur großen Eisbarriere hinab. »Wo ist McPherson?« fragte er.

»Hockt wie versteinert seit einer Stunde auf dem Firstbalken.«

Jacob Welse winkte mit den Armen. »Ah, es bricht! Das Eis geht!«

»Kein Küchenboden diesmal, Bill. Sag deiner alten Dame einen schönen Gruß von mir«, rief der mit dem Tabak.

»Jawohl«, antwortete der unerschütterliche Bill.

Der ganze Fluß schien sich aufzustemmen und stromabwärts zu wälzen. Da sich die Bewegung beschleunigte, brach das Eis an hundert Stellen gleichzeitig, und aus beiden Richtungen kam das Krachen und Reißen entwurzelter Bäume.

Corliss und Bishop nahmen Bill und machten sich auf den Weg

zu McPhersons Hütte; Jacob Welse und der Baron hoben eben seinen Kameraden über die Dachtraufe, als ein riesiger Eisblock heranraste und die Hütte voll traf. Frona sah es und rief eine Warnung, aber die Hütte brach wie ein Kartenhaus zusammen. Courbertin und der Kranke wurden weggeschleudert, aber ihr Vater wurde mitgerissen. Sie lief hin, doch er stand nicht auf. Sie zog an ihm, um seinen Mund aus dem Wasser zu bringen, aber sein Kopf zeigte sich kaum. Sie ließ los und tastete herum, bis sie entdeckte, daß sein rechter Arm zwischen den Balken der zusammengestürzten Blockhütte eingeklemmt war. Die konnte sie nicht bewegen, aber sie schob einen Dachbalken in einen Spalt, den sie hatte herausziehen können. Das war ein recht primitiver Hebel, und als sie sich mit ihrem ganzen Gewicht darauf lehnte, splitterte das Holz und brach. Aber sie gab nicht auf. Sie setzte den Hebel noch einmal an, aber einen Schritt weiter landeinwärts, und drückte vorsichtig, bis endlich etwas nachgab und Jacob Welse sein verschlammtes Gesicht aus dem Wasser heben konnte.

Er holte einige Male tief Atem. »Aber das schmeckt gut!« keuchte er dann. Er schaute sich schnell um. »Frona, Del Bishop ist ein sehr wahrheitsliebender Mann.«

»Warum?« fragte sie sehr verblüfft.

»Weil er gesagt hat, du bist schon richtig, weißt du.« Er küßte sie, und dann spuckten beide den Schlamm von ihren Lippen und lachten. Courbertin kam um eine Ecke der Ruine gelaufen.

»Einen solchen Mann hat es noch nie gegeben!« rief er. »Er ist verrückt, wahnsinnig! Er läßt sich nicht beruhigen. Sein Schädel ist eingeschlagen vom Sturz, und sein Tabak ist weg. Aber er jammert immer nur um seinen Tabak.«

Sein Schädel war jedoch noch ganz, und nur der Skalp war auf etwa Fingerlänge aufgerissen.

»Da müßt ihr wohl warten, bis die anderen zurückkommen. Ich kann nichts tragen.« Jacob Welse deutete auf seinen rechten Arm, der schlaff herabhing. »Kein Knochen gebrochen, nur ausgerenkt«, erklärte er.

Der Baron deutete auf Fronas Fuß. »Ah! Das Wasser ist weg, und hier ist ein Juwel der Flut, eine Preisperle!«

Ihre schon ziemlich abgetragenen Mokassins waren von der Nässe ganz aus dem Leim gegangen, und eine kleine weiße Zehe guckte heraus aus dem Schlamm.

»Dann bin ich aber sehr reich, Baron, denn ich habe noch neun andere«, antwortete sie lachend.

»Und wer würde das leugnen?« rief er mit einer großartigen Geste.

»Welch ein lächerlicher, närrischer, liebenswerter Bursche er doch ist.«

»Ich küsse Ihre Hand«, sagte er galant und kniete sich in den Schmutz.

Sie riß ihre Hand weg, griff mit beiden Händen in seine Wuschellocken und zauste ihn ordentlich. »Vater, was soll ich nur mit ihm anfangen?«

Jacob Welse zuckte die Achseln und lachte herzlich. Sie drehte Courbertins Gesicht nach oben und küßte ihn auf den Mund. Und Jacob Welse wußte, welch wunderbare Tochter er hatte.

Der Fluß war auf seinen Winterstand zurückgegangen und riß die Eisschollen mit; aber er hatte das ganze Ufer mit einer zwanzig Fuß hohen Mauer aus gestrandeten Schollen verbarrikadiert. Die Blöcke wurden aufs angrenzende Land geschwemmt und geschoben und lagen nun zwischen entwurzelten und noch stehenden Bäumen und den verschlammten Gräsern und Blumen wie der herausgewürgte Mageninhalt eines Nordlandmonsters. Die Sonne war nicht untätig, die Eisblöcke dampften, und das Tauwasser wusch Fäule und Schmutz von den Hügeln, bis sie wie aufgehäufte Diamanten blitzten oder blaßblau schimmerten. Hier und da schoß ein Eisminarett in einem Moment noch funkelnde Regenbogenlichter, und im nächsten krachte es donnernd in die Fluten. In einer der auf diese Art entstandenen Rinnen lag *Juwelchen,* und um das Boot herum, auf das sich *Chechaquos* und Kranke gerettet hatten, gruppierten sich die Bewohner von Split-up.

»Na, na, Junge, zwei Mann reichen.« Tommy McPherson schaute sich nach einem Helfer um. »Könnte ja drei brauchen, aber dann ist's im Kanu recht unbequem.«

»Wir müssen das schlagartig machen oder gar nicht«, meinte Corliss. »Wir brauchen drei Männer, Tommy. Das weißt du selbst ganz genau.«

»Na, na, zwei reichen. Ich sag' dir, zwei reichen.«

»Ich fürchte, wir müssen mit zweien auskommen.«

Der schottische Kanadier war darüber recht zufrieden. »Aber du bist einer von den beiden«, sagte Corliss unerbittlich.

»Ha, sind genug andre da, da braucht mich keiner mitzuzählen.«

»Nein, sind keine anderen da. Courbertin versteht absolut nichts davon. St. Vincent kann offensichtlich nicht über den Schlamm weg. Mr. Welses Arm scheidet ihn von vornherein aus. Also sind's nur wir zwei, du, Tommy, und ich.«

Der Schotte mochte den Taschenschürfer nicht, und so ergriff er die Gelegenheit, den anderen vorzuschieben. In diesem Moment trat Del Bishop in die Mitte der kleinen Versammlung und schaute jedem Mann fest in die Augen, ehe er sprach.

»Ist da vielleicht einer, der behaupten will, ich sei ein Feigling?« fragte er ohne Vorrede. Wieder schaute er von einem zum anderen. »Oder ist da einer, der behaupten will, ich hätte je was Schuftiges getan?« Wieder schaute er herum. »Na, gut. Ich mag das Wasser nicht, aber Angst hab' ich noch nie davor gehabt. Schwimmen kann ich nicht, aber ich bin öfter über Bord gegangen, als ich mich gern dran erinnere. Rudern kann ich auch nicht, ohne daß ich mit dem Rücken das Wasser im Bootsboden aufwische. Und steuern — die gescheiten Leute behaupten, der Kompaß hat zweiunddreißig Punkte, aber wenn ich anfang', dann sind's meistens so um die dreißig mehr. Und so wahr Gott kleine Äpfel wachsen läßt, so wahr ist's auch, daß ich bei einem Paddel mein Knie nicht von meinem Ellbogen unterscheiden kann. Ich hab' fast jedes Kanu, in das ich gestiegen bin, umgeleert. Bei zweien bin ich glatt durch den Boden gegangen. Im Canyon bin ich gekentert, und rausgefischt hat man mich unten am White Horse. Ich kann's nur mit einem Mann aufnehmen, und der bin ich selbst. Aber, Gentlemen, wenn der Ruf an mich ergeht, dann nehm' ich meinen Platz im *Juwelchen* ein und bring's in die Hölle, wenn ich nicht vorher kentere.«

Baron Courbertin warf weinend die Arme um ihn. »So wahr wie Gott kleine Äpfel gemacht hat — du bist ein Mann, Del!«

Tommy war sehr blaß geworden, und er flüchtete aus der Stille, die sich über die Versammlung gesenkt hatte, in eine Rede. »Ich sag' ja gar nicht, daß ich nicht mit'm Paddel umgehn kann, und ich hab' auch einen langen Atem; aber ich mein', der nächste Stau ist schon unterwegs. Ich für mein Teil mein' halt, 's ist zu früh. Wir sollten noch warten, bis der Fluß klar ist, sag' ich.«

»Geht nicht, Tommy«, mahnte Jacob Welse. »Hier gibt es keine Entschuldigungen.«

»Mensch, ich brauch' keine Vorwürfe, ich ...«

»Jetzt reicht's«, erklärte Corliss. »Du kommst mit.«

»Fällt mir nicht ein. Ich ...«

»Klappe halten!« Del war mit Lungen aus Leder und einem Kehlkopf aus Messing geboren, und wenn er einmal loslegte, dann duckte sich auch ein Schotte.

»Schaut, schaut!« Verglichen mit Dels scharfen Sirenentönen, war Fronas Stimme reinstes Silber, als sie unter den Bäumen die Insel entlanggingen. »Schaut! Offenes Wasser! Und Moment noch, ich bin gleich bei euch!«

Drei Meilen stromaufwärts, wo der Yukon in einem großartigen Bogen aus dem Westen herankam, zeigte sich etwas Wasser. Das war zu schön, als daß man es schon hätte glauben können, besonders nach diesem granitharten Winter. Aber McPherson, dem jede Phantasie mangelte, trat einen geschickten Rückzug an.

»Wartet noch, bißchen noch«, protestierte er, als ihn Del Bishop am Kragen packte. »Ich hab' meine Pfeife vergessen.«

»Macht nichts, Tommy«, feixte Del. »Ich tät' dich gern mal an der meinen ziehen lassen, aber die deine schaut dir ja aus der Joppentasche raus.«

»Ich wollt' ja auch den Tabaksbeutel, an den hab' ich gedacht.«

»Brauchst du nicht. Da, nimm dir.« Er drückte seinen Tabaksbeutel in McPhersons zitternde Hände. »Zieh lieber deine Jacke aus. Hier. Ich helf' dir. Und ganz unter uns, Tommy, wenn du dich nicht wie ein Mann benimmst, dann kriegst du's mit mir zu tun. Ganz bestimmt.«

Corliss hatte sein schweres Flanellhemd ausgezogen, um mehr Bewegungsfreiheit zu haben. Als Frona kam, sah man, daß auch sie einiges abgelegt hatte. Jacke und Rock waren weg, und ihr dunkler Unterrock hörte kurz unter dem Knie auf.

»Du bist in Ordnung«, sagte Del.

Jacob Welse sah sie besorgt an, als sie einige Paddel in der Hand wog. »Du willst doch nicht ...?« begann er.

Sie nickte.

»Bist ein gutes Mädchen«, sagte McPherson. »Ich hab' eine Frau zu Haus, von den drei kleinen Kindern gar nicht zu reden ...«

»Alles fertig?« Corliss hob den Bug von *Juwelchen* an und schaute zurück.

Das trübe Wasser klatschte an die Ränder der Eisrinne. Courbertin nahm das Heck, und zu zweit schleppten sie das Boot die steile Uferböschung hinab. Del ging hinter dem noch immer widerstrebenden Tommy drein. Eine flache Scholle, die leicht geneigt vom Ufer ins Wasser reichte, diente als Gangway.

»Und jetzt in den Bug mit dir, Tommy!«

Der Schotte stöhnte, fühlte Bishops schweren Atem an seinem Hals und gehorchte. Frona stieß am Heck zu, um sein Gewicht auszugleichen.

»Ich kann steuern«, erklärte sie Corliss, der erst jetzt bemerkte, daß sie mitkam.

Er schaute hoch zu Jacob Welse, als wolle er dessen Zustimmung erbitten und erhielt sie auch.

»Also los!« rief Del ungeduldig.

25

Juwelchen war der richtige Name für alles, was in der Seele eines Bootsbauers zierlich und fein ist. Es war leicht wie eine Eierschale, auch so zerbrechlich, und der Rumpf von kaum Fingerdicke bot keinen Schutz vor einem scharfkantigen Eisbrocken in der Größe eines Männerkopfes. Das Wasser war wohl offen, aber *Juwelchen* fand trotzdem keinen freien Weg, weil vom Eisrand dauernd Brocken abbrachen, die natürlich dort trieben, wo offenes Wasser war. Und hier hatte Corliss plötzlich unbegrenztes Vertrauen zu Frona und ihrer Geschicklichkeit.

Es war ein großartiges Bild: Schwarz rauschte der Strom zwischen den weißen Eiswänden; dahinter erstreckten sich die grünen Wälder bis zum Horizont und stiegen an, bis sie den wolkenfleckigen Sommerhimmel zu berühren schienen. Und über allem glühte wie ein Hochofen die Sonne. Wirklich, ein großartiges Bild; doch irgendwie erinnerte es Corliss an seine Mutter und ihre ewigen Nachmittagstees, die weichen Teppiche, die energischen Dienstmädchen Neuenglands, die Kanarienvögel, die in ihren Käfigen in weit offenen Fenstern hingen, und er überlegte, ob sie das verstehen könnte. Als er an die Frau hinter sich dachte und den Rhythmus ihres Paddels fühlte, da fielen ihm die Damen seiner Mutter ein, die in einer langen Reihe, eine nach der anderen, an ihm vorüberzogen — blasse, von innen heraus glühende Geister, Karikaturen jener Frauen, die die Erde bevölkert hatten und dies auch in Zukunft tun würden.

Juwelchen bog um eine kreiselnde kleine Eisscholle, tauchte in einen sich öffnenden Kanal und schoß ins offene Wasser, während sich schon die Eiswände knirschend wieder hinter ihnen schlossen. Tommy stöhnte.

»Gut gemacht!« lobte Corliss.

»Dieses närrische Weib«, schnarrte es rückwärts. »Warum hat sie nicht warten können?«

Frona hörte das und lachte. Vance warf ihr über die Schulter einen Blick zu, und ihr Lächeln behexte ihn. Ihre Mütze, die sowieso schon gefährlich schief auf ihrem Kopf saß, kam ins Rutschen, und ihr fliegendes Haar leuchtete im Sonnenschein und rahmte ihr Gesicht so ein, wie er es am Dyea Trail gesehen hatte.

»Wie gern würde ich singen, wenn ich nicht meinen Atem sparen müßte! Sagen Sie mir doch das Lied vom Schwert auf oder auch das *Anchor Chanty.*«

»Oder das *First Chanty*«, antwortete Corliss. »Mein war die Frau, dunkel fand' ich sie«, summte er bedeutungsvoll.

Sie tauchte das Paddel auf der anderen Seite ein, um einem scharfkantigen großen Eisbrocken auszuweichen, und schien nichts gehört zu haben. »Ah, so könnte ich ewig weitermachen«, bemerkte sie.

»Und ich auch«, bestätigte Corliss spontan.

Aber davon nahm sie keine Notiz und sagte: »Vance, wissen Sie, wie froh ich darüber bin, daß wir Freunde sind?«

»Nicht meine Schuld, daß wir es nicht mehr sind.«

»Sir, Sie kommen aus dem Rhythmus«, hielt sie ihm vor, und er machte sich wieder an die Arbeit.

Juwelchen stemmte sich in einem Winkel von fünfundvierzig Grad gegen die Strömung, also stand das Boot auch quer im Strom. Auf die Art würden sie das Westufer direkt gegenüber dem Ausgangspunkt erreichen, und in der geringeren Strömung konnten sie sich dann flußaufwärts arbeiten. Trotzdem lagen noch eine Meile Ufer und gute hundert Yards dichtes Buschwerk, das direkt aus dem Wasser aufstieg, zwischen ihnen und dem Mann, der gerettet werden sollte.

Sie kamen in einen Wirbel und trieben in der Rückströmung unter dem hohen Eisrand. »Jetzt wollen wir einmal ein bißchen ruhiger tun«, schlug Corliss vor.

»Wer würde denken, daß wir jetzt Mitte Mai haben?« Frona besah sich die übereinandergetürmten, recht unordentlich aussehenden Eisschollen. »Vance, kommt Ihnen das nicht unwirklich vor?«

Er schüttelte den Kopf.

»Mir auch nicht. Ich weiß, daß ich — Frona — in Fleisch und Blut hier bin in einem Boot und mit zwei Männern um das Leben paddle; Jahr des Herrn achtzehnhundertundachtundneunzig, Alaska, Yukon River. Das ist Wasser, das ist Eis. Meine Arme sind müde, mein Herz schlägt etwas schneller, und ich schwitze; trotzdem erscheint mir alles wie ein Traum. Denken Sie nur! Vor einem Jahr war ich noch in Paris!« Sie holte tief Atem und schaute über das Wasser zum fernen Ufer zurück, wo Jacob Welses Zelt wie ein schneeweißes Taschentuch vor dem tiefen Grün des

Waldes wirkte. »Ich glaube nicht, daß es eine solche Stadt gibt«, fügte sie hinzu. »Es gibt kein Paris.«

»Und ich war vor zwölf Monaten noch in London«, überlegte Corliss. »Ich bin wiedergeboren. London? Es gibt kein London mehr. Es ist unmöglich. Wie kann es nur so viele Menschen auf der Welt geben? Das hier ist die Welt, und wir kennen die Tatsache, daß hier die Menschen recht selten sind, sonst könnte es nicht soviel Eis, See und Himmel geben. Ich weiß, daß Tommy mit großer Liebe an eine Stadt denkt, die Toronto heißt. Er macht da einen Fehler. Sie existiert nur in seinem Geist; das ist nur die Erinnerung an ein früheres Leben. Das würde er natürlich nicht glauben wollen, und es ist ganz natürlich, denn er ist kein Philosoph, und er macht sich auch nicht die Mühe ...«

»Willst du endlich den Mund halten?« flüsterte Tommy wütend. »Dein Geplapper bringt nur Unglück über uns.«

Im Nordland ist das Leben kurz, und jede Erfüllung folgt einer Prophezeiung auf den Fersen. Der Seufzer einer zitternden Ahnung hing in der Luft, und über ihnen schwankte die Regenbogenwand. Die drei Paddel tauchten im gleichen Rhythmus ins Wasser. *Juwelchen* tat einen Satz. Eine Breitseite nach der anderen trieb und krachte heran, und tausend gefrorene Tonnen donnerten hinter ihnen flußabwärts. Das verdrängte Wasser schwappte in einem schaumigen, wirbelnden Kreis nach außen; *Juwelchen* duckte sich unter den Kamm der Wellenkrone und wurde halbvoll in den Strudel gezogen.

»Hab' ich's euch nicht gesagt, euch geschwätzigen Narren!«

»Bleib sitzen und schöpf!« befahl ihm Corliss scharf. »Oder du hast keine Möglichkeit mehr, uns etwas zu sagen.«

Er schüttelte für Frona den Kopf, und sie nickte dazu. Dann lachten beide wie Kinder über einen Streich, der unheilvoll aussieht, doch gut ausgeht.

Juwelchen hielt sich im Schatten der Eiswächte und glitt lautlos durch den letzten Strudel. Eine Felsecke erhob sich unvermittelt aus dem Wasser, eine monströse Masse nackten, verschrammten und von Jahrhunderten verwitterten Gesteins, das den Fluß haßte, weil er unablässig an ihm nagte. Er haßte den Regen, der sein grimmiges Gesicht zu unförmigen Falten auswusch; er haßte die Sonne, die sich weigerte, mit grünem Leben seine Häßlichkeit zu verdecken. Die ganze Kraft des Stromes warf sich gegen ihn, stürmte wütend gegen seine Befestigungen und ließ mittendrin von ihm ab. Aber in seiner ganzen Länge rollten die steifen Wellen gegen ihn an, und die Spalten und vom Wasser ausgewaschenen Höhlen waren mit brüllendem, unsichtbarem Kampf erfüllt.

»Jetzt! Durch! Alle Kraft einsetzen!«

Das war der letzte Befehl, den Corliss geben konnte, denn in diesem Getöse war eine Menschenstimme nicht mehr als ein Grillenzirpen bei einem Erdbeben. *Juwelchen* tat einen Satz, kam klar aus dem Strudel und tauchte in das mit Treibeisbrocken durchsetzte »dickere« Wasser. Rhythmisch tauchten die Paddel und hoben sich aus dem Wasser. Es riß, zerrte und zog von und nach allen Seiten gleichzeitig. Der zerbrechliche Rumpf konnte nicht jeder Bewegung folgen und zitterte unter dem Schock des Widerstandes. Nervös brach das Boot nach links und rechts aus, doch Frona hielt es mit einer Hand aus Stahl auf Kurs. Hier grinste nur ein Yard entfernt eine gefährliche Felsspalte; *Juwelchen* tat einen Satz voran, doch die Strömungen hielten das Boot immer an einer Stelle fest: heraus aus der Spalte, nur einen halben Yard; hinein in die Spalte, nur einen halben Yard; und die Spalte schien höhnisch zu lachen.

Nach fünf Minuten, die ihnen wie eine Ewigkeit erschienen, waren sie endlich an der Spalte vorbei. Zehn Minuten, und sie lag hundert Fuß hinter ihnen. Die Paddel hoben und senkten sich gleichmäßig, bis Himmel und Erde und Strom ausgelöscht waren und das Bewußtsein nur noch eine dünne Linie war, ein Schaumstreifen über grinsenden Felsen oder höhnischem Wasser. Diese dünne Linie summierte alles. Darunter lag der Beginn aller Dinge, darüber, hinter dem Röhren und dem Verkehr, war deren Ende; und diesem Ende strebten sie entgegen.

Und immer noch hielt Frona diese Nußschale mit einer stählernen Hand fest. Das, was sie erreichten, hielten sie auch, sie kämpften für mehr, immer mehr, Zoll nach Zoll, mit jedem Eintauchen der Paddel, mit jedem Heben. Und alles wäre recht gewesen, hätte nicht Tommys Seele zu flattern begonnen.

Eine Eisscheibe, die von der Strömung unter Wasser gezogen worden war, schoß plötzlich in einer Schaumwolke unter seinem Paddel heraus, drehte seinen scharfzackigen Rand und wurde wieder in die Tiefe gezogen. In diesem Schaum sah er sich selbst, sein Haar trieb oben im Wasser, ertrinkende Hände klammerten sich an eine Leere, und mit den Füßen voran ging er tiefer, immer tiefer. Weitäugig starrte er den Bootsrand an, und sein erhobenes Paddel weigerte sich, ins Wasser zu tauchen. In diesem Moment grinste ihnen eine Spalte ins Gesicht, im übernächsten trieben sie unterhalb der Felsen sanft in einen Wirbel.

Frona lag da, den Kopf zurückgelegt, und schluchzte die Sonne an; mittschiffs keuchte Corliss und streckte Arme und Beine von sich; vorne hockte der Schotte, hustend, nach Luft schnappend und völlig entnervt, und hatte den Kopf auf die Knie gelegt. *Juwelchen* rieb sich ganz sanft am Randeis und kam leise schaukelnd zur Ruhe. Die Regenbogenwand hing über dem Boot wie ein Märchenturm. Die Sonne wurde von unzähligen spiegelnden Flächen zurückgeworfen und goß funkelnden Glanz über das *Juwelchen* aus. Silberbäche rieselten kristallene Hänge entlang. Und in den klaren Tiefen schienen sich, Schleier nach Schleier, alle Geheimnisse von Leben und Tod und dem Sterben der Sterblichen zu enthüllen, Bilder von blassestem perlmuttschimmerndem Himmelblau, lieblich wie Traumvisionen und vielversprechend tief unten in dem großen, kühlen Mittelpunkt des Seins, in einem Herzen von unendlicher Ruhe und Gelassenheit.

Der höchste Turm, massiv und doch zerbrechlich, ragte etwa zwanzig Fuß über ihnen auf und schwankte sanft wie reifer Weizen in der Sommerbrise. Aber Corliss sah das nicht, wenn er auch hinaufschaute. Er lag nur da, ganz am Rand des Mysteriums, trank die Luft in durstigen Zügen in sich hinein — und tat nichts. Nur so daliegen, mehr wollte er nicht. Ein Derwisch, der herumtanzte, bis alle Dinge sich verwischten, mochte jetzt die Essenz des Universums begreifen und die Unteilbarkeit der Gottheit beweisen. Und ein Mann, der unablässig ein Paddel schwang, konnte seine Grenzen abwerfen und sich über Raum und Zeit erheben. Das tat Corliss.

Aber allmählich ließ das irre Klopfen seines Blutes in den Schläfen nach, und die Luft war nicht mehr süß wie Nektar; ein Gefühl des Wirklichen und Notwendigen kehrte zurück.

»Wir müssen hier raus«, sagte er. Seine Stimme klang wie die eines Mannes, der sich die Kehle mit vielen Zechereien verbrannt hat. Es erschreckte ihn, doch er hob etwas zittrig ein Paddel und stieß ab.

»Ja, wir wollen weiterkommen, wirklich«, bestätigte Frona, und für seine Ohren schien ihre Stimme aus unendlicher Ferne heranzuwehen.

Tommy hob den Kopf und schaute sich um. »Ich glaub', wir müssen aufgeben.«

»Nein, weitermachen.«

»Aber ihr wolltet's doch nicht noch mal versuchen?«

»Weitermachen!« befahl ihm Corliss.

»Tommy, so lange wird weitergemacht, bis dir das Herz platzt«, bestätigte Frona.

Wieder kämpften sie sich an der dünnen Linie entlang; die ganze Welt verschwand bis auf den Schaustreifen, das gurgelnde Wasser, die grinsende Spalte. Zoll für Zoll schoben sie sich daran vorbei, und dann hatten sie vor sich nur noch eine Felsfestung, die Haß ausströmte, um deren Fuß zornige Gezeiten tobten. *Juwelchen* tat einen Satz, schüttelte sich, zitterte ein bißchen, dann glitt die Strömung darunter heraus, und sie blieben an Ort und Stelle. Eine unendliche Zeit lang tauchten die Paddel ein, hoben sich aus dem Wasser, tauchten wieder ein, bis der Kampf seinen Sinn zu verlieren schien. Ihre Seelen vermischten sich mit dem Rhythmus ihrer schweren Mühe. Mit dem ewig sich hebenden und senkenden Paddel schienen sie ein Pendel der Zeit geworden zu sein. Vor und hinter ihnen gähnten Ewigkeiten, und dazwischen pulste der Rhythmus der Bewegung. Sie waren keine Menschen mehr, nur noch Rhytmus. Sie schufteten, bis die Paddel nackten Fels berührten, doch sie wußten es nicht. Ein reiner Zufall leitete sie durch das stoßende, schiebende, rammende Eis, doch sie sahen es nicht. Sie spürten auch nicht den Stoß der anstürmenden Wellen, nicht den Gischt, der ihre Gesichter kühlte ...

Juwelchen stieß die Nase hinaus in den Strom, und die im Sonnenschein mechanisch blitzenden Paddel hielten das Boot im rechten Winkel zum Fluß. Als ihnen Zeit und Raum wieder bewußt wurden und Slip-up Island ihnen wie ein Vorbote einer neuen Welt erschien, paddelten sie in einem gemütlichen Rhythmus weiter, der sie wieder zum Atem und Kraft kommen ließ.

»Ein dritter Versuch wäre nutzlos gewesen«, sagte Corliss mit trockener, brüchiger Stimme.

»Ja. Unsere Herzen hätten das nicht ertragen«, antwortete Frona.

Das Ufer kam näher, daher für Tommy auch ein schönes Lagerfeuer, eine gemütliche Rast im Mittagssonnenschein, das Leben — und das gesegnete Toronto; diese Stadt, deren Häuser sich nie bewegten, deren Straßen mit Leben angefüllt waren. Jedesmal sank sein Kopf vorwärts, und er klammerte sich mit seinem Paddel an das Wasser. Wie durch ein Teleskop schien er die Straßen zu sehen, die immer breiter, immer strahlender wurden, und wenn er den Kopf hob, tat die Insel einen Satz ihm entgegen. Und dann sank der Kopf wieder, die Straßen waren nur noch von Lebensgröße, und als er ihn hob, stand Jacob Welse mit den beiden Männern am Ufer, nur noch drei Bootslängen entfernt.

»Hab' ich's euch nicht gesagt!« schrie er triumphierend.

Frona riß das Kanu herum, so daß es parallel mit dem Ufer stand, und Tommy schaute stromaufwärts. Mitten im Paddelschlag hielt er ein, und das Paddel klapperte auf den Boden.

»Aufheben!« Corliss' Stimme war scharf und unbarmherzig.

»Tu' ich nicht.« Er wandte seinem Peiniger ein rebellisches Gesicht zu und knirschte vor Zorn und Enttäuschung mit den Zähnen.

Das Kanu trieb mit der Strömung flußabwärts, und Frona konnte nur ungefähr die Richtung halten. Corliss kroch auf den Knien vorwärts.

»Tommy, ich will dich nicht schlagen«, sagte er mit leiser, gepreßter Stimme. »Also, du hebst das Paddel auf. Sei vernünftig.«

»Mag nicht.«

»Dann bring' ich dich um«, fuhr Corliss fort mit der gleich ruhigen, leidenschaftslosen Stimme und zog gleichzeitig sein Jagdmesser aus der Scheide.

»Und wenn ich's nicht tu?« fragte der Schotte stur, doch er duckte sich.

Corliss setzte das Messer an. Die Stahlspitze drückte sich in Tommys Rücken genau dort, wo, wie man sagte, das Herz sei, biß sich durch das Hemd, in die Haut. Sie hielt hier nicht an, sondern drang im gleichen Tempo tiefer. Zitternd wich Tommy zurück.

»Mensch, hör auf!« kreischte er. »Du stichst mich ja!«

Fronas Gesicht war blaß, doch ihre Augen funkelten hart, und sie nickte Vance zustimmend zu.

»Wir versuchen es auf dieser Seite und wollen von oben her über den Fluß!« rief sie ihrem Vater zu. »Was? Ich kann nicht hören... Tommy? Oh, der hat nur ein schwaches Herz. Nichts Ernstes.« Sie salutierte mit ihrem Paddel. »Lieber Vater, wir sind bald wieder da. Sehr bald.«

Der Stewart River war weit offen, und sie paddelten eine Viertelmeile flußaufwärts bis zu Mündung, dann folgten sie weiter dem Yukon. Als sie dem Mann auf der anderen Uferseite gegenüber waren, sahen sie sich einem neuen Hindernis gegenüber. Eine Meile weiter oben klammerte sich das Wrack einer Insel verzweifelt an das Flußbett. Ihr Schwanz lief in eine Sandbank aus, die sich bis zu den unpassierbaren Felsen hinzog. Auf dem Sand hatten sich ein paar hunderttausend Tonnen Eis verkeilt zu einem glitzernden, unheimlichen Berg.

»Wir müssen das Boot wohl drübertragen«, sagte Corliss, als Frona es vom Ufer weglenkte.

Juwelchen schoß quer über den schmalen Kanal zur Sandbank und schlüpfte eine kleine Eisrinne entlang, wo die Wände weniger gefährlich aussahen. Sie landete an einer aus dem Wirrwar herausragenden Scholle, die ohne jede Stütze dreißig Fuß weit über dem Wasser hing. Wie weit das andere Ende in den Massen begraben war, ließ sich nicht einmal ahnen. Sie kletterten zum Gipfel der Scholle, zogen das Kanu hinter sich drein und schauten über die Eiswüste. In einer titanischen Verwirrung waren die Schollen kreuz und quer ineinander verkeilt. Riesige Blöcke türmten sich auf andere und dienten noch größeren Massen als Fußschemel, und all dies funkelte und schillerte in der Sonne wie ein monströser Juwelenberg.

»Feiner Platz für einen Spaziergang«, schniefte Tommy. »Und der nächste Stau wird jeden Moment fällig.« Er setzte sich entschlossen auf das Eis. »Nein, danke bestens, ich versuch's erst gar nicht.«

Frona und Corliss kletterten weiter und schleppten gemeinsam das Kanu.

»Die Perser haben ihre Sklaven in die Schlacht gepeitscht«, bemerkte sie und schaute zurück. »Das habe ich bisher nie verstanden. Sollten Sie nicht besser zu ihm zurückgehen und ihn holen?«

Corliss versetzte ihm einen Tritt, so daß er wimmernd aufstand, und dann ließ er ihn vor sich her gehen. Das Boot war nicht schwer, wenn auch unhandlich, und an Steilstücken und scharfen Kehren forderte es ihre ganze Kraft und Vorsicht. Die

Sonne brannte auf sie herab. Ihr Gleißen machte die Augen schmerzen, der Schweiß strömte aus jeder Pore, und sie holten keuchend Atem.

»Oh, Vance ...«, sagte Frona.

»Ja, was?« Er wischte sich den Schweiß von der Stirn und schüttelte ihn mit einem Handschlenker von sich.

»Ich wollte, ich hätte besser gefrühstückt.«

Er brummte mitfühlend. Sie hatten nun den mittleren Grat erreicht und konnten den offenen Fluß sehen und am Ufer ziemlich deutlich den Mann und sein Notsignal. Unter ihnen lag in pastoraler grüner Ruhe Split-up Island. Sie schauten hinauf zur breiten Biegung des Yukon, der lässig lächelte, als könne er nicht jeden Augenblick Tod und Verderben speien. Zu ihren Füßen fiel das Eis ab zu einer kleinen Schlucht, und darüber lagen breite Schatten.

»Tommy, geh weiter«, bat Frona. »Die Hälfte haben wir, und unten ist offenes Wasser.«

»Ja, ihr denkt nur ans Wasser, aber daß ihr einen ehrlichen Kerl in den Tod schickt, das ist euch egal«, knurrte er.

»Ich fürchte, Tommy, du hast eine sehr große, schwere Sünde begangen«, sagte sie und schüttelte vorwurfsvoll den Kopf. »Sonst hättest du keine so große Angst vor dem Tod.« Sie seufzte und hob ihr Bootsende auf. »Nun ja, ich denke, das ist ganz natürlich. Du weißt nicht, wie man mit Anstand stirbt ...«

»Ich will auch gar nicht sterben!« erklärte er hitzig.

»Alle Menschen müssen sterben. Für jeden kommt einmal die Zeit. Und wenn es Zeit zum Sterben ist, kann man nichts anderes tun. Vielleicht ist dies eine solche Zeit.«

Tommy rutschte vorsichtig über eine schimmernde Eisleiste und ließ sich von dort hinab zu einem sicheren Stand. »Stimmt ja schon«, meinte er und grinste nach oben. »Aber ich glaub', das könnt' ich für mich selbst beurteilen, oder nicht? Warum sollt' ich nicht mein eigenes Lied singen?«

»Weil du's nicht singen kannst. Die Starken haben schon immer nach der richtigen Tonart gesucht, um sie solchen zu lehren, wie du einer bist. Sie haben denen auch gesagt, wie und wann sie sterben müssen, sie haben sie in den Tod geführt und in den Tod gepeitscht.«

»Das stimmt schon«, gab er zu. »Und reden kannst du auch. Mir steht's also nicht zu, mich zu beklagen. Feiner Job, den du da draus machst.«

»Du machst das recht gut.« Corliss lachte leise und wurde sich bewußt, daß er jetzt zum erstenmal »du« zu ihr gesagt hatte. Er hielt einen Moment den Atem an, doch dann erschien es ihm ganz selbstverständlich. Tommy verschwand außer Sicht und landete am Boden der kleinen Schlucht. »Dieser eklige Kerl. Er würde noch streiten auf dem Weg zum Jüngsten Gericht.«

»Wo hast du Paddeln gelernt?« fragte sie.

»College-Sport. Aber schau mal, ist das nicht fein?«

Das schmelzende Eis hatte am Schluchtboden eine schöne Pfütze gebildet. Frona legte sich der Länge nach hin und tauchte ihren heißen Mund in die wundervolle Kühle. Als sie so dalag, zeigten die Sohlen ihrer Mokassins — es war kaum mehr etwas von den Mokassins und den Socken übrig, nur noch ein paar müde Fetzen hingen an den Füßen — oder eher ihrer nackten Füße nach oben. Sie waren sehr weiß, aber vom anstrengenden Marsch über das Eis recht zerschunden und blutig. Eine Zehe blutete recht kräftig.

»So klein, hübsch und weich«, murmelte Tommy. »Man tät' nicht glauben, daß die einen Mann durch die Hölle führen können.«

»Wenn du noch weiter brummst, führen sie dich sehr schnell durch«, antwortete Corliss zornig.

»Vierzig Meilen die Stunde«, erwiderte Tommy böse, als er wegging, und er genoß es, das letzte Wort gehabt zu haben.

»Moment. Du hast zwei Hemden. Leih mir eines.«

Der Schotte sah fragend drein, dann begriff er, schüttelte den Kopf und setzte sich wieder in Bewegung.

Frona stemmte sich auf die Füße. »Was ist los?«

»Nichts. Setz dich.«

»Nein, was ist los?«

Corliss legte ihr die Hände auf die Schultern und drückte sie zurück. »So kannst du nicht weitergehen. Das sind ja nur noch Fetzen. Schau.« Er hob die Sohle von einem zerfetzten Mokassin weg und zeigte ihr einen zerschundenen Fuß, von dem das Blut tropfte. »Warum hast du mir das nicht gesagt?«

»Oh, das hat mich nicht sehr gestört.«

»Gib mir einen deiner Röcke«, forderte er.

»Ich . . . habe ja nur einen.«

Er schaute sich um. Tommy war zwischen den Schollen verschwunden.

»Wir müssen weiter«, drängte Frona und versuchte wieder aufzustehen.

Wieder hielt er sie zurück. »Keinen Schritt, bevor ich dir die Füße verbunden habe. Etwas muß dran glauben. Mach die Augen zu.«

Sie gehorchte, und als sie wieder schaute, war er bis zu den Hüften nackt. Sein Unterhemd hatte er in Streifen gerissen und damit ihre Füße verbunden.

»Du warst hinter mir, und ich wußte nicht...«

»Entschuldige dich doch bitte nicht«, unterbrach sie ihn. »Ich hätte ja etwas sagen können.«

»Ich entschuldige mich nicht, ich mache dir einen Vorwurf. Und jetzt den anderen Fuß. Heb ihn an.«

Die Nähe machte ihn fast wahnsinnig, und er berührte leicht mit den Lippen die kleine weiße Zehe, für die Baron Courbertin ein Küßchen bezogen hatte.

Sie zog den Fuß nicht zurück, doch sie errötete; und eine Erregung packte sie wie nur einmal in ihrem Leben. »Du nützt aber deine eigene Güte sehr aus«, hielt sie ihm vor.

»Das ist ein doppelter Vorteil für mich.«

»Bitte, nicht«, bat sie.

»Warum nicht? Es ist eine Sitte auf See, daß sich die Geister offenbaren, wenn das Schiff sich zum Untergehen bereitmacht. Und da dies so etwas wie eine verlorene Hoffnung ist — warum also nicht?«

»Aber...«

»Aber was, Miß Streng?«

»Oh, du weißt, daß ich das auf gar keinen Fall verdiene! Wenn ich sonst auf niemanden Rücksicht zu nehmen hätte, nun ja... unter den gegebenen Umständen...«

Er zog den letzten Knoten fest und setzte ihren Fuß auf den Boden. »Verdammter St. Vincent! Komm jetzt.«

»Das würde ich an deiner Stelle auch sagen«, meinte sie lachend und hob Ihr Bootsende an. »Wie sehr du dich doch verändert hast, Vance. Du bist nicht mehr derselbe Mann, den ich am Dyea Trail kennengelernt habe. Damals konntest du — unter anderem — noch nicht fluchen.«

»Nein, ich bin nicht mehr derselbe. Dafür danke ich Gott und

Das schmelzende Eis hatte am Schluchtboden eine schöne Pfütze gebildet. Frona legte sich der Länge nach hin und tauchte ihren heißen Mund in die wundervolle Kühle. (Seite 217)

dir. Nur bin ich wohl ehrlicher als du. Ich lebe immer nach meiner Philosophie.«

»Gib zu, das ist unfair. Du verlangst unter den gegebenen Umständen zuviel . . .«

»Nur eine kleine Zehe.«

»Und sonst bedeute ich dir vermutlich nur so etwas wie eine kleine Schwester. In diesem Fall und wenn du es wirklich willst, kannst du . . .«

»Sei jetzt still«, unterbrach er sie grob. »Sonst mache ich aus mir noch einen Narren, der sich für Geld sehen lassen kann.«

». . . alle meine Zehen küssen«, vollendete sie den Satz.

Er knurrte etwas, wagte aber keine Antwort zu geben. Außerdem war die Arbeit so anstrengend, daß sie ihren Atem sparen mußten, und so stiegen sie schweigend das letzte Seilstück ab. Unten wartete McPherson am offenen Wasser.

»Del haßt St. Vincent«, sagte sie unvermittelt. »Warum?«

»Ja, so scheint es.« Neugierig schaute er zur ihr zurück. »Und wo er geht und steht, schleppt Del ein altes russisches Buch mit sich herum. Er kann es nicht lesen, und trotzdem scheint er es auf irgendeine Art als St. Vincents Nemesis zu betrachten. Und, weiß du, Frona, er glaubt so fest daran, daß es auf mich abfärbt. Ich weiß nicht, ob du zu mir kommst oder ob ich zu dir gehen werde, aber . . .«

Sie ließ ihr Bootsende auf den Boden gleiten und lachte schallend. Er wurde vor Verlegenheit rot.

»Wenn ich doch . . .«, begann er.

»Du Dummkopf!« rief sie lachend. »Sei doch nicht so töricht. Und tu nicht so würdevoll. Im Moment steht dir das gar nicht. Dein Haar ist vollkommen wirr, im Gürtel steckt dir ein mörderisches Messer, und nackt bist du bis zur Hüfte wie ein Pirat, der sich gerade in den Kampf stürzen will. Sei wütend, schau mich finster an, fluche oder tu sonst etwas, aber sei nur nicht würdevoll. Ich wollte, ich hätte meine Kamera dabei. Später könnte ich dann einmal sagen: ‚Das, meine Freunde, ist Corliss, der große Arktisforscher, und so sah er aus am Ende seiner weltberühmten Reise DURCH DAS DUNKELSTE ALASKA!'«

Er drohte ihr mit dem Finger. »Wo ist dein Rock?«

Unwillkürlich blickte sie an sich hinab. Er war da, wenn auch nur noch recht mitgenommen. Trotzdem wurde sie rot.

»Du solltest dich schämen!«

»Bitte, bitte, sei nicht so würdevoll!« rief er lachend. »Es ist richtig, im Moment bekommt dir das gar nicht. Wenn ich meine Kamera bei mir hätte ...«

»Du hältst jetzt den Mund und gehst weiter«, befahl sie. »Tommy wartet. Ich hoffe, daß dir die Sonne die Haut am Rücken wegbrennt«, keuchte sie rachsüchtig, als sie das Kanu über den letzten Eishang hinabgleiten ließen und es ins Wasser setzten.

Zehn Minuten später erkletterten sie die Eiswand, von dort das Ufer; das Notsignal flatterte noch. Hier war es ein wenig hügelig, doch sie fanden den Mann unter dem Notsignal ausgestreckt. Er lag sehr still da, und sie hatten schon Angst, zu spät zu kommen. Doch da bewegte er etwas den Kopf und stöhnte. Seine grobe Kleidung hing in Fetzen herum, und an den schwarzen, zerschundenen Füßen klebten noch die Reste seiner Mokassins. Sein Körper war mager und ausgemergelt, ohne Fleischpolster und Muskeln. Die Haut spannte sich straff über die Knochen. Als Corliss ihm den Puls fühlte, öffnete er flatternd die Augen und starrte sie gläsernen Blickes an. Frona fröstelte.

»Mensch, der schaut ja grausig aus«, bemerkte McPherson und ließ die Hand über den geschrumpften Arm gleiten.

»Frona, du gehst zum Kanu«, befahl Corliss. »Tommy und ich tragen ihn hinunter.«

Das wollte sie nicht. Obwohl der Abstieg mit ihrer Hilfe leichter war, wurde der Mann doch ziemlich durchgeschüttelt; als sie ihn auf den Boden des Kanus legten, kam er kurz zu sich. Er öffnete die Augen. »Jacob Welse ... Telegramme ... von draußen ...«, flüsterte er heiser, zupfte matt an seinem offenen Hemd, und da sahen sie den Ledergurt über seiner mageren Brust, an dem zweifellos die Posttasche hing.

An beiden Enden des Kanus wäre noch etwas Platz gewesen, doch mittschiffs, wo Corliss paddelte, hatte er den Mann zwischen den Knien. *Juwelchen* legte flink und elegant vom Ufer ab. Endlich konnten sie die Strömung ausnützen, so daß sie sich nicht überanstrengen mußten.

Vances Arme, die Schultern und der Rücken waren grellrot und fanden Fronas Aufmerksamkeit. »Meine Hoffnung ging in Erfüllung«, rief sie, griff aus und strich vorsichtig über einen brennenden Arm. »Wenn wir zurück sind, müssen wir eine kühlende Salbe draufschmieren.«

»Mach nur so weiter, das tut schrecklich wohl.«

Sie bespritzte seinen glühenden Rücken mit etwas eiskaltem Flußwasser. Er hielt den Atem an und fröstelte. Tommy drehte sich zu ihnen um.

»Es ist eine gute Tat, die wir heut getan haben«, bemerkte er fröhlich. »Es ist gut vor Gottes Angesicht, einem Menschen in Not geholfen zu haben.«

»Warum?« fragte Frona lachend. »Hast du Angst?«

»Na ja«, meinte er, »ich war ja ohne Zweifel ein bißchen ...«

Hier brach sein Selbstbekenntnis ab, und plötzlich schien er zu versteinern. Seine Augen hingen mit einem Ausdruck des Schreckens über Fronas Schulter. Langsam und fast träumerisch und so, als wolle er eine Gottheit anrufen, sagte er leise: »Guter Gott, Allmächtiger!«

Sie wirbelten herum. Eine Eiswand trieb um die Flußbiegung, und während sie noch schauten, krachte die rechte Flanke, die dieser Biegung nicht folgen konnte, an das andere Ufer, und innerhalb weniger Sekunden türmte sich ein gewaltiger Eisberg auf.

»Guter Gott! Guter Gott! Wie Ratten in der Falle!« Tommy tauchte sein Paddel kaum mehr in das Wasser.

»Paddeln!« zischte Corliss ihm ins Ohr, und *Juwelchen* tat einen Satz.

Frona steuerte geradeaus quer über die Strömung, fast im rechten Winkel nach Split-up. Da gab die Sandbank, über die sie gekommen waren, unter der Wucht von Millionen Tonnen Eis nach, und Corliss warf Frona einen besorgten Blick zu. Sie schüttelte lächelnd den Kopf und bog etwas vom Kurs ab.

»Wir schaffen es nicht«, flüsterte sie und schaute zurück zum Eis, das noch einige hundert Fuß entfernt war. »Unsere einzige Chance ist die, vor ihm herzulaufen und uns langsam ans Ufer zu arbeiten.«

Mit größter Sorgfalt und Genauigkeit erkämpfte sie einen Zoll nach dem anderen und hielt das Kanu so scharf auf geradem Kurs, wie sie es wagen konnte. Gleichzeitig hielt sie einen gleichmäßigen Abstand von der Eiswand.

»Ich kann bald nimmer«, jammerte Tommy einmal, doch Corliss und Frona gaben ihm keine Antwort. Das war ein schlechtes Zeichen für ihn, und so arbeitete er mit dem Paddel weiter.

Aus der Eiswand, sozusagen als Vorhut, ragte eine Scholle von etwa sechs Fuß Dicke und von einer Ausdehnung, auf die man ein paar Häuser hätte stellen können. Sie schnitt durch das Wasser, so daß links und rechts davon eine kräftige Strömung wirbelte. Tommy sah es und wäre wohl zusammengebrochen, hätte ihn Corliss nicht zwischen zwei Paddelschlägen mit seinem Paddel in den Rücken gestoßen.

»Wir können uns vor der Wand halten«, keuchte Frona, »aber wie sollen wir soviel Zeit finden, um zu landen?«

»Wenn sich eine Chance ergibt«, riet ihr Corliss, »dann treibst du das Boot mit dem Bug voran hinein. Und sobald wir ans Ufer stoßen, springst du raus und rennst.«

»Eher muß ich aber klettern. Ein Glück, daß mein Rock so kurz ist.«

Die Felsen an der linken Uferseite fingen die Eisschollen auf und ließen sie nach rechts abprallen. Die großen Spitzenscholle traf genau auf die Spitze von Split-up Island.

»Wenn du zurückschaust, schlag' ich dir mit dem Paddel den Schädel ein«, warnte Corliss.

»Jawohl«, stöhnte Tommy.

Aber Corliss schaute zurück, ebenso wie Frona. Der riesige Berg versetzte dem Land einen Erdbebenschock. Ungefähr fünfzig Fuß breit war die weiche Insel demoliert. Etliche Fichten schwankten beträchtlich und krachten schließlich um; wo sie gestanden hatten, türmte sich ein Eisberg auf, der stieg und fiel und wieder stieg. Darunter, aber ein paar Fuß entfernt, rannte Del Bishop ans Ufer, und durch das unheimliche Krachen konnten sie ganz schwach sein Schreien hören: »Raufbringen! Bringt's rauf!« Dann knitterte der Eisrand, und er sprang zurück, um ihm zu entrinnen.

»Die erste Öffnung«, keuchte Corliss.

Frona öffnete den Mund, um etwas zu sagen, doch sie konnte nur nicken zum Zeichen, daß sie gehört hatte. Unter der Regenbogenmauer paddelten sie so schnell sie konnten und hielten nach einer Stelle Ausschau, wo sie schnell aussteigen und vom Ufer weglaufen konnten. Vergeblich rasten sie die ganze Insel entlang, und hinter ihnen röhrte der Eisberg, genau auf ihrem Fluchtweg.

Als sie über die Einmündung des hinteren Kanals zur Insel Roubeau schossen, entdeckten sie, daß sie genau in der Richtung auf eine Öffnung im Randeis lagen. *Juwelchen* schoß mit voller Geschwindigkeit hinein und stieg auf einer Schelfscholle in halber Länge aus dem Wasser. Die drei sprangen gemeinsam, aber zwei von ihnen packten das Kanu, um es nach oben zu ziehen, und Tommy, der dritte, dachte nur an seine eigene Rettung. Es wäre ihm auch sicher gelungen, wäre er nicht auf halbem Weg gerutscht und gestürzt. Halb stand er auf, rutschte wieder und stürzte noch einmal. Corliss zerrte das Kanu am Bug hinauf und trampelte über ihn weg. Er griff nach oben und klammerte sich an den Bootsrand. Sie hatten nicht mehr genügend Kraft, und sein Gewicht konnten sie nicht auch noch mitzerren. Corliss schaute zurück und brüllte ihm zu, er solle sofort loslassen, aber er schaute nur angstvoll und wie ein Ertrinkender zu ihm auf und klammerte sich noch fester an. Hinter ihnen donnerte das Eis. Sie bemühten sich über ihre Kräfte hinaus, das Kanu nach oben zu ziehen, doch das zusätzliche Gewicht war zuviel. Sie stürzten auf die Knie. Der Kranke setzte sich plötzlich auf und lachte wild. »Blut meiner Seele!« schrie er und lachte wieder. Es klang schauerlich.

Die Insel Roubeau schwankte unter dem ersten Anprall, und unter ihren Füßen hob sich das Eis. Frona bekam ein Paddel zu fassen und schlug damit dem Schotten auf die Knöchel. Sofort ließ er los. Corliss rannte wie ein Irrer mit dem Boot nach oben, Frona half von hinten her mit; die Regenbogenwand rollte sich auf wie eine Schriftrolle, und Tommy verschwand wie eine Biene in den vielen Gängen einer großartigen Orchideenblüte.

Atemlos stürzten sie zu Boden. Aber aus dem Eisberg schob sich eine ungeheure Platte nach oben und blieb über ihnen hängen. Frona versuchte aufzustehen, sank jedoch wieder auf die Knie. Corliss holte erst sie, dann das Kanu unter der Platte heraus. Wieder stürzten sie, diesmal zwischen den Bäumen; die Sonne stach durch die grünen Fichtennadeln auf sie herab, und die Rotkehlchen sangen. Ganz in der Nähe geigte eine ganze Grillenkolonie in der Sommerwärme.

Sie bemühten sich über ihre Kräfte hinaus, das Kanu nach oben zu bringen, doch das zusätzliche Gewicht war zuviel. Sie stürzten auf die Knie. (Seite 224)

26

Frona wachte langsam auf wie nach einem langen Traum. Sie lag dort, wo sie gestürzt war, quer über Corliss' Beinen, und er lag auf dem Rücken. Die Sonne schien ihm voll ins Gesicht. Sie kroch zu ihm. Er atmete regelmäßig mit geschlossenen Augen. Langsam öffnete er sie und begegnete ihrem Blick. Er lächelte, und sie ließ sich wieder zurücksinken. Nun rollte er sich auf die Seite, und so sahen sie einander an.

»Vance.«

»Ja.«

Sie streckte die Hand aus. Die seine schloß sich um die ihre, und sie senkte den Blick, weil ihre Lider flatterten. Der Fluß unten rumpelte noch immer, doch das schien weit, sehr weit weg zu sein und war ein Murmeln aus einer vergessenen Welt.

Ein lässiges Behagen hüllte sie ein. Der goldene Sonnenschein tropfte durch das duftende Grün auf sie herab, und das Leben der warmen Erde schien zu singen. Es war sehr still, und die Stille tat wohl. Fünfzehn lange Minuten dösten sie, dann erwachten sie wieder.

Frona setzte sich auf. »Ich ... hatte Angst«, sagte sie.

»Doch nicht du.«

»Angst, daß ich Angst haben könnte«, berichtigte sie sich selbst und versuchte, ihr Haar zu glätten.

»Laß es doch so. Der Tag verdient es.«

Sie ließ ihr Haar so, wie es war, und schüttelte nur den Kopf, so daß es wie eine gelbe Gloriole aussah.

»Tommy ist weg«, sagte Corliss, der sich langsam wieder an das Rennen mit dem Eis erinnerte.

»Ja. Ich hab' ihn auf die Knöchel geschlagen. Es war schrecklich. Aber möglicherweise haben wir einen besseren Mann im Kanu, und um den müssen wir uns sofort kümmern. Hallo! Schau doch!« Zwischen den Bäumen sah sie, kaum mehr als zwanzig Fuß entfernt, die Wände einer großen Hütte. »Niemand zu sehen. Sie muß verlassen sein. Oder sie sind anderswo zu Besuch. Vance, schau du dich nach unserem Mann um. Ich bin etwas präsentabler, also gehe ich zur Hütte und schaue nach.«

Sie ging um die Hütte herum, die für das Land am Yukon ungewöhnlich groß war, und gelangte dorthin, wo sie zum Fluß hinabschaute. Die Tür stand offen. Sie stand da, um zu klopfen, und da bot sich ihr ein erstaunliches Bild, das in einer ganzen Reihe von Bildern auf sie einstürmte. Zuerst nahm sie ziemlich viele Menschen wahr. Die Männer schienen mit einer ernsten Sache beschäftigt zu sein, die für alle von großer Wichtigkeit sein mußte. Dann klopfte sie, und nun öffnete sich eine Gasse zur gegenüberliegenden Hüttenwand; eine aus Leibern gebildete Gasse. Auf den langen Bunkreihen zu beiden Seiten der Gasse saßen ernste Männer. Zwischen ihnen stand vor der Wand ein Tisch, und der schien der Mittelpunkt des Interesses zu sein. Da Frona von der grellen Sonne hereinkam, war das Licht in der Hütte sehr gedämpft, doch es gelang ihr, im Zwielicht einen bärtigen Amerikaner zu erkennen, der an diesem Tisch saß und mit einem Kalfaterholzhammer auf den Tisch klopfte. Ihm gegenüber saß St. Vincent. Sie bemerkte sein hageres, erschöpftes Gesicht, ehe ein skandinavisch aussehender Mann zum Tisch schlurfte.

Der Mann mit dem Hammer hob die rechte Hand. »Du schwörst also ehrlich und rechtschaffen, daß das, was du vor diesem Gericht ...« Er unterbrach sich und schaute den Mann zornig an. »Hut runter!« röhrte er, und die anderen lachten leise, als der Mann gehorchte.

Dann begann der Mann mit dem Hammer erneut. »Du schwörst also ehrlich und rechtschaffen, daß das, was du vor diesem Gericht aussagst, die Wahrheit ist, die reine, die ganze und nichts als die Wahrheit, so wahr dir Gott helfe?«

Der Skandinavier nickte und ließ die Schwurhand fallen.

»Einen Moment noch, Gentlemen«, sagte Frona und ging die Gasse entlang, die sich sofort wieder hinter ihr schloß.

St. Vincent sprang auf und streckte ihr die Arme entgegen. »Frona!« rief er. »Oh, Frona, ich bin unschuldig!«

Das war wie ein Schlag für sie, völlig unerwartet. Sie sah nur mehr den Ring unnatürlich bleicher Gesichter, in denen die Augen brannten. Unschuldig? Wieso unschuldig? Sie schaute St. Vincent an, der noch immer mit ausgestreckten Armen vor ihr stand, und irgendwie, auf sehr verwirrende Art wurde sie sich eines Ekels bewußt; etwas ging hier vor, was häßlich, scheußlich oder entsetzlich war. Unschuldig? Woran? Er hätte doch etwas zurückhaltender sein und warten können, bis man ihn anklagte. Sie wußte nicht, daß man ihn überhaupt eines Verbrechens für schuldig hielt.

»Freunde des Gefangenen«, befahl der Mann mit dem Hammer. »Bringt einen Stuhl her, damit sie sich setzen kann. Irgendeiner von euch.«

»Moment ...« Sie trat zum Tisch und hielt sich daran fest. »Ich verstehe gar nichts. Das ist alles so neu ...« Aber ihre Augen fielen zufällig auf ihre in schmutzige Lumpen gewickelten Füße; sie wußte, daß sie nur einen kurzen, zerfetzten Rock anhatte, daß durch einen Riß im Ärmel das nackte Fleisch schaute, daß ihr Haar wirr und unordentlich herabhing. An einer Seite waren Wange und Hals mit einer merkwürdigen Masse verschmiert. Sie rieb mit der Hand darüber, und getrockneter Schlamm fiel zu Boden.

»So geht es besser«, sagte der Mann nicht unfreundlich. »Setzen Sie sich. Uns allen geht es so. Wir verstehen es nicht. Aber nehmen Sie mein Wort, wir sind hier, um das herauszufinden. Setzen Sie sich.«

Sie hob die Hand. »Augenblick noch ...«

»Setzen!« donnerte er. »Das Gericht ist nicht zu unterbrechen!«

Aus der Menge waren Worte der Mißbilligung zu vernehmen, und der Mann klopfte, Schweigen fordernd, mit dem Holzhammer auf den Tisch. Frona ließ sich jedoch nicht einschüchtern.

Als sich der Lärm gelegt hatte, wandte sie sich an den Mann mit dem Hammer. »Herr Vorsitzender, ich nehme an, daß dies ein Treffen der Minenleute ist.« Der Mann nickte. »Dann fordere ich für mich Gehör, da ich eine gleichwertige Stimme in Gemeindeangelegenheiten habe.«

»Aber das ist nicht in Ordnung, Miß ... äh ...«

»Welse«, halfen ihm ein halbes Dutzend Stimmen.

»Miß Welse.« Jetzt schwang deutlicher Respekt in seiner Stimme mit. »Trotzdem bekümmert es mich außerordentlich, daß dies nicht geht. Setzen Sie sich doch.«

»Ich will nicht«, antwortete sie. »Ich stelle eine privilegierte Frage, und wenn man mich nicht anhören will, wende ich mich an die hier Versammelten.«

Sie ließ den Blick durch die ganze Runde gehen, und einige forderten, man müsse ihr Gehör schenken. Der Vorsitzende gab nach und bedeutete ihr, sie solle fortfahren.

»Herr Vorsitzender und Männer: Ich weiß nicht, um was es bei der Sache geht, die Sie vor sich haben, aber ich weiß, daß ich Ihnen eine wichtige Sache vorzulegen habe. Vor der Hütte ist ein Mann, der vielleicht am Verhungern ist. Wir haben ihn über den

Fluß gebracht. Wir hätten Sie bestimmt nicht belästigt, wäre es uns gelungen, unsere eigene Insel zu erreichen. Der Mann, von dem ich spreche, bedarf sofortiger Aufmerksamkeit.«

»Ein paar an der Tür gehen hinaus und schauen nach ihm«, befahl der Vorsitzende. »Und Sie, Doc Holiday, kommen mit und sehen, was Sie tun können.«

»Beantrage eine Vertagung«, flüsterte ihr St. Vincent zu.

Sie nickte. »Und, Herr Vorsitzender, ich beantrage die Vertagung dieses Gerichts, bis der Mann ordentlich versorgt ist!«

»Keine Vertagung!« und »Weitermachen!« riefen etliche, so daß der Antrag abgelehnt wurde.

Frona setzte sich neben St. Vincent auf einen Stuhl und lächelte ihn an. »Nun, um was geht es?«

Er umklammerte ihre Hand. »Glaub ihnen nicht, Frona. Sie versuchen ...« — er schluckte heftig — »mich zu töten.«

»Warum? Beruhige dich nur. Erzähl es mir.«

»Letzte Nacht«, begann er eiligst, unterbrach sich dann aber, weil der vorher vereidigte Skandinavier sehr langsam und bedächtig sprach.

»Ich war schnell weit wach«, sagte dieser. »Ich komme zur Tür. Ich noch hören eine Schuß mehr.«

Ein Mann mit gesunder Gesichtsfarbe und gekleidet in einen ausgeblichenen Plaidmantel unterbrach ihn. »Was hast du dir da gedacht?«

»Eh?« fragte der Zeuge, und er sah recht verwirrt drein.

»Was war Ihr erster Gedanke, als Sie an die Tür kamen?«

»Ah ...« Der Mann seufzte, seine Miene hellte sich auf, als habe er jetzt gründlich verstanden. »Hab' keine Mokassins. Mich denkt, ist verdammt kalt.« Seine Miene drückte naives Erstaunen aus, als die Leute schallend lachten, doch er fuhr unbeirrt fort: »Noch einen Schuß ich höre, dann ich renne zum Trail hinab.«

Corliss drängte sich nun zu Frona durch, so daß es ihr entging, was der Mann sagte.

»Was ist hier los?« fragte der Ingenieur. »Was Ernstes? Kann ich mich hier irgendwie nützlich machen?«

»Ja, ja.« Dankbar drückte sie seine Hand. »Sieh zu, daß du irgendwie zum hinteren Kanal kommst, und sag meinem Vater, er soll sofort herkommen. Und sag ihm, Gregory St. Vincent sei in Schwierigkeiten. Man habe ihn beschuldigt ... Gregory, was hat man dir vorgeworfen?«

»Mord.«

»Mord?« fragte Corliss.

»Ja, ja. Sag ihm, daß er des Mordes angeklagt ist. Und daß ich hier bin. Daß ich ihn hier brauche. Und er soll mir Kleider mitbringen. Und, Vance ...« — sie drückte schnell wieder seine Hand und schaute zu ihm hoch — »... und geh du nur ja kein Risiko ein, aber sieh zu, daß du's schaffst.«

»Oh, das schaffe ich leicht.« Er nickte zuversichtlich und drängte sich durch die Menge zur Tür.

»Wer hilft dir bei deiner Verteidigung?« fragte sie St. Vincent.

Er schüttelte den Kopf. »Nein. Sie wollten einen bestimmen, einen Renegatenanwalt aus den Staaten, Bill Brown heißt er, glaube ich, aber ich lehnte ihn ab. Er hat jetzt die andere Seite eingenommen. Das ist Lynchjustiz, weißt du, und sie wissen schon genau, was sie wollen. Mich wollen sie fertigmachen.«

»Ich wollte, wir hätten genug Zeit, deine Seite zu hören.«

»Aber Frona, ich bin unschuldig. Ich ...«

»Scht ...« Sie legte eine Hand auf seinen Arm, um ihn zum Schweigen zu bringen, und wandte ihre Aufmerksamkeit dem Zeugen zu.

»Der Zeitungsmann, der kämpft wie irgendwas. Aber Piere und ich, wir ihn ziehen in die Hütte. Er schreit und steht da ...«

»Wer schreit?« fragte der Ankläger.

»Er. Der Kerl dort schreit. Weint.« Der Skandinavier deutete auf St. Vincent. »Und ich mache eine Licht. Die dumme Lampe ich finde ausgeleert über fast alles, aber ich habe Kerze in meiner Tasche. Es ist gut und praktisch, immer Kerze in Tasche zu haben. Und Borg hat gelegen tot auf dem Boden. Tot. Und die Squaw sagt, er hat es getan, dann sie stirbt auch.«

»Wer was getan hat?«

Ein anschuldigender Finger deutete auf St. Vincent. »Er. Der Kerl dort.«

»Hat sie das gesagt?« flüsterte Frona.

»Ja«, wisperte St. Vincent zurück. »Ja, sie hat es gesagt. Aber ich kann mir nicht denken, wieso sie darauf kam. Sie muß nicht mehr bei sich gewesen sein.«

Der Mann mit dem warmhäutigen Gesicht im ausgeblichenen Plaidmantel nahm dann den Zeugen ins Verhör. Frona paßte genau auf, doch etwas Neues erfuhr sie daraus nicht.

»Sie haben das Recht, den Zeugen in ein Kreuzverhör zu nehmen«, erklärte der Vorsitzende St. Vincent. »Wollen Sie irgendwelche Fragen stellen?«

Der Korrespondent schüttelte den Kopf.

»So frag doch«, drängte Frona.

»Was nützt das schon?« fragte er hoffnungslos. »Ich bin ja schon verurteilt. Das Urteil stand schon fest, ehe sie zur Gerichtssitzung zusammentraten.«

»Einen Augenblick, bitte.« Fronas scharfer Befehl hielt den Zeugen, der sich schon zurückziehen wollte, fest. »Ist Ihnen aus eigenem Wissen bekannt, wer den Mord begangen hat?«

Der Skandinavier schaute sie verständnislos an, als warte er darauf, daß ihre Frage durch einen Filter in sein Bewußtsein tropfe.

»Sie haben nicht gesehen, wer es getan hat?« fragte sie.

»Ah, ja. Der Kerl dort.« Er deutete auf St. Vincent. »Sie hat gesagt, er war's.«

Alle lächelten nur dazu.

»Sie haben es aber selbst nicht gesehen?«

»Ich hör' Schießen.«

»Aber Sie sahen nicht, wer geschossen hat?«

»Ah, nein. Aber sie hat gesagt ...«

»Danke, das genügt schon«, erklärte sie sehr sanft, und der Mann zog sich zurück.

Der Ankläger zog seine Notizen zu Rate. »Piere La Flitche!« rief er auf.

Das war ein schlanker, etwas dunkelhäutiger Mann, schmal und graziös; er trat heran und stand auf dem freien Platz vor dem Tisch. Er sah auf etwas dunkle Art sehr gut aus, und seine raschen, sprechenden Augen blickten sich freimütig um. Für einen Augenblick hingen sie an Frona, eindeutig in ehrlicher Bewunderung, und sie lächelte und nickte ein wenig, denn sie mochte ihn sofort. Es schien, als wären sie einander schon vor langer Zeit einmal begegnet. Er lächelte liebenswürdig zurück, die glatte Oberlippe kräuselte sich dabei ein wenig und gab sehr schöne, makellos weiße Zähne frei.

Er hatte die stereotypen Fragen zu beantworten, und da erklärte er, daß sein Name der seines Vaters sei, der ein Abkömmling der *coureurs du bois** sei. Seine Mutter — er zuckte die Achseln

* Waldläufer

und zeigte dazu seine Zähne — sei eine Frau von Herkunft gewesen. Er sei irgendwo in den Barrens geboren auf einer Jagdreise, er wisse nicht genau wo. Ah, *oui*, die Männer nannten ihn hier einen Oldtimer. In das Land sei er in den Tagen von Jack McQuestion gekommen, und zwar über die Rockies vom Großen Sklavensee her.

Er wurde gefragt, was er über den vorliegenden Fall wisse; da zögerte er einen Moment, als wolle er sich den besten Abgang sichern.

»Im Frühling ist es gut, mit offener Tür zu schlafen«, begann er, und er sprach klar und flüssig, mit einem kleinen, interessanten Akzent, der seine Vorfahren nicht verleugnete. »Und so schlafe ich auch letzte Nacht. Aber ich schlafe wie eine Katze. Ein Blatt fällt vom Baum, ein Wind atmet, und meine Ohren wispern, wispern die ganze Nacht lang. So war ich also beim ersten Schuß ...« — er schnippte mit den Fingern, daß es fast wie ein Schuß klang — »... ganz wach, nur so. Und da war ich auch schon an der Tür.«

St. Vincent lehnte sich Frona entgegen. »Es war nicht der erste Schuß.«

Sie nickte, ihre Augen hingen noch immer an La Flitche, der galant wartete.

»Dann noch zwei Schüsse«, fuhr er fort, »schnell, fast gleichzeitig, bumm-bumm, so, genauso. Borgs Hütte, sage ich zu mir selbst und laufe den Trail entlang. Ich denke, Borg hat vielleicht Bella umgebracht, und das war auf jeden Fall schlecht. Bella war ein feines Mädchen«, erklärte er mit seinem unwiderstehlichen Lächeln. »Ich habe Bella gern gehabt. Ich renne also. Und John rennt auch aus seiner Kabine, aber wie eine fette Kuh, und er macht viel Lärm. ‚Was ist los?' sagt er. Und ich sage drauf: ‚Ich weiß es nicht.' Und dann kommt jemand ganz unversehens aus dem Dunkel, schlägt John nieder, dann mich. Wir greifen gleichzeitig nach allen Seiten. Es ist ein Mann, der nicht recht angezogen ist. Er kämpft. Er schreit: ‚Oh, oh, oh!' Nur so. Wir halten ihn fest, und dann hört er schon auf zu schlagen. Wir stehen auf, und ich sage: ‚Komm mit zurück.'«

»Wer war der Mann?«

La Flitche drehte sich ein wenig um und schaute St. Vincent an.

»Weiter.«

»Nun? Der Mann will nicht zurückgehen. Aber John und ich sagen: ‚Ja, du gehst', und er geht.«

»Sagte er etwas?«

»Ich frage ihn, was los ist. Aber er weint. Er ... schluchzt. So: *huh-tsch, huh-tsch,* ungefähr so.«

»Haben Sie an ihm etwas Besonderes bemerkt?«

La Flitche hob fragend die Brauen.

»Etwas, was nicht gewöhnlich oder in Ordnung war?«

»Ah, *oui.* Blut an den Händen.« Die Leute im Raum murmelten, doch er achtete nicht darauf und fuhr mit seinem lebhaften Mienenspiel, sprechenden Handbewegungen und seinem Bericht fort. »John macht ein Licht, und Bella stöhnt, so wie der Haar-Seal, wenn man ihn in den Körper schießt, genau so. Ja, wenn man unter seinen Flossen in den Körper trifft. Borg liegt in einer Ecke. Ich schaue. Er atmet nicht mehr. Gar nicht.

Dann macht Bella die Augen auf. Ich schaue in ihre Augen, und ich weiß, sie kennt mich, La Flitche. ‚Wer hat es getan, Bella?' frage ich. Und sie rollt den Kopf auf dem Boden und flüstert so leise, daß ich es kaum verstehen kann. ‚Er tot?' Ich weiß, sie meint Borg, und ich sage ja. Dann hebt sie einen Ellbogen und schaut sich schnell um, hat es sehr eilig damit. Dann sieht sie Vincent und schaut nicht mehr. Sie sieht nur immer Vincent an, die ganze Zeit. Sie deutet auf ihn, so ...« La Flitche drehte sich um und deutete mit einem zitternden Finger auf den Gefangenen. »Und sie sagt: ‚Er, er, er.' Und ich sage: ‚Bella, wer hat es getan?' Und sie sagt wieder: ‚Er, er, er. St. Vincha, er hat es getan.' Und dann ...« La Flitches Kopf fiel auf seine Brust mit einer schwachen Bewegung, doch dann hob er ihn wieder so stolz und selbstverständlich wie vorher. »Tot«, sagte er und ließ seine Zähne blitzen.

Der Mann mit dem warmhäutigen Gesicht war Bill Brown; er unterzog den Halbblutfranzosen der üblichen Befragung, die seine Aussage bestätigen sollte und es auch tat. So war davon die Rede, daß ein schrecklicher Kampf stattgefunden haben mußte, als Borg getötet wurde. Der schwere Tisch war zertrümmert, die Hocker und der Bunkunterbau waren nicht mehr viel besser als Anfeuerholz, und sogar der Herd war umgeworfen. »So etwas habe ich noch nie gesehen«, schloß La Flitche seine Beschreibung des Hütteninnern. »Nein, nie.«

Brown verbeugte sich vor Frona und überließ ihr den Mann,

und er fühlte sich durch ihr Lächeln reich belohnt. Sie hielt es nicht für unklug, dem Anwalt eine gewisse Herzlichkeit zu zeigen. Sie versuchte Zeit zu gewinnen, die Zeit, bis ihr Vater kommen konnte, und jene, die es ihr erlaubte, mit St. Vincent über das zu sprechen und von ihm alles zu erfahren, was passiert war. Sie stellte also Fragen über Fragen, sie preßte La Flitche geradezu aus. Aber nur zweimal erfuhr sie etwas von einigem Wert.

»Sie haben vom ersten Schuß gesprochen, Mr. La Flitche. Nun, die Wände einer Blockhütte sind ziemlich dick. Wäre Ihre Tür geschlossen gewesen — glauben Sie, daß Sie dann den ersten Schuß gehört hätten?«

Er schüttelte den Kopf, doch seine dunklen Augen sagten ihr, daß er ahnte, was sie mit dieser Frage wollte.

»Und wäre die Tür von Borgs Hütte geschlossen gewesen — hätten Sie dann den ersten Schuß gehört?«

Wieder schüttelte er den Kopf.

»Dann, Mr. La Flitche, wenn Sie vom ersten Schuß sprechen, dann meinen Sie doch sicher den ersten Schuß, den Sie gehört haben, aber das muß nicht unbedingt der erste abgegebene Schuß gewesen sein?«

Er nickte. Sie hatte also einen Punkt geklärt, doch sie selbst wußte noch nicht, ob das irgendwie von Wichtigkeit war.

Nun nahm sie sich etwas anderes vor und arbeitete diesen Punkt sehr geschickt einem starken Höhepunkt entgegen. Sie hatte jedoch das Gefühl, daß La Flitche genau begriff, was sie wollte.

»Sie sagten, es sei sehr dunkel gewesen, Mr. La Flitche?«

»Ah, *oui*, sehr dunkel.«

»Wie dunkel? Woher wußten Sie, daß es John war, den Sie trafen?«

»John macht viel Lärm, wenn er rennt. Ich kenne diesen Lärm.«

»Konnten Sie ihn sehen, so daß Sie auch wußten, daß er es war?«

»Ah, nein.«

»Dann, Mr. La Flitche«, verlangte sie triumphierend, »wollen Sie mir sicher sagen, wie Sie wußten, daß Blut an den Händen von Mr. St. Vincent war?«

Seine Lippe hob sich zu einem bezaubernden Lächeln, und er überlegte einen Augenblick. »Wie? Ich fühle es warm an seinen Händen. Und meine Nase ... ah, der Rauch des Jägerlagers ist lange und weit weg, das Loch, wo sich das Kaninchen versteckt, der Wechsel des Elches, der vorher da gegangen ist — sagt mir das nicht alles meine Nase?« Er legte den Kopf zurück, schloß die Augen und schnupperte mit weiten, zitternden Nüstern; so zeigte er, wie sehr er sich auf diesen einen Sinn konzentriert hatte; nur auf diesen und mit seinem ganzen Sein. Dann flatterten seine Augen, und er musterte sie träumerisch. »Ich rieche das Blut an seinen Händen, das warme Blut, das heiße Blut. An seinen Händen.«

»Und, bei Gott, der kann's auch!« rief einer der Männer, und ein paar andere pflichteten ihm bei.

Und so überzeugt war Frona, daß sie unwillkürlich St. Vincents Hände musterte. Und wirklich sah sie die rostbraunen Flecken an den Manschetten seines Flanellhemdes.

Als La Flitche den Zeugenstand verließ, kam Bill Brown zu ihr und schüttelte ihr die Hand. »Einen besseren Verteidiger könnte ich mir gar nicht denken«, sagte er gutmütig und sah dann seine Notizen für den nächsten Zeugen durch.

»Aber glauben Sie nicht auch, daß es mir gegenüber ziemlich unfair ist?« fragte sie sofort. »Ich hatte ja keine Zeit, mich auf den Fall vorzubereiten. Ich weiß nichts darüber oder nur das, was ich von den beiden Zeugen erfahren habe. Glauben Sie nicht auch, Mr. Brown«, sagte sie sehr liebenswürdig und mit einiger Überredungskunst, »daß es ratsam wäre, die Gerichtssitzung auf morgen zu vertagen?«

»Hm ...«, meinte er und schaute auf seine Uhr. »Wär' ja keine schlechte Idee. Jetzt ist's sowieso fünf Uhr, und die Männer müßten allmählich ihr Abendessen kochen.«

Sie bedankte sich so herzlich bei ihm, wie es nur eine liebenswerte Frau ohne Worte tun kann; als er ihr ins Gesicht und in die Augen schaute, empfand er eine viel größere Befriedigung, als wenn sie gesprochen hätte.

Er kehrte zu seinem vorigen Platz zurück und wandte sich an die Männer. »Verteidiger und Ankläger haben miteinander beraten, die späte Stunde in Betracht gezogen und auch die Unmöglichkeit, diese Gerichtssitzung innerhalb vernünftiger Zeit abzuschließen, und ... hm ... daher nehme ich mir die Freiheit, die

Vertagung der Sitzung bis morgen früh acht Uhr zu beantragen.«

»Alle sagen ja, also genehmigt«, erklärte der Vorsitzende, kam von seinem Platz herunter und machte sich daran, Kleinholz für das Feuer in den Herd zu schichten, denn er war Mitbesitzer der Hütte und kochte für seine Kameraden.

27

Als die Menge sich verzogen hatte, wandte sich Frona St. Vincent zu. Krampfhaft klammerte er sich an ihre Hände wie ein Ertrinkender.

»Glaube mir, Frona. Bitte, versprich mir das.«

Sie wurde rot. »Du bist sehr erregt«, sagte sie, »sonst würdest du so etwas gar nicht aussprechen. Nicht, daß ich dich dafür tadeln würde«, schränkte sie ein. »Ich könnte mir nicht vorstellen, daß die Situation anders als aufregend ist.«

»Ja, und ob ich das weiß!« erwiderte er voll Bitterkeit. »Ich benehme mich wie ein Narr, doch ich kann es nicht ändern. Es ist eine schreckliche Belastung. Da reicht das Entsetzen von Borgs Tod noch nicht, man beschuldigt auch noch mich des Mordes, und nun will man an mir Lynchjustiz verüben! Verzeih mir, Frona. Ich bin außer mir. Natürlich glaubst du mir. Ich weiß es.«

»Dann erzähl es mir, Gregory.«

»Erstens hat diese Frau, die Bella, gelogen. Sie muß nicht mehr ganz bei sich gewesen sein, als sie sterbend das sagte, wo ich doch für sie und Borg gekämpft habe. Die einzige Erklärung ist die . . .«

»Beginne lieber ganz am Anfang«, unterbrach sie ihn. »Du darfst nicht vergessen, ich weiß ja gar nichts.«

Er setzte sich ein wenig bequemer zurecht und rollte eine Zigarette, während er die Ereignisse der vorigen Nacht schilderte. »Es muß gegen ein Uhr morgens gewesen sein, als ich aufwachte, weil die Lampe angezündet wurde. Ich dachte, es sei Borg, und wunderte mich, was er wohl um diese Zeit zu suchen oder zu tun hatte. Ich war schon dabei, wieder einzuschlafen, als ich die Augen aufmachte. Ich weiß nicht, was mich dazu veranlaßte. Zwei fremde Männer waren in der Hütte. Beide trugen Masken und Pelzmützen, deren Klappen heruntergeschlagen waren, so daß ich außer den glitzernden Augen durch die Augenschlitze nichts von ihren Gesichtern sehen konnte.

Ich konnte mir überhaupt nichts denken oder nur das, daß hier Gefahr drohe. Ich blieb eine Sekunde ruhig liegen und überlegte. Borg hatte sich meine Pistole ausgeborgt, und ich hatte tatsächlich keine Waffe. Mein Gewehr hing neben der Tür. Ich beschloß, es mir mit einem Sprung zu holen. Aber ich hatte kaum die Füße auf den Boden gesetzt, als einer der Männer sich zu mir umwandte und sofort seinen Revolver abschoß. Das war der erste Schuß, jener, den La Flitche nicht gehört haben konnte. Erst im anschließenden Kampf wurde die Tür aufgerissen, so daß er die folgenden drei Schüsse hören konnte.

Ich war diesem Mann so nahe, und mein Sprung aus dem Bunk kam so unerwartet, daß er mich verfehlte. Im nächsten Moment lagen wir ineinander verknäuelt auf dem Boden. Natürlich war jetzt Borg wach geworden, und der zweite Mann beschäftigte sich mit ihm und Bella. Dieser zweite Mann hat die beiden getötet, denn mein Mann hatte ja alle Hände voll zu tun. Du hast doch die Zeugenaussagen gehört. So, wie die Hütte verwüstet war, kannst du dir den Kampf vorstellen. Wir rollten und warfen uns herum und kämpften, bis Hocker, Tisch, Regale, einfach alles, zusammengeschlagen waren.

Oh, Frona, es war entsetzlich! Borg kämpfte um sein Leben, Bella half ihm, obwohl sie verwundet war und vor Schmerz stöhnte, und ich konnte nicht helfen. Aber schließlich, sehr lange kann es nicht gedauert haben, gelang es mir, den Mann, mit dem ich kämpfte, auf den Rücken zu legen. Mit den Knien hielt ich seine Arme fest und würgte ihn. Da war der andere Mann mit seiner Arbeit fertig, und der ging nun auch auf mich los. Was konnte ich da tun? Zwei gegen einen, und ich war atemlos. Ich wurde in eine Ecke geschleudert, und die beiden flohen. Ich muß da schon sehr wütend gewesen sein, denn kaum war ich wieder zu Atem gekommen, als ich — ohne Waffe — ihnen nachsetzte. Ich stieß auf La Flitche und John — den Rest kennst du. Nur ...« Er runzelte ratlos die Brauen. »Nur ... ich kann nicht verstehen, weshalb Bella mich beschuldigt hat.«

Er sah sie flehend an; sie drückte wohl mitfühlend seine Hand, doch sie schwieg. Das, was sie gehört hatte, wog sie nach allen Seiten hin ab.

Sie schüttelte den Kopf. »Ein schlimmer Fall. Und es wird sehr schwierig sein, sie zu überzeugen ...«

»Aber ich bin unschuldig, Frona, bei Gott! Ich bin sicher kein Heiliger, aber an meinen Händen klebt kein Blut.«

»Vergiß nicht, Gregory«, sagte sie leise, »daß es mir nicht zusteht, dich zu richten. Das ist eine Angelegenheit der Männer dieser Minenversammlung, und das Problem stellt sich so: Wie lassen sie sich von deiner Unschuld überzeugen? Die beiden wichtigsten Punkte sprechen gegen dich, Bellas letzte Worte und das Blut an deinem Ärmel.«

»Die ganze Hütte war doch mit Blut verschmiert!« rief St. Vincent leidenschaftlich und sprang auf. »Ich sage dir, alles war voll Blut! Wie hätte ich es vermeiden können, mich zu beschmutzen, wo ich doch um mein Leben kämpfte? Kannst du nicht meinem Wort glauben ...«

»Na, na, Gregory, beruhige dich doch. Setz dich. Du bist ja ganz außer dir. Wäre der Fall allein in meinen Händen, so würdest du frei und sauber daraus hervorgehen. Aber diese Männer — du weißt doch, wie der Mob reagiert —, wie sollen wir sie dazu überreden, dich laufenzulassen? Verstehst du das denn nicht? Du hast keine Zeugen. Einer sterbenden Frau Wort ist heiliger als das eines lebenden Mannes. Kannst du jemanden davon überzeugen, daß eine Frau mit einer Lüge auf den Lippen stirbt? Hatte sie Grund, dich zu hassen? Hast du ihr oder ihrem Mann eine Ungerechtigkeit zugefügt?«

Er schüttelte den Kopf.

»Sicher, uns ist die Sache unerklärlich. Aber die Goldsucher brauchen keine Erklärung. Für sie liegt das alles doch klar auf der Hand. Es ist also unsere Sache, das Offensichtliche zu widerlegen. Werden wir das können?«

Verzweifelt ließ sich der Korrespondent auf den Hocker fallen; seine Brust sank zusammen, seine Schultern fielen nach vorne. »Dann bin ich wirklich verloren.«

»Nein, so schlimm ist es noch nicht. Man wird dich nicht hängen. So weit kannst du mir vertrauen.«

»Aber was kannst du tun?« fragte er niedergeschlagen. »Sie haben das Gesetz umgestoßen, sich ihr eigenes Gesetz gemacht ...«

»Erstens ist der Fluß aufgebrochen. Das hat viel zu bedeuten. Der Gouverneur und die Landesrichter können jeden Moment erwartet werden mit einer Polizeiabteilung, und sie werden hier auf jeden Fall haltmachen. Und vielleicht können wir auch selbst etwas tun. Der Fluß ist offen, und wenn es zum Schlimmsten kommt, gibt es noch immer eine Fluchtmöglichkeit. Und eine Flucht wäre sicher das letzte, womit sie rechnen würden.«

»Nein, nein. Das ist unmöglich. Was sind wir beide gegen so viele?«

»Mein Vater ist auch noch da. Und Baron Courbertin. Vier entschlossene Leute, die zusammen helfen, können ein Wunder tun, lieber Gregory. Vertrau mir, es wird alles gut ausgehen.«

Sie küßte ihn und strich ihm über das Haar, doch auch ihre Sorgen wurden damit um nichts geringer.

Jacob Welse kam lange vor Einbruch der Dunkelheit über den hinteren Kanal; Del war bei ihm, außerdem kamen der Baron und natürlich Corliss mit. Frona zog sich zurück, um in einer der kleineren Hütten ihre Kleidung zu wechseln; deren männliche Bewohner hatten sie ihr bereitwillig zur Verfügung gestellt. Ihr Vater kümmerte sich um den Postboten. Die Briefe und Telegramme waren sehr ernsten Inhaltes, so ernst, daß Jacob Welse sie las und immer wieder las, und dabei war sein Gesicht düster und umwölkt. Als er jedoch zu Frona zurückkehrte, ließ er sich seine Besorgtheit nicht anmerken. St. Vincent war in einer nebenan liegenden Hütte eingesperrt, und er durfte sie sehen.

»Es sieht nicht gut aus«, erklärte Jacob Welse, als er am späten Abend wieder ging. »Aber seien Sie versichert, St. Vincent, ob schlecht oder nicht, Sie werden nicht aufgeknüpft, solange ich in dem Spiel mitmische. Ich bin überzeugt, Sie haben Borg nicht getötet, und hier ist meine Faust darauf.«

»Ein langer Tag«, bemerkte Corliss, als er mit Frona zu ihrer Hütte zurückging.

»Und ein längeres Morgen«, antwortete sie müde. »Ich bin so erschöpft und schläfrig.«

»Du bist eine tapfere kleine Frau, und ich bin sehr stolz auf dich.« Es war jetzt zehn Uhr, und er schaute durch das trübe Zwielicht hinaus auf das Eis, das wie ein Spuk vorbeitrieb. »Und auf jeden Fall sollst du dich in dieser Schwierigkeit ganz und gar auf mich verlassen.«

»Ganz und gar?« fragte sie, und ihre Stimme drohte zu versagen.

»Ich bin leider kein melodramatischer Held, sonst würde ich sagen: bis in den Tod! Ich bin keiner. Deshalb wiederhole ich nur: ganz und gar.«

»Vance, du bist so gut zu mir. Ich kann es nie wieder gutmachen . . .«

»Tz, tz! Ich stelle mich nicht zum Verkauf, Frona. Ich glaube eher, Liebe ist Dienst.«

Sie sah ihn lange an. Ihr Gesicht drückte sanfte Verwunderung aus, aber ihr Herz war bekümmert; sie wußte nicht warum, und die Ereignisse des Tages und aller Tage, seit sie ihn kennengelernt hatte, flatterten durch ihren Geist.

»Glaubst du an eine weiße Freundschaft?« fragte sie schließlich. »Denn ich hoffe, daß uns ein solches Band immer zusammenhält. Eine strahlende, weiße Freundschaft, eine Kameradschaft so wie heute?« Noch während sie fragte, war sie sich dessen bewußt, daß ihre Frage nicht das ausdrückte, was sie sagen wollte, was sie fühlte und sich wünschte. Als er den Kopf schüttelte, erlebte sie eine kleine, unerklärliche, wundersame Erregung.

»Eine Kameradschaft?« fragte er. »Wenn du doch weißt, daß ich dich liebe?«

»Ja«, bestätigte sie leise.

»Ich fürchte, deine Menschenkenntnis ist sehr begrenzt, mindestens die vom Mann. Glaub mir, wir sind nicht nur aus Lehm zurechtgeknetet. Eine Kameradschaft? Sozusagen ein Kommen aus der Kälte, um an deinem Feuer zu sitzen? Gut. Aber was dann, wenn ich komme und ein anderer Mann sitzt neben dir am Feuer? Nein. Kameradschaft, das würde heißen, daß ich mich an dem freue, was dich erfreut. Glaubst du auch nur für einen Augenblick, ich könnte mich an deiner Freude freuen, sähe ich dich mit dem Kind eines anderen Mannes in den Armen? Mit einem Kind, das meines hätte sein können? Und der andere Mann schaut mich an mit den Augen des Kindes, lacht mich aus durch dessen Mund? Glaubst du noch immer, ich könnte mich an deiner Freude freuen? Nein, nein. Liebe kann sich nicht mit einer weißen Freundschaft abfinden.«

Sie legte ihm die Hand auf den Arm.

»Glaubst du, daß ich irre?« fragte er, denn er konnte den seltsamen Ausdruck ihres Gesichtes nicht ganz deuten.

Sie weinte leise.

»Du bist müde und erschöpft. Gute Nacht also. Du mußt jetzt schlafen.«

»Nein, geh noch nicht.« Sie hielt ihn zurück. »Nein, nein, ich bin töricht. Du hast recht, ich bin sehr müde. Aber hör mir zu, Vance. Es ist vieles zu tun. Wir müssen die Arbeit für morgen planen. Komm herein. Vater und Baron Courbertin sind zusammen, und wenn es zum Schlimmsten kommt, müssen wir vier große Dinge tun.«

»Spektakulär«, hatte Jacob Welse gesagt, als Frona ihm kurz den einzuschlagenden Kurs skizziert und die Rollen festgelegt hatte, die jeder übernehmen mußte. »Es läßt sich aber kaum erwarten, daß dies auch durchzuführen ist.«

»Ein *coup d'état**!« rief der Baron. »Großartig! Ah, dieser Gedanke wärmt mir das Herz. ‚Hände hoch' werde ich dann sehr wild schreien.«

»Aber wenn sie dann doch nicht die Hände hochheben?« fragte er Jacob Welse wesentlich gedämpfter.

»Dann mußt du schießen. Courbertin, wenn du eine Waffe hast, darfst du niemals bluffen. Leute, die es wissen müssen, erklären das für ungesund.«

»Und du, Vance, kümmerst dich um *Juwelchen*«, bestimmte Frona. »Vater meint, morgen wird es nicht sehr viel Eis geben, wenn es sich diese Nacht nicht weiter unten staut. Du brauchst nur das Kanu hier am Ufer zu halten, direkt vor der Tür. Natürlich weißt du nicht, was geschieht, ehe St. Vincent herausrennt. Dann hinein mit ihm und weg! Nach Dawson. So sage ich jetzt also gute Nacht und auf Wiedersehen, denn morgen früh habe ich vielleicht dazu keine Gelegenheit.«

»Und halt dich an den linken Kanal, bis du durch die Biegung gekommen bist«, riet ihm Jacob Welse. »Danach nimmst du die Abkürzungen nach rechts und folgst dem schnellsten Wasser. Jetzt ab mit dir in die Decken. Bis Dawson sind es siebzig Meilen, und die mußt du mit einem einzigen Anlauf schaffen.«

---

* Staatsstreich

28

Die Minenleute erwiesen Jacob Welse den ihm gebührenden Respekt, als er das bisherige Verfahren rügte. In der Vergangenheit hatten solche Zusammenkünfte eine legitime Funktion gehabt, gab er zu, weil es im Land kein Gesetz gab, doch jetzt gab es eines, und Gesetz war und blieb Gesetz. Die Regierung der Königin hatte bewiesen, daß sie der Situation gewachsen war. Lehnte sich jemand gegen die Regierungsmacht auf, so bedeutete das einen Rückschritt in die Nacht, aus der sie gekommen waren. Ein solches Verhalten lasse sich nicht anders als mit dem Wort »kriminell« charakterisieren. Gleichzeitig versprach er ihnen mit nüchternen, sehr ernsten Worten, daß er jeden, der sich an einem ungesetzlichen Verfahren beteiligte, unnachsichtlich verfolgen werde. Zum Ende seiner Rede stellte er den Antrag, den Gefangenen weiter gefangenzuhalten, bis das Landesgericht zusammentreten könne, doch er wurde ohne Diskussion niedergestimmt.

»Siehst du nicht«, sagte St. Vincent zu Frona, »daß es gar keine Hoffnung gibt?«

»Aber es ist doch Hoffnung! Hör doch zu!« Schnell skizzierte sie ihm den Plan, auf den sie sich in der Nacht vorher geeinigt hatten.

Er folgte ihr nur halbherzig, denn er war viel zu niedergeschlagen, als daß er ihrer Begeisterung hätte folgen können. »Es ist Wahnsinn, es auch nur zu versuchen«, wandte er ein, als sie geendet hatte.

»Und es sieht ganz so aus, als wolltest du hängen, wenn du keinen Versuch machst«, entgegnete sie ihm ein wenig hochmütig. »Du wirst doch sicher kämpfen wollen?«

»Sicher«, erwiderte er mit hohler Stimme.

Die ersten Zeugen waren zwei Schweden, die von dem Vorfall mit dem Waschzuber berichteten, als Borg einen Wutanfall hatte. Dieser Vorfall wäre sonst recht alltäglich gewesen, doch im Licht der nachfolgenden Ereignisse wurde er sehr ernst genommen. Damit war der Phantasie eine Gasse geöffnet zu einem weiten, vertrauten Gebiet. Wichtig war hier nicht so sehr, was gesagt, sondern das, was verschwiegen wurde. Selbst die gröbsten der vom Weib geborenen Männer waren sich der Bedeutung eines solchen Vorfalles bewußt, der nur eine Deutung zuließ. Etliche Köpfe nickten wissend während dieser Aussagen, und geflüsterte Kommentare gingen von einem zum anderen.

Ein halbes Dutzend Zeugen folgten rasch aufeinander. Alle hatten den Schauplatz des Verbrechens genau besichtigt und die Insel durchsucht, und alle bestätigten gleichlautend, von den zwei Männern, die der Gefangene erwähnt habe, gebe es nicht die geringste Spur.

Zu Fronas Überraschung betrat auch Del Bishop den Zeugenstand. Sie wußte, daß er St. Vincent nicht mochte, konnte sich aber nicht vorstellen, daß er über Beweise verfügte, die für diesen Fall wichtig gewesen wären.

Er wurde vereidigt, gab Alter und Staatsangehörigkeit an und wurde von Bill Brown nach seinem Geschäft gefragt.

»Ich bin Taschensucher«, erklärte er aggressiv und bedachte die ganze Versammlung mit einem herausfordernden Blick.

Es ist nun zufällig so, daß nur eine kleine Gruppe von Männern Taschen zu suchen und zu finden versteht, während eine wesentlich größere Gruppe von dieser Methode, Gold zu suchen, absolut nichts hält.

»Taschensucher!« schniefte ein patriarchalisch aussehender Mann in rotem Hemd, der in den frühen fünfziger Jahren in Kalifornien seine erste Pfanne gewaschen hatte.

»Jawohl«, bestätigte Del.

»Jetzt schau mal, junger Mann«, fuhr der Zwischenrufer fort, »willst du uns vielleicht erzählen, du hättest jemals auf deine Art was gefunden?«

»Jawohl.«

»Glaubt es nicht«, riet der Patriarch den anderen verächtlich.

Del schluckte rasch und hob mit einem Ruck den Kopf. »Herr Vorsitzender, ich will eine Aussage machen. Ich ziehe nicht die Würde dieses Gerichts in Zweifel, aber ich möchte hier nur ganz einfach und klar feststellen, daß ich nach dieser Sitzung einem jeden den Kopf einschlage, der blöd daherredet. Kapiert?«

»Das entspricht nicht der Gerichtsordnung«, stellte der Vorsitzende fest und schlug mit seinem Holzhammer auf den Tisch.

»Ihren Kopf auch!« schrie Del. »Gehen Sie doch zum Teufel mit Ihrer Ordnung! Taschensuchen hat mit diesem Fall hier gar nichts zu tun; warum schließen Sie also solche Fragen nicht einfach aus? Mit Ihnen befasse ich mich später, Sie Pfannenschwinger!«

»Nein, wirklich?« Der Vorsitzende hatte einen knallroten Kopf bekommen. Er ließ seinen Hammer fallen und sprang auf.

Del trat ihm entgegen, aber Bill Brown sprang dazwischen und hielt sie auseinander.

»Ruhe bewahren, Gentlemen, Ruhe und Ordnung«, bat er. »Jetzt ist nicht die richtige Zeit für solche Streitigkeiten. Und vergessen Sie nicht, es sind Damen anwesend.«

Die beiden Männer knurrten etwas und gaben nach. Bill Brown fragte: »Mr. Bishop, wir hörten, daß Sie mit dem Gefangenen gut bekannt sind. Wollen Sie bitte dem Gericht schildern, was sie über seinen Charakter wissen? Ganz allgemein, bitte!«

Del lachte breit. »In erster Linie hat er eine ungeheuer streitsüchtige Veranlagung.«

»Halt! Das lasse ich mir nicht gefallen!« rief der Gefangene. Er war aufgesprungen und zitterte vor Zorn. »Sie werden mir nicht auf diese Art mein Leben verspielen! Einen Wahnsinnigen hereinzubringen, dem ich nur einmal in meinem Leben begegnet bin und der über meinen Charakter aussagen soll!«

Der Taschensucher wandte sich ihm zu. »So, Sie kennen mich nicht, Gregory St. Vincent?«

»Nein«, erwiderte dieser kalt. »Ich kenne Sie nicht, Mann.«

»Für Sie heiße ich nicht Mann!« brüllte Del.

Aber St. Vincent ignorierte ihn und wandte sich den Männern zu. »Ich habe diesen Burschen nur einmal gesehen, und da nur für ein paar kurze Augenblicke in Dawson.«

»Sie werden sich schon noch an mich erinnern, ehe ich fertig bin«, schnaubte Del. »Also, ich bitte mir Ruhe aus, damit ich meinen Spruch aufsagen kann. Ich bin zusammen mit ihm '84 ins Land gekommen.«

Plötzlich musterte ihn St. Vincent interessiert.

»Jawohl, Mr. Gregory St. Vincent. Ich sehe, Sie fangen schon an, sich zu erinnern. Damals hab' ich einen Backenbart gehabt und hieß Brown. Joe Brown.« Er grinste verächtlich, und der Korrespondent schien alles Interesse zu verlieren.

»Ist das wahr, Gregory?« flüsterte Frona.

»Ich glaube, ich erkenne ihn doch«, murmelte er zögernd. »Ich weiß nicht recht... Nein, Unsinn! Der Mann muß gestorben sein.«

»Sie sagen, Mr. Bishop, das war im Jahr '84?« fragte Bill Brown.

»Jawohl, '84. Er war Zeitungsmann und sollte über Alaska und

Sibirien eine Rundreise um die Erde machen. Ich bin in Sitka von einem Walfänger ausgerissen, deshalb der Name Brown, und ich hab' mich von ihm für vierzig Dollar im Monat anheuern lassen. Er hat dann mit mir gestritten ...«

Irgendwo begann einer leise zu lachen, und das ging von einem zum anderen. Selbst Frona und sogar Del mußten lachen, und das einzige nüchterne Gesicht war das des Gefangenen.

»Aber er hat mit dem alten Andy in Dyea gestritten, mit dem Häuptling George von den Chilcoots, dem Faktor in Pelly und nacheinander auch mit allen übrigen. Er hat uns in unglaublich viele Schwierigkeiten gebracht, besonders gab's Ärger mit den Frauen. Immer und überall hat er herumpoussiert und ...«

»Herr Vorsitzender, ich erhebe Einspruch.« Frona war aufgestanden, blieb aber ganz ruhig. »Es besteht keine Notwendigkeit, hier die Liebschaften von Mr. St. Vincent breitzutreten. Sie haben nichts mit unserem Fall zu tun. Und außerdem steht nicht einer der Männer hier so sauber da, daß er aus richtigen Motiven heraus ein solches Thema anschneiden kann. Ich fordere deshalb, daß sich der Ankläger auf die Zeugenaussagen beschränkt, die sich ausschließlich auf den Fall beziehen.«

Geschickt und lächelnd erklärte Bill Brown: »Herr Vorsitzender, wir stimmen dem Antrag der Verteidigung gerne zu. Was wir aber vorbrachten, bezog sich auf diesen Fall. Und wir werden weiterhin nur das vorbringen, was sich auf diesen Fall bezieht und für ihn wichtig ist. Mr. Bishop ist unser Hauptzeuge, und seine Aussage trifft genau den Kern. Es muß berücksichtigt werden, daß wir keinen Tatzeugen beim Mord an John Berg haben. Wir können also auch keinen Augenzeugen vor dieses Gericht bringen. Wir haben also nur Indizien. In diesem Fall ist es jedoch wichtig, den Charakter des Angeklagten zu schildern, ja, es ist unsere Pflicht. Und wir haben die Absicht, sie zu tun. Wir wollen hier seine lüsterne, verdorbene Natur zeigen, die sich nun zu einer scheußlichen Tat gesteigert hat, bei der es um seinen Kragen geht. Wir werden weiterhin beweisen, daß von ihm keine Wahrheit zu erwarten ist; daß er ein infamer Lügner ist. Daß kein Wort von dem, was er sagt, von einer Jury als wahr akzeptiert zu werden braucht. Als dies werden wir beweisen, und wenn es Faden für Faden zusammengefügt wird, haben wir ein Seil, das lang und stark genug ist, um ihn, ehe der Tag um ist, aufzuknüpfen. Herr Vorsitzender, ich schlage also respektvollst vor, daß der Zeuge fortfährt.«

Der Vorsitzende beschloß gegen Frona, und als sie sich an die Zuhörer wandte, wurde sie niedergestimmt. Bill Brown nickte Del zu, er möge fortfahren.

»Wie ich schon sagte, wir hatten nichts als Ärger mit ihm. Ich bin nun mein ganzes Leben lang mit dem Wasser geschlagen und scheine nicht davon wegzukommen, und je mehr ich damit zu tun habe, desto weniger versteh' ich davon. St. Vincent hat das auch gewußt, und er selbst kann mit dem Paddel recht geschickt umgehen. Und doch hat er mich allein den Box Canyon runtergeschickt, während er außen herumging. Ergebnis: Ich kenterte, verlor mehr als die Hälfte meiner Ausrüstung, meinen ganzen Tabak und hatte auch noch seinen Vorwurf zu ertragen, ich sei schuld. Danach hat er sich angelegt mit den Lake Le Barge Sticks, und wir beide kamen fast dabei um.«

»Und was ist da passiert?« fragte Bill Brown.

»Da ging's um eine hübsche Squaw, die ihn ein bißchen zu freundlich anschaute. Nachdem wir da klargekommen waren, hielt ich ihm einen Vortrag im allgemeinen über Frauen, im besonderen über Squaws, und er versprach mir, sich ordentlich zu benehmen. Dann hatten wir eine ziemlich heiße Zeit mit den Little Salmons. Diesmal packte er's klüger an, und ich wußte es nicht sicher, hab' es aber vermutet. Er sagte, der Medizinmann habe sich so feindselig benommen. Aber einen Medizinmann kann man am leichtesten über Frauen ärgern und auch viel schneller, und so schien's auch zu sein. Ich hab' dann ziemlich väterlich mit ihm geredet, und da ist er richtig frech geworden. Ich hab' ihn mit rausgenommen ans Flußufer und hab' ihn ordentlich verdroschen. Dann hat er gebockt und erst dann wieder eingelenkt, bis wir an der Mündung des Reindeer River kamen, wo die Siwashs im Lager waren und Lachs fischten. Ich hab's nicht gewußt, aber die ganze Zeit über hat er sich nur ausgedacht, wie er sich an mir rächen kann.

Ich will's ja nicht leugnen, daß er eine recht geschickte Art mit Frauen hat. Er braucht ihnen nur zu pfeifen, wie man einem Hund pfeift. Das ist eine ganz bemerkenswerte Fähigkeit. Bei den Reindeers hat's eine besonders schöne und besonders verrückte Squaw gegeben. Ich glaub', der hat er auch nachgepfiffen, und er ist in diesem Lager länger geblieben, als nötig war. Weil er so mit Frauen ...«

»Das genügt schon, Mr. Bishop«, unterbrach ihn der Vorsitzende, der Fronas unbewegliches Gesicht beobachtet hatte, aber nichts daraus schließen konnte; ihre nervöse Hand jedoch enthüllte das, was ihr Gesicht verbarg. »Das reicht jetzt, Mr. Bishop. Ich denke, wir haben genug gehört von Squaws.«

»Bitte, unterbrechen Sie den Zeugen nicht«, bat Frona sehr liebenswürdig. »Es scheint sehr wichtig zu sein.«

»Wissen Sie denn, was ich jetzt gleich zu sagen hab'?« fuhr Del hitzig auf. »Herr Vorsitzender, das wissen Sie nicht, eh? Also, dann halten Sie den Mund. Das ist jetzt meine Show.«

Bill Brown sprang ein, um Feindseligkeiten zu verhindern, aber der Vorsitzende hielt sich zurück, und Bishop konnte fortfahren.

»Ich wär' schon fertig mit dem ganzen Squaw-Quatsch, wenn Sie mich nicht immer unterbrochen hätten. Wie ich schon gesagt hab', er hat immer nur daran gedacht, wie er sich an mir rächen kann, und als sich dann mal eine Gelegenheit ergab und ich an nichts dachte, knallte er mir den Gewehrkolben auf den Kopf, setzte die Squaw in ein Kanu und fuhr davon. Sie alle wissen doch hier, wie's '84 am Yukon war. Und da stand ich nun ohne Ausrüstung, allein, tausend Meilen von irgendwo entfernt. Klar, ich bin rausgekommen, ich muß ja nicht sagen wie. Er ist auch rausgekommen. Sie alle haben doch von seinen sibirischen Abenteuern gehört.« Er machte eine eindrucksvolle Pause. »Zufällig kenn' ich mich auch ein bißchen aus.«

Er schob die Hand in die große Tasche seiner Plaidjacke und zog einen abgegriffenen, ehrwürdig aussehenden Lederband heraus.

»Das Ding hier hab' ich gekriegt von Pete Whipples Mutter. Whipple von Eldorado. Da geht es um ihren Onkel oder Groß- oder Urgroßonkel, ich weiß nicht genau, wer's war. Und wenn einer da ist, der Russisch lesen kann, dann kann er Einzelheiten über die sibirische Reise erfahren. Aber es gibt hier ja keinen, der ...«

»Courbertin! Der kann's lesen!« rief einer aus der Menge.

Man bildete eine Gasse für den Franzosen, und weil er protestierte, schob und drängte man ihn nach vorne.

»Kennen Sie die Sprache?« fragte Del.

»Ja. Aber ganz wenig und sehr schlecht«, wehrte sich Courbertin. »Ist schon sehr lange her. Habe sehr vieles vergessen.«

»Na, dann legen Sie mal los. Wir kritisieren nicht.«

»Nein, aber ...«

»Anfangen!« befahl der Vorsitzende.

Del drückte ihm das Buch in die Hände und schlug es auf. »Seit Monaten hab' ich nach einem Burschen gesucht, der davon was versteht«, erklärte er grinsend. »Und jetzt, Charley, können Sie mich nicht abschütteln. Also, schießen Sie los.«

Courbertin begann zögernd: *»Das Tagebuch von Vater Yakontsk, das kurz zusammengefaßt seinen Bericht über sein Leben in der Benediktinerabtei von Obidorsky gibt und ausführlich seine wundervollen Abenteuer in Ost-Sibirien unter den Ren-Menschen schildert.«*

Der Baron schaute auf und wartete auf Weisungen.

»Sagen Sie uns, wann's gedruckt wurde«, befahl Del.

»In Warschau, 1807.«

Triumphierend wandte sich Del zu den Zuhörern um. »Habt ihr das gehört? Nicht vergessen. 1807!«

Der Baron las den ersten Satz. *»Es war Tamerlan ...«*, begann er und vermischte unwillkürlich seine Übersetzung mit dem, was ihm schon vertraut war.

Bei seinen ersten Worten wurde Frona sehr blaß und blieb es auch, solange er las. Einmal warf sie ihrem Vater einen Blick zu und war froh, weil er vor sich hinschaute, denn sie fühlte sich nicht stark genug, gerade jetzt seinem Blick zu begegnen. Sie wußte jedoch, daß St. Vincent sie unausgesetzt beobachtete, doch sie nahm keine Notiz davon, und er konnte also nur ihr weißes, ausdrucksloses Gesicht sehen.

»Als Tamerlan mit Feuer und Schwert über Ostasien fegte«, las Courbertin langsam, *»wurden Staaten auseinandergerissen, Städte zerstört und Stämme verstreut wie ... wie Sternenstaub. Ein riesiges Volk überschwemmte das Land. Es floh vor den Eroberern ...* nein, nein, *vor der wilden Lust der Eroberer. Diese Flüchtlinge wanderten tief nach Sibirien hinein, schlugen einen weiten Bogen nach Norden und Osten, bis sie zum Rand des Polarbeckens kamen, an dem Mongolenstämme hausten.«*

»Überschlagen Sie ein paar Seiten«, wies ihn Bill Brown an, »lesen Sie da und dort ein Stück. Wir haben nicht den ganzen Tag Zeit.«

Courbertin tat es. *»Die Leute an der Küste sind Eskimos, fröhlich von Natur und nicht aggressiv. Sie nennen sich selbst die Oukilion oder Seemen-*

schen. Von ihnen kaufte ich Hunde und Lebensmittel. Aber sie sind den Chow Chuen untertan, die weiter innen im Land leben und als Tier- oder Rentiermenschen bekannt sind. Die Chow Chuen sind eine wilde, rohe Rasse. Als ich die Küste verließ, überfielen sie mich, nahmen mir alles weg und machten mich zum Sklaven ...« Er überblätterte wieder ein paar Seiten. *»Ich arbeitete mich hoch zu einem Sitz unter den Ratsmännern, aber meiner Freiheit war ich noch immer nicht näher. Meine Weisheit war ihnen von so großem Nutzen, daß sie mich nicht ziehen lassen wollten ... Der alte Pi-Une war ein großer Häuptling, und man kam überein, daß ich seine Tochter Ilswunga heiraten sollte. Ilswunga war eine schmutzige Kreatur. Sie wollte nicht baden, und sie benahm sich sehr schlecht ... Ich heiratete Ilswunga; aber sie war nur dem Namen nach mein Weib. Sie beklagte sich bei ihrem Vater, dem alten Pi-Une, und der war sehr ungehalten. Zwietracht wurde unter den Stämmen ausgesät; aber am Ende war ich mächtiger als je zuvor wegen meiner Klugheit und meiner Talente. Und Ilswunga beklagte sich nicht mehr, denn ich lehrte sie Kartenspiele, die sie für sich allein spielen konnte, und andere Dinge.«*

»Ist das genug?« fragte Courbertin.

»Ja, das reicht«, antwortete Bill Brown. »Aber Moment noch. bitte, nennen Sie uns noch einmal das Datum der Publikation.«

»Warschau, 1807.«

»Moment, Baron«, warf Del Bishop ein. »Sie sind jetzt gerade im Zeugenstand, und da möcht' ich gerne ein paar Fragen an Sie stellen.« Er wandte sich an den Gerichtsraum. »Gentlemen, Sie alle haben etwas gehört von den Erlebnissen des Gefangenen in Sibirien. Es ist Ihnen auch sicher aufgefallen, wie bemerkenswert ähnlich sie sind mit denen von Vater Yakontsk, die vor ungefähr hundert Jahren geschrieben wurden. Und Sie schließen selbstverständlich daraus, daß da was gestohlen wurde. Es ist mehr als Diebstahl, als ein Plagiat, und das werde ich jetzt beweisen. Der Gefangene hat mich '88 am Reindeer River sitzenlassen. Im Herbst '88 war er in St. Michaels auf dem Weg nach Sibirien. '89 und '90 hat er, wie er sagt, in Sibirien seine Mätzchen getrieben. '91 ist er dann in die Welt zurückgekehrt und hat in Frisco den Helden gespielt. Und jetzt wollen wir mal sehen, ob uns der Franzose nicht ein Lichtchen anzünden kann.«

»Sie waren in Japan?« fragte er.

Courbertin, der den Daten aufmerksam gefolgt war, rechnete kurz nach und konnte kaum sein Staunen verbergen. Er schaute Frona hilfesuchend an, doch sie half ihm nicht. »Ja«, antwortete er endlich.

»Und Sie haben den Gefangenen dort getroffen?«

»Ja.«

»In welchem Jahr war das?«

Alle reckten die Hälse, keiner wollte sich die Antwort entgehen lassen.

»1889«, hörten sie.

»Wie kann das aber sein, Baron?« fragte Del schmeichelnd. »Der Gefangene war doch um die Zeit in Sibirien.«

Courbertin zuckte die Achseln zum Zeichen, daß ihn das nichts anging, und verließ den Zeugenstand. Das Gericht legte eine kurze Pause ein, in der viel gewispert und viele Köpfe geschüttelt wurden.

»Das ist alles erlogen!« flüsterte St. Vincent Frona ins Ohr, doch sie hörte nicht. »Der Schein ist gegen mich, doch ich kann alles erklären.« Frona verzog keine Miene, und sie wandte sich an ihren Vater, als der Gefangene wieder aufgerufen wurde. Sie weinte so sehr, daß ihr die hellen Tränen über das Gesicht liefen.

»Willst du dich daraus zurückziehen?« fragte er zögernd.

Sie schüttelte den Kopf, und St. Vincent begann zu sprechen. Er erzählte die gleiche Geschichte wie seinerzeit ihr, schmückte sie aber noch etwas aus, aber sie widersprach den Beweisen von La Flitche und John nicht. Den Waschzuber-Vorfall bestätigte er und erklärte, es sei reine Höflichkeit von seiner Seite und ein Wutanfall von John Borg gewesen. Er bestätigte, daß Bella mit seiner Pistole getötet worden sei, doch er behauptete, Borg habe sie sich einige Tage vorher ausgeborgt und nicht zurückgegeben. Zu Bellas Beschuldigung wolle er nichts sagen, doch er verstand nicht, weshalb sie mit einer Lüge auf den Lippen sterben wollte. Nie habe er sie geärgert, so daß er auch nicht mit Rache von ihrer Seite habe rechnen müssen. Für ihn sei das unerklärlich. Bishops Zeugenaussage wolle er nicht diskutieren. Die sei ein Lügengewebe, in das ein wenig Wahrheit gemischt worden sei. Sicher, der Mann sei 1888 mit ihm nach Alaska gekommen, doch was er danach schilderte, sei auf bösartige Weise unwahr dargestellt. Und der Baron habe sich vermutlich ein wenig im Datum geirrt, das sei alles.

Bill Brown nahm ihn ins Verhör und brachte eine kleine Überraschung zutage. Der Gefangene hatte erzählt, er habe erbittert mit den beiden Männern gekämpft. »Wäre dies der Fall gewesen, wie können Sie sich dann erklären, daß Sie unverletzt daraus hervorgingen?« wollte Brown wissen. »Die Leiche von John Berg wies viele wunden und Brüche auf. Und Sie, die Sie sich angeblich so tapfer geschlagen haben, kamen unverletzt heraus?«

Das wußte St. Vincent nicht, obwohl er behauptete, sein ganzer Körper habe ihm danach weh getan. Es spiele auch keine Rolle, denn er habe weder Borg noch seine Frau getötet, und das wisse er genau.

Frona stellte in ihrer Entgegnung die Heiligkeit des menschlichen Lebens und die Schwächen und Gefahren von Indizienbeweisen heraus und unterstrich die Rechte des Beschuldigten, sobald sich auch nur der leiseste Zweifel an seiner Schuld ergebe. Dann strich sie alles Überflüssige aus den Zeugenaussagen und beschränkte sich auf Tatsachen. Sie behauptete, ein Tatmotiv sei überhaupt nicht ersichtlich, und konstruiere man eines, so sei das eine Beleidigung für die Intelligenz des Gerichtes; sie glaube fest an die männliche Aufrichtigkeit und wisse, daß so magere Beweise das Urteil der Jury nicht beeinflussen könnten.

Gleichzeitig erklärte sie, eine Intimität zwischen Bella und St. Vincent sei in keiner Weise bewiesen worden, und St. Vincent habe auch nie einen Versuch in dieser Richtung unternommen. Dieser Waschzubervorfall sei, übrigens der einzige Beweis, geradezu lächerlich und unterstreiche nur, wie ein wahnsinniger Rohling von Ehemann eine einfache Höflichkeit eines Gentlemans falsch auslegen könne. Sie überlasse die Beurteilung der Vernunft der Jury, die ja nicht aus Narren bestehe.

Man habe versucht, den Gefangenen streitsüchtig hinzustellen. Bei John Borg bedürfe es da keines Beweises, denn jeder kannte seine Wutanfälle. Sie seien in der Gemeinde sprichwörtlich gewesen. Deshalb habe er auch keine Freunde, aber um so mehr Feinde gehabt. Wäre es da nicht möglich, daß die beiden Maskierten Feinde waren? Zu den Motiven dieser beiden könne sie nichts sagen; es sei Sache des Gerichts, festzustellen, ob es in Alaska zwei Männer gebe, die genügend Grund hatten, John Borg ans Leben zu gehen.

Zeugen hätten keine Spuren dieser beiden Männer feststellen können, doch kein Zeuge habe ausgesagt, daß keine Spuren von St. Vincent, Pierre La Flitche oder John, dem Schweden, zu finden waren. Dafür bestand auch keine Notwendigkeit. Jeder wisse ja, daß keine Spuren zu finden waren, als St. Vincent den Trail entlang lief und als er mit La Flitche und dem anderen Mann zurückkam. Jeder kenne doch den Trail, der eine festgetretene Rinne im Boden sei, und ein weicher Mokassin hinterlasse da keine Spuren. Da das Eis auf dem Fluß noch nicht gebrochen war, hätten auch die Mörder auf ihrem Weg vom und zum Festland keine Spuren hinterlassen können.

Da nickte La Flitche beifällig, und sie sprach weiter.

Dem Blut an St. Vincents Händen messe man zuviel Gewicht bei. Untersuche man etwa die Mokassins von Mr. La Flitche, so finde man mit Sicherheit Blut an ihnen; das heiße jedoch nicht, daß Mr. La Flitche teilhabe an diesem Blutvergießen.

Mr. Brown habe darauf hingewiesen, daß der Gefangene bei dem stattgefundenen harten Kampf nicht verletzt worden sei. Dafür danke sie ihm. John Borgs Leiche habe dagegen schwere Verletzungen aufgewiesen. Er war größer, stärker und schwerer als St. Vincent — wie sei es dann möglich, daß der Gefangene, den man des Mordes an Borg beschuldige, unverletzt aus einem so ungleichen Kampf hervorgegangen sei? Darüber müsse man doch erst noch nachdenken.

Ein anderer Punkt: Warum war er den Trail entlanggelaufen? Wenn er den Mord begangen hätte, dann wäre er doch sicher nicht, ohne sich anzukleiden und ohne Fluchtvorkehrungen zu treffen, zu den anderen Hütten gerannt. Aber es sei durchaus denkbar, daß er die flüchtenden Mörder zu verfolgen versuchte und in der Dunkelheit — erschöpft, atemlos und sicher sehr erregt — blindlings den Trail entlanggelaufen sei?

Diese Zusammenfassung war sehr geschickt gemacht, und als sie endete, klatschte ihr die ganze Versammlung Beifall. Aber sie war zornig und gekränkt, da sie wußte, dieser Beifall galt ihrem Geschlecht und nicht der von ihr geleisteten Arbeit.

Bill Brown schielte mit Aug' und Ohr immer zur Menge und bediente sich eines Vorteils, wenn er sich bot; wenn nicht, dann dogmatisierte er voll Geschick. Sein Humor war ihm dabei eine große Hilfe, und er bezeichnete die beiden Maskierten als explodierte Sonnenmythen.

Sie hätten die Insel nicht verlassen können, denn das lasse der Zustand des Eises drei oder vier Stunden vor dem Aufbruch nicht zu. Der Gefangene habe keinen der Inselbewohner mit hineingezogen, aber alle bis auf den Gefangenen hätten ein Alibi. Der Gefangene sei vermutlich sehr aufgeregt gewesen, als er auf dem Trail La Flitche und dem Schweden in die Arme lief. Man hätte jedoch glauben können, in Sibirien habe er sich an solche Vorfälle gewöhnen können. Das sei jedoch unwichtig, denn Tatsache sei seine große Erregung, die an Hysterie gegrenzt habe, und unter solchen Umständen passe ein Mörder nicht gerade auf, wohin er laufe. Solche Dinge passierten öfter. Auf die Art habe sich gar mancher Täter in seiner eigenen Schlinge gefangen.

Bezüglich des Verhältnisses Borg — Bella — St. Vincent appelliere er an seine Zuhörer, von Vorurteilen und sentimentalen Plattheiten abzusehen. Er gebe zu, daß Indizien noch nie etwas einwandfrei bewiesen hätten, und das sei auch nicht nötig. Der Schatten eines Zweifels genüge schon.

»Aber schließlich«, sagte er, »lassen sich Bellas letzte Worte nicht umgehen. Wir selbst wissen direkt nichts. Wir tappen im dunkeln, wir klammern uns an Kleinigkeiten und versuchen uns das alles vorzustellen. Aber, Gentlemen, Bella kannte die Wahrheit. Bei ihr gibt es kein Indiz. Mit ihrem letzten, angestrengten Atem, als das Lebensblut schon aus ihr herausfloß, sagte sie die Wahrheit. Die dunkle Nacht senkte sich auf sie herab, das Röcheln des Todes war in ihrer Kehle, aber sie erhob sich ein wenig und deutete mit einem zitternden Finger auf den Angeschuldigten. ‚Er, er, er, St. Vincha, er hat es getan.' So sagte sie doch.«

Bill Browns Finger schien sich noch immer in St. Vincent zu bohren, als sich dieser mühsam erhob. Er sah alt und grau aus und blickte sich sprachlos um. »Feigling« und ähnliche Worte bekam er zu hören. Er feuchtete seine Lippen an, und seine Zunge kämpfte um Worte. »Ich habe es nicht getan«, sagte er schließlich. »Vor Gott, ich habe es nicht getan . . .« Er schaute den Schweden an, als suche er bei ihm Hilfe. »Ich habe es nicht getan . . . nicht getan . . .«

Frona nahm seine Hand und zog ihn auf den Sitz zurück. »Geheime Abstimmung!« schrie einer.

Sofort sprang Bill Brown auf. »Nein! Ich sage nein! Eine offene Abstimmung! Wir sind Männer und haben keine Angst davor, uns zu unserer Meinung zu bekennen.«

Dem wurde allseits zugestimmt, und so begann die offene Abstimmung. Einer nach dem anderen wurde aufgerufen und sprach das eine Wort: »Schuldig.«

Baron Courbertin flüsterte mit Frona. Sie nickte und lächelte, er drängte sich wieder durch die Menge und blieb an der Tür stehen. Er stimmte »nicht schuldig«, als er an die Reihe kam, genau wie Frona und Jacob Welse. Pierre La Flitche zögerte, schaute schlau Frona und St. Vincent an und sagte dann: »Schuldig.«

Als sich der Vorsitzende erhob, ging Jacob Welse zur anderen Tischseite und stellte sich mit dem Rücken zum Ofen auf. Courbertin war nichts entgangen. Er zog einen Essigkrug aus der Wandnische und trat darauf.

Der Vorsitzende räusperte sich, klopfte auf den Tisch und forderte Ruhe. »Gentlemen, der Gefangene ...«, begann er.

»Hände hoch!« befahl Jacob Welse, und fast gleichzeitig folgte Courbertins schrilles »Hände hoch, Gentlemen!«.

Sie hielten von beiden Seiten her mit den Revolvern die Menge in Schach. Alle Hände waren in der Luft, der Vorsitzende hatte noch den Hammer in der einen Hand. Alle standen oder saßen in der gleichen Haltung da wie in dem Moment, als das Kommando ertönte; nur die Augen spielten von einer Gestalt zur anderen, und immer kehrten sie zu Jacob Welse zurück.

St. Vincent saß da und begriff gar nichts mehr. Frona schob ihm einen Revolver in die Hand, doch seine schlaffen Finger wollten sich nicht darum krümmen.

»Komm, Gregory«, drängte sie, »schnell! Corliss wartet mit dem Kanu. Komm!«

Sie schüttelte ihn, und endlich nahm er die Waffe. Sie zog und stieß ihn, als wecke sie ihn aus tiefsten Schlaf, bis er aufstand. Aber seine Augen waren die eines Schlafwandlers, und er schien von einer Schüttellähmung befallen zu sein. Sie hielt ihn fest, trat einen Schritt zurück, und er folgte ihr mit zitternden Knien. Außer den schweren Atemzügen der vielen Männer war nichts zu hören. Nur ein Mann hüstelte und räusperte sich. Die anderen schauten ihn vorwurfsvoll an. Er wurde verlegen und verlegte sein Gewicht auf den anderen Fuß. Dann war wieder nur das schwere Atmen zu vernehmen.

St. Vincent tat noch einen Schritt, aber dann entfiel der Revolver seinen schlaffen Fingern. Das war ein schrecklicher Lärm. Er machte keinen Versuch, ihn aufzuheben. Frona bückte sich eiligst, aber Pierre La Flitche stellte den Fuß darauf. Sie sah seine Hände über seinem Kopf, die Augen hingen an Jacob Welse. Sie zog und schob an seinem Bein, doch die Muskeln waren hart und gespannt; sein gleichmütiges Gesicht war also eine Lüge. Hilflos schaute St. Vincent hinab, als begreife er nichts.

Die Verzögerung fand Jacob Welses Aufmerksamkeit, und er versuchte die Ursache herauszufinden. Der Vorsitzende hatte nun seine Chance. Sein rechter ausgestreckter Arm flog schwer herab, und der Holzhammer traf Jacob Welse unter dem Ohr. Sein Revolver ging beim Sturz los, und der Schwede stöhnte und griff nach seinem Schenkel.

Gleichzeitig wurde der Franzose überwältigt. Del Bishop hatte die Hände hoch über dem Kopf und die Augen vor sich auf den Boden geheftet, stieß den Krug unter dem Franzosen heraus und brachte ihn zu Boden. Aber seine Kugel schlug, ohne Schaden anzurichten, durch das Dach. La Flitche hielt Frona mit den Armen fest. St. Vincent erwachte plötzlich, lief zur Tür, doch La Flitche stellte ihm ein Bein.

Mit der Faust schlug der Vorsitzende auf den Tisch, bis er seinen unterbrochenen Satz vollenden konnte. »Gentlemen, der Gefangene wurde gemäß der Anklage für schuldig befunden.«

29

Frona lief sofort zu ihrem Vater, doch er kam schon wieder zu sich. Courbertin hatte ein zerkratztes Gesicht, ein geprelltes Handgelenk und freche Redensarten. Um Zeit und Diskussionen zu sparen, meldete sich Bill Brown zu Wort.

»Herr Vorsitzender, wir verurteilen der Versuch von Jacob Welse, Frona Welse und Baron Courbertin, den Gefangenen zu retten und der Justiz ein Schnippchen zu schlagen; doch unter den gegebenen Umständen haben wir Verständnis dafür. Ich brauche mich damit nicht weiter zu befassen. Jeder von uns hätte in ähnlicher Lage ebenso gehandelt. Um also diese Sache zu Ende zu führen, mache ich den Vorschlag, die drei Gefangenen zu entwaffnen und sie laufenzulassen.«

Dem wurde zugestimmt, und die zwei Männer wurden nach Waffen untersucht. Frona ersparte sich das mit der Versicherung, sie habe keine Waffe mehr. Die Versammlung einigte sich auf ein Henkerskomitee und löste sich im übrigen auf.

»Tut mir leid, daß ich das tun mußte«, sagte der Vorsitzende ein wenig verlegen.

Jacob Welse lächelte. »Ich kann es Ihnen nicht verdenken, daß Sie die Chance ergriffen. Ich hätte mir nur gewünscht, ich hätte sie gekriegt.«

Es gab ein erregtes Geschrei außerhalb der Hütte. »He, loslassen!« »Tim, steig ihm auf die Finger!« »Brich ihm den Griff auf!« »Autsch! Oh!« »Macht ihm den Mund auf!«

Frona sah ein Knäuel Kämpfender um St. Vincent und lief hinüber. Er hatte sich zu Boden geworfen und kämpfte mit Zähnen und Nägeln wie ein Irrer. Tim Dugan, ein stämmiger Kelte, war ihm zu nahe gekommen, und St. Vincent hatte seinen Arm zwischen den Zähnen.

»Schlag ihn tot, Tim! Schlag zu!«

»Wie kann ich denn, du Narr! Sperr ihm lieber den Mund auf!«

»Einen Augenblick, bitte.« Die Männer machten ihr Platz, und sie trat zu St. Vincent und Tim. Frona kniete neben ihnen nieder. »Gregory, laß los. Bitte, laß ihn los.«

Er sah zu ihr auf, und seine Augen waren nicht mehr menschlich. Er atmete stoßhaft, und aus seiner Kehle kamen knurrende Laute.

»Ich bin es doch, Gregory.« Sie strich ihm begütigend über die Stirn. »Verstehst du nicht? Ich bin es, Frona. Laß ihn los.«

Langsam entspannte sich sein Körper, und plötzlich nahm sein Gesicht einen friedlichen Ausdruck an. Er ließ die Kinnlade fallen, und der Mann konnte seinen Arm zurückziehen.

»Jetzt hör mir mal zu, Gregory. Obwohl du sterben sollst ...«

»Aber ich kann nicht! Ich kann nicht!« jammerte er. »Du hast gesagt, ich könnte dir vertrauen, alles würde gut ausgehen.«

Sie dachte an die verpaßte Chance und sagte nichts.

»Oh, Frona, Frona!« stöhnte er, schluchzte und begrub sein Gesicht in ihrem Schoß.

»Du könntest dich wenigstens wie ein Mann benehmen. Mehr bleibt dir doch nicht.«

»Komm!« befahl Tim Dugan. »Tut mir leid, Miß, aber wir müssen ihn mitnehmen. He, Burschen, zieht ihn raus! Blackey und du, Johnson, ihr nehmt ihn bei den Beinen.«

St. Vincent versteifte sich, seine Augen hatten wieder den irren Blick, und seine Finger verkrampften sich um die Fronas. Sie sah die Männer bewundernd an, und sie zögerten.

»Laßt mir eine Minute Zeit«, bat sie, »nur eine Minute.«

»Er ist's nicht wert«, schniefte Dugan, »schaut ihn doch an.«

»Verdammte Schande«, pflichtete ihm Blackey bei und warf Frona, die mit St. Vincent flüsterte, vorsichtige Blicke aus den Augenwinkeln zu. Frona strich ihm fast zärtlich über das Haar.

Sie hörten es nicht, was sie zu dem Verurteilten sagte, doch er stand auf und ging davon. Das tat er wohl so, wie ein Toter gehen könnte, aber er schaute verwundert auf den schlammigen Yukon. Am Ufer hatte sich unter einer Fichte eine Menschenmenge angesammelt. Ein Junge legte ein Seil über die Äste, hatte seine Aufgabe beendet und rutschte am Stamm herab. Er musterte seine Handflächen und blies darauf. Die Männer lachten. Ein paar Wolfshunde am Rande der Menge fletschten die Fänge und knurrten einander an. Die Männer stachelten sie noch dazu auf. Aber sie wurden dann weggestoßen, da sie Raum für St. Vincent schaffen mußten.

Corliss kam vom Ufer her zu Frona. »Was ist los?« flüsterte er.

Sie versuchte zu sprechen, konnte nicht und nickte nur.

»Hierher, Gregory.« Sie berührte seinen Arm und führte ihn zu einer Kiste unter dem Seil.

Corliss blieb neben Frona, schaute sich um und griff in seine

Jackentasche. »Kann ich etwas tun?« fragte er und nagte ungeduldig an seiner Unterlippe. »Frona, was du sagst, das gilt. Ich kann sie weghalten.«

Sie schaute ihn an; es freute sie, ihn anzusehen. Sie wußte, er würde es wagen, aber es wäre unfair. St. Vincent hatte seine Chance gehabt, und es war nicht recht, daß noch einer geopfert werden sollte. »Nein, Vance. Es ist zu spät. Es kann nichts mehr getan werden.«

»Laß mich's wenigstens versuchen«, drängte er.

»Nein. Es ist nicht unsere Schuld, daß unser Plan fehlschlug, und ... und ...« Ihre Augen füllten sich mit Tränen. »Bitte, verlang es nicht von mir.«

»Dann erlaube mir, dich wegzubringen. Du kannst nicht hierbleiben.«

»Ich muß«, antwortete sie fest und wandte sich zu St. Vincent um, der zu träumen schien.

Blackey schürzte gerade den Henkersknoten, um die Schlinge St. Vincent über den Kopf zu streifen.

»Küß mich, Gregory«, sagte sie und legte die Hand auf seinen Arm.

Er schrak bei der Berührung zusammen, sah, daß alle ihn anschauten, sah auch die gelbe Schlinge in der Hand des Henkers. Er warf die Arme in die Höhe, als wolle er sie abwehren, und schrie laut: »Nein, nein, laßt mich bekennen! Laßt mich die Wahrheit sagen, dann werdet ihr mir glauben!«

Bill Brown und der Vorsitzende schoben Blackey zur Seite, aber die Menge drängte nach. Einige schrien Proteste. »Nein, das tust du nicht!« protestierte eine schrille Bubenstimme. »Ich geh' nicht! Ich hab' oben das Seil am Ast festgemacht, und ich hab' ein Recht zu bleiben!« »Du bist noch ein Kind, und das da ist nicht gut für dich«, sagte einer. »Ist mir egal! Ich bin dran gewöhnt! Und schaut meine Hände an. Ich bin auf den Baum geklettert.« »Natürlich kann er bleiben«, erklärte einer. »Curley, laß ihn doch in Ruhe.«

»Ruhe!« rief der Vorsitzende. Dann zu St. Vincent: »Also, dann los. Aber laß dir nicht den ganzen Tag Zeit damit.«

»Wir wollen's auch hören!« schrien ein paar. »Er soll sich auf die Kiste stellen! Auf die Kiste!«

Man half St. Vincent hinauf, und er begann voll eifriger Beredsamkeit. »Ich habe es nicht getan, aber gesehen habe ich es. Es waren nicht zwei Männer, nur einer war es. Er hat es getan, und Bella half ihm dabei.«

Schallendes Lachen übertönte seine Stimme.

»Nicht so schnell«, mahnte ihn Bill Brown. »Erklären Sie doch wenigstens, wie Bella diesem Mann geholfen hat, ihn umzubringen. Fangen Sie ganz von vorne an.«

»Am Abend, bevor er ins Bett ging, stellte Borg den Diebesalarm.«

»Diebesalarm?«

»Ja. So hat er es geheißen. Das war eine metallene Brotpfanne, die so an den Türdrücker gebunden war, daß sie herunterfallen mußte, wenn jemand die Tür von außen aufzumachen versuchte. Das machte er jeden Abend, als habe er Angst, daß etwas passieren könnte; das, was dann wirklich geschehen ist. In der Mordnacht erwachte ich mit dem Gefühl, daß jemand herumschlich. Die Lampe war ganz klein gedreht, und ich sah Bella an der Tür. Borg schnarchte. Ich konnte ihn genau hören. Bella nahm die Brotpfanne ab, und sie machte das sehr sorgfältig. Sie öffnete die Tür, und ein Indianer kam leise herein. Er hatte keine Maske auf, und ich würde ihn erkennen, sähe ich ihn wieder, denn eine Narbe lief die Stirn entlang und über ein Auge.«

»Sie sind wohl aus dem Bett gesprungen und haben Alarm geschlagen?«

»Nein, das habe ich nicht. Ich lag nur da und wartete.«

»Was dachten Sie sich dabei?«

»Daß Bella mit dem Indianer unter einer Decke steckte und daß Borg ermordet werden sollte. Das war mir plötzlich klar.«

»Und Sie taten nichts?«

»Nein. Nichts.« Er versuchte Frona anzuschauen, die unter ihm an der Kiste lehnte, doch sie schien es nicht zu bemerken. »Bella kam zu mir, aber ich machte die Augen zu und atmete regelmäßig, um sie zu täuschen, obwohl sie mir mit der Lampe ins Gesicht leuchtete. Dann hörte ich ein Schnarchen von einem plötzlichen Erwachen, einen Alarmschrei, und ich schaute. Der Indianer hackte mit einem Messer auf Borg ein, der wehrte sich mit den Armen und versuchte den Mann zu packen. Als sie einander im Griff hatten, schlich Bella von rückwärts heran und warf ihre Arme in einem Würgegriff um den Hals ihres Mannes. Gleichzeitig stieß sie ihm ihr Knie in den Rücken, bog ihn nach rückwärts und warf ihn mit des Indianers Hilfe zu Boden. Ich schaute zu und beobachtete alles.

»Hatten Sie einen Revolver?«

»Ja.«

»Jenen, von dem Sie sagten, Borg hätte sich ihn ausgeliehen?«

»Ja. Aber ich schaute nur zu.«

»Hat John Berg um Hilfe gerufen und mit welchen Worten?«

„Er rief: ‚St. Vincent, oh, mein Gott! Oh, St. Vincent, hilf mir!'« Er schüttelte sich vor Entsetzen bei dieser Erinnerung. »Es war schrecklich«, fügte er hinzu.

»Das würde ich auch meinen«, brummte Brown. »Und Sie?«

»Ich habe zugesehen.« Aus der Menge kam ein Stöhnen. »Borg schüttelte die beiden ab und kam auf die Füße. Er warf Bella mit einer Armbewegung quer durch die Hütte, und dann kämpfte er mit dem Indianer. Der ließ sein Messer fallen, und es war schlimm, wie Borg auf ihn eindrosch. Ich dachte, er würde den Indianer erschlagen. Und da wurden alle Möbel zusammengeschlagen. Sie kämpften wie wilde Tiere. Mich wunderte, daß Borg dem Indianer nicht alle Rippen einschlug. Aber Bella fand dann das Messer und stach wiederholt auf ihren Mann ein. Da sich die beiden Männer umklammert hielten, hatte Borg die Arme nicht frei, also stieß er mit den Beinen nach ihr. Wahrscheinlich hat er ihr da die Beine gebrochen, denn sie schrie und fiel zu Boden und konnte nicht wieder aufstehen, so sehr sie's auch versuchte. Dann stürzte er, den Indianer unter sich, über den Ofen.«

»Rief er noch einmal um Hilfe?«

»Was taten Sie?«

»Ich schaute zu. Er kam vom Indianer klar und taumelte zu mir her. Er blutete stark, und ich sah, daß er sehr schwach war. ‚Gib mir deine Pistole, schnell', sagte er und tappte blind herum. Dann griff er nach meinem Holster an der Wand und nahm die Pistole heraus. Der Indianer griff ihn wieder mit dem Messer an, doch er verteidigte sich nicht, sondern ging zu Bella, während der Indianer noch immer auf ihn einstach. Er schob ihn weg, denn der Indianer schien ihn zu reizen. Er kniete nieder und drehte Bellas Gesicht zum Licht, aber er blutete so sehr, daß er nichts sehen konnte. Er wischte sich das Blut aus den Augen, setzte die Pistole an ihre Brust und schoß.

Da wurde der Indianer wieder richtig wütend und ging mit

dem Messer auf ihn los, und es gelang ihm auch, Borg die Pistole aus der Hand zu schlagen. Da wurde dann das Wandbrett mit der Lampe heruntergeschlagen. Sie kämpften in der Dunkelheit weiter, es fielen ein paar weitere Schüsse, aber ich weiß nicht, wer das war. Ich kroch vom Bunk weg, aber sie rempelten mich so an, daß ich über Bella fiel. Und da war ich voll Blut. Ich rannte zur Tür hinaus; da fielen noch ein paar Schüsse. Dann traf ich La Flitche und John, und ... den Rest wissen Sie. Das ist die Wahrheit, ich schwöre es!«

Er schaute zu Frona hinab. Sie hielt die Kiste ruhig, und auch jetzt war ihr Gesicht unbewegt. Er schaute in die Gesichter der Leute und las Unglauben in ihren Augen. Viele lachten.

»Warum haben Sie die Geschichte nicht gleich erzählt?« fuhr ihn Bill Brown an.

»Weil ... weil ... ich vielleicht hätte helfen können.«

Da lachten einige laut, und Bill Brown wandte sich von ihm ab. »Gentlemen, ihr habt das alle gehört. Die Geschichte ist ja noch viel wilder als die erste. Zu Beginn der Gerichtssitzung versprachen wir euch zu zeigen, daß keine Wahrheit in ihm ist. Es ist uns gelungen, und dafür ist euer Urteil der Beweis. Aber er hat uns jetzt eine neue Geschichte erzählt. Was haltet ihr davon? Er gab uns Lügen über Lügen zu kosten, er ist ein chronischer Lügner. Wollt ihr diese letzte und ungeheuerliche Lüge glauben? Gentlemen, ich kann euch nur bitten, euer erstes Urteil zu bestätigen. Es wird ein paar geben, die ihm glauben. Wenn es aber wahr ist, daß er Brot und Salz mit John Borg aß und in seinen Decken lag, als dieser ermordet wurde, wenn er unbewegt dessen Hilferufe vernahm und nur dieser Schlächterei zusah, ohne daß er Manns genug gewesen wäre, dem Bedrängten und Angegriffenen zu helfen, dann, Gentlemen, möchte ich feststellen, daß er nicht weniger den Tod verdient hat. Aber wir dürfen keinen Fehler machen. Wie entscheidet ihr euch?«

»Tod! Tod! Aufhängen!« schrien die Männer.

Aber die Menge wandte sich plötzlich dem Fluß zu; selbst Blackey sah von seiner Aufgabe ab. Ein großes Floß mit einem langen Ruder an beiden Enden trieb am Ende von Split-up Island vorbei, ganz nahe am Ufer. Die Nase drehte sich, als es unter dem Baum war, der Uferböschung zu, und das freie Ende schwang in den Strom hinaus. Ein Seil wurde an Land geworfen und an dem Baum festgemacht, unter dem St. Vincent stand.

»Das ist er! Das ist er!« St. Vincent zitterte vor Eifer und drehte sich zu den Leuten um. »Ihr seid Zeugen! Das ist der Mann, der John Borg getötet hat!« (Seite 264)

Unter einer Lage Fichtenzweige war eine Ladung zerlegten Renfleisches zu erkennen, und das war der Grund für den Stolz der beiden Männer auf dem Floß, der in ihren Augen funkelte.

»Wollen versuchen, damit nach Dawson zu kommen«, erklärte der eine. »Ist ja verdammt heiß.«

»Nein«, sagte der andere auf die Frage, »nein, wir woll'n nicht dableiben und handeln. Dort unten ist ein Pfund einen Dollar und einen halben wert, und drum möchten wir so schnell wie möglich hinkommen. Aber wir haben da einen Mann, den wir bei euch lassen wollen.« Er deutete auf einen Deckenhaufen, der ungefähr die Form eines Körpers hatte. »Den haben wir heute früh dreißig Meilen den Stewart aufwärts gefunden.«

»Der braucht eine Behandlung«, steuerte der erste bei, »und das Fleisch verdirbt. Wir haben keine Zeit.« »Der arme Hund kann nicht richtig reden. Versteh' auch die Sprache nicht ganz.« »Sieht aus, als hätt' er mit einem Grizzly gerauft. Ganz zerschlagen. Wahrscheinlich auch innere Verletzungen, so wie der aussieht. Wo soll'n wir ihn hintragen?«

Frona stand neben St. Vincent; sie befahl, man solle den Verletzten die Uferböschung herauf und unter den Baum tragen. Aus den Decken fiel eine bronzefarbene Hand, und ein Stück von einem bronzefarbenen Gesicht war zu sehen. Die Träger blieben neben ihm stehen, bis jemand Weisungen erteilte, wohin er endgültig zu schaffen sei. Frona fühlte ganz plötzlich einen harten Griff an ihrem Arm.

»Schau, schau!« St. Vincent beugte sich vorwärts und deutete wie ein Irrer auf den Verletzten. »Schaut! Diese Narbe!«

Der Indianer öffnete die Augen, und ein erkennendes Grinsen verzerrte seine Züge.

»Das ist er! Das ist er!« St. Vincent zitterte vor Eifer und drehte sich zu den Leuten um. »Ihr seid Zeugen! Das ist der Mann, der John Borg getötet hat!«

Niemand lachte mehr über ihn, denn er hatte etwas sehr Ernstes und Überzeugendes an sich. Bill Brown und der Vorsitzende versuchten den Indianer zum Reden zu bewegen, doch er konnte nicht. Ein Goldgräber aus British Columbia sprang ein, doch sein Chinook machte keinen Eindruck. Dann rief man La Flitche herbei. Das Halbblut beugte sich über den Mann und sprach in gutturalen Tönen, die nur das Erbe von seiner Mutter her ermöglichte. Er schien es mit vielen Dialekten zu versuchen. Auch er bekam keine Antwort, und er wollte schon entmutigt aufgeben. Dann machte er doch noch einen Versuch, und diesmal glänzte ein Funken des Verstehens in den Augen des Indianers, und aus seiner Kehle kamen ähnliche Töne.

»Das ist die Stick-Sprache vom Upper White«, erklärte La Flitche.

Er runzelte die Brauen, schien nach Worten zu suchen und sprudelte dann eine Menge Fragen heraus. Für die anderen war das eine Pantomime, denn La Flitches Mienen- und Händespiel war überaus lebendig. Das Gesicht des Indianers drückte Leidenschaft aus, das von La Flitche Mitgefühl. Es war auch von St. Vincent die Rede, und jetzt lachte niemand mehr.

»So? Es ist gut.« Der Indianer fiel zurück auf seine Decken. La Flitche berichtete: »Dieser Mann mag die Wahrheit sagen. Der kommt vom White River, ein Stück aufwärts. Er versteht nichts, er wundert sich nur über so viele weiße Männer. Daß es so viele auf der Welt gibt, erstaunt ihn. Er wird bald sterben. Er heißt Gow.

Vor langer Zeit, vor drei Jahren, ist der Mann John Borg in Gows Land gekommen. Er jagt, bringt viel Fleisch ins Lager, und die White River Sticks lieben ihn dafür. Gow hat eine Squaw, sie heißt Pisk-ku. John Borg packt seine Sachen, um wegzugehen. Er kommt zu Gow. ‚Gib mir deine Squaw', sagt er. ‚Wir handeln. Ich geb' dir für sie viele Dinge. Gow sagt nein. Pisk-ku ist eine gute Squaw. Keine Frau näht Mokassins wie sie. Sie macht auch das feinste, weichste Leder aus Rentierhaut. Er mag Pisk-ku. John Borg sagt, das ist ihm egal, er will Pisk-ku haben. Dann haben sie einen großen Kampf, und Pisk-ku geht mit John Borg. Sie will nicht, aber sie geht. Borg nennt sie Bella und gibt ihr viele gute Dinge, aber sie liebt immer Gow.« La Flitche deutete auf die Narbe an der Stirn und am Auge des Indianers. »John Borg hat das getan.«

»Lange Zeit war Gow sehr krank, ist fast gestorben. Dann wird er gesund, aber sein Kopf ist krank. Er kennt keinen, seinen Vater nicht, seine Mutter nicht, keinen. Wie ein kleines Baby. Einmal macht es dann aber klick, etwas schnappt in seinem Kopf, und er ist wieder gut. Er kennt Vater und Mutter und erinnert sich an Pisk-ku, an alles. Sein Vater sagt, John Borg ist flußabwärts gezogen. Dann geht Gow auch flußabwärts. Das Eis ist sehr schlecht. Er hat Angst, so viele weiße Männer, und als er hierherkommt, reist er nachts. Keiner sieht ihn, er aber sieht alles. Er ist wie eine Katze, sieht im Dunkeln. Irgendwie kommt er genau zu John Borgs Hütte. Er weiß nicht, wie das zuging, er weiß nur, daß er jetzt ganze Arbeit leisten muß.«

St. Vincent drückte Fronas Hand, doch sie streifte seine Finger ab und trat einen Schritt zurück.

»Er sieht Pisk-ku die Hunde füttern, und er spricht mit ihr. Diese Nacht kommt er; sie macht die Tür auf. Was dann geschah, wißt ihr. St. Vincent hat nichts getan. Borg hat Bella umgebracht, Gow hat Borg getötet. Borg hat auch Gow getötet, denn Gow wird sehr bald sterben. Borg hatte starke Arme, Gow ist innen ganz kaputt. Macht nichts, sagt Gow. Pisk-ku ist tot.

Dann geht er über das Eis zum Land. Hier sagen die Männer, niemand kann um diese Zeit über das Eis gehen, doch er lacht, und was sein muß, das tut er. Es geht ihm schlecht, aber er kommt hinüber. Er ist sehr krank. Auch laufen kann er nicht mehr. Er kriecht. Dann kommt er zum Stewart River. Er legt sich hin und will sterben. Zwei Weiße finden ihn und bringen ihn her. Ist ihm egal. Er stirbt ja doch.«

Niemand sprach, als La Flitche geendet hatte. Dann fügte er hinzu: »Ich denke, Gow ist ein verdammt guter Mann.«

Frona trat zu Jacob Welse. »Bring mich weg, Vater«, bat sie. »Ich bin so müde . . .«

30

Am nächsten Morgen hackte Jacob Welse trotz aller seiner Reichtümer das für den Tag benötigte Feuerholz, zündete sich eine Zigarre an und ging auf die Suche nach Baron Courbertin. Frona wusch das Frühstücksgeschirr, hängte die Kleider an die Luft und fütterte die Hunde. Dann nahm sie den zerlesenen Wordsworth aus ihrer Kleidertasche und setzte sich am Ufer auf einen behaglichen Sitz, der von zwei entwurzelten Fichten gebildet wurde. Aber sie öffnete nur das Buch, und dann schweiften ihre Augen über den Yukon, vom Buschzeug unter den Felsen bis zur Biegung weit oben und zur Sandbank in der Mitte des Flusses. Die abenteuerliche Rettung und das Wettrennen mit dem Eis waren ihr noch in frischer Erinnerung, obwohl zu ihrem eigenen Erstaunen gewisse Lücken bestanden, die sie nicht auffüllen vermochte. Sie wußte nicht mehr, wie lange der Kampf mit der Eisbarriere dauerte, und das Rennen von Split-up zur Insel Roubeau war eine ganz und gar blanke Stelle, obwohl es stattgefunden haben mußte.

Sie folgte Corliss durch die Ereignisse der drei Tage, aber die Gestalt des anderen Mannes weigerte sie sich zu sehen; mit ihm, den sie nicht nennen mochte, war etwas Schreckliches verbunden, und sie wußte, dem mußte sie sich früher oder später stellen. Im Moment wollte sie es nur ganz weit von sich wegschieben. Körper, Geist und Seele schmerzten sie; und etwas tun zu sollen erschien ihr widerlich. Und sie beschloß, Tommy mit der bösen Zunge und dem feigen Herzen nicht zu vergessen und der Frau und den Kindern in Toronto eine Dividende zukommen zu lassen, sobald das Nordland die Welses bezahlte.

Unter einem Fuß brach ein dürrer Weidenast. Sie schaute auf und sah St. Vincent vor sich.

»Du hast mir noch nicht Glück gewünscht zu meinem Entkommen«, sagte er fröhlich. »Aber du wirst gestern wohl zu müde gewesen sein. Ich war es jedenfalls. Und du hattest außerdem die schwere Arbeit auf dem Fluß gehabt.«

Er beobachtete sie gespannt, um Schlüsse zu ziehen auf ihre Haltung und Stimme.

»Du bist eine Heldin, Frona, ja«, begann er überschwenglich. »Du hast nicht nur diesen Postmann gerettet, sondern auch durch die Verzögerung bei der Gerichtssitzung mich. Wäre noch ein Zeuge mehr am ersten Tag aufgetreten, so hätten sie mich aufgeknüpft, ehe Gow erschienen war. Jammerschade, daß er sterben wird.«

»Ich bin froh, daß ich helfen konnte«, erwiderte sie, und mehr wußte sie nicht zu sagen.

»Und selbstverständlich kann man mir nur gratulieren ...«

»Dein Prozeß ist kaum eine Sache, zu der man dir gratulieren kann«, unterbrach sie ihn und schaute ihm fest in die Augen. »Ich bin froh, daß er so ausgegangen ist, aber du kannst von mir wirklich nicht erwarten, daß ich dir gratuliere.«

»Ohhhh ... Das bedrückt dich also«, meinte er lächelnd. Er schien sich zu ihr setzen zu wollen, doch sie machte ihm nicht Platz, und er mußte stehen bleiben. »Ich kann es sicher erklären. Wenn es Frauen gegeben hat ...«

Frona hatte nervös mit ihren Fingern gespielt, aber da lachte sie nun laut heraus.

»Frauen?« fragte sie. »Frauen? Gregory, mach dich nicht lächerlich.«

»So, wie du beim ganzen Prozeß mir beistandest, dachte ich ...«

»Oh, du scheinst gar nichts zu verstehen«, meinte sie und seufzte. »Schau mich doch an, Gregory, und vielleicht verstehst du dann. Deine Anwesenheit ist mir peinlich. Deine Küsse kränken mich. Die Erinnerung daran läßt mich erröten, und meine Lippen fühlen sich unrein an. Und warum? Wegen der Frauen, die du wegerklären willst? Wie wenig du doch verstehst! Aber soll ich dir's sagen?«

Vom Ufer waren Männerstimmen zu hören, dann auch das Platschen von Wasser. Sie schaute hin und sah Del Bishop, der mit Stangen ein Boot gegen die Strömung führte. Corliss stand am Ufer und arbeitete mit dem Treidelseil.

»Soll ich es dir sagen, Gregory St. Vincent? Warum deine Küsse so billig waren? Weil du den Glauben von Brot und Decke gebrochen hast. Weil du Salz gegessen hast mit einem Mann und dann zusehen konntest, wie dieser Mann um sein Leben kämpfte gegen zwei Feinde; und du hast keinen Finger für ihn gerührt. Ich hätte es vorgezogen, du wärst bei seiner Verteidigung gestorben. Dann wäre die Erinnerung an dich gut gewesen. Ja, mir wäre sogar lieber gewesen, du hättest ihn selbst getötet. Dann hättest du wenigstens gezeigt, daß du Blut in den Adern hast.«

»So, das nennst du also Liebe?« begann er zornig, denn sein

spuckender, wutdampfender Teufel begann sich zu erheben. »Eine Schönwetterliebe, ja! Aber, bei Gott, wir Männer müssen es eben lernen.«

»Ich hatte gedacht, du wärst sehr gut unterrichtet«, entgegnete sie. »Was ist also mit den anderen Frauen?«

»Was willst du tun?« fragte er dagegen, als habe er ihre Frage gar nicht gehört. »Es ist nicht so einfach, mich zornig zu machen. Du kannst mich nicht einfach wegwerfen wie einen schmutzigen Lappen. Ich warne dich, das lasse ich mir nicht bieten. Du hast es gewagt, in diesem Land Dinge zu tun, die dein Ansehen verdunkeln würden, wenn sie bekannt wären. Ich habe Ohren. Und ich habe auch nicht geschlafen. Du wirst entdecken, daß es kein Kinderspiel ist, Dinge wegzuerklären, die du vielleicht als ganz harmlos und unschuldig hinstellen willst.«

Sie sah ihn an mit einem Lächeln, das in seiner Kälte auch Mitleid zeigte. Das machte ihn erst recht wütend.

»Ich bin ganz unten, und mich kann man zum Narren machen, zu einem Ding, mit dem man Mitleid haben kann. Aber ich verspreche dir, ich kann und werde dich mit mir ziehen. Meine Küsse waren billig? Sie haben dich herabgesetzt? Wie mußt du dich dann im Happy Camp am Dyea Trail gefühlt haben?«

In diesem Moment kam, und das war wie eine Antwort, Corliss mit dem Treidelseil heran.

Frona winkte ihm zu. »Vance«, sagte sie, »der Postbote hat sehr wichtige Nachrichten für Vater gebracht. Sie sind so wichtig, daß er sofort hier weg muß. Er reist noch diesen Nachmittag mit Baron Courbertin im *Juwelchen* ab. Willst du mich nach Dawson bringen? Ich möchte heute noch gehen. Sofort.«

Sie deutete auf St. Vincent. »Er ... hat dich gemeint«, fügte sie ein wenig scheu hinzu.